Heibonsha Library

我が見る魔もの

平凡社ライブラリー

Heibonsha Library

我が見る魔もの

稲垣足穂怪異小品集

稲垣足穂著
東雅夫編

平凡社

本書は平凡社ライブラリー・オリジナル編集です。

目次

III

Ⅳ イノモケ鬼譚

I　化物屋敷譚

友人の実見譚《じつけんたん》

これは去年の夏、郷里神戸で友人岡田一雄君から聞いた実話である。同君は私の小学時代からの知己、現今早稲田大学理工科に籍をおいている。

それは去年の十二月のことだと云うから、即ち一昨年の冬に当る。岡田君は、それまでにいた本郷の下宿から下戸塚の方へ引越した。それについて、常から変り者として有名な彼とその下宿の主人との間に、かなり面白い小説的ないきさつがあって、彼はまずそのことについて二十分ばかりしゃべったが、私には忘れた個所もあり、又、この話に大して必要なことでないからはぶく。さて、こうして、彼の転居したのが、学校に近い閑静《かんせい》なところだと聞いたが、どのあたりであると云ったか思い出せない。何でもそれは元々下宿屋に建てたのではなく、かなり大きな古い屋敷の内部を下宿に改造して使っているのだそうで、同宿人はそれでも十五人以上は居たと云う。彼の部屋は、その離れの二階にある六畳で、南側の障子のむこうには目白の高台が見え、北側にある小さな窓をあけると、ちょっとした櫟《くぬぎ》の木立があって、隣家の庭につづいていた。しかし、どちらかと云うと、今まで御粗末な造作ながら新築の下宿に居た彼に、そこはうすぐらくよごれていて、最初見た時から、あまりいい気持がしなかった。が、そこより空部屋はなかったし、一つには、一学期二学期の勉強をまったく閑却《かんきゃく》していた彼は、正月がすむと共に、一生懸命にやろうと思っていたので、却《かえ》ってそこが、同宿人から隔離されているので、都合がいいとも考えなおして、荷物をはこんだ。

二三日を過してみると、この部屋も思ったほどわるくない。同宿人も少いし、本郷よりも気が落ちついてよかった。そのうちに、一月がすぎて、何でも二月の中頃の土曜日だと云う。冬にしてはいやにあたたかい晩で、朝来からの雨がまだ止まずに、屋根瓦《がわら》や軒でビショビショという音が、夕方になると共に仕方なく机に向った彼の心をいやに滅入らした。折から訪ねて来たのが、明大へ行っている友人の村井とか云う男で、「ちょうどいいところだ」と喜んで迎えた彼と、世間並の話題の二三を交してから「やっともらったよ」と、この村井がニヤニヤと笑ってたもとからつかみ出して彼の前にならべたのは、新らしい紫色の十円札がしかも二枚だと云うのだ。それは村井が或るところへ売った写真器の代金で、手に入ったら一しょに飲もうと、かねて約束していたそれであった。「まっていた！」とばかりに、顔の相好をくずして立ち上った岡田君と、村井氏の二人は、さっそく本郷の方へ——たしか三丁目のどこかと云った——

景気をつけに出かけた。

両方ともかなりにいける二人が、牛鍋をつついて、いいかげんに酔っぱらって、村井氏の方はグデングデンになって、表へ出たのはもう一時をすぎていた。雨はやはりボシャボシャと降って、いやに生ぬるい風がサッと二人の頰をわたる。電車はないし、辻待の車夫の姿も見えぬので、二人は早稲田まで雨中の強行軍をやることにした。彼は左手に傘を持ち、右手にしどろもどろに放歌する村井の腕をつかまえて、春日町から伝通院まえ、大曲り、新小川町の方へとフラフラと帰って来た。大男二人に一つの傘、それも定まらぬ手元に支えられたこととて、意地のわるい風にあおられてうしろへ飛ぼうとする、キリキリとまう、かてて加えて横しぶきに変った雨に、二人のからだはビショビショである。くらやみにつまずく、足駄《あしだ》をはずしてビシャリと泥を踏みつける、襟元《えりもと》から心持のわるいしずくが背中へつたえば、足の下から冷たい水がしみこんで来る……それでも、二人はデカンショをどなり、さのさをうたった。却ってその困難を面白いことにして、メチャクチャに歩いた。とうとう車庫まえまで来た。村井氏は別れて鶴巻町の下宿へ、彼は終点から道を左に、こいつは又、もろにまっくらな学校の裏通りを突破して、まず泥ねずみにもならずに下宿に着いた。

足駄のうえに足袋《たび》をすておきにした彼は、階段の上の板敷にぬれた着物をぬいで、そのまま夜具のなかにもぐりこんだ。しばらくはウトウトとしたが、いやに蒸《むし》あついので寝返りをした。

ところが、ふと、気がついたのは、天井からふとんの上へさがった電燈と自分の眼との間を——彼はいつもそんなふうにして、まぶしいのをかまわずに眠るのだそうだ——何か邪魔するものがある。それがちょうど、物乾竿《ものほしざお》の浴衣《ゆかた》がフラフラするように、チラチラと電燈の光をさえ切る。何だろうと思って彼はフイと目をあけた。——そこに、電燈のまえに朦朧《もうろう》とした女の半身が立って、藻草《もぐさ》のようにふわふわとうごいているのである。影のような半透明のからだをとおして電燈が見える。しかも、その白い衣のはだけた胸に刻みつけたような肋骨が、左右にたれた両手の骨ばかりになっているのが、ハッキリと見える。ギョッとして、彼は夜具の襟《えり》に手をかけた——その刹那《せつな》に、女がスーッと自分の上へ倒れかかって来た。エイッ!!! その青白い額から顔の半分をかくしてたれた黒髪が、正に自分の顔へふれようとした時、彼は恐怖とも戦慄《せんりつ》とも威嚇《いかく》ともつかぬ叫びをあげて、半身をはね起した。女はスーッと元の位置にもどった、この時のおそろしさは!………（と、あの豪胆な男が顔中に粟粒《あわつぶ》をみせて私に云った）——彼の目には、その部屋の唐紙の模様も、本箱も、その上の置時計も、しかも、その針が三時半をさしているのまでわかった。しかも、その影のような女の姿は、電燈のまえにふわふわと、ひるのようにゆらめいて、ちょっとでも、油断をすると、何物かをねらうように迫って来る。この息づまるような対抗の間には、彼は、バサバサとみだれた髪におおわれてよく見えない女の口元から、ざわざわと、木葉のゆれるようなつぶやきを聞いた。女は隙《すき》を見ては、接近しようとしたが、彼も又死物狂になって向い合っていたので、そのうちに、ボーッと消えてしまった。ゾッと、何とも云えぬさむけが、彼の全身をおそった。………

夜が明けるのを待って、彼は雨戸をあけ放した。雨は名残なく晴れて、朝日が縁側にさしこんだ。北の小窓をあけようとすると、たしかに閉めた筈《はず》の戸が、閂《かんぬき》もはずれて、二寸ばかり開いていた。だが、これは別段不思議な気を起させなかった。あるいは閉め忘れたと思ったからだ。しかし、おどろいたのは昨夜の実に何とも云うことの出来ない怪異である。そのものすごい形が目のまえにまざまざとせまって、さしも、柔道二段の岡田君も、即刻に宿を変えようかと思った。しかし、だんだんと気が落ちついて来るにしたがって、そこに又、並ならぬ好奇心もおぼえて来たと云う。それについて、いろいろな話をしたが、ともかく、岡田君は、この新らしい経験について、最も慎重な態度を採らなければならぬと考えた。で、その日は、誰にも話さずに、只《ただ》、平常から彼の気にかからぬでもなかった、その離れの下の廊下の突き当りにある、釘付《くぎづけ》になって使用されていない便所について、それとなく女中にたずねてみた。しかし、この女の口からは、何等具体的なものをつかまれなかった。だが、さすがに夜になると、彼はあまりいい気持にもなれなかった。幸いにその晩幽霊は出なかった。次の晩も、その次の晩も………。こうして、日が経つうちに、この何事にも無頓着な友人は、あるいは夢だったかも知れぬとさえ思い出した。その夜の怖ろしさは、心の奥から離れなかったが、その一面、堂々たる男子が、そんな事をいつまでも考えているのは、馬鹿馬鹿しいとも考えられた。で、幽霊は彼の胸のなかに、そのまま何人《なんぴと》にも語られずに葬られてしまったのである。

紙数を限られているので、クドクドした叙述をやめて大たいの条《すじ》を運ぶが、その幽霊が、三月になった或《あ》る晩、だしぬけに彼の部屋に再現したと云うのである。やはり同じ時刻に。そこに又、雨の夜と同じようなことがくり反《かえ》された。おどろきと疑惑はさらに輪をかけて与えられたことになる。ところが、ここに一つの奇妙な発見は――それはその次の朝、何と云うこともなしに彼の脳裡《のうり》にひらめいたと云うが――ちょうど、その前夜、柔道部の送別会があって、そこで自分が遅くまで牛鍋をつついて痛飲したという一事である。それから帰って来て寝たところへれいの女が現われた。そして、この前の二月の晩のときはどうかと云うと、それもやはり彼が村井と牛鍋をつついた夜であった。それに、その時の朝、隣家の垣根に接した櫟のある窓の戸が少し開いていたが、この度もやはり同様に二三寸のすきが明《あ》いていた。この二つの点に思い当った彼には、その幻影と牛肉と窓との間に、何かの関係がなければならぬと考えられた。そう云えば、二回目の夜、最初よりも胆をすえた彼が、一心に幽霊をにらまえて、そのザワザワいうつぶやきに耳をかたむけていると、「憎い！　憎い！　憎い！………」と同じことをくり反しているように聞きとられた。が、その「ニクイ！　ニクイ！　ニクイ！………」とうらみをのべる声が、こんどはどうやら「ニク！　ニク！　ニク！………」だったように解釈される。「いや、それにちがいない」と彼は考えた。「あれはクドクドしたなげきや、おそろしいのろいでなく、只、ニク！　ニク！　ニク！　と、簡単に、しかも渇《かつ》した者が水を求めるように反復する切ない求願の声だった。ニク！　ニク！　ニク！　ニク！　そうだ！　それはやがて、肉！　肉！　肉！　牛肉！　牛肉！　牛肉！　でなければならぬ」——そこで岡田君は、その午後友人が来て、茶を持って二階へ上って来た主婦に一部始終を語ってみた。

「そう仰《おつ》しゃればたしかに見当りがあります」と、襟元《えりもと》を合わせるようにして聞いていた主婦が、彼と友人に聞かしたというのが、次のような憐《あわ》れな話であった。「——あなたが、二三寸開いていたと云われる窓の向うにあるおとなりですが、あそこに十九になる娘さんがありました。なかなか温和《おと》なしい利口な方でしたが、その娘さんが、ありゃ去年のたしか十一月でした、肺病でなくなったのです。その病気がいよいよ悪くなって、今日明日にも危いという時、その娘さんが、お母さんに牛肉を食べさせてくれと頼んだそうです。ところが、このお母さんと云うのがほんとうの親ではなく継母で、あまり評判がよくありませんが、その時も何でも、お前は早くよくなって貰《もら》わなきゃ困るのに、病人のくせに生意気な事を云うと云って、可愛想に、その針のようにやせ細って、そうたのむ声もとぎれとぎれで苦しそうな娘さんを、散々に叱りつけた、娘さんは泣き伏した、それをおとなりの女中さん——この間郷里へ帰りましたが、それが傍で見ていて、いじらしさに覚えず顔をそむけたそうです。この話もその口から聞いたのですが、近所にも知られているようです。こんなわけで、お嬢さんは、最後の望みもかなわずに亡くなったので、その恨《うらみ》が残って迷っているのでしょう……」

この話の後、義理堅い岡田君は、主婦と相談して、牛肉を五十目買って来て、その晩から窓のそばへ供えた。二三晩それをつづけた後、彼は村井氏の居る鶴巻町へ移った。……岡田君から聞いたのはこれだけである。尤《もっと》も、窓ぎわへ置いた牛肉が、朝になるとなくなって、皿ばかりになっていたと云う。しかし、岡田君は主婦の話を聞いてから二階の六畳には寝なかったので、どうしてなくなるかは見とどけなかったし、そんな勇気も出なかったが、不思議にも、その度毎に、れいの櫟の見える窓が二三寸開いていたそうである。だが、これは私にはまさかと思われる。猫か何かが食べるのではないか？　それにしても、――第三者の私にはハッキリした事は云えないが――若《も》しこれが事実であったら、近来、オリバー・ロッジやメーテルリンクによって提唱されるスピリチュアリズムの実例として、たしかに面白いものではなかろうか？

実は、昨冬私自身で目撃した或る屋敷の怪異を書くつもりでいたが、それは可成《かなり》複雑な話で二十や三十の枚数にもり切れぬために、これを代りにした。記述の稚拙は今さら慚汗《ざんかん》の至りだが、岡田君の話によると、電燈の前にかかった亡霊の姿などは、実に鬼気迫るものがあって、その一ヶ月ばかり私に牛鍋をつつくに躊躇《ちゅうちょ》せしめた。ちなみに、岡田君は――未だに明治時代の蛮カラを誇っているこの口述者は、決して出たらめが云えるような種類ではない。おかしいいのは、同君がこの不可思議を経験した後でもなお、それ以外の一切の霊怪現象と云うものに対しては、従来通りに、頭から馬鹿にしてかかっているという事だ。そして、この岡田君の所謂《いわゆる》「只一つの例外」について、もっと詳わしいことを知りたい人には、私からその本人を紹介してもいいことをつけ加えて筆を擱《お》く。

怪談

1　海峡

さすが真夜中になると、涼んでいた人影もなくなって、後甲板の籐椅子《とういす》には、赤い葉巻の火が一つ見えている切りであった。私はそのそばへ行って腰を下した。そしてスクルーにかき乱されてキラキラ光るバクテリアの輝きを見ていた。隣りに葉巻をくわえている白い服の紳士が云いかけた。

「ねえ、ユーアレニア号が沈んだのは、このあたりでありませんか」

「そう……」と私は云った。何か、そんな事変もいつかあったようだ。

「しかし、えらいものです」と、白服の紳士はつづけた。

「大戦以来、お化だの幽霊だのいうものは、まるっ切りなくなってしまいましたからな」

紳士は、そう声をふるわせるように云った。そして、溜息《ためいき》をつきながら、星がまばらに、うるんでいる方を見上げた気勢であった。私は顔を振り向けた。誰もいなかった。後甲板には私一人切りであった。

2　化物屋敷

「やあ、君か」

と、ガス燈が一つともっている淋しい所で行き会った二人の中の一人が云い掛けた――

「どうしたい、例の件は？　お化屋敷は」

「止したよ」

と、たずねられた方が答えた。

「止したって？　フフン、そうするとやっぱり出るんだな」

「いやその点は差支えないのさ。元々、トム君も僕もそのつもりで越したんだからね」

「ふーん、そうすると一体どうしたって云うんかね」

「出たり消えたりしてくれる分には一こう構わないんだ。困った事には、ちっともそんな事はなくてね――」

と、たずねられた方は何か云いにくそうな様子をした。

「そんな事はなくて……？」

と、たずねた方が言葉を継いだ。

「僕が引き上げたのは一昨夜おそくなんだがね。僕は夕方から活動を観に出掛けておそく帰ってきたのさ。そこで留守番をしていたトム君にたずねたのだ（出るような模様があるか）ってね。（出る分には差支えがないがね）とトム君も僕に云うのさ（出たり消えたりする分には構わないが、そんな事はちともなくてこれだからね）僕は、トム君も一こうに出ないからつまらなく思っているのだろうと考えて（全くだ）と合槌を打ったんだ。そうするとトム君は（全くだよ。これだからね、君、これだから困るよ）って次第に声を大きくして云うのだ。ひょいと僕はその方を向いたんだね。トムの奴が馬の首に変わっているのだ」

「なるほど、それじゃ困るな」

とたずねた方が云った。

「困るよ」

とたずねられた方が云った。

「全くね」

とたずねた方が合槌を打った。

「君だって困るだろう」

「そりゃ困るよ」

「これじゃあね」

「キャッ!」と云って、たずねている方の男は、三目小僧に変っている相手を見てひっくり反った。

3　羊の脚

満員の映画館のなかで切符を落した。拾おうとしてしゃがんだとき、ふと見ると、床の青い光にてらされているむこうの脚のなかに、蹄のある脚が一組まじっていた。

黒猫と女の子

三年まえの六月、私は目黒から渋谷のD坂附近にある××横町というところへ転居した。それは三階のひさしに電燈の白い陶器が点々とならんでいる堂々とした家《うち》で、昔は料理屋をやっていたとのことであった。はじめて行ったとき玄関口のわきの八手《やつで》が植っているところに「九星術大家何々先生宿所」と大書した寒冷紗《かんれいしゃ》の幕が下りていた。玄関からすぐ板がピカピカ光った階段になっていた。それを二つのぼった三階に友だちのKとIの借りている部屋があった。階段をはさんで左右に六畳ばかりなのが二つずつ、都合四つある部屋の東北にあたるのをIが占領し、そのとなりはKとIの友だちのFというのが二三日まえから借りていた。そして、右側にある西南の一つをKが占め、私はそのとなりにきめた。

「ねえ、化物《ばけもの》屋敷みたいだぜ」Kの部屋に集ったとき私の口から出た。ガラッと入口のガラス戸をあけたときから家のなかが陰気である。殊《こと》にへんに急な階段はおかしい気がした。この階段をはさんでとなり合った私の部屋とIの部屋は、表に面した廊下からも行ききできるようになっていたが、その廊下にはそのとき雨戸が半分しまっていたので「ひょっとしてこの部屋かもしれん」と私に思わせた。人殺し！　そんなこともあるまいが心中ぐらいはあったのでないか？　そのためにこの界隈にはめずらしい家が遊ばしてあるのでなかろうか。家の周囲に三絃《げん》のもれる格子戸の家が一ぱいあるところから私はややまじめに思ってみた。

この家の部屋はすべてで十一だったとおぼえている。玄関の左には主人である高田夫婦が住み、そのとなりに八卦《はっけ》の先生がいたが、この人はすぐにここを出た。その廊下をへだてた向うの四畳に飯たきのばあさんがいた。二階には、高田夫婦の部屋の上にあたるところに、びっこの男の子をつれた若い女の人がいた。そして三階の私たちを合わせて、九人の者がこの家に住んでいたが、最初とかかわりはない滅入るような空気のなかで、ひとりにぎやかなのは三階である。なんだか気がかりであった部屋も二三日すると馴れてしまう。雨戸を開け放すとそんなに陰気でもない廊下から、代々木や新宿の森や家がキラキラとまぶしい光をあびてパノラマのようにひろがっていた。また毎晩D坂のカフェをまわっていた私たちは、下宿に帰るのは一時すぎで、それから又しゃべり合った。そんなさわぎに困っている人もあったが、主人の高田さんは「おかげで淋しくなくていい」と云っていた。ところが二週間ほどたった夜中すぎである。いつものように酔って寝た私が、うつつにふと意識すると、何者か板敷のところからミシミシと階段を下りて行く音がした。三階から人が下りるのはふしぎでない。さっきもIが小便に下りた音をはっきりきいた。が、その前後には部屋の障子のあく音がした。しかし今は、私の部屋はむろん他の三室共いずれの障子のあいたけはいもしなかったのである。気がついたのは足音が二三段下りはじめたときであったが、そのミシッ、ミシッという音はききなれた友だちのいずれのそれでもない。としたらそれは階段の突きあたりの壁から出たとする他はない。私はそう直感したがすぐうとうととしてしまった。次の朝三人にたずねてみると、誰もその時刻に下りた者はいないのである。——そう云えば夜中に階下の便所へ行くことであるが、これがまた私たちにあまり気持のいいものではなかった。二階から玄関と反対の方へついた階段を下りたところの廊下の右が便所になっている。うすぐらい電燈がてらしている二階のそこここの空部屋に人のけはいがする。ひょっくりと見おぼえのない顔に出くわすような予感がする。そして奇妙なのは、何気なく手をかけた便所の戸が、誰かうちらで引っぱっているように堅い。こんな夜中に下りると、二階の子供をつれた女の部屋の障子がまたきっと半分明いているのである。これは初めにはずいぶんだらしのない女だなと私たちに思わせていたが、毎晩そのとおりなので飯たきのばあさんにきいてみると、かの女もそれに不審をもって奥さんにたずねてみたが、奥さんは寝るまえにたしかにしめると否定したそうである。この頃、鵠沼《くげぬま》から帰ってきたS氏が、私がそれからあずかっていた荷物をおいた二階の一室に一週間はどいることになったので話してみた。「ともかくへんだよ。こんな家が花柳街のまんなかに放ってある道理はないもの」「三階建にしては前の道幅がせまいので料理屋の許可が下りない。下宿だって公然とやれないので、たずねられたらめいめい自炊しているんだと云ってくれっておやじが云いましたが」「そりゃ口実だよ。以前にはやっていたんじゃないか」「三階の縁側のすみがいつもジメジメして、おやじは油をこぼしたんだろうと云っていますが血のような気がするんです。それからよく停電するのがきまってこの家だけなんです。明方にゴーと風がわたるようにゆれやしませんか」「それや僕もきいたようだ。ともかく長くいるのはよくないよ。それに便所と井戸が裏鬼門に当っているじゃないか。この部屋で首くくりでもあったのじゃないかね」（佐藤春夫氏随筆『首くゝりの家』参照）

これから二三日たった宵、私たちはKの部屋に集っていた。私が横を向いたはずみにヤッ！と、遊びにきていた平ちゃんという少年が肩をつかみ、みんなIの部屋の方へ逃げた。軒の五六間むこうをうす赤く光った玉が、ふわふわとおったと云うのである。それを見た他の三人にかわるがわるに話しているとき、ミルクをもって炊事のばあさんがあがってきた。「ここお化屋敷じゃないか？」私はぶっきら棒に云った。「そんなことないでしょう」「今、人魂が出たんだよ」「へえ……」「誰か死んだ人があるんじゃないの」「そりゃ裏ですよ。あそこの二階で二三年前におかみがカミソリで死んだんですって……」ばあさんが開け放した障子からそっと指さしたところには、金貸しであるここの家主が住んでいた。茂った木にかこまれたその家の二階はいつも雨戸がしまって、昼でもいいかんじを起さなかった。——が、これは空中に浮遊する燐光とやらいうことで片づけられぬでもない。ところがこの家からはなれぬ一匹の飼主のない赤犬があって、それが勝手に廊下をとおりぬけ、毎晩夜中から朝まで、家のまわりをめぐって吠《ほ》えつづけるのである。ひどくそれを面倒がったのはIで、私は「チェッ」とつぶやいて夜中すぎになぐり殺すためのビール瓶をもって階段を下りる音をきいた。が、逃げた赤犬はすぐにもどってきて相かわらず吠えつづける。それがなんだか三階を見上げて、しかも私たちの目に見えぬものに向って吠えているように思わせる。そして、もう六月の半ばをすぎた或る朝である。

「ゆうべIが枕元へきた」そう云ってFが私の部屋へはいってきた。Iは急用で二日まえに神戸へかえったのである。「三時頃だったか、犬があまりやかましいので目をさましたら誰か枕元へ坐っているんです。起きあがろうとすると肩をおさえるんだ。そして何とかグズグズ云いながら、その手を僕の胸元へまわすのです。それに電燈がついているのですよ。決して夢じゃない、僕はハッキリ天井も床の間も見たんです」「云っていることはわかりましたか」「いやわからない。だがたしかにI君ですよ。ゆうべは蚊とり線香を三本立てておいた、それに呼び出されてきたような気がして……僕はあんなこと生れてはじめてだ」こう云ったFは次の晩からKの部屋へねたが、幽霊であったIからは三日目にしごく健全なハガキがきた。ところがこの前後に、Fがおそわれた部屋からひとりの発狂者を出した。ときどき遊びにきていた私とIの友だちであるYという男であるが、或る晩その部屋へやってきて「このごろ石器時代の墳墓をたくさんに発見した。これも地下何尺かにあったものだが、自分は三千年以前の猪だと推定する。二三日中に帝大へもって行くが時価二千円は下るまい……」そんなことを云って風呂敷包みから、それはたぶん犬であろうまだ生々しい毛と皮がついている動物の頭骨を取り出した。「この骨から青い焰《ほのお》が出て、そのあかりでしらべるとふしぎに古跡が見つかる」そう云って出て行った彼は、次の朝、夜どおし雨のなかで集めた石や煉瓦《れんが》や茶碗のカケや、また女の赤い布ぎれのようなものまで合わせてこの家の玄関に小さいピラミッドをこしらえていた。同時に私とFとは渋谷署へよばれて、一夜にして誇大妄想狂という名をかぶせられた友だちをともなって帰ってきたのであるが「あれ、あそこにもきてやがる！」彼は折から三階の瓦を修繕のために屋根にいた職人を指さしてどなった。「けさ三百人の刑事が百姓や車引に化けてD坂を下った。それから×××郡△△郡□□□郡○○郡（二ヶ月ほどまえに上京した彼は、東京近郊の郡名を立てつづけにあげた）へかけても八百人まくばられている。俺にはちゃんと見えるんだ。そんなことにだまされるものか、ヘッヘッヘッ……」この瞬間のYの表情は、その後彼のトランクに見つかったこれが人間の手にかかれたかと思われるような数枚の記述（？）と一しょに私の頭を去らないものである。私たちを突きとばして三階へかけ上ったYは、縁側から屋根にかかった梯子《はしご》にとびついて手にもっていた銅貨や銀貨をガマグチと共に職人になげつけた。縄をナイフで切って梯子を家主の二階の方へおし倒した。この気ちがいはまた数名の警官によって留置場にほりこまれ、それから青山脳病院へ送られたが、私は家のまえに黒山をきずいた人のなかから「この家から気ちがいが出るのはあたりまえだ」というささやきをきいた。

縁側に出ている私たちをジロジロ見上げる通行人や、玄関の間でタバコを吸っている耳にきこえる表をとおる人の会話が気になり出した。気味がわるいと云ってよくよそへとまりに行っていたKは、七月にはいって試験がすむと共に信州の方へ旅行に出かけてしまった。四人集っているときは冗談も口をついて出る私も、無口のFと二人きりになってしまうと気のまぎらしようがなかった。そして以前には階下《した》へおりるのがいやだったのにこんどは反対になってしまった。夏になったD坂の人混にまじっていると家のことも忘れるが、帰ってきて重いガラス戸をあけようとするともういやな気になる。で、すぐに出かける。こうして一晩に四五回もD坂へ出て帰るのは十二時より早くない。そのときにも私たちは玄関の左の高田夫婦の唐紙をあける。星かげ一つなく今にもポツリときそうな夜など、玄関から階段の上を見るのさえいやだ。Fが幻影におそわれたときいてから奇妙に三階に他の人がいて、それが二十五燭《しょく》の割にボヤけたような電燈にてらされた畳の上にじいと坐っているように思えて仕方がない。このFの八畳というのが、鉤形《かぎがた》の縁をめぐらして、家のなかで第一に朝日がさしつけるにかかわらず、なにか冷たく気が落ちつかなかった。それに唐紙のそばにある本箱の上にのせてある鏡だが、それにうつった影を見るとどういうわけか自分の顔のようでない。尤《もっと》も持主のFはこの鏡は少し青くうつるとは云っていたが、青いという他にどこかさびしいところがあって、私はいくどもからだがわるいのでないかと思わせられた。それでこれはまだこの家のへんをみんなが気にしない頃だが、私はあの鏡は伏せておけばどうだと云ったことがある。僕もいい気はしないのだとFも云ってさっそくそのとおりにしたが、やがて部屋へはいると鏡は立っている。こんどは自分でふせたが夕方になるとまた前どおりになっている。むろん四人のなかで鏡らしい鏡をもっているのはFひとりなので、他の二人がそれを見て元のようにしておかないのだと考えられた。しかし同じようなことが重なるので二人に注意するとKもIも鏡はふせておくしこの頃手をふれないとの返事である。これはFと私と二人切りになってからもつづいた。「この間もお留守にはいって、安全カミソリがあったからちょっとそらしてもらおうと鏡を見たのさ。と、きゅうにいやな気になっちゃってね、そる気がしないのだ。誰か他の人がうつっているように見えるね」おやじもそんなことを云うから、私はどこかへすてた方がいいと思った。そして、私たちは昼でもこの部屋へはいらなかった。あとになって気がつくと、私たちが最初から話したり顔を合わしていたところは、あまりきれいでないKの部屋か私の部屋にかぎられていたのはどんなわけだろう。そして、もう使わないシーンとした八畳の部屋には、本箱の上のれいの鏡がななめになって天井の一部をうつしていた。そのことが夜帰ってきた頭のなかにうかぶ。昼の明るいしかし死んだような光のかわりに、赤っちゃけた電燈をうけたその鏡の面をふと見ると、全く見おぼえもない真青な人の顔があるのでないか？　いやそこにうつっている天井の一隅に、いいかい、もうろうとした何者とも知れない影が見えるのじゃないか？……こんなに妖怪めいてきたなかで唯一の避難所は高田夫婦の部屋であった。そこだって感じがよいというわけでないが、六畳でひろい鈎形の縁がついているのが部屋を割りに陽気に見せた。いつも明々《あかあか》と御燈明がともった稲荷《いなり》が祭ってあったし、おやじはそのまえでカシワ手を打っていた。毎晩のように見かける四角い顔の頭領と、ちょび髯《ひげ》の洋服屋さんは高田夫婦の昔からの友人で、天井の電燈が敷島《しきしま》のけむりにボーとして、徳利のむこうにこの二人の赤い顔が見えるとき、ぶちまけ笑いが家中にひびいた。私たちも一しょに話しこみ三時すぎても解散しないことがあった。しかしこの部屋がどんなににぎやかなときでも私たちは怪談めいた話題にはふれなかった。あるとき私がよそできいたそんな一つを話そうとすると、おかみが何とも云えぬいやな顔をした。日露戦争で鉄砲のきずを三ケ所に受けたおやじは平気だったが、それでも話を変えようとしているふうが見えた。こんなわけで三階に私がひとりのこっている晩は――下りそぐれてしまうと机に向ったままでうしろをふり向くのもこわいことがある――「さびしいでしょう」ときまって下から呼びにきた。それは飯たきのばあさんとおやじにかぎられていて、一度でおりないときは二度も三度もかわるがわるに呼びにきた。「今夜はFさんが御留守でさびしいでしょう。お話しなさいましな」おかみは長火鉢のむこうでお茶を入れてくれる。「あまり家がひろいよ。まだ見つからないかい」と私がおやじに云うと「一つ明治神宮のそばにあるんだがまだよくたずねてないのですよ。何にしてもここはひどすぎるね。それにやっぱり方角がわるいんだって……私もここへきてから散々な目に会っちゃった」「ともかく早く移ったらいいね」「ああ来月早々にどこかに引越すつもりだ。小ぎれいな二階があってね、三人ばかりなじみの方ばかりにきてもらうようにして、——私はそうなったら何か別の職業をはじめようと思うんだ。こんどは全く弱っちゃったよ」おやじは毎日のように蝙蝠傘《こうもりがさ》をさして家をさがしていた。二三日が一週間にのび、それがまたのびてとうとう盆になった。

十四日の夕方であった。——昼まえに洗面におりたとき、私は高田夫婦がやなぎバシや、小さいかやのこもや、蓮《はす》の葉にのせたホーズキやなすびや、子供の頃に見おぼえのあるゴタゴタしたものを仏壇にそなえているのを見て、はじめてお盆だとわかったのだが、その夕方、電燈がつくという二階の廊下はわびしく青ざめたツアイライトに光っていた。私が三階からフラリと下りて行くと、れいの奥さんの障子のそばで、十二三の女の子がゴムまりをついている。「きょうは和服をきているな」私が思ったのは、私たちがここへきた頃にいた八卦の先生の娘とかいう、いつも水色の洋服をきた女の子が、その後もちょいちょい高田夫婦のところへ遊びにきて私たちともなじみになっていたからである。「おじさん」女の子はなれなれしく私の顔を見たが、九星家の娘ではない。メリンスの着物に赤い帯をしめていた。ゴムまりは西瓜ほどの大きなエナメルの絵のかいてあるやつであった。「遊びにきたの」と云うと「え」とうなずいて笑った。私はたぶん奥さんの知っている子であろうと思った。円顔だったか細おもてであったかは思い出せぬが、ただそんなあまり印象ののこらぬ普通の女の子であった。私について きて高田夫婦の部屋の縁側に坐った。「おばさん猫ちょうだい」女の子はおかみのひざにいる飼猫の三毛を指さした。「タバコあるかい」私ははいっておやじに云ったが、そのたもとから出た敷島の箱には一本もなかった。「買ってきたげるわ」女の子は私の手から十銭銀貨をひったくるようにして出て行った。「気がきいた子だな、この近くの置屋にでもいるのかな」私はそう思っただけですぐ買ってきてくれたエヤーシップをうけ取った。「ねえおばさんその猫ちょうだいよ」女の子は坐りなおしてまた同じことを云う。「これはうちの猫だからあげられないの」「でもおとなりのおじさんがあげると云ったもの」「そんならこの猫はどう？　これなら何匹でもあげますよ」おかみはその子があまり三毛をほしがるので、ちょうど傍の長火鉢の下にうずくまっていた三匹の黒猫を指さした。

——「いや、けさ廊下のすみにこいつが三匹くっつき合ってるのさ。どこからはいってきたんだろうね——みんな閉っていたのにねえ、おい」きのうの夕方、やはり同じところにからだをすり合わせているその三匹を見てたずねた私に、おやじは答えておかみを顧みた。「そうですよ。それにいくら追っても帰らないんです」おかみの云うとおり、私もかわるがわるに表へつれ出そうとしたがすぐにもどってきた。おやじの話によると、見わけもつかぬほど似ている三匹のうち二匹はめすで、その一つの方の首には赤い緒がついていた。「一ばんいいのを飼ってみようかな」と云うと、「かってごらん。カラス猫って縁ぎがいいんですって。爪の白い黒猫は多いが、こんな爪まで黒いのはめずらしいんですよ」おかみは云った。その夜中におやじが雨戸のそとへつき出したが、いつまでも鳴いているので又うちらへ入れたと云った。——が、女の子はやはり三毛がほしいと云ったが、おかみはとうとう黒猫を一匹もたせて帰らせたそうである。私はそのときとなりの部屋で箸《はし》を取っていたが、そのひざへなぜか一匹がうるさく上ってきて仕方がないので、私はカッとしてひっつかむなり縁側から敷石のうえにたたきつけた。黒猫はたしかに頭を打った——と思った。クルクルとまわったのに向い合って飯をたべていたFは顔をそむけてしまった。「ひどいことするものじゃないよ」悲鳴をききつけてとんできたおやじがけわしい顔をした。「あの猫の恰好たらないですよ」Fもたしなめるように云った。が、私も猫が出てこないので、床下で血を吐いて死んでいるのじゃないかと思った。そんなことが銀座へ出かけた心をめいらせ、私は新橋から尾張町へ行っただけで帰ってきた。

「あの女の子は誰です」おかみがたずねた。「知りませんよ」「あなたの知っていらっしゃる方じゃないんですか」「いや、僕はここへ遊びにきた子だとばかり思っていましたが……」「へーえ、奇体《きたい》だなあ。知らない子が二階へ上っているはずはないじゃないか」「それにあんな子は近所にいませんよ。猫を下さい、猫を下さいって私にせがむんです」家中の者は誰もその子を知らなかった。「ねえ、それはそうと猫は出てきたでしょうか」私は口に出した。「ええ、出てきましたよ。私は又死にはしまいかと思ってね」おかみが指さした縁側には、なるほど戸ぶくろの下に金いろの目が四つ光っている。むろん一匹はふしぎな子供がもって行ったからである。呼んでみるとのっそりやってきた。私はなでてやった。が、格別よろこぶふうもなければ、と云っていやがるのでもない。「へんと云えばこの猫もへんですよ。私たちにまといついてきて仕様がないんです。さっきも便所へ行こうとしたら足にからみついて歩かせないんです。それに裏の方からおおやの人がくると、びっくりして逃げちゃうのです。どうしたわけなんでしょうね」おかみは眉の根をつり上げた。……

☆

数日のうちに、高田夫婦とばあさんと私たち合わして五人は、五丁ほどへだたったところへ転居した。それと共にいくらか予期していたことが高田夫婦によって語られた。私たちが住んでいたのは間ちがいなく名うてのハンテッドハウスなのであった。家のなかの空気が、最初にそこを借りた夫婦にそんな予覚を起させないではなかったが、二人には平気であった。ところで二三週間たって三階のふき掃除にあがったおかみが、裏のおおやに面した八畳の縁をふきながらふと手元を見ると、八の字についた人間の手の趾《あと》がハッキリと浮んでいる。おかみはぞうきんもバケツもそのままに下りたが、以来めったに三階へのぼらなかった。三階へ上って階段を下りようとすると、うしろ髪をひかれるような何とも云えぬいやな気になる。これは飯たきのばあさんも同じ意見であった。それだから私たちの三階にいることが内々階下の心配になり、どこか下の部屋に移ってもらおうとも考えたが、気附かぬうちは明す必要もない、そのうちに転居するつもりでいた。だが、その頃高田夫婦とばあさんの目には、私たちの様子がだんだんおかしくなってきた。元気なおしゃべり屋のKが浮かぬ顔をするようになると、Fの顔いろも日ましにわるくなってきた。それにおやじまさりのおかみの気分もすぐれず、七月に入ってからは隔日に寝るようになったから、三毛とてもぐったりしてしまった。そこでおやじは盆になる前に、おかみをつれて知り合いのよく当てる卜者《ぼくしゃ》を訪れた。「それ、それ、その目は誰の目だ！」卜者はおかみの顔に指さきをつきつけた。「生きた人の目ではない。死霊の目だ」そう云って、その家には三人の変死者があって、そのうち二人は女で、女の一人がおかみにのりうつっていると云った。

おやじの話すのによると、全くそのとおり彼はまだおかみにもばあさんにも話していないが、そこがどうしても下宿屋として許可されぬ理由ということについて、古くからいる渋谷署の刑事にたずねてみると、もう十年以前になるがその家はD坂一流の料理屋として大へん繁昌《はんじょう》していた。ところが、経営者が或る不法な理由のためにそれを今の家主の手に渡さなければならぬことになって、それを口惜しがって経営者とかその息子とかが三階の八畳で割腹して死んだ。料理屋はとざされ、借り手のない家で下宿をはじめた人の主婦が二階のどこかで首をくくった。それからまたそこに住んだ人が井戸に身を投げた。こんなことがつづくので借家にすることは止められぬが、下宿屋とては許さないことにしている……というのであった。ところで、今の家主の妻というのも狂い死をしたのだが、家主は一片の読経だにしない。それで赤犬はむろん、盆の夜に突然はいってきた三匹の黒猫についても大切にすることにしていたが、私が庭へなげつけたりしたので大へん心配していたのだそうである。なんでもその卜者が云うには、そうした因縁のある家ははじめの一月は何事も起らぬが、一月たつと共に主人からだんだんと住人の上にたたってくる。思うにこんどはあるじの星が非常にいいのでまず主婦からかかってきたので、そうと気附いた以上一刻もそこにいるのは危険である。そういうことなので早々に引越した。云われてみると、いざとなって離れにくかったのは私だけでなく、Fだってこんどの家を見たとき「ここここそ幽霊が出そうだ。みんなが移るなら僕だけ三階にのこる」などと云った。

血の趾はふだんは赤黒いシミで目立たないが、水にぬらすと板の表面へ白くうき出すとおやじは云った。さみだれの夜、私たちがその縁で話しているとおおやから、戸をしめてもらわぬと部屋がいたむと云ってどなりこんできたことがある。このおおやは又、盆の二三日まえ、職人をよんでその八畳の天井や柱をきれいに洗わせた。れいの足音も、二階の障子も、おかみにはその家へきた夜から経験していた。一ど奥さんというのがこないまえに、はばかりに起きたついでに階段の下からそっと仰ぐと、いつもあいている障子がめずらしくしまって明りがさし男の影法師があるのでオヤと思ったとき、それがグーと障子一ぱいにひろがった。——床のなかでうとうとしたとき足をひかれることや、高田夫婦の部屋の隅にあるそこへ坐るとグラグラとゆれるかんじのする畳や、二階から三階への階段にあるちょっとさけてとおらねばならぬ個所や、掃除するときにはきためられるふしぎな毛屑や、家中にただようているくさみや、玄関の右側の四畳のすみに、料理屋時代から取りのけずにおいてある大きな金庫のことなども話された。——これはおかみが一ど好奇心に鍵をまわしているとカチッといったが、それ以上は動かす気になれなかった。

次の夜、私とFとおやじは三階へ手の趾を見に行った。まっくらな階段を懐中電燈の光りで三階へのぼった。障子をあけたおやじが手にしたぞうきんでぬぐったところ、円い光にてらされて、いかにも筋までわかる人の手がアリアリと浮き出した。りんしょくで有名な家主が、私たちが去ると共にはぐようにしてはずしてしまった電球のため各部屋共まっくらななかに、この八畳だけにぼんやりと電燈がともっていた。

二匹の黒猫はもういないらしかった。

家は誰にもすぐ知れるところで、ハッキリした根拠のないことでその所有者にいくらかでもの迷惑をあたえるのはむろん軽卒だとも考えられる。家主の悪者ということも、当事者自身に取っては、こうした種類につきまとう心外千万なおせっかいかも知れぬ。化物屋敷と云っても現に住んでいる人もあろうし、あの若い奥さんなど、私たちが去ってから半月以上もそこで自炊をやっていた。これは只、世に云う幽霊館に住んでみた私の記述であるというに過ぎない。近時世界的になってきた六《む》つかしい議論の是非については私は何のまとまった意見も持っていないことを断っておく。

我が棲いはヘリュージョンの野の片ほとり
厭わしきカルニアの運河に沿うた地下墓地だ

「TDと云うのは、tin hat と dead-men との仮名、即ちTとDとの相棒につけた呼名なのです。Tはティンハットで、ブリキ帽氏。Dはデッドメン即ち空壘。この両氏が打ち並んだ所は、もう一時間もしたらお目に掛けられるでしょうが、この相棒同志は揃って大学を出たばかりなのに、これという勤めもいやだという次第で、日を暮していました。——事の起りはやはり太陽の黒点です。お互いにひどい夏に出食わしたものですが、TDもやはり海岸へ逃げ遅れた仲間——と云うよりも、部屋住みの身ではそんな贅沢はかなわず、苦し紛れにふと思い付いたのがそのアイディアだった。それはブラブラしているのが能の中でも、Tには一つの取得がある。それは普通の眼には映らないものを見る能力があると云うのですが、彼が子供の時分から折々発揮されていたその霊能に対しては、幾人もの証人があるそうです。今では成人して酒や女の子が玩具になってきたから、以前ほどに行くまいが、何がさて金は無し、暑さは有史以来、何か一風変った気晴しをやらかそうと考えていた矢先でしたから、早速試みようということになりました」

ここで、あの恐ろしい夏が過ぎて涼風が立ちそめた一日、どうしてこんな話を聞かされる順序になったかについて、私は一言する必要をみとめる。他でもない。この春に立寄った時には、現時の世界にまだこんな所が残っていたのかと呆れた程、侘しく墓臭いその町じゅうに、きょうは隈もなく張りめぐらされた万国旗と、お祭のような群衆があった。半壊の城門を入った所の広場の噴水の辺りまでくると、もう歩いてホテルへ行く他はないと私は決心した。そして自動車の扉をひらいた時、ちょうど前回に知り合った紳士を見つけ、彼といっしょに色紙の雪と花火《スターマイン》の烟《けむり》をやっと傍らのカフェの円卓まで避けたわけだが、該紳士の語る所に依ると、いかなる注射を試みてみても湿ったマグサのように燻《くすぶ》るばかりだったこの町は、きょうという日を以て現世紀の一都市として踏み出せることになった。又どういうわけかというと、それとは感じられぬ微かな手でしっかりとこの町に住む人々の心を捉え、土地の発展を害していたもの——古い云い伝えの争えぬことは、夙《つと》に最新の超心理学的立場にあるC博士によっても裏付けられていたが、即ち歴史的にいわれがあるこの土地から発散される一種の磁気のために、世界各地から吸い寄せられて巣くっていた、長い世紀を通しての頑強な妨害者どもが、測らずも遠からぬヨーク市からやってきたTDという二青年の手によって、一ヶ月に足らぬうちに退治されてしまったからだと云う。

ここまで云えばこの町が、十九世紀前半の探険家ポーに名を為さしめた碑文が発見された所だと、お判りになろう。申す迄もないが、その石片は考古学者たちの久しい疑問の的であったカルニアの大墓窟の存在に見当を与えることになり、以後幾回かの大仕掛な捜索にもいまだ所在を突き止めさせないとは云いながらも、今も云ったC博士の如きに(彼の看板である心霊学への弁護も含められているのであろうが)、むかし大きな墓地の存在は、今なおこの町一帯を包んでいる云わん方ない寂しさや、千年一日の習慣を繰返している人々によっても頷《うなず》けるという説までなさしめた。ともかくそのような空気は、為替相場のことばかり考えている人でなければ、あそこの城門を一歩踏み込んだ時、鼻を打つ蘭の劇《はげ》しい香気と共に感じられる事実である。殊に西郊の何とかいう谷間から匐《は》い上ってくる霧が町を包んで行く夕ぐれなど、胸に沁《し》み入ってくる妖気は、ペルシアの内地やカイロの近くで出食わすものより更にナマナマしく、それを以て、半分欠けた塔や蔦《つた》の絡んだアーチから織り出されるエフェクトだ、とのみは決して考えさせない。私が紳士の云い草に笑えなかったのも、一つにこの理由に依るが、二つには、宝でも掘り当てようという手合でなかったら、変った土地で女性を可愛がってみたいお金持の隠居か、あるいはこの自分やその紳士のように、気に入ったユビワを探して世界じゅうをぶらぶら歩きしている男の他には、若い世代からは一切見棄てられているこんな古都にこの日、測らずも見付けた活気に注目させられたためであった。目に見えぬ秋さめが降っているような辻々には愁嘆が絶えなかったとは云え、実はそれが、ヘリュージョンの曠野《こうや》の片ほとりに忘却されている町の売物だったのではないか。数世紀を通して、蘭の咲いた僧院の中で古書の写しがきをしたり、青いランプの下で天界についてのカビが生えた議論を続けたりしている連中は、町の発展を害するものをこそ、彼らの秘《ひそ》かな誇りとしていた。――それなのに、そのものを事実追い出してしまったらしいこの様子を見るにつけても、私はここにも旋《めぐ》る時を思わずにおられなかった。

「しわくちゃになったクレバネットコートの裾《すそ》を、靴先にひっかけそうな所まで垂らし、ひとりは円錐形のブリキ帽をかむって、赤ガラスの嵌《はま》った手提電灯を持ち、他のひとりはビールの空壜の五、六本を針金でゆわえたのを抱きかかえている。ゴム手袋とマスクの用意もある。これがいかに暢気《のんき》者同志でも幾分緊張の面持で、涼み客にぎっしり詰った広場を横切って、その夜の十時近くから乗り出して行った。それでも明方まで費して、郊外の空屋で、蜘蛛の巣だらけになりながら獲物を二つあげたと云うんですね。Tの説によると、見当をつけた古家や水車小屋で目宛《めあて》が外れるようなことは決して無い。例えばここにそんな因縁を持っていない家があっても、ただそのものが住むのにふさわしいならば――彼らは目下当地の新聞に連載していますが、なんでもここに例えば五箇の錠剤がある。その五ツの並べ方如何でさまざまな気持がかもし出される。これと同様に、奴さんらに好まれる場所も、月光やランプの焔などのため織り出される部屋の床や階段のほとりの影、湿り気、間取りなどによって決定されるのだというのですが、もしもそのような条件に一致していたならば、擦《す》り切れて煙のようになった屑や、パチパチと火花になってしまうカケラでも見付かるものだが、たまたまボルトの高い奴を発生させた古屋敷であっても、その条件に順応しない場所であったなら、折角の福の神も他へ移住してしまうと」

「お待ち下さい」と私は云った。さすがに私は、この町の住民に有毒な催眠術を施していたものが退けられたという次第を以て、なにか造反派の活動があったというふうに受け取っていた。そのTD両名とやらの思想と、この廃都に屯《たむろ》する坊様やエセ学者を無力にしてしまった新時代の宣伝ぶりについて聞かれることだとばかし、思い込んでいたのである。

「話の様子が違ってきたとおっしゃるのでしょう」と、紳士が苦笑しながら云うのだ。「けれども今私たちは、どうしてもそうとしか云うより他はない或物をつかまえているのです。どうか理解する前にすでに行為してしまった二人について、もう暫《しばら》くお聞き下さい」

それで私が頷《うなず》くのを待って、続けた。「じゃどうしてそいつを摑えるかと云うのですが、これは今のところ、この次元をより詳しく知らせる研究が進捗《しんちょく》するためにも、この種の題目にかぶされがちな誤解を防ぐためにも、当分、秘密を守るより他はないと、TDは云っています。しかし何にせよ、最初の夜にしてみると、両人が空屋の内部に忍び込み、Tがキャビネットの背後とか、階段の蔭とか、カーテンの向う側を探し廻ったことは本当です。もし目的物が見付かったら、さっきブリキ帽だと云いましたが、実は口の所へ短いパイプを鑞《ろう》付けにしたメガフォンで以て、そいつにおっかぶせる。シャボ！と音を立てて円錐の下へ抑え付けられた奴が上部のパイプから抜け出ようとする。が、そこにはビール罎が差し込んであるから、素早くコルクを詰めてしまえばここに完全に摑まってしまう。ガラスは突き抜けられないし、ビール罎の褐色は奴らには大敵である日光や電灯を遮《さえぎ》るし、罎を逆様にして置きさえすれば、気温や微風を利用する以外、下方への運動力の実に微弱な奴らに、逃れ出られる心配はない。そんな折の奴さんとはまたどんな恰好をしたものか。鶏卵の黄身をお湯の中で掻き廻す時に見るとでもいうような、モヤモヤしたものが旋転しているのだと考えればよい。四辺の状態がちょうどこの星雲状の仕事が行われるのにふさわしくなってくると、初めて一団の薄い焔になったり、ぼやけた人のかたちに凝ってくる。——というのは、ここにいくら削っても同じしみが出てくる床板などということにしても、最初に与えられたショックのためにその部分に一つのひずみが生じているからで、一定の時刻とかある季節になって物音やその他の不思議が起るのも、つまりは当初の記憶を呼び起された瞬間に発揮される星雲状そのものの癖によって解釈される。即ち、機械的運動にまで強いられた意志の名残りであるから、電池のようにだんだんと作用が鈍くなり、おしまいには空気中に融けてしまう。それでこんな段階を、もし百に分けるなら、TDに取扱われ得る星雲は一から七くらいまでだろうと云うことですが、いったん赤い五燭の電球の助けを借りるならば、よく十番くらいのものまで発見できる。この赤色光線は奴らをおどろかせることが少く、極く濃い星雲状なら普通人の眼にも判らせる力を持っているからです。こうして調べてみると、空気と化合しかかっている程度のものならば、どこにもかしこにも一杯詰っており、或る種の予言者や巫女《みこ》を通して比較的はっきりした昔の人物が呼び出されたりするのも、つまり相手が非凡なキャラクターであったからして、現世を離れても全く消滅してしまわないのだという説明がなされるようです。この町に屯していたそんな名士たちも、現に七百体ばかりTDの手によって壜中に入れられてしまいましたからね」

「フエー」こんどはこう云うより他はなかった。

「その仕事のために、つい前週までは露の多い郊外に夜通し塩化ストロンチュームの紅焔が頻りに燃やされていました。そしてそんな仕掛におびき出された親株どもは全部取ッ摑《つか》まったわけです。それらは国立博物館の方へ廻されましたが、あとに残っているのは、雨に打たれたり嵐に逢ったりしているうちに自然に消えてしまうような屑ばかりだそうです。どうでしょう。お近付きを得た頃に較べると、なんとこの町の空気のせいせいしていることでしょうか」

我が棲いはヘリュージョンの野の片ほとり
厭わしきカルニアの運河に沿うた地下墓地だ

「なるほど、そんなこともあるのですかね」と私は云った。

「――ここが古《いにし》えの称呼にあるような――確かにこの町は影という音源を持っているのだと耳にしていますが」

「私たちがあるポイントに立って或物を考えている時には」と紳士は続けた。「すでにその或物は次なるポイントによって解釈されているのです。この町に余りに沢山溜っていることにさすがのＴＤも驚いたそうですが、いったいこんな手合は中世紀までの代物《しろもの》で、現代ではますます出来にくくなっている。稀《まれ》に出来たのがあっても、また以前からある土地に棲《す》み込んでいる奴らにしても、栄養物を失った十字架や土饅頭の辺りをうろついていた日には、それこそ乾涸《ひから》びてしまうし、いざ何か仕事を始めようとしてもイルミネーションや各種の照明に邪魔される。それで次第に逃げ出す一方だと云いますが、そうかと云って、もともと人間界に属しているのですから、山の奥というわけにも行かず、結局静かな茂みや清らかな水がある地方の町というより他はないが、そんな所も日増しに開けて行くのでね――ＴＤは一度、自動車のヘッドライトのために真二つに引き裂かれた奴が、共同墓地の煉瓦塀の上から真逆様に落ちたのを目撃したと云いますが、露の多い夜には、ヘリュージョン飛行場のサーチライトのためにきれぎれに砕かれて、雨のように降っているのが双眼鏡で見えるそうです」

「なんという災難でしょう」

「本当にね。我が微かに上品な者共がそんな受難を蒙《こうむ》るとは」と紳士は受けついだ。そしてTDの話に戻った。

「うっかりと立てたビール壜のコルクが弾《はじ》き飛んで、シューと蒸気のように吹きつけた奴から、なんとも云えない嫌な臭いをくっつけられたそうです。三晩目の試みの時にね。しかしそんなわけですから、T君の能力も大成功と云う所です。それで、最初の獲物があった空屋の持主が発起人になって、中央公園の涼み客を前にして公開実験が行われました。霧状の人影や、青白く光る手くびや、古い血痕が付いた女の足や、笑いながら薄らいで行く巨《おお》きな貌《かお》や——パッと空気と中和して消えてしまうのが大半だったと云いますが、ともかく前後十三回に亘って、そんなとりどりなお慰みを引き出すことができたのです。芯《しん》のある靄のかたまりに過ぎないものの中からそんな光や形態が出たことに、当の相棒もびっくりしたそうですが、何にせよ、数万の群衆がひしめく広場の闇が、そのとたん深い山奥に似た静寂に包まれてしまったと云うから、観衆のひとりだったヨーク市長が飛び出して、こんな銷夏術《しょうか》の毎晩の公開を希望したというのもよく領けます。いったんこうなると、煙草代《たばこ》にも困っていた両人の前に、断り切れない出資者が現われました。それらは悪い風評を持った空屋をかかえている家主たちでしたが、同時にTDは俄分限《にわかぶげん》になっていました。青レッテルを貼られてシャンパンのようにコルクを針金で括《くく》った褐色壜が目抜き通りの窓に出され、その値段が次第にせり上って売買され出したことが耳に入ると、新聞には又、カロリン半島にある某氏の別荘における饗宴に、幽冥界からの七人の珍客が列席、どんな氷柱も通風器も及ばない、ついに数名の婦人を失神させたような涼気をふりまいたと報道される。この一夕の余興のために主人が数千金の報酬をTDに呈したということがまた評判になり、以来そんな催しはどこの夜会にも聞かれるようになってきました。勿論それは彼ら両名が特別注文に応じて、効果的に、しかも危険がないように調合する大壜なのですが、傍らには一壜分を薄めて、いくつかの小壜に分けたものも売り出されました。原料は方々から申し込みに応じて出張する両技術家の手ずからに得られねばならぬのですから、何人にも手に入るというわけにまいりませんが、当時ひと包みのアイスキャンデーがいかにバカバカしい高値を呼んでいたかを顧みるなら、褐色壜の中に封じられた冷気が贅沢だなどとは、氷商人の中傷だとしか受取れないでしょう。喉元《のどもと》すぎるまで前者なのに反して、後者は一度栓を取ると、その内容は一週間は同じ場所をうろうろして、思いがけぬ折にこの上はない涼味を提供するのですからね。ましてそれが私たちの精神性に訴えている場合にあってをやです」

「それで、そんなにしてヨーク近辺のものは狩り尽されたから、TDがこの町へやってきたのですか」

「相当の時日がそこに経過したというのならばともかく、僅か数カ月中にそんな大都市に巣食う鼠共が、たった二人の捕獲者のために一匹もいなくなるとは到底考えられません」と紳士は答えた。「注意すべきは、鼠族は只TDによって集められ、吾々には各自の都合次第でそれが見られるというまでのことですから、いったんコルクの針金が外れて逃がしてしまったのは、再び兄弟によって捉えられてもいいわけです。しかしながらTDは只の商売人ではないのです。彼らは政府の依頼を受けて此処へ出張したのであって、彼らは三晩目の明方には、紫の衣を纏《まと》ったC帝がガス灯の下にしゃがんでいるのを見付けて、一週間追い廻したあげくにとうとう摑えました。続いて薔薇をかざしたQ姫や、甲冑姿のZ将軍などを手に入れ、それらはヨーク大学へ送られましたが、何にせよ大へん古くてぼろぼろになっているので、今の所は♭フラットのメロディーと百合の花の香に対して微弱な感応を示すのがせいぜいだそうです。それはそれとして、ここにTD両人の功績は、そんな史学や吾々の今後における可能性の分野に関するものの他に、実に今日の吾々の差し迫った題目上から見て、感謝されねばならぬと云われていますす。それは該兄弟が彼らの企ての方へみんなの心を惹《ひ》き付けてくれなかったならば、又、そんな次元を異にする冷気をふり撒いてくれなかったら、ヨーク市民がよくこの滅法界に暑かった夏の終りまで堪えられただろうかという一事にかかっています。ともかくTDの相棒が出現してから人々は暑気のことは口に出さなくなり、やがて世が透明な秋を迎えた時、まだイルミネーションの片隅や公園の樅《もみ》の梢《こずえ》などに居残って、人々にクシャミを起させていた涼しすぎる者共に対しては、TD商会の手で大急ぎで用意された分散器——ある種の薬液を仕込んだスパークレットサイホンによって、片っぱしから霧散させてしまうという周到さが与えられたのです。序《つい》でに一言したいのは、いったんこの放射に出会った奴は再び元の形には復さないということです。そうかと云って、世界じゅうからこんな手段によって眷属のすべてを除き去るのは大変な仕事であろうし、その日がくる迄、自分らはもっとこの領域を研究し、やがて吾々が只空想の上にだけ知っている――即ち古来の詩や物語の上で知っているさまざまの恐ろしいものや美しいものを、全然人力によって作ってみたい――その最も簡単なものはこの次の夏には間に合うであろうと、TDは報道員に話しています」

紳士はそれから微かな世界の住民どもが花――殊に蘭と百合の匂いを好むこと、従って彼らがこの町に多く住んでいたのも、一つに頭痛がするほど町じゅうに咲き乱れていた紫の花々のせいであること、しかしそんな陰気な者共に影響させられていた人々の頭脳も漸《ようや》く廓清《かくせい》された今日では、最も頑《かたくな》な老人連でさえその古風な花を残らず刈り取ることに賛成したこと、また昔から云われていたように、彼らは月光を好み、完全に封された壜を冷所に置いて時々月光に晒《さら》す時には、内容は五年間もその形を保つものであること、またそんな一本の壜は目下どれくらいの相場であるかということ……などを語ってくれた。おしまいに、「誰もが知っているこれらの事共を、（その大変な暑気のために危険だったヨーク市民への救いの冷気をもたらした両名の表彰式が催される今日迄）貴下はどうして知らなかったか？」という問いに対して、私は

「少し辺鄙《へんぴ》な所にいて三ヵ月間新聞を手にしなかった」と返事した。

私たちは轟《とどろ》いた号砲を聞いて、テーブルを離れた。噴水の向うに出来上っているというブリキ帽とビール罍を持った二人の、マックス＝エルンスト制作の奇妙なブロンズ像の除幕式に列するためにである。

我が見る魔もの　お化けの哲学

1

昔、私は佐藤春夫先生の依頼で、自分が憶《おぼ》えている数箇の荒談を書いた――

一、あれは六甲越えをして有馬へ出ようとしていた時じゃった。夜の話ではない、昼間のことじゃ。もう登りつめてヤレヤレとひと息つこうとしたとたん、頭の上にピカリと光り物が出たのじゃ。ワシはその場にひれ伏し、眼をふさいで、手を合わせて六根清浄、六根清浄。ものの半時間もして眼をあけて、おそるおそる梢《こずえ》の上の方をうかがうと、ござらっしゃる。キン色に光って、烏《からす》をひと廻り大きくしたようなものじゃった。金色に光った長いツメで枝をつかんでござらっしゃる。ありゃ天狗《てんぐ》様じゃったろう。二度目に六根清浄をとなえて、暫《しばら》くして頭を上げると、もうござらっしゃらなんだ。

二、これも六甲越えの時じゃった。良い月夜で、馴《な》れた道のこととて、ワシは山向うへ下って平地に出て、人里が見え出した時じゃったが、ゴーッと風が渡るような音がして、そいつがやってきたのじゃ。何者かと云うのか。それがわからん。四角いものかと云うのか。まあ、そうじゃ。丸いものかと聞くのか。丸味が付いていたような気もする。ユウレイの一種かって？　まあそうじゃ。つまり黒いもの。影のかたまりじゃ。大きさは、そうじゃのう、三木《みき》行の乗合馬車が駅前から出とるじゃろう。あれくらいのカサのものじゃ。それが恐ろしい速さで、月夜の白い道を、おっさんめがけて向うから進んできたのじゃ。あわてる隙なんかあるもんかい。おっさんは担《かつ》いでいた荷はそのままに、ほうり出したのかも知れんがそこはよくわからん。無我夢中で右手のヤブの中へ頭を突っ込んだのじゃ。暫《しばら》くたって音が遠のき、辺りが静まったので、出てみたのじゃ。黒いかたまりは、おっさんが歩いていた所の少し先から、左側の田圃《たんぼ》へ逸《そ》れて行ったらしい。それがお前（と両手をひろげて）レンゲ畠がのう、レンゲの花が噺《のう》、間半《まなか》（畳の幅）いや、もっとあった。畳のたての長さほどの幅の帯に薙《な》ぎ倒されて、それが帯になって、ずっと向うへ続いているのじゃ。レンゲの切れているものもあった。ありゃ化物じゃろうか。ユウレイのようなものじゃろうか……判らん。

三、今夜こそあれを生け獲《ど》りにせんければ……と云うて、村じゅうは昼すぎから大騒動じゃ。若もの、元気な男らは総ざらいで、夕景から山々のおも立った箇所でかがり火が燃され、いくさのような山狩りが始まったのじゃ。名うてのかりうどや山案内が指図をし、さまざま手段《てだて》をかえ、銅鑼《どら》を叩《たた》いて、攻め立てたところ、とうとう一時半頃にワナに陥《お》ちたのじゃ。かねて用意のオリの中へ入れた。それはこれくらいの（と手でその太さを示して）丸太を組んだ代物《しろもの》で、隙間は一寸ばかり、それがずっと並んでいる丸太組、太ナワ縛《しば》りのオリの中へほうり込んだのじゃ。正体は大型の犬くらいで、総身は長いフサフサした白い毛で包まれておる。なおその上に、猟犬で評判の良いのを五、六匹、傍につないで番をさせることにしたのじゃが、「夜は魔のもの」とはよく云うたものじゃ。明方になって見に行くとな。お前、影も形も無い。オリの中は空《から》っぽじゃ。

以上は、通称「灰屋のおっさん」という中年過ぎの酒呑みから私が聞かされたものに属している。彼は褐色の膚《はだ》をした、細い、ひょろひょろした狐憑《きつね》きみたいな男で、私の住いの裏手の「アイセ」（屋号）という家の納屋の二階にひとり住いして、ワラとか灰とかを売り歩いていたのだが、いつ出会っても酔払っている。彼を見付けた子供らは、〽灰屋のおっさん、飲んで食うてホイ、と囃《はや》し立てる例であった。するとおっさんが子供らを追っかける。子供らは散る。灰屋のおっさんは時には餓鬼《がき》共を相手にしないで、何やらよく聞き取れぬセリフをつぶやいて、路上で見えを切りながら、六方を踏んでいる。しかし、同じ所で同じ所作ばかり繰返しているので、一向に前進しない。

灰屋のおっさんは大抵宵の口に近所の銭湯へ出掛ける。それも俗にクスリ湯と呼ぶ小さな、ぬるい、濁《にご》った湯槽《ゆぶね》に首まで浸って、ひとり言を云っている。そんな所へ私がはいって行くと、おっさんは細目をあけて漸《ようや》く気付いたかして、「ボンボン、おっさんが実際に見た化物の話を聞かせてあげまっせ」と云って、ぼつぼつと始めるのだった。そのうちの三つがいまの話である。でもここに書いたようにハッキリしたものでない。ムニャムニャと思い出しながら、とぎれとぎれに辿《たど》られて行く。「それはユウレイか」と問い返すと、「そうだ」と云う。「お化けか」と聞くと、「お化けだ」と頷《うなず》く。「天狗か」と訊《たず》ねると、「そうじゃ、まあ天狗様になるな」と答える。問い詰められていよいよ困ると、「つまり魔物じゃ喃」とくる。全体が糢糊《もこ》としていて、その不得要領さにしびれを切らして、広い湯槽まで逃げ出すと、おっさんは相も変らず、ぬるい濁った湯に首まで浸ったまま、話の続きを語り続けているのである。それはおっさんが、気持良さそうに眼をつむっているので、ボンボンがすでに眼の前に居ないことに、気付かないからであった。

〽飲んで食うてホイの灰屋のおっさんは、相変らず街上で六方を踏んでいたが、おしまいに、彼の引越し先の横丁カジヤ町の、殆《ほと》んど空屋だと云いたい、がらんどうの家で、ある晩トイレに落ちて、黄金壺《つぼ》に逆様に首を突っ込んだまま事切れているのが、発見された。

私が佐藤先生のために書いた話は、他にも二、三あったが、こんど小話集に先生は、彼の即興を一つ付け加えた。次のようなものである——

この村にはな。昔から魔が棲《す》んどる家が三軒あるのじゃ。まず村外れの水車のわきにある古家。これは知っとるじゃろう。二番目は高いケヤキが立っておる坂下の、倒れそうになっておる家。あそこの魔が一番性《たち》が悪いて。近付くでないぞ。それから三番目じゃが、それはな……ええい、もう云うてしまえ。それはお前の家じゃがな。

全篇は『魔のもの』と題して、雑誌「新小説」に発表された筈である。

2

灰屋のおっさんの話は、それぞれに月の光であり、奇妙なオードゥブルに似た味を持っていたが、私が日頃身辺に見ている魔のものは、もっとアップツーデートで、かつフィーリングなそれである。

私の正規な小話集の中にこんなのがある。黄帝が崑崙《こんろん》山に遊んで、大切な玄珠を落してしまった。家来に探させたがいずれも成功しない。黄帝は最後に側近の「無象」に捜索を命じた。彼は首尾よく黄がかった黒い珠《たま》を見付けて、帰ってきた。黄帝は「有能の士はみんなダメであった。ひとり無象が能《よ》くこれを得た」と云って喜んだ。

荘子を読んでいた時に思い付いたのだが、この「無象」について何のことだと云って、一友が質問した。ムショウと読んで、形なきもの、つまり作為しない者を指すのだと説明すると、「あ、そうか。ボクは又そんな象が実際に居るのかと思った。ムゾウだなんて化物動物のようで、妙な気がしたよ」と友は云うのだった。

所がこのお化けの「無象」が、(私の夢の中でなく)幻覚として夜も昼も立ち現われる。アルコール入院をして、近所の小幡山の麓《ふもと》にある小病院の個室のベッドに横たわっている時に、その期間は約二日、三日で、四日目になると恢復《かいふく》が始まり、長くて五日目には退院するならいである。

私の「無象」には長い鼻など付いていない。短かいシッポもない。大きな耳もない。眼も口もキバもない。ずんべら坊の巨獣で、それが音もなく陸続と出てきて、右から左へ、あるいは左から右へノロノロと通り過ぎるのである。

例えば(但《ただ》し、これは夢の中の話である)細い淋しい、人影のない曲りくねった往還があって、眼の前の家の中へはいってみると、屑《くず》屋さんのような所で、広い土間に、紙屑やボロやホコリだらけの家具が一杯つみ上げてある。ずっと奥へ通ると、暗い狭苦しい畳の上に、白髪の痩《や》せ衰えた老人(男と女)が、頭を向い合せに布団の中で寝ている。あっちこっちで、何か物が破裂したような大きな音が起る。こんな時にも「無象」が居るのである。畳の向うに、左手の庭らしい所に、ウヨウヨと、しかし巨《おお》きな物だからウヨウヨは当っていないが、ともかくウヨウヨの感じで、眼も鼻も口も無い首を、部屋の中へ差し入れてきたりする。こんな「無象」の中には、茶褐色の疎毛《そもう》に包まれた奴の他に、何とも言えぬ陰気な鼠色《ねずみいろ》をしたのがまじっている。

大橋巨泉君は、私が彼にアルコール幻覚の一つを伝えた時に、「壁に耳ありでなく、壁に眼ありという所ですな」と答えたが、実はそれは単なる壁ではない。総体的にぐちゃぐちゃとひいいともちに崩《くず》れた凸凹面で、只《ただ》その所々に人間の眼が縦になり横になり斜めになり、またぺちゃんこに潰《つぶ》れたままくっ付いているので、ハハン、人間粘土が塗られているのだなと、判るのである。三つ目の猫は想像に難くはない。インドの神様に三つ目の湿婆《シヴァ》というのがあるからだろう。しかし五箇の金色の目を光らせた一匹の猫が、向うの樹の股に坐って、先程からじっとこちらを見下していたとしたら……。歌川国芳筆『大物の浦』に、義経一行の乗船の帆の上方に平家一門の亡霊が影絵のように顕《あら》われているが、あの感じが、私が常に病室の壁面に見るイメージに最も近いようだ。

私の住いの背後を、山科川を距《へだ》てて京阪電鉄宇治線が走っている。これが東方の次のステーションの六地蔵（此処《ここ》は昔から役者村で、長谷川一夫君もこの土地の生れである）のすぐ先から南へ折れ、小幡山（「小幡山は恐ろしき山」『枕草子』）の麓を通って、宇治に続いている。この六地蔵の東側を歩いてみようと出掛けると、そこがお寺ばかり。石塔や卒塔婆《そとば》にこそ出食わさなかったが、いくら行っても曲っても寺、寺、寺で、抜け出し様がない。夢の中の話である。

どっちへ行っても料亭の座敷と庭ばかり。広い畳の上には仲居さんや姐《ねえ》さんが並んでいるが、いずれもこちらには関心がなさそうである。訊ねると、「そこを折れて左へ」など教えてくれるが、その通りに進んでみてもやはりお茶屋の畳があるばかり、狭い庭に石灯籠《いしどうろう》が立っているばかり……その向うにも座敷がある。いくら行っても、光った廊下と座敷である。

こんな調子で、「お化けの町」へ紛《まぎ》れ込んだことがある。住民らは普通の装《なり》をしているが、それが化物だということがよく判るのである。大抵がどこかの工員か、芸能関係者か一向に見当が付かない奇妙な御仕着《おしきせ》をまとうた姿で、出口を訊ねても、彼女らは申し合わしたように異様に意地悪く、その正体が並の人間でないことを十分に感じさせるのだった。

3

でも私は、いったん目が醒《さ》めると、その種の悪夢なんか一向気にかからない。現にそこに見えて動いて行く「無象」や、曼荼羅《まんだら》的幾何学模様や、驚くべき精巧な機械の密林についても、同様である。おびやかされながらも、こちらには対抗力が十分に保持されているからだ。対抗なんていうのも間違いである。闘うほどの相手ではないのである。要するに彼らは「影」の世界の物どもにすぎない。「そは偽《いつわ》りの像にして、迷妄のワザなり。我れ臨む時忽《たちま》ち滅ぶべし」

フランス人は総じてお化けの取扱いが下手である。そこには常にナマの女体と料理とが付きまとうている。即ち彼らはお化けを生理的にしか扱い得ない。アングロサクソン（イギリス人とドイツ人）のように、お化けたちをそれぞれに物理的に独立させることができない。戦後にディトリッヒ主演の『ガス灯』というフィルムがあった。古い家で夜毎に天井のガスライトの光が暗くなる次第が取扱われている。実は主人が屋根裏の部屋で、何か秘密な品物を探していたので、その時にガスを点《とも》すことに拠《よ》っている。この映画の脚本は誰だったか知らないが、こういう推理的解釈を持ってきたのでは、お化けは殺されてしまう。われわれを満足させてくれない。

アメリカ人となると、彼らのお化けの扱い方はむしろコッケイなものになる。彼らは映画の舞台にありとあらゆる通俗的オブジェを並び立てる。墓地の十字架、ゴーストタウン、絞首台、柩《ひつぎ》、骸骨《がいこつ》、フクロウ、烏、五位鷺《ごいさぎ》、蛇……これではお化けムードが一向に感じ取られないばかりか、頭の悪い古道具屋の店先にほうり込まれたようで、おしまいには小うるさくなってくる。ひとえにアメリカ人の芸術的センスの欠如によるので、彼らをつかまえて、口を酸《す》っぱくして説教した所で無効である。お化けに対しては、（詩的情緒、推理、ＳＦ方面へ逸《そ》らせるのではなく）真正面から取組む必要がある。もしもこれがコッケイ化に傾くようだったら、新しいオブジェにまで立て直さす意気込みでやり直さなければならない。ポオなども、彼の両親が旅役者だったせいか、道具立が余りにゴタゴタしていて、純粋なオブジェ創造への途を阻《はば》んでいる。

今まで憶《おぼ》えているアメリカ製フィルムで、すぐれていると思ったのは、終戦直後に浅草六区で封切られた『肉体と幻想』（Flesh and Fantasy）の中に、東南部の山岳地帯のカーニヴァルの日に、山の向うからやってきたという昔の扮装の大勢の男女、即ち亡者どもが広間でくるくると踊っていた場面である。女性を胸元に引き寄せてクルクルクルクル、独楽《こま》さながらの、目にとまらぬ回転ぶりは（KKKまがいの白坊主と合わせて）いかにもアメリカ流のお化けだと感心させられたのである。

フランス人の神秘消息キャッチのまずさは、ブルトンを読んでもよく判る。ブルトンの夢判断に関するお喋《しゃべ》り（『通底器』）などうるさい限りである。しかし一般のユメには、常に何か具体的なタネがあるというのは、これは本当である。

4

先日、私の家内が次のような夢の話をした――

急行に乗換えようと汽車を降りると、そこは田舎《いなか》のステーションで、時間の余裕があるので外へ出て歩いていた所、古道具屋があった。その店先に銀グサリが付いた小さな銀側時計があった。これは看護婦たちが患者の脈を取る時に使っていたもので、現今一般女性に見られる腕時計くらいの大きさである。なつかしさの余りに手に取った。（私の家内は十五歳の時から八幡製鉄附属病院の看護婦であった。）片耳に当ててコチコチを聴こうとした所、チックタックにまじって死人の声がしている。確かにそれは死人同士の対話であった。驚いて隣りに居た人に聴かせてみると、これもびっくりした。あわてて時計をほうり出した。それから歩き出して、少し行くと旅館があったが、表の間か奥の部屋か、よく判らなかったが、畳の上にKさんが坐って（これは、家内が居た右京区山ノ内の母子寮に長年勤めていて、今から十年ほど前に世を去った中年女性である。以前は彼女のお父さんの任地の小樽でスキーに興じるような人だったが、戦争中の栄養失調が元で、永い病院生活にはいった。とうとう亡くなった時、何しろ変った病気だったので、府立病院側からの申し出があって、解剖に付せられたのである。彼女の父はすぐ近くの香里に住んでいたが、平素から疎遠だったので、やってこなかった。母は継母であった。それで私の家内が立合人になったわけだが、副腎に障害があったばかりで、次々と取り出される各臓器が、若々しくきれいなことに驚いたと云う）、そのKさんが花を生けていた。これらのイメージは、家内が現に執筆中であった自伝的小説で、ちょうど八幡製鉄時代に取りかかっていたことと、私の「時計直しのおじいさんの話」との影響だろうと、家内は云うのだった。

「時計直しのおじいさん」とは、いつか佐藤先生が私を冷やかして口に出したコトバで、それは時計直しのおじいさんが、きょうも近所の子供たちを集めて、いつもの童話を読み聞かせようとする。それはおじいさんが若かった頃、たった一ぺんだけ、婦人公論という当時一流の雑誌に発表した『チョコレート』である。数知れぬ回数にわたってページを繰られているので、大正十一年三月号の表紙は擦《す》り切れ、紙は黄色に焼け、ボロボロになっている。この着想は、先生ならびに私が電車を待って佇《たたず》む、玉川線「渋谷大坂上」のわきに、破れガラスの戸が付いたボンボン時計修繕屋があったことに由来している筈である。

私は宵《よい》の口に寝床へはいって、一時半か二時頃に目が醒《さ》め、そのままあと二日間起きている。再び宵の口の二、三時間を眠ると、再びあと二日間を起きていることが出来る。つまり自分はナポレオンのように二時間だけ寝たらよいのだが、そのあと丸二日間ぶっ通しで起きている点を顧《かえり》みると、あるいはボナパルト以上かも知れない。けさも一時半に目が醒めて、無糖珈琲《コーヒー》を飲み、四時頃にうとうとしたが、それから四時半までのあいだに、次のような夢を見た――

銭湯(私の家には二人がいっしょに浸《つか》れるだけの風呂があるが、どうも四角の箱の中へはいるのは柩の内部へおさまるようで、いやだ。そこで電車に乗って、中書島《ちゅうしょじま》で乗換え、その次の京阪桃山駅まで行って、すぐ近くの大手筋の「桃山湯」まで出向くが、湧《わ》き立て湯屋への一番乗りで、なにも宇野浩二のように頭からすっぽりと湯の中に浸るわけでない。私の入湯時間はいつも五、六秒である。烏《からす》の行水が体を洗ってからもう一度くり返されて、終り。だから、番台のおかみさんは、私の風呂賃は正味五円だと云っている。このことは文春の米田君も、カメラマンの春内君も新潮社の吉村君も知っている。彼らが写真を撮《と》るというので、私は彼らを桃山湯に案内したことがあるからだ。おかみは東京の編集者たちに向って云ったそうだ。「京都へこられたら、どうぞ御遠慮なくうちの湯につかって下さい」と。）——夢の中でこの桃山湯に出掛けると、そこがいつのまにやら、神戸奥平野《ひらの》市電終点西側にあった「カフェー平野」に変っている。以前の主人はひょろ長いきゃしゃな体を、スタンドに倚《よ》りかからせて、両手の指先で舟形を作り、「こんなオソソ形や」など云って、お菓子か何かの形を女給たちに説明するような人柄で、鼻下に短かい口髭《くちひげ》を貯えていた。いまはヒゲだけが剃《そ》り落されていただけで、別に老人にもなっていない。店の表側がテーブルと曲木細工の椅子《いす》を置き並べたカフェーで、お湯はその背後にあるらしかった。主人はひとりの西洋人と商談らしい会話を交わしていた。客が去ると彼は私に近付いてきて、「あんたは近頃インキな人気やな」と声を掛けた。私が比較的高級な読者、即ち知的な連中のあいだに評判が良いと云うのだろうな。なるほど、歌うたいや俳優に較べると、インキなニンキに相違ない。

「よくボクを憶《おぼ》えていましたね。これも奥平野七不思議の一つかな。ヒゲはいつ頃から剃り落したのですか。インキなニンキとは乙りきなことを云う。神戸式だね」と返事すると、「あんたはあの頃から断然他を抜いていたからな」オヤジはお世辞を云った。

そこへ松村実がひょっくり顔を出した。事情をさとって、良い所へきたと思ったのだろう。彼は手帳を取り出して、「五十年前の私」についてオヤジからいろいろ聞き出そうと決心したらしかったが、その口吻《くちぶり》は呂律《ろれつ》が廻らない。その上、酒気を帯びた巻舌であった。これは謹厳な青年に似合わしからぬことである。実はこの松村君の上に、一昨晩次のようなことが起っていた。

その日、徳間書店の久保寺進と、私のマネージャーをもって自任する托鉢《たくはつ》姿の藤井宗哲がやってきて、十月一日から新宿の紀伊國屋で開催されることになっている「タルホ個展」の下相談をしたが、これに近所の松村実が加わって、暗くなると共に私は迎えの車で、二人の客は松村君の車に同乗して京都新聞へ出掛けたのだった。加茂川べりで私の写真を撮るのが目的であった。

松村君は、きのうやってくる約束だったが、学校の始業式のあとでビールを少し飲んだものだから、と弁解した。次の晩は曇って月が見えなかったので、写真部で黒幕をバックにして撮り、あとで月なり星なりを嵌《は》め込むということになった。十枚ばかり写して、私は新聞社の車で帰宅。藤井宗哲は南禅寺に宿所を予定していたところ、黄檗《おうばく》の緑樹院の方が、明日、私の許へくるのに都合がよいからと、そこにきめて、松村君の車に久保寺君といっしょに同乗して宇治へ向った。所であとで聞いてみると、すでに時刻が遅いので、二人の客は大手筋国鉄踏切ぎわの旅館「いろは」に泊ることになった。時間があったので、この三人が京阪桃山駅前の「サクラ酒場」へ行った。松村君は酒は飲まない。にも拘《かかわ》らず、少し阿呆な女の子が居て、松村君の前に置かれたジョッキにビールをなみなみと注いだのである。それで自動車に乗れなくなり、車を残して松村君は桃山学園内の自宅へ帰った。翌朝、車を取りに出向く途中で腹痛に襲われた。スバルは盗まれていなかったが、こんなわけで彼はその日、学校を休んだのである。

私が明方の夢に出てきた酒呑み松村には、右のいきさつがタネになっているに相違ない。

傍《かたわ》ら私は、「カフェー平野」経営の風呂へはいろうとして、サイフをあけると、百円ギザと孔《あな》あき五十円ばかりで、黄銅の五円玉がない。しかも二種の硬貨には、女王様や王侯の浮彫《うきぼり》が付いている。これは先刻の西洋人の影響であろう。全体の経緯は、その昼間、桃山湯で、余所《よそ》から手伝いにきていたらしいおばさんから、五円不足を指摘され、サイフの底をさぐってアルミを五枚渡したことがタネになっている。湯代三十五円が九月一日から四十円に値上げされていたことに、自分は気付かなかったのである。おかみならば五円不足など私に注意しなかったであろう。彼女は五円でいいと云っているのだから、私の方がお湯屋からおつりを貰うのが本当である。

「カフェー平野」のオヤジは、「風呂賃なんかいらないよ」と云いながら、棚《たな》からキモノ入れのカゴを取り下してくれた。自分は裸になったか、お湯に浸ったのか、その辺は憶えていない。

この部分は昨夕、家内と大正期のカフェーの話をしたのがタネになっている。自分は正式なカフェーは実は知らないのだということ、バーも、喫茶店も、ボウリングも、ゴルフも、空中バスも知っていないこと等々を話した。パチンコは往来から見えるから知っているが、あのハジキのバネに手を触れたことは私には一度もないのである。

こんなわけで、夢とはたわいないもので、相手にするだけの値打はない。しかしこんなタネが結晶核の役目をして、他方で恋愛を発生させ、芸術作品を産み、思想に変化し、数学の発展となり、驚くべき機械装置の発明になり、宗教的啓示にまで転換されることも、また忘れてはならない。

何事もタネから発展する。われわれが例えば五分間の距離を歩くあいだに脳裡《のうり》に去来したイメージを、適宜に選択して、タブローとして置き並べたならば、立派なアブストラクトやシュールやポップアートが成立する筈だ。ユウレイは死体のイメージの利用に生れている。あるいは死体の漫画化である。近頃の子供たちが映画のユウレイを見てゲラゲラ笑い出すのは、当然である。「ダンスマカブル」（骸骨踊り）も、この骨組だけの人体が、その運動エネルギーをどこから得ているのだろうと考えると、噴《ふ》き出してしまう。おそらく電池を使っているのだろう。電池は時々取換えないと効能を失ってしまう。骨片の連結部はどんな構造に置かれているのだろう。

マモノ族もユメが遊離して、おのずから客観化されたもので、それぞれに何らかのタネを持っている。そのタネの数はいったいどれくらいあるのか？

俳句を例に取ってみよう。片仮名の数は、濁音（パピプペポも合わして）総数111である。この肩に俳句十七字の17を付けたらよい。即ち111^{17}の十七字配列が可能である。短歌の場合ならば五、七、五、七、七の五句だから、みそひともじ（三十一字）で111^{31}である。これらは人間の頭で想像できるような数ではない。加藤郁乎《いくや》流に言うと、そのすべてが俳諧《はいかい》として成立する。しかしやはり人間に取扱える数ではないのである。漢字における単位は……兆（人体を組立てている細胞の数）、京《ケイ》、垓《ガイ》、秭《シ》、穣《ジョウ》、溝《コウ》、澗《カン》、正《セイ》、載《サイ》、極《ゴク》、恒河沙《ゴウガシャ》（ガンジス河の砂の数）、阿僧祇《アソウギ》、那由他《ナユタ》、不可思議、無量大数である。

この中でわれわれが利用している数は、無限小とも云うべき部分、即ち「ガンジス河のひと摑《つか》みの砂」である。幾何学にしてもその通りで、無量の公理体系が成立するが、われわれにとって特に面白いと受取られるもの、すぐれて感じられるもの、即ち極小部分だけが幾何学になっている。ここに「選択」というものの意味があるが、俳諧や短歌にあっては、現に利用しつつある極小部分が全体に等しいという秘密がある。

たとえどんなお化けが現われようと、決してたじろぐには当らないのである。

古代ギリシアの怪しげな町プトレマイオス。此処《ここ》でも悪疫猖獗《しょうけつ》のために多くの人々が死に、今宵も人影の跡絶《とだ》えた往来には、ただ月の光が流れているばかり。ある館の地下室ではいましも十人余りの仲間が集って、景気直しの酒宴を催していた。しかし赤いチャン酒の盃が重ねられても、アナクレオンの詩やティオスの子の唄が吟じられても、一向に感興が湧かない。わざと大声で笑い噪《はしや》ごうとしたが更に利き目がない。却って気持が打ち沈んで行くばかりである。七つの鉄製ランプの焔《ほのお》を除いて、一切の物が不思議な重さの下に抑えつけられていた。ハテこれは何としたことかと一同が思い始めた折柄、表に面した階段の高い真鍮《しんちゅう》の扉が、外からは開かれぬ筈なのに、隙間でもあったのか、それとも鎖《とざ》したままだったのか、見究めた者は居なかったが、いつのまにやら妙な黒い物が何の音も立てずに石段を降りてきて、一団の前に突っ立った。それはカルデアの神でもなければ、エジプトの神でもなかった。地平を離れたばかりの月が、地面に長く引き伸ばした人影に喩《たと》えられるものであった。みんなはギョッとして息を呑んだが、やがて勇気のある客が、階段下を向いて口を切った――

「お前は何者だ、どこからきたのだ」

先方は答えた。

「わたしは影だ。わたしの棲《すま》いはヘリュージョンの小暗《おぐら》き野の辺り、あのきたないカロニアの掘割ぞいにあるプトレマイオスの地下墓地だ」

これを聞いて一同は震い上った。何故《なぜ》なら相手の声はひとりの発音でない。亡くなった多くの友人のシラブルがいっしょになって、次々と語調が変って行ったからである。

みんなは顔を上げようとしないで、黒檀《こくたん》の大卓の表面に映っている自分の蒼白な面《おも》ざしと向い合っていたが、そのあいだに思案していたらしい勇気ある人が、やおら立ち上って、広間の階段とは反対側の扉をあけて出て行った。裏口から走り出た従者が案内してきたのは、背高の加藤郁乎である。彼は片手に黒い袈裟《けさ》を抱え、一方の手に大きな鞄《かばん》を下げていた。彼は黒衣を左肩からひっ被《かぶ》ると、合いの扉を開け放たせて、次の間の床へ、鞄から取り出した祈禱《きとう》道具を並べた。彼は小壺に水を張り、真鍮のランプを出してその中で香料を燻《くゆら》し、御幣のようなものを打ち振り、「鶴亀、鶴亀、鶴亀」と三べん繰返してから、何やら呪文を長々と唱え出した。すでに半時間は経た。一心不乱なカトウ卿のひたいからは大粒の汗の玉が落ち出したが、階段下の「影」は依然として元のままに突っ立っている。「タルホ先生の助勢を求める必要がある」こう云い出したのは、イクヤ卿か、落着いたオイノスだったか、その辺はハッキリしない。ともかく従者が再び裏門から走り出して、折よく真裸の笛吹き女を膝《ひざ》の上に載っけて、チャン酒の罎《びん》を傾けていたイナガキタルホが引っぱり出されたのである。彼はガウン姿のまま静かに裏木戸からはいって、カトウ卿から一部始終の説明を聞いていたが、やおら大広間の方へ出て行った。黒い掛毛氈《もうせん》にそうて大テーブルの片側を廻って、「影」の前に立った。暫《しばら》くそのまま

「影」を見ていたが、やがて口を切った――

「影よ、速《すみ》やかにおんみの棲《すみ》かに帰るがよいぞ」

とたんに「影」が細かく震動を始めた。

「帰らぬか！」

二度目にタルホ先生が一喝すると同時に、「影」は揺れ、恰《あたか》も海底のコンブのように前後に劇《はげ》しくゆらめき出したが、そのままスーッと薄れて、消え失せてしまった。めでたしめでたし。

お化けに近づく人

「そろそろ怪しい物共がはびこってきて、われわれの周りを取巻くのが判りませんか」
——ファウスト二部・第一幕・広々としたる広間

あなあわれ
恋のイカルスが
落っこった
空色の瞳の湖水へ

かれは初めは、こんなふうな詩を書いていたのだそうです。そしてそのことはかれにとってふさわしいことだったのに、やがて柄にもない方面へ踏み出そうとしたから、ついに「悲壮劇」が発生したのだと、かれの昔からの友人は云っています。かれらによると、つまりそんなふうに変りかけたかれは、たとえば「北海道××で」と書けばよい所を、「曾《かつ》て北方の或る都会で」というぐあいにやったからであり、若《も》しいったんわれわれのうちにこのような病癖が嵩《こう》じて、しかもそこにある逆説について認識不足であった時は、われわれのよって立つ現実性はいよいよ稀薄となり、ついに六月の夜の流星雨となる木星族彗星《すいせい》の運命を招かねばならぬのは当然だと云うのでした。彗星と云えば、最初に逢った時でしたが、かれはこんな質問をしました。

「どこからかやってきた大彗星につられて、地球が太陽系を抜け出してしまうようなことには、可能性があるのかね」

「いやそんなことは絶対に起り得ない。元来彗星の質量なんか問題にならないから」

そう答えたのは別に私でありません。けれどもいまになってみると、この説明はよしかれをして地球にたいする彗星の無力を知らしめるものであっても、決して彗星自体にそなわる薄命性についてかれの顧慮《こりょ》を促《うなが》せるものではなかったと云えます。とは云えこの最初の日、かれをつれてきた紳士と私との対話を、かたえに寝そべりながらきいていて、時に何か物を払いのける印象をあたえる早口で意見を差しはさむかれは、丸々とした、血色のよい大柄な男でした。そしてたとえば、「そばに侍らした美少年の頭髪で手を拭うローマ人の御馳走の食べかた」というような題目について論じる時、かれのつややかな頬はいきいきと輝くのでした。これは私にはいささか意外なことでしたが、かれも又私にたいして同じことを感じたのかも知れません。物判りのよい男でしたから、私についてはすぐに、「これはこれでよいのだ」と思ったことでしょう。かれの云いぐさを借りるまでもなく、私たちの対象が人生にあるうちは、われわれは痩《や》せていたってかまわない。けれどもそこは既に通りこした。そうだとすれば、メヒストフェレス一族は太っちょだ、とかれは主張することでしょう。

かれは或る日、なぜ近代文学がノンセンスに走らねばならなかったかを論じて、ロード・ダンセーニの作品に及んだ時、例の早口で私に云いました。「おまえのかくものなんか、おれはその代表だと考えるね。おまえにはノンセンス以外に何もありゃしないのだから。ところであの連中だね」とかれは言葉をつぎました。「一生懸命だがどうも毛が三本たらぬ感じだ」

これは、かれがその頃出入していた銀座裏の或る酒場に集まる若い一群を指すのでした。しかし、かれはそんなことを云いながら、そのグループにはたいそう好意を寄せて、かれらが関係している探偵小説を主とした雑誌の愛読者をもって自ら任じていました。先年自動車事故のために死んだW氏をかれが私に紹介したのも、紅い光を受けた棕櫚《しゅろ》の葉が壁に映っているその同じ酒場でした。また、グループを離れて、それゆえ腰に一本たばさんだ感じがするJという作者についても、かれはそのJの作が載っている雑誌を私の前にひろげて、注意をうながしました。

それは「不思議」という題の短篇でした。ビルディングの最上層に住んで部屋から一歩も出たことがないくせに、人の為《な》すこと考えることをみんな承知して、その度合は当人以上でないかと思われるような、そんな友人にたいして恐怖を抱いた主人公が、意を決して相手を殺害に出かける。ところが友人の部屋の卓上に吸いさしのタバコが煙を上げているばかり、「君は利口な男だが、惜しいことに一歩おくれたよ」と走りがきした紙片が載っている。相手の姿はない。隠れる場所も逃げる路もないはずである。正面の窓をあけてみると、スーツケースを下げた相手が、いましも白分を見下してニヤニヤ笑いながら空間を昇ってゆくところであった。そこでよめた。「そら、昔からよくあるでないか。三日月に腰かけてへんな笑い方をする細長い先生がいるが、あいつだったのだ！」――こんなすじでしたが、走りよみしている私のそばから、かれは会心の笑《えみ》を見せながら云いそえるのです。

「こりゃ何だな、おいら子供の時からマッチのレッテルなんかで見ている……あれがあるからなんだね。やられた！　と思ったよ。しかしどうもたねがありそうなんだが、判らん。ともかく面白いところをねらっている男だよ」

同じJの「ジャマイカ氏の実験」についてもかれはきかせました。或る晩がた、新宿駅で省線電車を待っていたら、腕をうしろに組んでぶらりぶらりとプラットホームを直角方向に往来していた西洋人が、ついと無心のまま向う側のフォームまで空間を渡ってしまった。びっくりして、こちらは地下道を通って追っかけて、ただしてみると、相手はいっこうに覚えがないと云う。隣のフォームにいたことはなるほど知っているが、それがいつこちら側へきたのかそれは自分にも判らない、と答える。いやそんなはずはない、あなたは空中歩行術を体得しておられるのだから、どうか伝授していただきたいと無理に西洋人の住まいまでついて行く。そしてさまざまに説き伏せて、テーブルを二つ、距離をへだててならべ、そのあいだを渡らせようとしたら、たちまち落っこった！

かれはその他、ダンセーニや、ワイルドや、ポオや、ホフマンや、エーエルスや、ビャースや、また、ウェルズの或る作を語る暇々に、こんどかくつもりだと云う物語のすじをきかせました。しかしそんな、例えば美人の眼の中に宝石が隠されていたとか、乞食《こじき》がぐじゃぐじゃに崩《くず》れて、そのどろどろしたかたまりの上に眼玉が光っていたとかいう話は、かれの意気ごみと得意さにくらべるといささか間が抜けている、と私は思わずにおられませんでした。もっともかれ自身、いわゆる北方からの便りの中で述べていました。「おれはどうしてこんな風雪にとじこめられた陰気な所に故郷を持ったのであろう。おれはいくらあがいてもゴオチエのような方法でしか行けない。こんな点で明るい南方に生まれたおまえの極楽トンボ性をうらやむ」と。極楽トンボとは、実は、屈託なげにきらきらした夜の銀座界隈《かいわい》を飛び廻っているかれにたいする私の評言なのでしたが、たといかれが何かまじめな勉強をしている時間について云ってみても、どうやらそれは、「近代文学の困った数ページをひとり踊りしたにすぎない。初めからこ、い、い、い、んどのことが判っていたなら、そのきゅうくつなシャツを脱がせてやりたかった」という点にみんなの意見が一致しました。かれらは、かれの云うことはどれもどこかに書いてあったことであり、その行いは空ッポで、見せびらかしで、つけやきばであり、しかもそんな次第すらおいらがさんざんにいじめたり泣かせたりした末にかれをして習得せしめたところのものである、と云うのでした。なるほどそう耳にしてみると、（いったいそんなことを云う手合がかれにくらべてどれだけダンディだったかは疑問ですが）このぬっとした奴の芸術が、今後いかように発展を俟《ま》ったところが、"Pen, Pencil, and Poison"の主人公の審美的折衷主義を出ないのはたしかだ、と私にも考えられました。そのことは、沙良峰夫といういともはかなげなペンネームや、コカインをしませた綿を鼻孔へ差しこんでいる手つきや、先のとがった靴や、黒びろうどで縁取った上衣などをかえりみてもうなずけます。鴉片溺愛《あへんできあい》のデ＝クィンシーや毒殺者ウェーンライトを持ち出すことは、かれをして有頂天にさせました。かれは、自分も"Some Passage from the Life of Egmet Bommot"を出すのだと云って、白と金と緑とから成立つべきその装幀について、私にきかせました。

しばらくかれは姿を見せなくなりました。足の関節を病んでいるとの噂《うわさ》でしたが、次には、郷里へ帰っているということが知れてきました。かれの家は網元だが、両親は夙《はや》くに失くなり、いまではかれの妹と、祖父と、そして十年間も外へ出ないで本ばかり読んでいる人間嫌いの叔父さんとかがそこにいるのだという話でした。半年ほどたってかれは再び上京しました。その折かれは、いわゆる北方の或る町の酒場で偶然眼にふれた冊子で読んだ私の小品を、しきりにほめて、その中の文句、「旦那、へんな奴らがはびこってきやした。こんな晩には切上げる方が利口でげすよ」をくり返し述べて、例のごとくうれしげでした。次に逢った時、かれは山高帽をあみだにかむって、妙なインバネスをひっかけていました。この帽子は、私の提言にもとづいて先夜、私の姿が見えなくなるなり、ただちに帽子店へ飛びこんで買ったのだとかれは云いました。マントーは、従来持っていた二重廻しの下半分を自身で切り取ったものでした。食べるにも飲むにもかれは相変らず達者でした。もっとも、せっかく腹中におさめたものは、表に出て風に当ったとたんに嘔《は》き戻してしまうのではありましたが。――しかし、こんどはいよいよ仕事に取りかかるのだと云って、なかなか愉しげに見えました。が、時はすでに遅かったのです。私はその後一回しかかれと話を交すことができませんでした。なぜなら、全く不意にかれを訪れたのは、このたびの無理な出京を追うてきた北方の使者ではありません。それは、かれが日頃から霧の深い夜に場末の酒場かどこかで逢うことを願っていた男、こうもりみたいな羽根のある人物に他ならなかったからです。しかもかれと議論するのではなく、かれを迎えにきたのであったところのその人物は、かれを引き立てて、ネオンサインを映した街の石だたみの隙間からもろともに降りて行ったのでした。

☆

或る夜、雨には風が加わっていました。私たちは、かれが東京で最初にくぐった酒場だという銀座横丁の「ロシア」の二階に集まっていました。かれを襲うたあまり例のない内臓の疾患についてみんなはいくらか詳細に知りたかったのでしょうが、説明役は、「同じことだから」とそんなわけの判らぬことを云って、中途で座に坐ってしまいました。「これから生きていてもさて何をする所があったか？」と最初の一人が云ったことに、もはや何人もつけ足すものがないようでした。それのみか、「殺すわけにも行かなかったんだからな」と思っている者さえあるようでした。一同はしばらく窓ガラスを打つ雨の音をきいていましたが、ふいに一人が口に出しました。

「まるで化物だよ。あいつがあの山高をかむってさ、手製のトンビをひっかけ、電車に飛乗ってつり革を持とうとしたら、そこにいた女が顔色を変えて逃げたとよ」

ドッと笑声が上りました。もう集まっている必要はなかったので、人々は散りかけていました。狭い階段を降りると、おもてのドアは風にあおられて、しぶきが吹きこんでいました。

「ひやぁ！　嵐じゃねえか。追悼会がこんな晩だとはどこまで手を焼かせやがる野郎なんだろう」

と一人が腹立たしそうに叫びました。

「しかし晩年には」と私は、さっきから考えていたことに結末をつけるように云いました。

「あの、影を買ってくるくると巻いてポケットへしまいこんだ男の弟子のようなところがあったぜ」

「そうだ、あの男には影がなかったからな」

面を向けようもない横なぐりの、土砂降りの街に、再び笑いがひびきました。

北極光　Aurora borealis

こんど逢ったとき、かれにはどこか可笑《おか》しな手つきが見られました。後になって判ったところによると、かれはコカインを使用していたのですが、阿片もその頃少しはやっていたのだそうです。

何にせよ、宇宙空間の一方向へ進んだものがどうしてその反対側から戻ってくるか？　という問題にたいするアインシュタインの比喩を私が考えていた時に、かれが私を誘いにきたのでした。いつでも困った折の例にならって、このたびも半年あまりの月日を北海道の端にある郷里の町にすごしたかれは、つい数日前に“Ultima Thule”からの出京をしたのでした。そのようなへんぴに生まれたことについて、かれは常になげいていました。「どうせゴーチエみたいな行きかたしかおれには出来ない。それについては南海に生まれたおまえの極楽トンボ性を羨ましく思う」かれは大雪に包まれた町から書いてよこしました。私は、車中からの電報を受取りましたが、いっしょにシャンパンを抜こうと定められた銀座のライオンへは出かけなかったのです。

「ことしはオーロラが見えた」とかれは云って、本当に目撃したのか、それとも遠い海からの帰来者にそれを聞いたのか、例の鼻のうごきを手つだわせながら一人合点する早口でつづけました。「あれは余りきれいなものじゃないさ。パッパッとうごいて何か絶望をそそるね」

「……」

産業博覧会のヂオラマに観る、取りとめもない埠頭とその向うの暗い海から成った荒涼とした景色を、私は思い合わしました。先輩に当るT氏がヨーロッパへ発つ送別会があった夕べのことでしたが、そんな二階のさわぎを耳にして、かれは銀座のライオンの卓で、また次のように云いました。

「パリにもウヰーンにもおれは行きたくない。南米の、世界の果のような感じがする都会へ行ってみたいな」……そしてそんなコロンビアかボリビアかは知らないけれども、高い山の上にある街の話を聞かせました。そこではすべての色彩が鮮かなこと、土というものが見られぬこと、寄席も芝居も真夜中の十二時から始まること。初めて出かけた者は高山病のために四、五日寝なければならぬことなどを。

それから……そう、この数週後の夜、人気者の小婦人がいる東中野の狭苦しい酒場の椅子に、かれと私とが坐っていました。

「お月様なんか、君はつくづく見たことはなかろうな」

そう云ってかれは、私の返事を待つまでもなく、人差指を自身の首すじのうしろに廻して、

「お月様の光線もこの辺にはいっていてこそおいらに用があるんでね」

紅い服をつけたヨッちゃんが、椅子から立上ったかれと私との相撲取めく容積について、まあ！　と感嘆しました。

「これからはこうさ」とかれは私をかえりみました。「――どうだ、あと五年くらい生きたらそれで十分じゃないか」

私にはアルコホリズム、かれにはさらに加えられた Gastronomy ――この二つがやがてもたらすであろう結果を指したのでしょう。なら、云いそえねばなりませんが、私は、胃袋を重くすることにかかわりのある用件は、すべて支持することはできません。それから程へて新宿駅の、両側に灯のついた長い地下道を通っていた時、かれの帰省中にみんなで汽車まで送りこんで、無理に故郷へ帰らせた或る仲間の話を私が持ち出すと、「おしまいにはだれだってそうなるさ」とかれは笑いました。そして「出発する」というハガキをよこしたきりでどこにも居なくなり、おそらくもう地上には見つからないであろうところの他の一人のことを、かれは私に聞かせました。イルミネートされた広場に出て、銀座へ出るためにバスに乗りましたが、乗客

はかれと私だけの、真新しい車がきらきらした街を縫って走り出した時、私は、山高帽にインバネスをひっかけているかれの上にふと、De Quincey という字を感じました。

　なにもかれが英国著者に似ているというのではありません。かと云って、「あんなものこそおれは書きたいのだ」とかれがしょっちゅう口に出しているデ＝クィンシーの短篇“Suspiria”や“Walking Stewart”をよび起したわけでありません。私はむしろ、自分の育った南の港町で或る時見た外国紳士を思い出したのです。五、六年前の夜、私がいたサロンへ数人の連れといっしょにドヤドヤとはいってきたその紳士は、文字どおり灰色の髪とエメラルドグリーンの眼をしていて、顔は、柘榴石と云えばよいか、粘土製とたとえるべきか、何とも知れぬ、此の世ならぬ色合いなのでした。その際立ったアトモスフィアは、なにかその人物には地球の引力が作用していないのだと想像させたほどです。――血色のいい、まるまるした顔と、大柄なからだの今晩の友は、気がつくと骸骨であったような外国紳士とはむろん異なっています。けれども、一方、こちらもやはり、胸腺淋巴質の生残りというような点において、新しい観音様との連絡が見られたのでした。それでバスにゆられながらかれと短い会話をやり取りしていた私には、次のような幻想が追われていました。……若《も》しもこんなバスに、こうもりのようなインバネスをつけた人物が乗りこんでいて、その顔が観音様とそっくりだったなら、ふとこの次第に気づいた他の乗客らはいったいどんな感じがするであろうか？　きっとそのとたんに眼をおおいたいものがあるに相違ない。薄い灰色のズボンに、やはりそれとは判らぬほど薄い紫色のコートをまとって、ダービをかむっていたら、……或いは黄いろいチョッキと緑色の襟飾りの配合であっても、同じ親戚すじではなかろうか？　このように今後の社会におけるエフェクトは、何かそれがもう不吉に近いような点に狙われねばならぬ。そして以上のことは、私の補足によると、死の香をふり撒くというよりはむしろ、真空管中の或る放射線の光とひびきに近いものであらねばならぬのでした。

その夜遅く、銀座うらの酒場の、棕櫚《しゅろ》の葉がダンセーニ卿の舞台面のように赤い光を受けた棕櫚の下で、かれは、シルクハットをかむった、少うし病的に見える少年紳士を私に紹介しました。それは、探偵作家の部類に入ると一般に見られているO・W氏でした。私も雑誌で読んだ同氏の『父を失う話』を、かれはしきりに推称して、そのために一文を書きたいと云っていましたが、その夜も云うのです。「あんなおやじは世間にあるさ。おまえやおれなどが出る家だな」

O・W氏の短篇は、お母さんはどこにいるのか判らず、ただ友だちのような、他人のような、ひょっとして悪人でないかとうたがわれる若いお父さんといっしょにアパート暮しをしている少年が、或る日波止場においてけ堀《ぼり》にされて、お父さんは汽船で発ってしまうことを書いたものですが、つまりこの話の効果をかれは云っているのです。かれの早く亡くなった父は漁場の持主であり、かれは少年時代からずっと下宿生活だったと云いますから。それなら私自身はどうかと云えば……私のお父さんは何も友だちのようではないし、赤いネクタイをして、口笛で“*Youngman's Fancy*”を吹くわけでないし、ましてどこかの小父さんでなかったろうかという懸念などさらに挟《はさ》めませんが、お祖父さんは、旅廻りの見世物師でした。

さて当夜の会話のつづきを手繰《たぐ》ってみると、かれはどこで聞いたのか、いやそれは自身勝手に考え出したことに相違ありません。なぜって、私が知っている所はかれの云うところと正反対だったからです。——つまりベルグソン教授がたいそう落ちつきのない人物だということをかれは私に聞かせて、自分でしきりにそのことに感心するのでした。そして“L'Évolution Créatrice”という著述のどうどうめぐりなこと、また、哲学者に近頃云うことがないらしいのはそれでよいのであって、だれでも何も云うことがない時には何も云わないのはしごく結構な次第であるとつけ足して、相変らず悦に入っているのでした。——ポオは当時勃興しかかった自然科学にたいして、こいつはいい！　と飛びついたのであって、したがって現代に生まれ合わしても相当な仕事をやる男であろう、とかれは云いました。また、「偉いということは、その男が人事不省になって担架にかつぎ上げられている度合と正比例する」と私が口に出したのにたいして、かれは『悪の華』の著者を上げて、「あの男なんかは全身繃帯に包まれて、指先でつついても崩れるばかりになっている。その実奴さんはフランス人なるが故にポオにくらべるとまだスヰートな所があって、そこがおいらの気に食わないんだ」とつけ足し、さらにルイ・アラゴン一派の運動については、「あれらはただおいらに素材を提供してくれるだけのことさ」と云いました。——が、後日かれの旧友が語るところによると、そんな意見はかれの私に対する御世辞であって、ご自身はスヰートネスから決して離れられない男であるし、したがって天へ昇るような気がする、しかしただそれだけのことにすぎないアラゴンの詩が大好きで、事実またアラゴン風なものはかれにとってより扱われ易い素材になっているのだそうでした。

かれはその後二、三回滝ノ川の奥までさそいにきてくれましたが、私は出かけませんでした。或る夜、大塚から帰ってくると、鞄の中がかき廻してありました。留守中にかれがやってきて、ベルグソンの"Introduction à la Métaphysique"を持って行ったのだとあとで判りました。——その後もうかれとは逢いませんでした。ふいに、あまり例のない内臓の病気に取りつかれたかれは、前後三回の手術をうけました。

「医者から以後絶対の禁酒を云いわたされたが、もう何の未練もない。いまは口に入れてもらうひとつぶの氷がどんなにうまいことか。起きられるようになったら、さっそくあの紅いストローベリーのソーダ水を飲もうと思っている」と細かな鉛筆字をならべたハガキが届きました。数日たって私は、二、三の友だちといっしょに古川橋ぎわの病院をおとずれましたが、かれはいまよく眠っているとのことで、玄関から引きかえしたのです。さらに数日たって、幾十年ぶりの風雨がくるとの警報が出ました。私は何のきざしとてない静かなその夜の星模様を、庭に立って仰いでいましたが、お湯屋の煙突を右からななめにかすめて、紅い流星が奔《はし》りました。この同じ時刻に、かれは、そこより他へは移しようがなかったという麻布の小さな病院の一室で、「たいへん眠い」と云ったまま、愛誦するポオの詩を実践して、月の山々をこえ、影の林を下り、エルドラドーを索《もと》めて騎《の》り行くために、旅立ってしまいました。

戸外が本当に風雨の夜、かれに縁がある銀座横丁の「ロシア」の階上に、かれの知人たちが集まっていました。しかしそれらの人々は、かれにはもう為《な》すべき何事もなかったであろうと最初のだれかに云われたことを、おのおののスピーチにおいても訂正しない模様でした。スモーキングを着た故人の叔父さんさえも、国の方できき容れられぬ何一つとてなかったかれに、今後生きていたところで別にすることはないであろう、との意をユーモラスに述べて一同を笑わせました。演説の順が廻っているあいだ、最近の友として何かを思いつかねばならぬ私はあせっていました。すると隣にいた青年学者が云うのでした。「居ても居なくてもどっちでもよい存在で、かれがあったから、これはということがまとまらぬのは当り前である」と。なるほど、かれの筐底《きょうてい》に発見されたソシァルサイエンスの五十冊は、おどろくべきことであると報告されましたが、北方の紳士の実際は、ホフマンスタールの夕暮から、「もうしもうしお月様」のラフォルグをとおして、ダンセーニ卿の夢物語につながっている幾頁を踊ったにすぎぬのかも知れません。暗い海のかなたにちらちらちらするあの光はたしかに“Merry Dancers”と申しました。かれもおそらく複数だったのでしょう。故人についてはいずれ短文を書きたいから、とそれだけを述べて私は坐りました。こんどは右隣にいるガラス細工めく人が云うのです。

「それは A Shadowless Gentleman という題にするんだね」

その後、詩人Y・S氏の許へ送られていたかれの詩稿中から、次の一葉が辞世に当ると云って示されました。

アフロディトは水の泡
泡より出でて泡にかえる

地獄車

『磁石《じせき》を応用した大円球、内部がダンスホールになって、吾々は鉄の靴をかりる、上下のかんじがなくなって円い部屋一ぱいが床になる、即ちダンスホールさ。そんなものだの、何百フィートにもあがったり下ったりするジャイヤントレーサーだの、さまざまあるがルナパークを説明するにはすみっこのメリーゴーランドをあげるが近路だ。そうと云ってもよ、ただのそれとはちがうが切符を買ってのってまわるものにはかわりはねえ。ところでこのメリーゴーランドに三十人のってこんど止ったとき息の通ってる奴は三人とはなかろう。フェータルゴーラウンドと改称するわけさ。普通にはクルクルとまわる馬がガブーンとうなりを立てるくれえのちがいでもよ、そこいらの腕っぷしの自惚《うぬぼれ》屋なんか五秒もたつ間にはねとばし、機械を円形にかこんでいる青ペンキ塗の壁にあたまをぶっつけさせるには事かかねえ。首っ玉をへし折った次には砂がしいてあるところへ落ちらあ、一回が五分間だが止ったときには壁の下の切戸をあけて出てくる掃除人夫がよ、がんじきでごろごろしている死骸《しがい》をひっかけて片づける。あとにホーキではいたように血がのこってらあな、その上へ砂をパラパラとまいてさあお次がはじまりまーす、へんてこなジャズがなり出して地獄車が廻転をはじめる……

『死骸かね、これはどんなひまなときでも午前中に二百、夜までに六百はたまる。そいつは地獄車のうしろの小舎《こや》へなげこまれるが、油をさすためおひるまえと夕方の六時には機械が休む。そのときまえの空地へ鱈《たら》のようにならべられるのに女もありゃ子供もあり、紳士もあれば吾々の仲間もあり、体格のいいものわるいもの、きれいな顔のもの反対のもの、色合はとりどりだが、都合のいいのは川向いのでっかい樺色《かばいろ》の建物、医科大学でさ、あしこの先生方や生徒には何よりそれが御入用ときなさる。むろんとおい地方からやってくる者もある。それに野次馬を加えてせり売りがはじまる。一どは見ておくさ、みんな靴で死骸をひっくらかえし、うらおもてをしらべそれに番号がつけられる。係員が高い台に立ってさあいくらいくらとはじめるのだ。感心なのはこんなゴテクサのなかでもよ、死骸についている指環一つぬきとられぬし、ポケットのかみ入れもそのままだ。それだからフェータルゴーラウンドが切符よりはこちらでもうけるってのはあたりまえだし、死骸なんざ入用でなくても金目をもっていそうなのをせり落して商売にする手合も近頃めっきりふえてきたわい。むろんさ、市がはじまったら死骸は一つ残らずさばけてしまう。地獄車はそばに死骸の箱も用意して、手数料さえ払えば即座に家にまでとどけてくれるし、遠方へでも送り出してくれる。

『命をもちあましている奴が多いんじゃねえ、命を大切にしてえから地獄車にのっかる気も出るんだ。傍註《ぼうちゅう》には及ばねえ、一回終るまでしがみついていたならよ、夢のような金がへえるんだ。そいつに引っぱられてバタバタ首を折っちまう。と云ってよ、のったものがひとり残らず目をむいてうごかなくなっちまう日にゃ犬だって切符は買わねえ。五分間辛抱の英雄もたまには出るのさ。ついでに一つ考えてもらわなきゃならねえのは、安シガー一本の代金で機械をまわし日に三度も四度も懸金をとられた日にゃ地獄車がくたばってしまわな。大きな声で云えんが、目に見える地獄車なんざ可愛ものさ、目には見えねえ人の心にはきょうびどんなものがめぐっているか知れたものでねえぜ。わしが云うのは地獄車にのるほど度胆《どぎも》があるなら、目に見えねえ地獄車にも気付いてもれえてえことだ。そこまでは落ちつかれねえのが人間の常だが、つまりは世の中にはバカが多いということにならあな。そんなことはねえカラクリならカラクリを真正面に見ぬいてみようでねえかとお前さんが頑張るとしてもよ、同じバカの仲間を出でねえ、ためしにはあの鉄の馬にしがみついてみなせえ、それやこの間プライズファイターをたたきのめしたお前さんの腕だから五分間は大丈夫だろう。そうれ見ろ自信をもってやってみれば何事もわけはねえお前さんは事務所へはいって切符と懸金をかえようとなさろう。地獄車はまだおしまいになったのじゃねえぜ、ゴムひもでまいたうす紫の札束をわしづかみにポケットへおしこもうとするお前さんのうしろには目がついていなかったはずだ。天井に仕掛られた金槌《かなづち》があたまの上へ落ちてくらあなあ、ひゅっとお前がそれをはずしたとしてもよ、ルナパークを一足出たとき八裂《やつざき》になって川へ投げこまれているのは受合でさあ。

『よく許されているなあってかい。何をとぼけていなさるのだ。そんな名案がおいらのあたまのどこをさがしたってあるかい。政府さ、地獄車はおかみが経営しているのだ。

白衣の少女

おさかなでもないものを何が毎日の海水浴かい。尤《もっと》も研究したいものも持ってはきていたがね、結局は部屋のなかで暑い空気とにらめっこさ。毎年こうなるがこれじゃ一そラクダの背にサハラ横断と出かけた方がましだろう。一週間もたつと僕の生活はみみずくと同じに夜と昼とをあべこべにしてきた。夕方じゃ人出なんかでまたうるさい。やっと自身にかえれたような気がするのは十一時すぎさね。

ところで僕の部屋のまえにはシプレス、――そう、その石野先生の道具立が二木植《うわ》っている。いやうっとうしげであまり好きもせんが、おかげでいく分暑さふせぎにもなっているのだろう。この根元にある穴について何かロココめいたお伽噺《とぎばなし》をホテルのマネジャーがきかせやがったが、そんな幽霊なら気味わるくないね。出てくれたらこれもいく分の暑さしのぎになろうと云うもの。そこでこの、水のようなお月夜にはきれいなお化を出すというシプレスのまえには花園が毛氈《もうせん》のようにあってむこうが杉垣、海はその下二丁のところだが、夕方からふく風はわるくない。杉垣にそうて右へあるくと、五丁ほどかなたに鳥撃ち場のある山が、——そうだあの晩はいい月夜だったよ、それが月と霞とに打ちけむって見える。いやシプレスの件じゃないのだ、十二時ちかく僕はそこをぶらぶらあるいていた。別荘ばかりならんでいるが、僕はどれくらいの高さだったかもおぼえていない板塀《いたべい》のそばへきかかり、別に何でもないのだが、その塀に黒いすじがついているようになっていた——つまりすき間にふと興味をもって、ひょいと目をあてたのだ。

塀にそうたうち側のポプラの幹をとおして、月にてらされたテニスコートがシーツのように見え、そのむこうに灯の一つ窓からもれた黒い洋館があった。いく分奇妙だがむろんそれだけのことで、僕が目をはなそうとしたときにね、一つの影がすっとテニスコートをよぎったのだ。キチキチというようなさわやかな金属の音がしてね、気をつけると白いフワフワしたものがすべるようにめぐっている。お化じゃない、誰か自転車を乗りまわしているのだ、白い洋装でね、ロフのついたペチコートと同じタブレットをきたオカッパのお嬢さんらしいのが。うーんこれはと僕の目はあたりをうかがってからまたすき間へ吸いつけられた。ハンドルをぐっと握ってペダルを突っぱり、ひょろひょろと危っかしげに廻っているのでお稽古《けいこ》かなと思った。ところがだね、止ったと思ったらまえにからだをまげ、そのままピョンピョンと横とびをする、がっくりとそれを落し、横へ倒れるようになって巧みにバランスを取りなおす、僕は自転車のことはわりにくわしいつもりであるが、どうしてなかなかこれは舞台の上の曲芸の腕前だ。そのくせ怪我《けが》をすると思えるくらい乱暴に倒れて、と思うとぱっと起きてひらりとゴムマリのようにとび乗ったりする。考え物だぞと思えてきたね、なぜってしずかな夜だがかなり速く風を切ってヒラヒラまくれたりはげしく腰を浮かせるたびにちらちらするその白いふくよかなところにはだね、全くそうなのだ、そのうち洋館の右手の芝生の方へ行ってそこにあるシーソーを越してさかさまにひっくら反《かえ》ったまま、ものの二三分間も身うごきしなかったのはね、うつ伏せになっているとのほかよくわからなかったと云うものの、たしかに何もつけていないと決める他はないのだよ。じっとしていた白い人はゼンマイ仕掛の人形のようにはね起きてこちらへ乗ってくると、そこでまたへんな植物のような格好をしてペダルをふんでストップをした。

僕が月夜にひらひらする白いものとキラキラ光るニッケルめっきの自転車に気をとられていたのはどれくらいだったろう、不思議を見るうっかりさから我に反ったとたん、もう夜芝生に出て狂える妖精でもなくなってきたね。非常に力んでどうかすると自転車と角力《すもう》を取っているような息切れと、すすり泣きのようなものまできこえてくるようなのだもの。よめてきてもよさそうじゃないか――つまりよめたのだがね、なぜってお嬢さんの腰がついたりはなれたりしているサドルのへんが何かあいまいだもの。僕があわてたなどと早呑込みしたら困るぜ。そのときの僕の問題はだね、ただその博多人形——あるいはそれに近いかたちをしたものが、それがさ、よろしいか、どんな工合にサドルに取りつけてあるかというだけにあったのだ。僕は退屈まぎれにちょっとした科学的なオモチャを造ろうとしていたときでね、へんにそのことばかりが気になったのだ、——そうともそうでもなきゃ、あんな白いところの運動と夢中さは誰にだって助かったものではないじゃないか。

II　愛蘭に往こう！

黄漠奇聞

1

赤い太陽が砂から昇って、砂の中へ赤く沈む。風が砂の小山を造っては、またそれを平らかにしてすぎ去る。来る日来る日の風は世界の果から運んできた多くのことをささやくが、それは人間には判らぬ言葉である。そこには死んだような寂莫が君臨している。バブルクンドの街はこんな所にあった。神々の都をまねて造られた市街は、くもの巣形に宮殿を取りかこんだ正六角形の道路から成って、敷石は純白の大理石であった。辻々には紅い夾竹桃《きょうちくとう》の花と大小の神像とにふちとられた水盆が設けられ、噴水の虹の下を、隊商の群がかれらの夢見がちな瞳をかなたこなたに注ぎながら通りぬける。毛皮や宝石細工や香料を商う店の前を、紗をまとうた女が水かめを肩に載せて過ぎてゆくと、広小路の向うから、羽うちわや日傘に飾られた乗物が静々とやってくる。砂のはてに落ちる太陽が街じゅうを燃えたつ紅に染めて、紫色の夜の帷《とばり》がおおいかかってくると、家々の窓からはオレンジ色の燈影がこぼれ、夾竹桃の梢と水盆に映じる。その周囲につどい寄った人々は、飲物と音楽と、歌とカードに半夜すぎるまで笑いさざめく……。

赤い雲のつばさも、黒い砂の竜巻《たつまき》も、ここばかりは避けているかのようだ。獅子に襲われる憂いもなく、蛮族におびやかされる心配もない。白い大理石の都はまことにパラダイスそのものであった。で、遥々《はるばる》と砂上をたどってきた旅人が、丘の上から噂《うわさ》にきく通りのバブルクンドを見下して、神々の国へきたのでないかと眼を見張るというのは、もっともな話である。かれらが城門をくぐって、夢でもまぼろしでもない実在をたしかめた時に、人間わざではどうしてこんなにまでの結構が成されたのかと、しばし茫然としてしまうこともうなずける。が、それと共に、城門の外にラクダを憩わせているたれかれが、衛兵の影のない時に声をひそめ、「神々はどうして人間の王にかくまでの栄華を許したまうのであろう。王は慈悲ぶかいかただときいているが、星を祭られぬと云う。それなのに聖なる星はなぜ王を罰したまわぬのであろう?」とささやき交すことがあるのも、これも無理ならぬ次第であった。が、そんなおどろきや不審にかかわりなく、白いバブルクンドは超然と神々の都のように輝いていた。街のまんなかには、それを取りかこんだ家並よりいっそう真白くまばゆい尖塔や円屋根が立ち連なって、その上方には濃青の地にさんらんと金色の三日月を浮き出させた旗が、ひらひらと砂漠の風にひるがえっている。そして赤い衣に青い頭のキャラバンの行列が、ラクダの背に長い砂上の旅を重ねて、八方から、憧れの都へと集った。

2

王は、都とその市民の上に芸術的情熱とでも云いたいものを抱いていたが、城外の取沙汰にもきこえるように、星を祭らなかった。というより、王に取ってそんなたぐいは存在しないかのようにうかがわれた。

遠くない日、小さな酋長にすぎなかった王が真夜中に三千の手兵をつれて、当時は石灰岩の丘ふところにある、竹藪《たけやぶ》に包まれたささやかな町であったこのバブルクンドを襲撃して、一挙に王城に突入した時、指揮者は、大広間の正面に立っていた緑色の神像をつきころばし、「こんな人形いじりをやっているから、おれのような者に城を開け渡さねばならぬことになった」と云った。が、近習頭《きんじゅがしら》がそれをさえぎって

「その言葉はいけません！」

「なぜ」と王は云った。

「土くれとは云え聖なるイルリエールの像であります」

とカアノスは言葉をついだが、王は神像を階段の上から蹴り落した。像は円柱の根元にぶッかって三つに壊れた。

七日後のこと、整理に目鼻をつけた王が、蘭の咲きみだれた中庭に立って参謀長と話をしている時、侍臣カアノスは、占領の当夜になされた気がかりな一事について、王の注意をうながした。

「緑色の人形がどうしたと申すのか」

けさ方、宝庫の所在が発見されたので、王はきわめて上きげんであった。

「陛下は、おそれながら、今日までは修業中の身であらせられたによって、差支えありませんでした。が、いまや、聖なる云いつたえのバブルクンドを手に入れられたからには、星をおろそかにされてはなりません。神々は陛下にめぐみを垂れて、かくも容易にこの石膏の郷、黄金の都を陛下の手に入れしめたもうたのです。むろん陛下の騎兵の働きによることながら、それにも増して、いや一切の上に、神々の加護があることは否みがたいとせねばなりません。これは星が特に陛下をえらびたもうた故でなくて何でしょうか？　イルリエールは敵の神だとは云え、これを廃するには相当の礼をもってしなければなりません。人間界に人間のおきてがあるように、神々のあいだにはまた神々の世界の規則があるによってでございます」

王は参謀長とかおを見合わして笑い出した——

「たわけるな、カアノス。城を取ったのはそんな人形いじりの暇に演習を怠らなかったからだ。おまえの云う星とやらに凝《こ》って、星の祭司と称する山師どもに金をばらまくことこそ城を失う元である。よけいな口出しはせぬ方がよい。おまえは以前のように城の構造や民の治めかたについて良い知識を借してくれ。このたびの作戦が定った時、おまえは胸を打って、これでは半夜のうちにバブルクンドを陥《おと》すことができると口外した——そのおまえの言葉通りに運んだまでの話だ。たれだってあまりに易々《やすやす》と事がかなった場合にはへんな気がするものだが、それはおのれの心に我から仕かけた催眠術だ。星がバブルクンドを獲らせた？　そう、その星はここにもかしこにもいる。おまえもその星の一つでないか——」

王は、廻廊のかなたこなたを指して、おしまいにその指先でカアノスの鼻を突き上げた。

「陛下、いましばらくおきき下さい」カアノスはなおも真剣に追いすがった。「これは取越苦労ではございません。臣は今日まで星を語りませんでした。が、それは何も星を知らなかったからではありません。繰り返すごとく、イサラは陛下の御修業期でした。その頃は、いや今後とて演習は怠るべきでありませんが、星はついに陛下をしてこの黄金の都を得さしめたもうたのです。よって陛下がこの上に星をなおざりになさるようでしたら、神々もまた陛下を、ひいてこの都を見逃したまわぬでありましょう。新らしい都の永遠な栄えのためにあえて申し上げます。星はすべての国々を興し、またすべての国々を滅したまいます。陛下の騎兵隊の前には敵なく、陛下の大臣らの糸巻はいかなる縺《もつ》れをも巻取ることでしょう。が、天上の星ばかりはいかんともすることができません。人間にはただ祭祀にすがって、かれらのきげんを取りむすぶ以外、何の手だてもないのでございます。若《も》しもこんな務めを怠った時……大きな国が星のために滅んだ例は枚挙にいとまありません」

「星のために国が滅んだ例だと？」

王は眉を寄せた。

「おおせの通りです。カルダは強国でした。その王は神々の一人のように崇《うやま》われ、かれの都は神々の国のように栄えていました。けれども星の祭司の長を殺したがために、あの大きな市街が鰐《わに》のあぎとのように開いた地の下へ吸いこまれてしまいました」

「神々のせいだとは云えまい。学者の説によると、地下に出来た空洞へその上にある土ばかりか、大きな山でさえすっぽりと落ちこんでしまうことがあると云うから――」

「蛇紋石のセクの主都が大波のために跡方もなくさらわれてしまったのは……星でなくて何物がこんなわざをあえて為《な》し得ましょうぞ」

「海底の地震によったのかも知れない。都とはかぎらぬ。焼けただれたヤン河の上流に、一晩のうちに湖水が出来たでないか？　あのまんまんと澄んだ青色をおれは知っている。神々の作りたもうた色だ、とおまえは主張するであろう。おれに云わすれば造化、つまり自然の力によったことだ」

「陛下、しかしセクが滅んだ日、物凄い笑い声がいずかたとも知れずひびいてきたとつたえています」

「土崩れや波の音が取りみだした心に、そんなふうに受取れたまでのことではないか？　星の所為《せい》かも知れぬ。しかしおれには造化の力だ。そのほうが事は簡単にすむ。この参謀長だってお守りを身につけているらしいが、おれにはかれのお守りなんかただの石コロにすぎない。石をあがめて気休めにするのもよい。しかし手広く他の石を研究していろんな金属を抽き出すこともできるからな。おれはあとのやり方に賛成する。ただいつでも非常と云うことを忘れてはならぬ。おまえの忠告はおそらくそこにあるのであろう。そうだ、おれは全く何のバカげた祭祀や儀式に煩《わずら》わされぬ、まことの文化を造りたい。星とやらに幼児や獣類の生命をささげるひまに、このバブルクンドを、若しも予言にある選ばれた土地でここがあるならば、学問と技芸のかねそなわった美しい都にするための努力は尽したい。この仕事の上にこそどんなぎせいを払っても惜しくはない。カアノス、どうだ。別に間違いはあるまい」

「陛下のおおせられるすべても、やはり星の裁下にあるもので、神々の加護なくしてはいかんとも為し能《あた》わないものかと思考いたします」

「なるほど、――してまえは、その星なり神々なりが現に存在するという証拠を近頃になって、やっと握ったと見えるな」

「いかにもその通りです」

「何、証拠があると？」

王は眼を光らせた。辺りの侍臣らが二人の周りに寄ってきた。

「――このあいだ南方からきた星の祭司から、そのことをききました。ゼリコンの新王が城門の前で、王冠を星にささげたところ、星がただちにそれを嘉納したもうたと云うのです。衛兵らが厳重に四辺をかためていたが、小犬の影一つなかったのに、黄金の冠がいつのまにか煙のように消えてしまったそうでございます」

「バカな。子供か乞食《こじき》かが持って行ったのだ」

「いや、何人も聖なる星の祭司の長の判定をうたがうことはなりません」

「他には何があったか？」

王はつまらなそうに云った。

「モビの沙漠からきたアラビア人が、神々の都のことを語りました。近来の大ニュースでございます。この沙漠の北の果に高さの知れない絶壁が立ち連なっています」

「それはおまえが見た話かい」

「何人も聖なる星の祭司の長の言葉をうたがってはなりません。その高い岩の上方は常に雲にとざされていますが、そうでない時にも、こうべを上げて頂きを見きわめようとすると眼がくらむそうでございます」

「フフ、その上に銀の沙漠があるという場所のことであろう」

「そうです。その壁へ、きらら採りの男が攀じ登りました。ほどよい頃に降りようとしましたが、ふと上方を究めたい気におそわれ、直立した岩壁をなおも匍《は》い登ってゆくなり、頂上近い岩の裂目から向うをのぞいたのです。陛下、そこにはまさしく日光にきらめく銀のまさごの原が、涯《はて》も知らずに打ちひろげられているのです。そのまんなかにはふしぎな大理石作りの都が見えて、くもの巣形にまくばられた円屋根や尖塔やが、眼にもまぶしく輝いていました……」

「なに」と王は覚えず乗り出した。「――だが、どうしてそれが神々の都なのか？」

「その市街の真白いかがやきを一目見たとたん、世の常ならぬ恐れがサッと身内を通りすぎたそうです。白い都の中心に、青地に黄金の三日月を浮き出させた細長い三角の吹きながしが、風もないのに翻えっていたと申します。陛下、この由を耳にした星の祭司が紫の衣をまとって、いにしえの聖なる本をしらべたところによると、その旗じるしは地上の美と栄えをつかさどるシン神の標識であり、白い大理石の都こそ、いまを去る六千年の昔、大神マアナが眠りについた時、ペガナに集った神々の相談によって建設されたサアダスリオンに相違ないと告げたそうでございます」

「ついでにその旗を取ってくればよかったな」

「きらら採りの男は気がつくと、落ちたように絶壁の下の砂中に横たわっていました」

「なるほど。白い大理石の街に新月旗とは洒落《しゃれ》ている。迷景ではなかったのかな」

「沙漠を注いとするアラビア人が、どうして幻にあざむかれましょうぞ」

「判った！」と王は云った。「その瘋癲《ふうてん》患者はいまどこにいるのか」

「イサラの城門の前でひと月まえに逢ったのです。バブルクンドへ行くと申しておりましたから、今夜あたり竹藪の蔭を探せば見つかるかも知れません」

王の心がよほど大理石の都に惹《ひか》れていることに、カアノスは勇んで云いつづけたが、王はだまって腕ぐみしたままであった。しばらくしてから王は、近習頭をはじめ、近くにいた幕僚に向って、次のような意向をもらした。

「おれもそんな白い都を建てよう。それからこのバブルクンドの旗をシン神とやらの新月の吹きながしに改めよう」

一同はかおを見合せた。かれらは流星王の部下として生死をたわむれに考えている者共であったが、それでも習慣は持っていた。王はしかしみんなを尻目に先をつづけた。

「白い大理石と云うのが気に入った。くもの巣形に配置された街区とは思いつきだ。それにしても何とお誂《あつら》え向きであることか！　この土地の丘々を切り崩してゆくならば、眼をつむっていても大理石の市街はでき上る。けさ方見つかった宝庫にうわさ通りの黄金が充ちていることはいまは断言してよい。バブルクンドがたちまち陸の港となり、沙漠の船々が灯につどい寄る羽虫のように集ることは、これも期して待つべしである。おれはそのアラビア人を呼んでさっそく街の設計に取りかかろう。砂から陽が昇る時、沈む時、その燃えさかる真紅の円板に相対した白い街が、黄金の光の矢おもてに立った円屋根や塔のつらなりが、また、真昼の群青の底に浮彫となった六角形の都が、どんなにわれわれの魂を奪うことであろうか？　……その男の見たものがまぼろしでなかったら、同じものはおれの手によっても建てられるはずだ。そんな都が二つも地上にあるほど結構なことはない。ペガナの神々の下屋敷とわれわれのバブルクンドと、どちらがりっぱであるか、沙漠の旅人をまってたずねようでないか？」

王は手をうしろに組んで歩き廻った。カアノスはただうろうろしていたが、もう一度「陛下」と云いかけた。が、たちまちさえぎられてしまった。

「われわれがその神々になるのだ。さっそくみんなに発表しよう」

3

何人も王の意志を変えることはできなかった。お祝の蘇鉄の葉が街路や広場からとりのけられると同時に測量が始まっていた。召し出されたアラビア人らは労働者を集めるために四方へ出発した。宝庫の内容は王の云った通りであった。それは夢のような、伝説的な富であった。丘々には開鑿《かいさく》がはじまり、竹藪の外には天幕の波頭がつらなった。数千頭の象が連れられてきた。王城の円屋根の下には、諸国から呼ばれた技術家にみちあふれていた。王自らが監督であった。六条の坦々とした放射路がたちまち出来上ったのを見て、市民らはただ恐れいぶかしんだ。しかし、古びた、赤ッちゃけた街が片っぱしからまなこを奪う真白い大理石のアーチや柱に変ってゆくと、こんどは自身の眼をうたがった。そのうえ、新らしい王政はかつてどこにも知らなかったような行き届いた、スピーディなものであった。かれらはそのうちに、こんな優れた為政者を持ったことを喜ぶようになった。——むろん、人間のぶんざいでこんな大工事を始めることや、新月の旗を使用することについて異議を差しはさむ者もないではなかったが、王は一切の批評には無頓着に仕事を進めた。そのことが人々の気に入った。事実、王はいかなることにも卓越した腕を持っていると信じられた。人々はすでに王と神々と引き合わして考えなくなった。このおどろくべき才智と力量の所有者にしたがっているうちは、星々についての懸念など無用に思われた。王が神のような人、神とひとしき人、あるいは神々のひとりであるまいかとさえ考えかけられた。そのあいだに、眼に見えぬ巨大なくもの仕事は加速度をもってはかどっていた。大理石の六角状のバブルクンドは完成を告げた。大形の円柱一本を切り出すにも、丸一年はかかると云うのに、この都市建設はいかなる推移の下に運んだのであろうか？　バブルクンドは出来上った。それなのに王はむろん、将官たちも、下町の市民らも別によわいを取ったとは見えない。時の経過を見積っても、その間に三年以上の歳月をおくことは不可能であった。

4

当日、城門を離れた丘上に立った王の双眼はそのまま張りついてしまった。かれを取り巻いた家来もひとしくまぶたがふさがらなくなった。群青の空のまんなかにかかった日輪を照りかえして、雪白の尖塔やドームや稜形や円錐形が織り出しているところのものは、此世《このよ》の光景かと怪しまれた。折から一陣の冷風がもたらされて、蘭の名所のオアシスに俄雨《にわかあめ》がきた。濡《ぬ》れていっそう透きとおるばかりになった大理石の都の上に色鮮やかな虹の輪が立った！　夢見心地の王と侍臣がそのまま釘づけになっているうちに、時刻は魔法のように移って、真白い都は紅いから紫に変り、あたりは金銀にきらめく星模様の緞帳《どんちょう》に包まれてしまった。……

工事のだいたいが済んだ日さえが、こうであったから、新都に美装成って燈火の化粧をそなえた夜には、街を取巻く丘々は群衆におおいつくされ、夜の明けがたまで雑沓《ざっとう》がつづいていた。神々に寄せられたうやまいとおそれが、いまは王の身とかれの建てた都の上に注がれた。そして何人の拝観も差し許したサアダスリオンの辻々は、沙漠のあちこちから集ってきた巡礼たちに埋められ、それらは城門外へ遠く数条の堤になってつづいていた。高い窓から見下すと、揺れうごく奇異な更紗《さらさ》模様に見えるそれら群衆は、終日ひしめき流れて、槍の穂先のように連った尖塔の方に気を取られて、足の運びはつまずくのである。

　夜と昼とを編みこんだ時の矢車は、さらにくるくると巡ったが、王都の栄えはいや増すばかりである。王はさまざまな風変りな計画に手をつけていた。大理石の白さをいっそう引き立てるために、街じゅう紅い花咲く夾竹桃で飾ることにした。宵やみの神や、煙の神や、猫を打つ神や、薪を灰に化する神や……王の洒落から生れた大小無数の珍妙な石像が、至る所にすえつけられた。幅広の階段の上には獅子が居眠りしている。庭園の深緑色にはおびただしいいんこ、やまだらの鳥が象嵌《ぞうがん》されて、噴水の虹といっしょになってじゅうたん模様を打ち拡げている。廻廊というすべてに点じられた灯と、これら燈火を反映した円柱や欄干《らんかん》やアーチのために王城が光のかたまりに望見される刻限、そこからは笛や太鼓の音が伝ってくる。そうでなくとも、奇怪の形の円蓋や尖塔やの上をめぐるきらびやかな星座は、人々の心をいっそうに物狂わしい歓楽にまで、はても知らずに誘ってゆこうとする。

5

国々の羨望と驚きもいまはバブルクンド一つに注がれた。鳥を落すと云われたゼリコン王は云うまでもなく、北方の岩山に城をかまえたキブ王の駝鳥隊もひとえに襲撃の機をうかがっていたが、シン神の旗を立てた騎兵の前には手の出しようがなかった。そしてかれらは、つむじ風のように興った王国がどうしてこんなにまで栄えているかということにいったん思いを巡らせると、ひとしく戦慄を覚えないわけにはいかなかった。なぜなら、人間わざとしていかなる力をつくそうとも、それほど万全に、しかも豪奢きわまる大都の経営が為しあたうものだとは考えられなかったからだ。すべてがうそのような事実であった。これにくらべるとアメンテープの盛時だって物の数ではない。むろんテープの都も自然と人工の粋から成ったものであったが、それも束《つか》のまに革命のために灰燼《かいじん》に帰した。しかし大理石ずくめのバブルクンドにはそんなけはいがみじんもない。王に人間らしい過誤が髪の毛一すじあるわけでなく、文字どおり神々の智慧と力の所有者だと察しられる。こうして四辺の王たちも、やはりバブルクンドは本当の神々の都であるまいか、と思いこむようになった。かれらは神々の王朝と近づきになるために、金塊や、宝玉や、紅海の貝がらみたいに美しい奴隷を、長い砂上の行列をもって送りこむよりほかはなかった。

6

しかしその頃、なにを云うともない不安がバブルクンドの市民の心の上にかぶさってきた。それは完全の中に住むように造られていない人間に加えられる永遠そのものの圧迫である。余りにも調和された事柄の中で人間がおぼえる倦怠である。この微かなものは刻々に見えない黒いつばさをひろげて、王と神々とのあいだに関したうたがいが、再びタラの洞窟の巫女の託宣のように人々の心をつらぬいて、ひろがり出していた。「われわれがこんな結構な所にあることは許されぬではなかろうか？　こうしているのはただごととは思えぬ。星に倚《よ》りすがり神々に仕えるわれわれに、こんな栄耀が与えられているのは何かの間違いではあるまいか？」こんな意識となって、先の不安が市民の胸に感じられてきた時、王にも同じような疑念が浮んでいた。

「こんな調子に物事が運ぶものだろうか？　おれはイサラの町も一晩で手に入れたが、その苦労は並たいていの話でなかった。隊商をおそう場合だって今度のように簡単にいくまい。ともかくここへきてから、すべてのはこびが尋常でない。おれはカアノスと星問答をやってあんな出まかせをしゃべったが、事実はおれの気まぐれより大きく、見事に、成就してしまった。いやこれもおれに運が向いてきたので……しかしその運とはいったい何だ？　何事を指すのであろう？」

と王は思いかえした。実際、こんな大理石の街を造る力が自分にあったなどとは、いかにひいき目に考えても成り立たぬことであった。

「しかし」とかれはもう一度考えなおそうとした。「人間には自身にも気づかぬ才分がひそんでいると云うことだ。あのテープのご隠居だってゼリコンの若僧だって、何も最初からあんな大国にしようとは思っていなかったであろう。そうなくてはならぬ。かれら自身にも思いも寄らぬ結果が招来されたものに相違ない」

——が、やはり行き当った。いくら自分が如才ない人間だとは云え、それはただ沙漠の少うし大仕掛な親分であるというまでの話で、もとよりゼリコンやテープなどいう名門とは生れからして違っている。第一に不審なのは、宝庫が見つかって以来、事のうごきが夢のように速いことだ。

「すると、つまりどういうことになるのか?」と王は、その糸口を見つけようとした。

「羊の骨をしゃぶっていたおれが、いまは神々の一人だとまであがめられる王者である。おれは自分の名さえ満足にかけないのに、今日ではここに集っているどんな学者にもひけを取らないではないか! これはどうしたことだ? これが物のはずみであろうか? するとそこには何かおれ自身のものではない力が働いているのだろうか? それはいったい何者であろう。おれは緑色の神像を割ってしまったぞ」

王は覚えず四辺を見まわした。夕陽が円柱の影を石だたみの上に長く仲ばしていた。砂時計の砂はしたたりつくして、蕃人《ばんじん》の子供の奴隷が居眠りをしている。

7

が、これと同じ時刻、王城前の広場のしゅろの木蔭にラクダを休ませていた旅人のひそひそばなしは、なおも止まなかった。

「そこがおかしいと思う。ここが神々の都であるにしても、星を祭らぬという法はないのじゃ」

鬚《ひげ》だらけの男が、赤い空にならび立った尖塔を見やりながら云った。

「それでも王様は神々のおひとりだと云うでないか」

黄いろい布を腰に巻いた一人が云った。

「王様は神々のおひとりかも知れぬ。が、こちらが水晶や更紗をあきのうている町びとは神々ではない。辻をゆく娘ッ子にたわむれたり、青い灯の下でばくちを打ったりすることは、神々には見られぬ次第じゃ。それはよいとしても、この者共がまるで忘れはてたように、神々について何一言も云わぬのがわしにはふに落ちかねる。若《も》しもここにまことの神々の生れ代りが住みたもうて、あの青い吹きながしがシンの御しるしであったならば、街かどのどこかにシンの愛しなさる、金色のつのを持った山羊の姿が見えてよいはずだとわしは考える」

「そんなら、おぬしは他に本当の神々の都があるとでも云うのか」

「沙漠の北に絶壁がつらなっている。たれもまだその上へは登った者がない。そこは世界の果であると云うし、魔界の入口だとの説もあるが、聖なる星の使いのかたる所によると、その高い所にはまた別の砂原があって、そこにこそまことの神々の都があるそうだ。その名はサアダスリオンと称する」

「自分が耳にしたところでは、そのサアダスリオンとやらがここへ遷都したものであると申すが……」

「わしは、遷都はなされまいと思う。その理由がないからじゃ」

「北方からきたアラビア人にきくと、サアダスリオンよりもこの都の方が立派だそうだ。自分もこんな街は人間わざではないと思う」

「そこじゃて！　サアダスリオンが美しいと云う者もあれば、バブルクンドがいっそう立勝っていると云いふらす者もある。いずれにせよ、一つときいた神々の都が二つも現われるというのは何としたことか。——聖なる星の使いの長の話によると、サアダスリオンの旗の三日月は、ここに見るものよりもきらびやかに輝き、それは、天なる月を数百千と一つの旗の中に縫いこめたとしか受取れぬほどで、遠い砂の上から望むならば、都のまんなかから中空を射て七色の光の矢が出ていると申す。が、そうだからとていずれがどうとわしは云うのでない。それは恐ろしいことじゃ。すべてをしろしめす神々は、すべてを御心のままに運びたもうであろう。何しろわしは、この都の治りかたは本当のものではないという気がしてならぬのじゃ」

「つまり、そのどちらかがうそだと云うのだね」

「サアダスリオンとバブルクンドといずれが正しいものか、いましばらくの時を待つばかりじゃ。聖なる星の使いの長の言葉によると、神々をあざむき、星の名を騙《かた》り、星にそむいて栄えた国のためしはないのじゃ。先《せん》だって一群の商人らは、星々のあいだに呼び交す何者とも知れぬ声をきいたそうな。その一行にまじっていた年寄の説では、セクの都が滅んだ夜とちょうど同じ空合いであったと云う。また、けさがた市場で逢った男は、やはり先夜、北方におびただしい青い星が流れるのを眼にとめたと申す。以前この城下に目まいがするほど咲いていた蘭が、いつしか一つ残らず影をひそめてしまったのも、怪しいと云えば怪しいことでないかの——」

云いかけて髯だらけの男は、しわぶきをしてつけ足した。

「何にせよ、変ったことがなければよいが」

二人は暗くなってくる沙漠の空に眼をやった。槍をたずさえた衛兵がその前を通りすぎた。

8

似たようなことはすでに一般市民や、衛兵らのあいだにも語り交されていた。とは云うものの、それはまだ椰子の葉を渡る朝夕の風のそよぎにすぎなかった。それが明《あか》らさまになるためには、バブルクンドはあまりにさんらんとした夢をたたえて人々を酔わせていた。いや、いま云った取沙汰は王都の結構なあまりに起る杞憂であると考えられる時があった。――が、或る朝、眠りからさめた白い大理石の市街がその薄紫色の衣をぬぎすてて、桃色の朝日の中に平和な姿を浮彫に現わした時、互いの心の中に兆していた予感が当って、ハッと人々がかおを見合わしたようなことが、何人からともなく街じゅうに伝えられた。

9

その前の宵のことである。王は弓やぐらの上に出て、折からあわただしく迫ってくる夜のヴェールにおおわれようとする都の全景を、見渡していた。いましも砂に沈んだばかりの陽を受けて燃えたつ紅いに染っていた都は、束のまに黄色となり、まばたくうちに樺色、紫……夕ぞらを反映するバブルクンドはいつもながら見る人の胆を奪うけれど、この夕べはひとしおであった。こんな瞬時を王は酔ったように見守っていたが、やがて眼をそらして、西のかたにひッかかっている三日月に気がついた。

「おまえの眉にも似ているではないか」

王は、かたえにひかえた侍女をかえりみた。消え入りたげな媚《こび》を浮べてイクタリオンが孔雀《くじやく》のうちわでかおをおおうた。このとたん、王のひとみに、かなたの尖塔の上にある旗じるしが映った。強い日光を受けて熱風のうちにきらめきひるがえっていた新月の吹きながしも、夕べがきて風が落ちると共に、あたかも射落された鷺のようにポールの先にぶら下り、身もだえするようにときどき揺れているばかりである。そうして西空の新月は、これはいや増す爽やかな光を放って、なんと超然と冷ややかに、黒いしおれたバブルクンドの旗じるしを見下していることぞ！

「アクマ！　アクマ！」と、顔色を変えた王はその月を指してどなった。「あれはわが都の光輝を落すために顕われた魔神の化身である。われらの聖なる旗じるしをあなどる者を弓もて射よ！」

けれども何人もかおを見合すばかりである。

いら立った王は腰なる剣をひき抜いて、やぐらの胸壁に駆けよるなり、西空の新月めがけてつるぎを投げた。刃はコバルト色の闇の中にきらめき、刀身はくるくると舞い上ったが、ふしぎにもその中途から突き返されたように戻ってくると、ちょうど制しようと王のかたえに駆けよった侍女の胸元に突きささった。

衛兵の手によって矢つぎばやに矢は、三日月めがけて飛んだ。しかしそれらはいずれもただ宵やみの虚空に空しい弧線をひいて落ちるばかり……月はもはや遠い沙漠の地平線に、そんなはかない人間のたわむれをあざ笑うかのように、また世にもあるまじい王の怒りから静かに逃れようとするかのように、悠々と沈んでゆくではないか。……

10

しかし、この次第は一般市民には信じられぬことであった。耳にした当座こそ一様に衝動を覚えたものの、考えなおしてみると、神々の智慧を持った王が月に向ってつるぎを投げるとは、冗談にしてもありそうなことではなかった。そして人々は根も葉もない流言としてそれを葬ろうとした。

さてその日、学者の長のバアガスは王の前に呼び出されて、こんな命令を云いわたされた。

「西空にかがやく新月と同様の光を放つものを作って、それを八方から眺められるように旗の中にはめこんでもらいたい」

バアガスは王の顔色をうかがった。しかし王はまじめであった。そこでおそるおそる口を切った。

「陛下、われわれは駝鳥のごとく走る車を造りました。これはフエキニびとの狩猟の道具の原理によったものでした。また太陽ランプで大広間を照らすことに成功しました。バビロンの光学を利用したのです。けれども申すまでもなく、これらは人工の事柄にぞくします。その車輛をもって生きている鳥類の速さに、その燈影をもって天上の日輪の光輝にくらべることはできません。この聖なるバブルクンドの旗じるしが、西空に見ゆる月の輪よりも匂わしくかがやかであるとは、なお文人のたとえに他なりません。科学上の言葉にはいささかの形容も含まるべきでなく、その厳密なおきてを守ってこそ、われわれには若干の考案もなし能うのでございます。そして若しこのような云い方が許されるとすれば、この陛下の大理石の市街とて、あした夕べに天空にかかる雲の高殿と比較する時には、遥かに見劣りのしたものであることを、陛下御自身もみとめられるでございましょう。これはしかし陛下の力の不足を意味するものではなくして、じつに自然と人工とのあいだにある根源的な差異によるものでございます」

「もういい！」と王は手を振った。「おまえはシンを恐れているのか？」

「どう致しまして。やつがれはこの大地のほか、世界の運動をつかさどる火と水と風との三要素をみとめるだけでございます」

「ではなぜに月が造れぬと申すのか？　おまえはかつて南からきた星の祭司の前で、世界はただ地水火風の四元素によって運行されるものであり、この力を利用するときシンはおろか、大神マアナの奇蹟とても何ほどのことがあろう、と揚言したではないか？」

「それは……」

「さあそしてわれわれはこの都によってシンを笑った。けれどもそのわれらが新月から嘲笑されていたのだ。市民らはまだ気づかぬようであるが、若しもいったん西ぞらの月に注意して、やぐらの上にこうもりのようにひッかかっている旗とくらべた時、都の威信はどうなる！　城中の射手は昨夜数百本の矢を月に向って酬いてみたが、どれも力よわく届かなかった。このうえはわれらは、あの新月の光輝を奪うものをやぐらの上におし立てて対抗しなければならぬ」

バアガスには返す言葉がなかった。いや、さまざまな抗弁が胸のうちに縺れ合っていたが、その時真青になって痙攣《けいれん》している王の前には出すべき言葉はなかった。ただ——

「臣らは為しあたうかぎりの力をもって仰せに当ってみましょう」

と答えて、あたふたと引きさがった。

11

学者と工人を前にしてバアガスはつづけた——

「いま述べた次第で、こんどの命令にはわたしも途方にくれる。が、身どもはどこまでも課題を為しとげねばならぬ。ところで最大の難事は、あの細い鎌形を八方から眺めうるようにしなければならぬことであるが、これは正二角形を作れというようなことだ。それも見本は遥かな虚空界に存するもので、調査のみちがない。カッサン君、あの新月というものは、横から見るとどんな形になっているのかね」

「あのような形に大空が切り抜かれるのだと云うし、あんな金色のものが貼りつけられるのだとも云われる」と天文学者が答えた。「牛のつのをつぎ合わしたものだとの説もあるが、これらはおとぎばなしに類する。バビロンで観測されたところによると、裏側から光をうけた球だとのことであるが、それではやぐらの上に造るわけにゆくまい」

「球では困る。われわれがこちらから見るだけの形のものとしては、他に何か解釈はないかね」

「いまのところ別に意見はない。何しろ神様だからな」

「幾何学ではどうなっているのか」

「さあ……」

「これもシン神のしるしだと云うのかね」

「まったくどの本にもそれにはふれていない」

「弱ったな。しかしあの材料は何であろう。透きとおったかがやきはキブの金貨に似ているが、地上の山から採れる金ではあんな優しい光は出ない」

「シン神は金山を持っているそうだ」

「それはどこだ」

「ヤン河の上流の、ゴーグという所だ」

「ゴーグ？　カアン、きみは知っているかね」

「きいたことがない」と地理学者は首をかたむけた。

「自分の思うのに、シンなんか空想の産物で、したがってその持山なんかが地上にあってたまったものでない。早い話が、例の神々の都だって気まぐれなアラビア人の夢にすぎぬと思うが」

「そんな吟味はあとでよい。われわれには一日もはやく三日月を造り上げねばならぬ義務があるのだ」

12

翌朝、日の出前から王城の円屋根の下には、活動が始まっていた。

礦石《こうせき》を区分する場所がきめられ、数十ケ所に炉がもうけられた。選抜した木工がやといこまれた。これら細工師が三日月の雛形《ひながた》を作りはじめた時、一方では激しい光と煙をあげて金属の溶液が試験されていた。仕事にたずさわる者は黒燿石のメガネをかけている。別室ではバアガスが技師を監督して三日月の組立法に懸命であった。鋳造は幾十回となく繰りかえされた。バアガスは、鏡のように磨きのかかった新月形の数片をはめ込みにしてみるつもりでいた。けれどもその完成を予測しても、王に命じられたところと引き合わせると……かれは重い吐息をつかずにいられなかった。

13

やがてひと月はすぎて、西空にはまたもや黄金の弓が浮んだ。それは廻廊をまがろうとした王のひとみにとまった。王はつかつかと欄干のかたへ寄ったが、剣を投げようとはしなかった。——あの月をあそこから抜き取ることはできないかしら……そして旗の中に縫いつけられないものであろうか、王はそんな望みを余りに優婉《ゆうえん》なこよいの月ゆえに起したが、それにしてもたえがたいひと月前のいきどおろしさがむらむらと燃え上ってきた。王はうしろを向いてどなった。「学者の長バアガスを呼べ」

青い煙にむせびながら、折しも金属の細粉をしらべようとした時、バアガスは王の前に出るように伝えられた。

「バアガス、もうひと月になる。おんみらは月を造ったであろう。おんみの学問と才能は早くから信じている。三日月はできたか？　八方から眺めうる旗じるしの月は……？」

王は老いた学者に云い迫った。バアガスは口を切った。

「陛下よ、憐れみをたれたまえ。臣らは君命によって日に夜をついで研究に従事しています。ただいまはすでに第六十八回目の鋳造に取りかかりました。この精煉された金属板は眼にもまばゆい光を放つでしょう。けれどもそれがいかに理想通りに仕上ろうとも、なお今宵の西にかかるあの匂わしい姿にはくらぶべくもありません。やつがれはただ今そのことを明らかにさとりました。この上はいかなる科学力に手頼っても、努力はついに秘めたる吐息を沙漠の風に向って洩《もら》すにひとしいでしょう。陛下よ、ひとえに臣の胸中を御了察下さい」

が、王は何とも答えない。

「陛下、ひとえに御了察下さい」

学者の長の声はふるえた。

「あれが一つ出来ないのか！　バブルクンドはこんな侮辱を受けているのに、おれはどうすることもできないのか！」

王は、かなたの尖塔に隠れてゆく三日月を見てつぶやいた。その月は赤く不吉な光を放っていた。

そのとたん、王の眼は怪しく光って、右手にはすらりと抜かれた長剣がきらめいた。

「おまえはシンの廻し者であろう！」

その声には常人のひびきはなかった。狂人の剣は、身を引こうとした学者の長の肩先に落ちた。

14

王はさらに仕事を数学者に命じた。アバスは身をちぢませる思いで新らしい三日月の製作にしたがった。先に造られたものはさらに鋳直されて、廻転台の上に取りつけられた。仕事はやっとその次に新月が現われた宵に間に合った。しかし、実験所で出来栄に手を打って喜んだ王も、それが弓やぐらの上に運び出された時ひどく表情を変えた。あの夕空におごそかにかかる新月の姿にくらべて、何と間の抜けた光であったろう。ゼンマイ仕掛でくるくる廻るこの月は何と愚にもつかぬ子供だましであることよ！　この夜半に幾何学者は冷たいむくろであった。

王は、その次に天文学者カッサンを呼び出した。が、かれの上にもひと月の後には先の学者と同じ運命が落ちた。平和と歌声とにみちあふれていたバブルクンド王城は、こうして新月の頃となると、「呪いの宮」に変った。三日月が現われるたび毎《ごと》に起る王の発作的症状は、その細い月がだんだん大きくなるにつれて薄らぎ、やがて満月に育った青い光が夜もすがら大理石の市街を水底の都のように照し出す時には、以前の健全な王と少しの差異もなかったが、そのまるい月がかけそめて、闇となり、ふたたび西空に細い鎌形となって現われた時には、さらに幾倍かの険悪さを加えてよみがえっていた。そして月のみちかけと共に進行した物ぐるいは、いまは満月の頃にもなお王をいら立たせ、金属の器物を見るとたちまちシンの片割れだと呼んで、剣を振り廻させるに至った。

この次第は街中に伝わっていた。昼は群青を映した弓やぐらを仰ぎ、夜は灯影の洩《も》れる高い窓を眺めて、市民は一様に物に憑《つ》かれたような心持で、取沙汰を交わした。王宮にはすでに数百人の犠牲者が出たということがきかれた。旅人の数も減ってしまった。金銀の星屑に飾られた夜々も、市民を以前のような安らかな心地で眠らせなかった。辻々の神像が真夜中に散歩していたとか、北方遥かにえたいの知れぬ煙が立ち昇っているとか……流言が巷に起り、王城の中で、物におびえたように吠えつづける獅子の声が、いたずらに白くまぶしい淋びれた街区にひびき渡った。そして測り知れぬ恐怖が竹藪の大こうもりといっしょに、家並をかすめて飛び交した。

15

こんな底知れぬ不安の中で、市民がバブルクンドの都から西空の三日月をながめた最後の宵のことである。

東から迫ってきた夜の脚が石だたみの細いすじをまだ捉えない頃に、王城の広場にあって時ならぬラッパの音が起った。同時に城門からきらきらした槍をたずさえた乗馬の一隊が駆け出して、いっさんに西に向って走り出した。あっけにとられた人々が屋根や塔の上に登って見守っているうちに、鳥のように迅く砂上を横切り、ケシつぶほどにちぢまった砂煙のかたまりは、赤と青の薄い光が残っている丘の向うがわへ消えてしまった。

一隊の先頭には王が立っていた。よみがえった昔日の流星王が、新月に向って飛弾のような突貫を開始したのである。王は剣をかざして血走ったまなこで真正面にある細い鎌形の仇敵を睨んでいる。それにしたがって三角編成の一隊がただ一騎であるかのように移動してゆく。槍を小わきに手づなを握り息をこらした者共は、カブトに唸《うな》る風と脚下に飛びちる砂の波だけを感じている。が、月もこちらの前進につれて退いて、すでに地平近くへ落ちかかった。煙のかたまりは電光のようにその方へ突ッ走った。眼前に、薄明の空をノコギリ形に区切った岩山がいいいもうろうと展開した。三日月は赤く染ってその頂上の線に触れようとしている。鉄蹄に火花が飛び、馬々は宙を蹴って急斜面を登った。月は向うの谿谷《けいこく》に下ろうとする。王の剣はその手からすべり落ちた。

「それ早く！」

うしろにしたがった勇士は見上げるばかりの岩壁を駆け上ってサッと槍先で払った。月は槍の穂先にひっかけられて、くるくると廻りながら、遠からぬ岩肌の上に落ちた。殊勲者は乗馬もろともはずみをくって深淵に転落した。

王は馬上に突立ち上ってカブトを振った。岩上の薄光に一せいに差し上げられた槍の穂先が光った。

奇妙なつのの形の月が、用意された青銅の小箱におさめられ、馬背にゆわいつけられると、一隊は凱歌《がいか》にまかしてもと来た道に引きかえした。

16

真暗な頭上には色とりどりな星屑がきらめいている。ただ馬の蹄《ひづめ》にハネ返される砂と馬具の擦れ合う音がした。たれも黙りこんでひたすらに帰路を急いだ。もう半夜である。が、東の方にはまだ紅い灯の反映すら見当らない。王は小高い所から四方を見渡した。いずこも同じ星屑にみたされて、ときどき思い出したように、それらのうちの二、三がツーツーと流れる。一隊は夜もすがら東に急いだ。夜が明けた。やはり眼にうつるのは、風の足跡がついた縞模様の砂丘のつらなりばかりである。

王は首をかしげた。ゆうべ月が落ちるまでに行きつくした道がこんなに暇取るはずはない。さりとて方角を間違えたとも思えぬ。が、王はふと三日月を払い落した岩山に気がついた。

「ハテ、あれは何物であろう?」王はバブルクンドの近ぺんにそんな山があることを知らなかった。「近くばかりではない。西には山などはなかったはずだ。するとやはり見当を取りちがえたのかな」と、考えなおしてみたが、月が沈む所と云えばどうしても西である。王の頭の片すみから微かな記憶がよび起された。西の果てに、何とかいう怪物がすむ山があって、その向うが深い谷になって終っているとの伝説である。「他に山がないとすると、そこだったのだろうか？」馬首をはてもない砂原のかなたに進めながら、王は考えつづけた。「では、バブルクンドからどれほどの道程であろう？　それは砂原をこえ、水を渡り、再び砂をこえ、山をこえる幾千里の旅路のきわみ、物語にある距離である――この間をあの一刻に乗り切ったとしたら……」軽い戦慄が身内を通りすぎて、王はおぼえず辺りを見廻した。が、すぐに平静をよそおいながら大きな声で云った。

「きっと大迂廻しているのだ。もうじきにバブルクンドは見えるであろう」

しかし一隊はその日も燃えさかる砂上を走りつづけた。次の日も、次の日も……こんな場合の用意があるわけはなかった。馬が斃《たお》れた。人が仆《たお》れた。

幾日幾月が経過したか、それは判らない。月は青銅の箱の中におさめられていたからである。しかし骸骨めく一匹の馬を曳いた王と三名の家来が、ついに夕方の向うに無数のほの白い累積を見つけることになった。

17

その白いものは大理石であった。が、バブルクンドではなかった。かつてバブルクンドだった場所であった。尖塔や円屋根は砂中に埋没して、ただその頂きがあちらこちらに現われているにすぎなかった。工とその部下は微かな名残をたどりながら、元の王宮の位置に足を運んだ。ひざまずいて物狂わしく砂をかきのけていた王は、やがて思いあたったように、影のような馬に近寄って、その背から青銅の箱を下そうとした。が、王の腕は箱の重味に堪えなかった。箱は落ちて、とたんにふたが開いた。その中に三日月の形に残っていた赤い灰が、石片の上にこぼれたと見るうち、それはひとむらの煙となって立昇った。

「おお」

低いうめきと共に王は指した。

煙の消えゆくかなたには、かつて弓やぐらの上から眺めたと同じ匂わしい新月が、黄金の弓に似た爽やかな姿をかかげていた。さて天であろうか地の底か、ウアッハハハ、ウアッハハハハ、ウアッハハハ、山崩れに似た笑い声がきこえてきた。

☆

その一夜に数千年の時が流れた。夜が明けた時、もはやそこには白い大理石の一片すら見出されない。風が砂の山を造りまたそれをこわして、千万回もすぎて行ったあとである。そんな一つの丘蔭を、早くからキャンプをたたんだダンセーニ大尉と私が加わっている自動車隊が、毛虫式車体の影を桃色の朝日に照らされた砂上に長く引きながら、その日の旅に出発を始めた。清朗な星座の下に張った天幕の中に私が眠ったその夜もすがら、カシリナ沙漠の砂を吹く風のささやきに伝えられた、それは太古の物語であった。

リビアの月夜

寝苦しさのあまりホテルを抜け出した私は、いつのまにどうしたものか、ナイルの対岸まできてしまって、昼間案内された道を、心覚えのままにたどっていました。

近頃、新たに発掘されたらしい石材が積み上げてある一区廓を通りすぎると、巨きな巨きな、砂岩の立像が、南北にならんで突立っていました。お月様はこのとき頭上に冴え返って、しかもどういう加減か、その光っている半球面の火口《クレイタ》や繞壁平原《ウオールドプレイン》を無気味なくらいまざまざと見せて、恰《あたか》も、ファン・ラングレン、リチオン、グルマルディなどいう、月面学《セレノグラフィ》の始祖に当る坊様たちの手に成った、素朴な、誇張的な見取図そっくりにうかがわれるのでした。それにこの妖異な月球の周り一面といったら、赤や紫や緑や、かれらの星座を乱したのではあるまいかと疑われるのみか、手を伸ばしさえすれば、それら色とりどりな大つぶの宝石が掌のうちにつかめそうなエジプトの星空、世にもおどろくべきプロデューサーの手になった舞台装置です。

私がいま打ち仰いでいる二基の、でっかい像は、すでに二千五百年前に、大歴史家ヘロドトスも触れているそうですが、ギリシア人のあいだでは「メムノンの柱」と呼ばれていました。メムノンは、あのトロイを援助におもむいた勇者です。彼は奮戦してたびたび手柄を樹てましたが、ついにアキレスとの一騎討ちになった時、それぞれに両人の母に当るエオスとテティスが互いに息子を気遣ってゼウスに迫り、大神が二人の運命を秤にかけたところ、メムノンの皿がさがりました。彼はアキレスに討たれ、ゼウスはエオスの悲しみを見るに忍びないで、息子メムノンを不死においたと伝えられます。——実は初めのうちは、アメンホテプの像か、あるいはメムノンのそれかと考えられていたところ、この巨像が日の出にさいして奇妙な、——とても人間の出すものとは思えない、それでいて耳にした総ての人々の心を打つ声で嘆き悲しむということから、メムノンが、彼の母なる曙の女神エオスに挨拶を送っているのだろうということになったのです。

このメムノンの朝の唄は、例のローマのハドリアヌス帝も、皇后のサビアといっしょに待ちかまえていて、期待は十分に酬いられましたが、其の後、セプティミウス・セヴェルス帝の代とかに、くずれ落ちていた上部をつくろってから、音は全くしなくなった。だから、「メムノン節」は、ご両人の肩や首すじにあるヒビ割れの中の夜露が、朝日に暖められて膨《ふく》れることに出ていた、と解釈してもよろしいでしょう……ここにきて、我と我身に向かって解説を述べていた私は、おや？　と思わずにおられませんでした。というのは、この一対の砂岩像は、（アメンホテプでもメムノンでもなく）本当はアメノフィス三世の像なのですが、それもいまは只の瓦礫《がれき》の小山……しかもその場所がエジプトも表玄関のダフネー辺《あたり》であったことに、思い当ったからでした。

そんなら、この眼の前に立っている巨人らは何であろう？　こんなものは昼間は全く気付かなかった。私はどこもかしこも青い幻燈に映っているような景色の中に、黙々とそそり立っている黒い二柱を、かわるがわるに見上げました。この砂岩のメムノン――いや、王冠を戴いたアメノフィス三世の高さが十二メートルだということも、どうやらその通りだと思われるのでしたが、なお、「南側の像では、手の中指の長さは一・三八*m*」と憶えているところを、目測で確めようとした時、自分の靴先に何物かがコツン！　と当りました。おや？　――犬も歩くとぶっつかる棒ではありません。といって石ころでもない。細長い、つるつるした白っぽい代物です。私は何気なく取上げてみました。

なあんだバカバカしい！　つぶやくより早く捨てようとしました。駱駝《らくだ》の、古い骨らしいものであったからです。けれども、露にぬれた骨きれは、真上にあるお月様の光を照り返して、このまま打ちゃるには惜しい風情をそなえていました。で、私はその次に、先とはいっそう広い範囲にわたって、辺を見廻したのでした。

ちょうど向うに、昼間の騒々しい、がさつな連中の足跡にみだされていない砂の斜面がありました。その方へ五、六歩近寄りながら、私は右手にした骨を投じました。白っぽい乾いた肢骨の一片はくるくるくるくると、あのオーストラリア土人の狩道具のように廻転しながら飛んで行きました――

サクッ！　軽い音を立てると、駱駝の骨は、きれいな、まるで縞馬の背を見るように風の過ぎた跡が波形についている砂のおもてに、半分突きささりました。私はそこで身をかがめて、お昼のきらきらした眩《まぶ》しい遠景を見る時のように、両手を合わして、眼の周りをかこったのでした。自分は何事を企てているのでしょうか？　他でもありません。私はその骨をもって、いや、その骨の落ちた箇所を、遠い沙漠のまんなかだと思いこもうとしたにすぎません。そのため、自分の掌によって適当な額縁を作って、双生児のアメノフィス三世をはじめ、附近にあるごちゃごちゃした邪魔物をおおい隠す必要があったのです。

そうしてみると、ここはもう本当に寂莫《せきばく》たるサハラの真只中でした。砂の丘々が月の光に煙って、限りも知らずに打ちつづいています。何の物音もしない、何人もこない、恐ろしいような所に、ただ一片の乾からびた骨が、上膊骨か、大腿骨か、それとも胸骨かが、月光を吸いながらじっとしています。

そして中空の月の無言の移動につれて、骨の下側に出来た影も、また少しずつ動いています。

……

「なるほどな！」と私はひとりごとを云いました。私は、この駱駝の古い骨を見た瞬間、ダンセーニ卿の『失くした絹帽』という一幕物を思い出したのでした。なぜかというと、ダンセーニは若い頃、陸軍大尉としてボーア戦争に出征したというし、第一次大戦にも熱い近東国に駐屯したと聞いています。そのせいか、あんな神々と、王と、匿された宝物の話をはじめとして、アラビアだとかリハラだとかを彼の舞台に好んで採り入れます。『ロウスト＝シルクハット』もその一つで、その中に出てくる詩人が失恋者をつかまえて、次のように説くのです。「何という果報者だ」と詩人は、頭をかかえて嘆いている紳士に向かって、申しました。「きみは志願兵になってアフリカへ行くがいい。そして茫漠たる黄金色の砂に、無慙にもきみ自身の若い戦死体をゆだねてしまうのだ。きみの骨のそばを冷然とベタヰイ族が通って、これまた紅閨夢裡《こうけいむり》の人というようなことを思ってみる。……暗夜には獅子の吠《ほ》え声が聞える……何とすてきでないか。こんなすばらしいローマンチックが、またと容易に手に入るとでもきみは思っているのか！」

このセリフを思い合わした私は、いつのまにかその駱駝の骨をもって、自分の親友の肋骨の一片でもあるかのように思いこんでいました。

十年前に行方不明になった親友なんか、私の上にあろう筈はありません。けれども、そんな主人公が実際あったかのように、私は勝手に空想してみたのです。そしてつづけて、かれが幼少の折からどんなに優しく気高かったか、そのような彼と自分とはどんなに愉《たの》しい、仲のよい年月を送ってきたかということを、頭の中に造って行きました。

「一切は終った。ぼくは銃剣《じゅうけん》を取ってスーダンへ行くよ」と云って、自分の手を彼が握りしめた最後の晩のこと……あとになって、いきさつを私から伝えられて泣きくずれた相手の女のひとのことまで、順送りに私は想像してゆきました。すると、十年前に行きがた知れずになった友人をたずねあぐんでいた自分が、とうとう今夜、この沙漠の月明りに一片の白骨をみとめ、そうしてわが友もこうして既にひと昔まえにこのような無名の勇士の一人と化してしまったのだ、とこうきめても差支えないようでした。私はやおら身を起して、骨の方へ近寄りました。

「おお異域の鬼よ!」

私は親友のかたみを両手に抱き上げたのです。私の双眼は涙でいっぱいでした。とたん、細長い骨の内部でコトリと何かが鳴りました。

せっかくの狂言がけし飛んでしまいました。私はこんどは、骨の方を査べ出したのです。よほど古くてカラカラでした。それで、内側で欠けた部分があって、空洞の中で音を立てるのだろうと思いました。それにしては、振るたびにコトコトと動いているのは、何かもっと重い、まとまったもののようです。私は手頃な石を二つ持ってきて、その一つの平たいおもてに骨をのっけました。他の一つでゴツンと打ちました。骨は脆《もろ》くもまんなかから折れましたが、同時に私は、ギョッとして飛びすさりました。

「うっかりも出来んぞ」

退くとたんに、つまずいてうしろへひっくり返った私は、起き上りながら、立ちさわぐ胸の中で思いました。二つに折れた骨の内部から黒いものがころがり出たのです。それはてっきり沙漠名物の毒虫だと察しられました。

「何にせよ、五千年の秘密が封じられている土地だ――」

私は、エジプト紙巻の丸缶やチーク材の葉巻函についているレッテルそのままな月光と星模様の空の下を、ぎざぎざな鋸の歯で区切っている左手の絶壁の方へ眼をやりながら、思いました。

懸崖《けんがい》は、「女王の谷」あるいは「死の谷」と呼ばれている古い王たちの墳墓がある所です。そしてこの上からは、リビア沙漠が物すさまじい波頭をつらねて拡がっています。私は昼間見物したツータンカ・アーメン王の墓塋を思いうかべていました。そして、そこで発見された雪花石膏の壺のおもてに、「王の墓をあばく者に死の速やかなるつばさは到らん」という文字が彫り付けてあったにかかわらず、柩《ひつぎ》を開いて間もなく毒蚊に刺されて高熱が続き、「もう終りだ、呼び声が聞える」と云って死んでしまった御大のカーナヴォン卿を考えに上《のぼ》していました。

第二番目は、王墓公開の時に一番乗りをした南阿の富豪ウルフ・ヨエルです。これはナイル河でボゥトがひっくり返って溺死しました。次は、アメリカの鉄道業者グールドで、お墓見学の時にカゼを引いたのが元になっています。それから、ご本尊のミイラにレントゲンを当てていたダグラス・レイド。「ファラオのたたり」を劇に仕組んでいたシッギンス。カーナヴォン卿の義弟のハーヴァード大佐の狂死。……つい先日も、第十九番目の犠牲としてウェストベリ卿が、――彼はホワード・カーターの秘書として発掘に加わったのでしたが、この八十歳に近い老紳士が、「こんな恐ろしい目に逢っては一刻も生きておられぬ。出口だ出口だ、出口がほしい」との走りがきの紙片をテーブルの上に残して、倫敦《ロンドン》のアパートの八階の窓から飛降自殺をした。そんな報道が新聞に出ていたでないか。それに彼の息子リチャード・ベセルといえば、前年に同じ住いのベッドの中で、一夜のうちに原因不明の死をとげている。ウェストベリ卿の葬式の当日には霊柩車《れいきゅうしゃ》が八歳の少年を轢《ひ》き殺した。――眼前に月をあびて黙念とそそり立っているアメノフィス三世が、さむけを催《もよお》させました。私はあわてて初めの考えのあとをつけ加えました。「何しろそんな土地柄なのだ。秘密があばかれる時には不思議も起ろうと云うもの。夜も更けて行くのにこんな所にまごまごしていたら、それこそこんどはこちら様へお鉢が廻ってくる」

折れた骨片と、そこから飛び出した黒いものをそのままに、踵《きびす》を返そうとしましたが、考えなおすと、遥々《はるばる》この土地までやってきて、一夜の気まぐれ歩きに、有りうべからざる「メムノンの柱」に行き当ったことはともかくとして、たまたま靴先にひっかけた古びた駱駝の骨におどかされて退却したとあっては、面目次第もありません。

よしっ！　と勇気を奮い起して、私はライターを点じました。月は真上にあってお昼のように明るかったとは云いながら、いっこうに動こうとはしない毒虫のけはいを探るには不足でした。それに火を持っておれば心丈夫というものです。そろそろと炎の舌を虫へ近づけました。奴さんは魚型水雷みたいな形をして、全身に斑点がついています。

繭《まゆ》かな？　それにしても毒々しい代物だわいと思いましたが、まゆであるならば、何者かが飛び出すまでには余裕があります。そう安心をすると、私はいっそうまなこを引き寄せました。

オヤオヤと、私はまゆをつまみ上げて、小さな赤橙色の火焔のそばに持って行きました。斑点と見たのは、実は、赤や青や代赭《たいしゃ》で、おどろくばかり丹念にえがきこまれている人や動物や器物の絵模様だったのです。

「こりゃ宝物だぞ」胸をおどらせながら、私は、世にも珍奇な細工品を鼻の先にあててみました。何とも云えない、夢を見ているような、はるかな、佳《よ》い香りがするのです。ハテナ？

☆

Clof, clop, cloch,
cloffete,
cloppete
clocchete,
chchch

病気に罹《かか》った噴水を歌った、こんな未来派の詩がありますね。ちょうどそれと同じような、とぎれがちな噴水の音が中庭でしていました。

「……そうすると先生、これは貴族だということになるんですね」

いま、向かい合わせに坐っている老紳士は、カイロから連れ立ってきたハーヴァード大学の教授です。私が夢遊病者のように、えたいの知れぬ「メムノンの柱」をひとめぐりして帰ってきた時、博士は皎々《こうこう》とした電燈の下で、相変らず先刻と同じ姿勢で甲虫と取組んでいました。私は取りあえず、これこそ掘出しものの、駱駝の骨の中にはいっていた佳い香りがするミニアチュールを提出したのでした。すると、それはちいさなミイラの棺であることが知れました。そして慎重にそのおおいが外された時、果して、これはこれはとびっくりする他はない豆ミイラが現われたのでした。

「さよう」と博士は、豆ミイラに拡大鏡をあてながら云いました。「爪や眼に金《きん》めっきが施《ほどこ》してあるところを見ると、一般貴族よりも更に高貴な身分になりますな。わしにはよく判らんが、ここにあるのは人形かな」

「こりゃまあ！」と私は、博士の手から拡大鏡を取って、示された箇所にあてたときに叫びました。

「豆ミイラの胸元に青い人型棺と豆箱がついている」

「それがミイラの召使、シャワブティじゃ。箱の中身はスカラベ、すなわち甲虫、木乃伊《ミイラ》のお守りじゃ」

と博士は、相も変らず落ちつき払って云いました。

「このミイラは手を組んでいます」

「婦人じゃな」

「これは整ったかおだ！」

「――どれ……」と先生は、私から虫メガネを取りました。「なるほど。しかし髪の毛がエジプト人にしては赤すぎる……というと、心当りがないでもござらぬ」

「心当りとは先生のご親戚すじにでも」

「そう、わしの姪《めい》ぐらいに当ろうかの。おおそうじゃ、ミイラの棺にある銘文を読んでみて下され。いびつな楕円型の枠《わく》が、そこここに見える筈じゃから」

虫メガネは博士の手からまた私の手へ、電燈はもっと近く、豆ミイラの棺の真上に引き寄せられました。

「あります、あります。一方に柄の付いたワクでしょう。ワク入りの文字があります」と私は云いました。

「それが、エジプト王の名を示すカルトゥーシュというものじゃ。それもわしが思うのに、1815年、有名なフィレーのオベリスクに見られた二箇のカルトゥーシュのうちの一つだ。即ち一方の第四、第三、第一の文字が、こちらの第二、第四、第五の文字と一致しておったものので、それぞれに獅子、蛇、鎧戸に当っている。LとOとPとして、われらの偉大なるシャンポリオンが解読したところじゃ」

「獅子がLなのですか」

「さよう！　そのLが第四番目に、Oが第三番目に、Pが第一番目についている人名とは何じゃろう？　PTOLEMAIOSじゃ。これに準じてLを第二番目に、Oを第四番目に、Pを第五番目としている名に思い当ればよいわけじゃ」

「私にはロゼッタ石の持ち合わせがありません」

「形だけでよい。初めから順次に読んでみなされ」

私は眼をこすって、眉をひき寄せ、ピンセットで挟《はさ》み上げた棺のふたを埋めている象形文字群中の、さらに小さなくぎりのなかを凝視しました。

「初めが三角」

「それはつのだ。Ｋである。Ｑと読んでも差支えない。ハイ、その次」と博士は云いました。

「牝獅子、Ｌですね。第三番目は庖丁を立てたようなものです」

「それは迷路を意味する。Ｅじゃ」

「ひもを結んだような蛇です」

「よろしい、Ｏじゃ」

「次は土台石の四角」

「Ｐ――鎧戸じゃ」

「例の鷹です」

「Ａじゃ」

「……」

「何じゃな？」

「徳利を倒して、一方へ柄をつけたようなものです」

「紐の輪のＴじゃ――その次がシガーじゃろう」

「いかにもツェッペリン飛行船」

「それは人間の口、Rじゃ。それから再び鷹のAじゃ――よし、それだけを綴ってみなされ」

と博士は私を促しました。

窓の外は真青なお月夜――

Clof, clop, cloch,
cloffete,
cloppete
clocchete,
chchch

噴水は相かわらず咳《せき》をしつづけています。

夜の好きな王の話

雲の影が匍《は》い上ってゆく山のかなたへ眼をうつしたなら、汗とほこりのために機嫌を損じたことなど飛び去って、あそこに三日月の弓とツィンクルな星屑があれば……とだれしもが微笑んでしまう。今宵の宿をこの町に取ろうかしら、と旅人ならば思うことであろう。他でもない。白色凝灰岩《ぎょうかいがん》の肌が出たその山裾の丘上にある赤い城の内部から明々した灯が洩《も》れそめる時刻は、この城下の人々にだって待ち設けられているほどであるからだ。

夕べがくると、お城の中に、フラジオレットや、ハーモニカや、マンドリンなどをめちゃくちゃに鳴らせているような、それでいて透き通った空気の遠くから伝わってくるせいか、昔お母さんの背できいた子守唄を想わせる優しさをこめた音楽が始まる。あなたが、ひとりでに浮かれ出すようなメロディーにつられて、覚えず知らず岩山の下までやってきて、なお岩かどのあいだを攀じ登って城門の前に立ったとすれば、心得た衛兵はあなたを幅広の階段の上に導いて、おもちゃのように見えた城の中にこんな場所があったのかと眼を見張るような、大広間を覗かせてくれることであろう。

ここには一面、燃え立つような緋絨毯《ひじゅうたん》が敷きつめられて、白熱ガスのような光を放つろうそくが、銀の燭台《しょくだい》の上に数知れず点《とも》されている。ところがふしぎなことに、猫の子一匹の姿もない。ただ大理石の円柱や金銀の柱かざりや窓飾りが燭台の灯に照りはえて、互いに競うようにきらきら、ぴかぴか……ハテ、音楽はどこだろう、とあなたの首が傾けられたなら、あなたはさらに広間をよこぎって奥の方へ案内される。正面の突当りに大きな黒檀《こくたん》の扉がある。あなたはその鍵穴に眼をあてて、まぶたをパチクリとさせるにちがいない。

水晶細工のテーブルの上には、色とりどりの鉢植の花が咲き誇り、純白の服をつけた音楽隊が手に手に形おもしろい楽器を持って、吹いたり叩いたりしている。それら笛やラッパや太鼓やカスタネットの音につれて、木菟《みみずく》帽子やクラウンや円錐帽をかむった少年たちがハネ踊っている。どんなかおが鈴のついた菫色《すみれいろ》の服をまとい、また、紫や緑の星を鏤《ちりば》めたタイツと、大きなリボンのついた袖口のあるじとはどれだけ背丈が違うかなどは、とうてい見きわめようもない大乱痴気だ。けれども若《も》し、そんな渦巻の中に、緋色の衣をまとい黄金造りの冠を頭にのっけた赤髯《あかひげ》の人物が見つかったならば、かれこそ城の主人である。ついでに、かれの赤髯はわざとくっつけたもので、じつはまだ二十歳そこそこの若者だと説明しておこう。

なお云いたいのは、こんなお伽劇《とぎげき》の金主がいまの若者の父だということである。これは、浮世の煩《わずら》わしい用事をやってのけている現実の王様である。さてこの父が、年頃になった息子になぜこんな道楽を差し許しているのか？　それはだれにも増して愛しているかれの末子の憂鬱《ゆううつ》病を癒すためにである。

☆

若い王のふさぎ虫の起因はこうである。「そのひたいはもののふの引く弓に似て、眉は夕ぞらに懸《か》かる新月さながらな」或る姫君につながりがある、と伝えられた。「さに非ず！」と異議をとなえる者があった。「王子は天上の秩序に目醒《めざ》めようとなされている。この一事に気づかずしては、たといソロモンの智慧を持とうと禽獣に等しいのじゃ」「いや、その前に地上の人間としての題目がござろう」と反対した者があった。父なる王は、侍医の勧めにしたがって、みやこ離れたへんぴな、しかし樫《かし》の深緑に飾られた常夏の土地に、王子の気のままな住いを作らせ、そこで保養方々《かたがた》、将来に必要な課目を習わせることにした。金力が物を云った。新城はたちまち出来て、地方の面目は一変した。しかしその当座、かんじんの城はひっそり閑として、城門はいっこうに開かなかった。ただ樫の梢《こずえ》のむこうの弓やぐらの上に物うげな衛兵の槍先が時折光るだけで、夜は夜とて明るい窓一つ見られない。ハテ、王子はまだ到着されぬのであろうか、といううたがいを城下の住民に覚えさせた。――全くこの頃、若い城主は寝室にばかり閉じこもっていた。たぶんかれは、月明の下では永遠の精かとも見えた姫君を、いっこうそうでなくしたところの太陽がきらいだったのである。「このまま眼がさめないものならば」これが、かれがいつも寝につく折の嘆声であった。けれども若い身そらで、いつまでそんな状態がつづけられよう。かれはもはや本は読まず、人に逢わなかったとしても、なおこれ以上は眠っておられぬ夜中にかれの居室を出てみることがあった。露に濡《ぬ》れたテラスに佇《たたず》んだ。そんな時、青い狭霧《さぎり》の底に眠っている小さな町や、花環を解きほぐして撒《ま》いたように、眼下の家並の上にきらめいている星屑や、さらにその背景の山々のひだに降りそそぐ月光や、尖塔をかすめた夜鳥の影がかれを慰めた。そしてやがてかれは冷ややかな夜気に打たれる散策を何より好むようになった。或る夜中、樫の葉に射している月影を見て、かれはふと馬の脚をとめた。いま何事かを思い当らねばならぬ気がしたからである。それは次のようなことであった。――どんな隙《すき》をつかんでも伸びようとしている或る物が厭《いと》わしかった。しかしその或る物のほかには世に何物も存在していないのだった。

そこで若い王は悟った。すべてはこのままに運ばれてよいのである。なんのことはない。自分は怖気《おじけ》と理想主義とをはき違えていたのだった！

そのまんなかに立つと周囲の樫の木立をみとめることができるくらいの小さな沙漠が、城の近所にあった。真上に月を浴びてここに差しかかった王は、向うを横切ってゆく驢馬《ろば》をつれた一隊をみとめた。何を思ったか王は手綱を引いて、一直線にその方へ駆けよるなり、一つの小さな影を鞍上にすくい上げた。

☆

翌朝、城門に訴えがあった。夜半すぎに沙漠に人攫《さら》いが現われた。しかも相手は北方の魔王だと察しられる。白馬の数騎は風のごとく走って遥《はる》かの木立に消えたからであると。北方の赤楊の林の奥に棲む「赤髯」が、緋の衣をつけ、白馬に跨《またが》って立現われて幼児をさらってゆくとは、王もいつか耳にした話であった。けさ方の獲物は所有主に返すわけにゆかなくなった。それと共に、若い王は魔王模倣へ駆り立てられた。被害の訴えはその後続々と城中へもたらされることになった。

「目下、赤楊の林を探索中である」

アビシニア風のパイプをくわえた王は、しかつめらしく返事していた。しかしそれとは別に、城中に次第に増えてきた小姓の問題があった。これらの預り品については帳簿が作られて、親元へは密使が立てられていた。かつての淋しさの反動のような、音楽と笑いに爆発する夜々のうたげが始まったのは、ちょうどこの頃の話である。けれども、大広間のドアの鍵穴に眼をあてた人が感じ易い心の持主であったなら、花ぐるまに似た賑《にぎ》やかさのうちにただようている愁いに気がつくはずである。緋絨毯の上に酔いしれてぶっ倒れた道化師や唄うたいが見られる刻限には、水晶細工の椅子によりかかって沈思にふける緋色の人が注意されるであろう。白薔薇に似た笑いとさざめきの席ではあったが、或るとたん、犬の遠吠《とおぼえ》から、こんな影が射すようになった。

その夜、扉の向うに起った犬の声に、いち早く踊りの足並をとめたのは、小さい家臣らであった。犬がなおつづいて鳴いた時、王自身が、座を立って扉を引いた。そのすきに、王の腕の下をくぐり抜けた、頬の紅い、みすぼらしい装いをした少年と一匹の黒犬とは、そこへ飛び出た王の幼い家臣の一人と共に抱き合っていた。

「兄は戻そうが、お前はつぐないをしなければならぬ。ここで役に立つ何事ができるか、踊りか歌か」王から云い渡されて、少年はつぎだらけの緑色の上衣の裾から小さな鉛の笛を取り出した。その笛が吹きはじめられると、王と大勢の家来らの眼がしらが熱くなった。黒犬の耳もたれて行った。何事であろうか。夫の忘れがたみの一人をいず方となく失ったことが元に、みずからも此の世を辞した婦人、云いかえると、この兄弟の母なる人を恋い慕うなげきが、その笛の音にこもっていたからである。

度外れな道楽がようやく非難の的になっていた。折から父の王から書面が届いた。「すでにおんみの健康も恢復したと覚えられる折柄、いつまでも田舎にこもっていることは賛成できぬ。ついては海をへだてた国の大学へおんみを学ばしめることを近々に取計らいたいと思うが、そちらの意向をたずねる」と書いてあった。

☆

若い王は、自分と交替してここに住むであろう従兄の人柄をよく承知していた。その新城主が尖塔やアーチをどんなふうに改造し、調度類を処理し、家臣らをいかに無慈悲にお払い箱にしてしまうか。それを頭に上《のぼ》さないわけにいかなかった。王は今夜もうたげの席をぬけ出て、ただ一人、幻燈に映っているように青い月夜の山路に馬を進めた。

谿谷《けいこく》の向う側に絶壁があった。その中途に段が出来て、あたかも岩の大テーブルになっていた。背景は、まばらな星があるあさぎ色の夜空を衝《つ》く三つの峰である。今までついぞ気づかなかったこの一廓を、馬をとめてしばし眺めていた王の心の奥底から、或る静かな気持が湧き上ってきた。――これもまた間違ってはおらぬ、とかれは悟るのであった。然らば事はこのままに運ばるべきである。王は、その青く煙っている、夢に見るとても行けない場所のような自然の祭壇に、今日まで自分を導いてきたところの「夜」を送りこんで、自分はあの寄るべないきょうだいを連れて、「朝日の国」へ旅立とう、と決心した。

☆

若い王の気まぐれ遊びだと解したとき、快くは思えなかった。しかしそれが一種の祭事だったと気がつくと、人々はこんどはそんな当初の目的の下にすべてが運ばれていたのだと思いこんでしまった。なるほど、「夜」は、月光や、星の瞬《また》きや、燈火の下のつどいや、また睡眠や夢をもたらせることによって、十分に感謝されてよかった。そしてみんなは、夜の好きな王についで不明だったことをいまさらに恥じた。そんな事情があったために、最後の工面は案外好調子に調った。その上に寄進があった。岩上に企てられた大工事は速やかに進捗《しんちょく》した。やがて完成した黒大理石ずくめの建物はコリント風で、一口に言うなら、チルチルとミチルが猫を案内役に入りこんだ「夜の御殿」だ。いよいよ当日の夕暮から赤い城の大広間で進められて行ったプログラムのことは省かれてよい。七日余りの月が山の端《は》へ落ちかかるのを合図に、遠方にあたって呼びたてるようなドラの音がひびいた。城門からは、「夜」を送る行列がくり出されてきた。

道すじにはタイマツが燃えて、周囲に無数の顔々が浮かび出ている。気をつけると、どこもかしこも群衆ならぬはない。聞きつたえておちこちからやってきた人々である。かがり火の点々を縫って、山裾にそうて練ってゆく行列の先頭には、金箔のついた装いの魔神が立ち、ついで各遊星の神々、さまざまな鉾《ほこ》や吹きながしを手にした天族、物凄い形相の冥府のやから、黄金づくりの冠に例の緋色の衣をまとうた司祭、あとは白馬をつらねた少年軍……まぼろしの行列が山の稜線にそうて絵巻物をひろげはじめると、見物一同の胸のうちに、或る涙ぐましい気持がこみ上げてくるのだった。それは遠く近くにこだまするドラの音によるのだろうか。それとも、この祭をおしまいに去ろうとする王の心が感応するせいであろうか。行列が谷間に向かって、切岸の凸凹の上に差しかかったとき、王自身にも或る切なさが覚えられていた。昨夕祭場を下検分にきたかれは、夜の宮居がひとえに映画劇のセットでないわけは、四辺の風物の魔法のせいだと解釈したけれども、いま行列の一員として接近して、硝酸ストロンチュームの火焔に真紅にそめ出された黒光りの建物を眼にとめると、成功はここに在った、と思わずにおられなかった。

先頭は懸橋を渡って、黒い円柱が立ちならぶ幅広の階段を登り出していた。その奥には香炉の煙が立昇り、正面に、子供の顔をしてこうもりに似たつばさを背につけた「夜」が鎮座している。――赤い城は遠来の客人の瞳を見張らせたけれども、それはただ見馴れぬ様式と、それを眺める距離のために織出された錯覚だ、と王は承知していた。あの鉛の笛の場合だって同様な催眠術を出ていない。けれども今夜はどうも尋常でない。そう言えば、この岩のテーブルを見つけてから、自分の周囲で何かが変ったようである。漠然としていた予感がいまこそ眼の前に形を取りそうだ。王は覚えず手首を片手で握って脈搏をしらべた。いったい何者がこんな気持を打ち拡げているのであろう？　その者はこれから何事が可能だと云うのだろうか？

本尊のうしろにある数々の扉が開いた。そして躍り出した「夜気」や、「露」や、「幽霊」が一行を迎え、何も彼もがこんがらかって、そこに底抜け騒ぎの無礼講が始まった。

冷たい空気を吸おうと思って廻廊に出た一人が、今夜にこそ起らねばならぬものを発見した。かれは広間に向かって大声に呼ばわった。

岩山のシルウェットを微かに浮かばせて、その上に星屑をばら撒いていた「夜」は、ついに夜の好きな王の供養を嘉《よみ》して、言い知れぬ桔梗《ききょう》色に変色したではないか。人々は仰天した。夜が変色したからである。王だけがつぶやいた。

「とうとう夜明けになった！」

夏至近く

三日月の角《つの》と、金星とが向かい合って、土耳古《トルコ》の旗になっている刻限、わたしは王女様と連れだって、二頭立の馬車に打ち乗りました。

わたしの腰には、銀貨を詰めた皮袋がゆわいつけられていました。

聖ヨハネのお祭を目前にひかえて、わたしはフェアリー仲間を相手に、ささやかな衣料店を開こうともくろんでいたのでした。そして店先にならべるために、例えば黄いろいズボンとか、紫のチョッキとか、赤い上衣とか、硝子《ガラス》製の沓《くつ》だとか、そんな品物を仕入れるにはわたし一人では心許ないからとあって、今宵王女様はお忍びでわたしについてきてくれることになったのでした。わたしたちの馬車は東方に向かって出発しました。

暗い淋しい野原が続きました。昼間は打ち合わせに暇取ったものですから、双方は共に疲れて、黙りこくっていましたが、やがて左がわに壁のようにそそり立っている岩山が現われました。私の肩に首をもたせてうつらうつらしていた王女様は、かの女の金髪をパサリとうごかして、云いかけました。

「あれ、星なの、燈台なの?」

真黒い絶壁の上方に、黄ばんだ大きな、瞬きもしない光が見えます。

「あ、あれは木星でしょう。いや土星かも知れません。コヨミを見ればすぐ判ります。何しろぼくは近ごろ、銀河の研究に気をとられているものですから――」

「偉いワ。――そーら」

その次に王女様が指しました。

「こんどは燈台でしょう」

そこには、明るい星の直下に、緑と赤との入りまじった光が見え出しています。

「あれこそスクラッテルの灯です」

私も、こんどは確信を以て答えました。

スクラッテルというのは、元は相当に名を売った北方の神様でしたが、度外れな行状に耽《ふけ》ったために、いまでは罪ほろぼしにこの山上の燈台守を自ら引き受けているのでした。しかしながら、近ごろはフェアリー連もめったにこの界隈を飛びませんから、実際は燈台に灯を入れる必要はないのですが、スクラッテルが相変らず自己の責務を守っている点は感心だ、と云わなければなりません。

そんなことを語り合っているあいだに、馬車は絶壁の下を行きすぎて、わたしたちは再びひろびろした野に差しかかっていました。そしてわたしにはなんと云うこともない愉《たの》しい気持が湧き上ってくるのでした。それは、やがて到着するであろうきらきらした都市のことであるとも、また、今晩の用向きをすませてからわたしたちを待ち設けているであろう何事かであるとも、そこの所は見当がつきかねるのでしたけれども、只何か知ら、わたしは胸いっぱいに充ち溢れてくる愉悦を覚えるのでした。

「あれがタラの山なのでしょう」

王女様は、いまはずっと左手に遠退いてしまった山並の方にひとみを遣りながら、云いました。

「タラは、もう一つ向うの山です。あのきらきらした丘の先方に、ぼんやりと光の点々がならんでいるでしょう」

「犢《こうし》のあたまのような形になって……」

「そうそう。あれですよ」

——以前はフェアリー仲間にも持場がありましたが、近ごろはそんな縄張りなどは流行《はや》らなくなって、互いに好き勝手な土地へ行って気儘に暮しています。わけてもかれらの集合地として有名なのが、このタラのふもとです。すなわち、そこ一帯に起伏する丘々の肌を埋めて、ロビン＝グッドフェロウ、ロップリ＝バイ＝ザ＝ファイア、ホップ＝ゴブリン、ウィル＝オブ＝ウィスプ、ニック＝オ＝リンコルン、さてはエルフ、マイム、ノーム、コボルトの諸族に到るまで、種々様々のフェアリーの近代式住宅がつみ重なっています。三角形や、円形や、ゆがんだのや、平べったいのや、塔のようなのや、棒形のや、珍妙無類の家々が丘々をおおうてぎっしり詰っているさまを、お昼の光の下で眼にとめたなら、胆《きも》を消さぬ者とてはないでしょう。しかしいまは夜で、それら奇妙奇天烈《きてれつ》な屋根の下には灯がはいっているのです。そしてその一つ一つに、総てフェアリー族がまめであり、掃除好きなことをよく表わしているところのすがしさが含まれているのですから、まるで途方途轍もない蛍籠を見ているようです。馬車の移動につれて、それら無数の愛らしい燈影は、木立や岩角に遮られて、チカチカピカピカと瞬き交します。それは、恰もこの馬車についている鈴が、そんなに澄んだ鈴の音が、散りこぼれ、あのようなチャーミングな燈影に変って行くのでないかと怪しまれるばかりなのです。しかもわたしたちの周りと云ったら、真の闇です。お耳をピンと揃えて立てた賢い馬共は格別つまずきもせずに進んで行くものの、これじゃ鼻をつままれたって判りっこはありません。只、八箇の蹄鉄の下に踏み砕かれるお化キノコが、時々パッパッパッと青白く燃え上るばかりなのです。

「まあ！」

という嘆声にわたしはびっくりしました。

わたしの王女様は眼をまんまるにして、馬車の背後をふり返っています。なんとそこには、ひらひらよちよちと、あの薄い緑色の翅《はね》をつけた小っちゃな連中が、飛び交うたり、駆けたり、トンボ返りを打ったりしながら、どれもこれも一生懸命にこちらの馬車をめがけて追っかけてくるではありませんか。王女様の顔が嫣然《えんぜん》としてほころびました――

「おまえたち。豆の花も、芥子《けし》の実も、蜘蛛の巣も、火取星も、みんなおいで！ 親方様の店びらき、仕入れのお手つだいをするんだよ。帰りにはミルク一杯ずつごちそうしてあげよう」

バブルクンドの砂の嵐

新居にはいって

砂は夜もすがら立ち上り、立ち乱れ、多くのことをささやいたが、それは人間には判らぬコトバであった。やがて風は死に、砂もまた寝た……このような砂漠の旅の幾夜を経て、やっと憧《あこが》れのバブルクンドに辿りついてみると、時すでに遅く、美しい都は跡方もなくなって、果てもない砂の上には、ひとり男が坐って、さめざめと泣いていた。

私が最初に中央公論に発表した小説に、「バブルクンド」の名が出てくるが、これは語感がおもしろいという理由で、原作「バブルクンドの没落」から、その名前だけを借用したのである。ダンセーニ卿の「バブルクンドの話」は、大体次のような事柄である。

何しろ五十年も前の記憶だから、順序立ては出来ない。二人の男が馬かラクダかに乗って、「美しいバブルクンドをひと目でも見たい」と云って、砂漠の旅に出発するのである。人々の噂《うわさ》に伝えられる立派な美しいバブルクンドの宮殿や、広間や庭園や、噴水のことが詳しく描かれている。

二人の砂漠の旅人のうしろから、ひとりの、やはり馬に跨《また》がった男が追いかけてくる。彼もバブルクンドを目ざしているのである。彼はバブルクンドについて伝え聞いた、おどろくべき数々を、道づれに語る。しかし彼は大いそぎにいそいでいる。それは何万何千年かの周期がやってきたので、もうじきにバブルクンドは失《な》くなってしまうだろうというのである。早く行くがいい、見るのは今のうちだと云って、一人の道連れは一足先に行きすぎてしまう。こうしてあとの二人は旅を続けるのであるが、矢庭に南方から物凄《ものすさ》まじい、熱い砂嵐が襲うてきた。四辺は晦冥《かいめい》に鎖《とざ》され、それが数日も打ち続くのである。こうしてやっと、バブルクンドを想定していた場所まできてみると、時はすでに遅れて、そこには目にとまる何物も無かった。只《ただ》一人の男が（これはあの一人の道づれだったのである）砂上に伏して、シクシクと泣いているだけであった。

吹けば飛ぶような小屋も、数々の大理石や蛇紋岩《じゃもん》や宝石で以《もっ》て飾《かざ》り立てられていたバブルクンドも、それらがわれわれの造営物である限り、いつかは跡方もなくなってしまわねばならない。

例のシュリーマンが探り当てたトロイの廃墟は、なんでも十三層に重《かさな》っていた焼跡の、第三層目に見付かったのだとか。

先のダンセーニ卿の小品の一つに、地球が燃えがらになった。それから大分時が経って、星の世界から一角獣たちが廃墟見物にやってきたというのがあった。彼らは焼けただれた地表のあちらこちらに残っている石造神殿を見て、互いに肩を叩《たた》き合った。「視《み》ろ！　この世界でもやはり夢が一等偉大であったのだ」そう云って、星からの観光客は大へん感心した。

しかし彼らをおどろかした石の神殿も、あるいは其《そ》の他の造営物の礎《いしずえ》も、それを取りのけてみれば、更に以前にそこに在《あ》ったものの記念が見付かる筈《はず》である。それを取り除いたところで、その下方にも、更に感嘆すべき廃墟が見付かるのかも知れない。それは地球の表面全体に及ぼしても云えることである。地殻の上に新らしい地殻が重なり、もし生物の化石が発見されたならば、生物の死体の硬化したものが、やはり順々に層を作って置かれていることが判るであろう。最近、京大のヒマラヤ古生物調査隊は、古生代の生物は地球激変の結果いったん絶滅、中生代に入って別種の発生があったわけでなく、生物は姿を変えながら連続してきたという多くの証拠（例えばアンモン貝）を発見している。つまり地球そのものが残骸の集積なのだ。

われわれ人間だけに限って云うてみるならば、地球は曾《かつ》てここに生れ、生活し、笑い泣き、そして死んで行った無量の連中の骨粉によって塗りつぶされている。云わば雪ダルマのように、意識的地球は、一般生物及び人間の骨粉で順送りに塗り立てて、現今の状態にまで打ち続いてきたものなのである。大阪中ノ島の「フェスティヴァル・ホール」の緞帳《どんちょう》は、百年後の堂島河畔の景観を刺繍《ししゅう》したものだというが、私が持ち出したいのはそんなケチな時間観念でない。この大会館の緞帳でも、又、船場方面の倉庫の奥にあるシャッターでも何でもよい。それがある日、ある不思議な時刻にキリキリと巻き上ったならば、私はそこに、「津の国の難波の春は夢なれや芦の枯葉に風渡るなり」こんな景観が拡がっているのでないかと思うことが、しばしばである。この話をしてみると、「それは水爆のことですか」と問うた人がある。水爆でもコバルト爆でもよいが、その跡はコンクリートの瓦礫《がれき》の山ではないのか？　というのに、そんな取るに足らぬ破片や屑《くず》はとっくの昔に埋没《まいぼつ》してしまっている。そして芦だけがひとり栄えているだろうと、私は云うのだ。その芦の亡びるようなことはないか？　では芦の代りのものが栄えるだろう。お次はいくらでも控えている。どこもかしこも宇宙線のような、ニュートリノのような、生命の種子のハンランである。

神戸の奥平野の湊山温泉の傍《かたわ》らに、私の友人の住いがあった。この前を細い山径が通じていたが、山の方へ登って行くと、左側は崖下で、右は谷川である。十分間も登りつめた所に、左手に洞窟《どうくつ》があったが、岩や石を切り取った跡でなく、どうも粘土を掘り出したあとのように受取られた。奥行は二間ぐらいあったろうか。私がその穴を指し示された時は、只《ただ》のガラン洞だったが、以前にはこの孔《あな》の内部に棒グイでヤグラが組まれ、ムシロなどが垂れ下って、原始的な住いになっていたのだそうである。そこの住人は乞食だというのは中《あた》っていない。普通の乞食が、なんで自分の家が留守のまに焼かれたからと云って、憤慨《ふんがい》の余り、「末世と云うものじゃ」と呪《のろ》いのコトバを吐きながら、夜通しその界隈《かいわい》を歩き廻ったりするものか。隠者即ち穴居の哲学者の住いだったとしておこう。

このことによっても判る通り、哲学者が外出していたあいだに、近所の連中が火をつけて、いわゆる小うるさい、邪魔っ気な、不衛生な粘土壁の住所を焼いてしまったのである。哲学者は夜遅く帰ってきて、留守中の異変を知った。それからが怖ろしい。私の友人及びその弟は、何回もその夜の模様を私に聞かせた。その夜半、四辺が静まり返っている時刻に、家を焼かれた哲学者が、激怒して、「末世というものじゃ」をくり返しながら、自分（友人）の家の前を行ったり来たりしていたが、あんな怖いことはなかったと、兄弟は、私の前でくり返すのだった。

確かに怖かったであろうと、私にも十分に察しられた。考えてみると、われわれが現に置かれている場所は「末世」に相違ないからだ。

しかし、この世に自分の住いを持ち、自分らの街を設計したりする限りでは、いつかは見当も付かぬ何者かの手によって、我家を、我が街を焼かれねばならない。ペテルスブルグ生れで、フランスの精神医学の泰斗《たいと》であり、かつベルグソン系の哲学者でもあるユージェーヌ・ミンコフスキーは、私より十五も年上であるが、彼はその著『生きられる時間』の中に、次のように書き入れている——

われわれは誰しも、「死」を大鎌《おおがま》を携《たずさ》えたガイコツとして描いている。しかし「死」でなくて何が、生にその尊厳のすべてを与え得るだろうか。「死」が欠けるなら、未来に向って行進する「生」の祭壇に献げるものを、われわれは持つであろうか。人生における一切のものが生彩を失い、灰色の、どうでもよい、任意のものになることであろう。そして人生そのものが、もはや生きるに価しなくなるだろう。

これは、われわれの行動基地であり、航空母艦でもある各自の住いの上に、又、個々の住いの集団化された都会の上に、都会及び郊外における各種の施設や組織の上に移しても、十分に云えることである。崖《がけ》ぎわの哲学者の家も、壮麗なバブルクンドも、結局のところ、共に「生」の祭壇上に捧《ささ》げらるべき供物《くもつ》でなければならない。もしもそうでなかったら、われわれにおける一切のものが生彩を失い、偶然な、任意なものになってしまうことであろう。

各戸の奥さんは、毎朝彼女の寝床で目をさました時に、「きょうこそ、いよいよ今日こそはこの家を出よう」と決心する。

お隣りに寝ている旦那さんは、又きまって「この家を出るにはどういうやり方が一番いいだろうか」といつもの問題に頭を悩ませる。

これが、少くとも結婚数年目の夫婦間の心理的真相である。このパリティー（つり合い）の崩壊《ほうかい》を辛うじてつなぎ止めているカスガイは、両者によって作られた子供たちであろう。この子供をうまく育てるにはどうしたらよいか。どんな教育法を取るべきか？

たぶん、どこかの禅僧のコトバか、古来からの教訓であったのか、その辺は忘れたが、ここに私を最も頷《うなず》かせた一言がある。曰く、「子供は常に乏しく、飢《う》えさせておかねばならない」

これはアングロサクソン的なやり方であり、大人たちの上にも十分すぎるくらい適用される。この心得を原則として持たないと、われわれは最も手近かな我家すら保持することが出来ないし、一個の大都市の運営も不可能になる筈《はず》だ。

そもそも夫婦というのは、お互いに利用し合うための形式に過ぎない。例えば大会社が傭人《ようにん》のために寄宿舎を作り、娯楽室を設け、郊外に専用の倶楽部《クラブ》を手配するように、カップルというのも、彼らをして十分に働かせるための手段なのである。お嫁を早く貰《もら》うのは、息子に道楽をさせないためである。この形式が、即ち搾取手段が固着して、現今まで続いてきているのが「結婚制度」であって、必ずしもこの方法に限る必要がないことは、一般動物界の現状をかえりみたならば、よく判る。用事があるうちだけ、動物たちは夫婦生活と育児に携わるにすぎない。

そこで、ウーマンリヴが効果を上げて、婦人が各自に独立するようになったら――、いずれはそうなるに決まっている。それが歴史的必然だ。「女は男を通してのみ神に仕える」とパウロは書いているが、こんどは女性は男を通してのみ神に仕えなくともよいことになる。一般に女性は例外なく男性を求めている。その証拠は、第一に彼女らは身だしなみ（性的名誉保持）から脱することが出来ないのである。男性にはしかし女性を必要としない。ここに両者の根本的相違がある。しかし女性も、いずれは男性を必要としなくなるであろう。これが自然の道である。そうなると、女性たちも、結局はバブルクンドを求めて、長い砂漠の旅に出発しなければならないことになる。期待したバブルクンドは既に消滅していた。砂上に伏して泣いていた人は、どうなるのか？

「都の門はひねもす閉じず、ここに夜あることなし」（ヨハネ黙示録）

われわれの求める家は、結局、この都の中に存するのでなければならない。

『ダンセイニ幻想小説集』推薦文

明暗交錯の愛蘭土《アイルランド》、ダブリン西北約40キロ、タラの山近くに残っているダンセイニ城の西向きの居室からは、夕焼ぞらを背景にして伝説の山々が見え、幼ない第18代城主に、「世界の果」への夢想を培《つちか》った。加えて後年の陸軍大尉としてのボア戦争出征は、どこにも無い「沙漠の神々」を導入した。彼の幼少期には一切の現代流雑誌画本が禁じられていたと云う。このいささかも旧文学の手垢が付いていない、真に男性的な、アングロサクソン的新文学を、あえて諸氏に推薦する所以《ゆえん》である。

Ⅲ　幻想市街図

出発

――二時すぎにはなっていたでしょう。ゴム風船の紅やむらさきや、紙リボンや、U字形の白い胸や、Vの字にひらいた背中やらが、風ぐるまになって、たえまのないコルクの栓が飛ぶ音の中で、廻転していました。うしろから肩を叩く者があります。それは、高いカラーのあいだに、駝鳥《だちょう》づらを板挟みにした、このナイトクラブの主人でした。いやに落ちつき払ったかれのしゃがれ声が、私の耳元でささやきます。ちょっとおかおをお貸し下さるまいかと。私は立上りました。そしてすぐに戻ってくることをテーブルの仲間に告げると、何も彼もがきらきらと魔宮のように渦巻いている所を、少しばかりの千鳥足で通りぬけ、階段を登って、棕櫚《しゅろ》の下をくぐり、廊下をいくつか、――いったいこの屋形がいつのまにこんなに膨脹したのであろうと、いぶかしまれるような場所を、主人についてゆきました。足の運びにつれてふわふわとゆらぐ例の駝鳥の毛が、何か私に特におもしろいものを見せようと約束しているかのようでした。

二人はこうして、とあるドアの前にやってきましたが、主人は扉をノックするなり、私を押しこむようにして、そして内部へよろけこんだ私の背後では、カチッと鍵の音がしたのでした。

　見廻しましたが、ここは妙に冷いやりとした、うらさびしい部屋でした。明りと云っても、しみだらけの天上から一つしか下がっていないし、広いがらんとした床には家具はおろか、椅子一箇も見当らぬのです。けれども総勢十五、六人、――いやもっといたでしょう。ともかく二十名から三十名までのあいだと受取られる異様な身なりの人々が、――何かちらりと見た眼には余りはえない旅芸人の一団のようでしたが、そんな人々が一列にずらりと立ちならんで、これらにたいして、場末の酒場のおやじのようなムサくるしい赤らがおの男が、荒い縞シャツの腕をたくし上げて、片手に手帳を持ち点検をやっているのでした。この男は、私が新規にはいってきたのを見ると、鉛筆でもって、無愛想に、こっちへこいという合図をしました。私は、ともかくその列へ加入せねばならぬ情勢なので、自分も一等びりの所にならびました。いまそれらの人々はみすぼらしいなりであると申しましたが、実は、部屋の燈火が暗い上に、みんな力なく沈みこんで、影みたいにがっかりしたふうであったことから取ちがえたのです。むろん、ボロ服を纏《まと》った者もいました。しかしおおむねは、絹や上等の羅紗《らしゃ》から出来たりっぱな装いをしていて、子供もいたし、貴婦人めいたひとも、銀行家めく人物も、それから革服をつけた自動車の選手のような風体もありました。たいていスートケイスをさげて、中には、額縁だの鳥籠だのを、さも大事そうに抱えている者もみとめられました。それで、そんな仮装だとも、このたび当倶楽部の企てに応募した芸人だとも解釈されぬままに、私は、人々の尋常ならぬ沈みこみぐあいと合わして、ハテな、と頭をかしげました。まったく、打ちひしがれた、というのが当っていなかったら、何かどぎついものに通り抜けられた跡ででもあるかのように、一様に首と手をたらし、これら全体の様子と云ったらいまにも消え入るばかり、どうにかこうにかそこに立っていると云ったあんばいなのでした。そのくせ、共通してへんにしゃちほこばったところを持っているのですから、かれらがときどき身動きでもしなかったら、風変りに仕立てられた一聯《いちれん》の人形だと見まちがえたかも知れぬのです。私は、隣の紳士を注意しましたが、その容貌は真青で、灰色の脣《くちびる》のあいだから舌の先をのぞかせています。こんな中でひとり元気なのは縞シャツの男でした。此奴だけがただ一つの生物であるかのように、いそがしく床の上に大柄な影をうごかせていましたが、気がつくと、かれは点呼に取りかかっていました。

元気のない人々は、各自にだらりと垂れたあごを大儀そうに引上げて、微かな返答をしました。白眼を剝いたまま頷《うなず》くだけの者もいました。そうすると、土方の親分みたいな男は、怖い眼をその方にそそいで、あたかも埠頭場の手下どもに向かって為《な》すところのように、しかし、さすが用心ぶかい低声で、それでもそんなに荒々しく呼び直すのでした。

そうこうするうちに、親方が幾度呶鳴っても、いっこうに返事が出ない情勢になっていました。たしかに人名に相違ないひと綴りをかれは連呼して全列を見廻していましたが、とたん気がついて、私があわてて返事しました。みんなにならってよほど弱々しい声を出したつもりでしたが、まだ強すぎるものだったたと見え、親方はおどろいたふうをしてこちらをきっと見つめました。私はしかし、序の口で狂言からつまみ出されたくありませんでした。私は先方に視線を合わさないで、いまにも自分はぶっ倒れそうだという風をよそおっていました。親方はひっかかったようです。いやそう思われたのは束の間で、次の名をよみはじめたかれは、急にずかずかと私の前にやってくるなり、手帳のページを前方へひるがえしました。そして身をかがめて、私のかおを覗きこむようにしました。私はしかし、やはりうなじを垂れて、眼を半ばとじつづけることを頑張りとおしました。親方は口の中でブツブツ云いながら、私の頰か手かにさわりそうでしたが、再び手帳に眼を移すと、こんどは、私にまるで憶えのない町名だの、番地だの、日付だの、心当りのない姓名だの、品物の名だのをもって、たたみ重ねてきました。私はやはり首をたれて、苦しそうに"yes"だけを答えました。

親方は、鉛筆をあごに当ててしばらく考えているふうでしたが、やがて廻れ右をして元の位置へ戻りました。それはまだ疑わしいけれども、若し間違いでもあれば面倒になるので、ひと通りの取調べをやった以上片づけてしまうのが得策だと決心したかのようでした。ともかく一同の数が合ったので、親方は、——さきほどからそんな様子が見えていましたが、かれはたえず廊下の方に気をくばって、こうして勢ぞろいが出来てからも、――いや静かな人々のあいだにさすがこの時軽いざわめきが起ったので、親方はうろたえたようにかれの口元に指をあてがって、シッと一同を制したのです。そしてドアの方へ寄って、しばらく外のけはいを窺《うかが》っているふうでしたが、そこに鍵がかかっているのをたしかめてから、一同へ向きなおって、反対側のドアから出てゆくように命令しました。

私が、その冷ややかな一団のしんがりについて、ぞろぞろと部屋を出ようとした時、天上の明りがピリリと顫《ふる》えて、あたかも遠くで大砲が発たれたような、またカミナリとも受取れる陰気な音がどろどろと轟《とどろ》きました。薄よごれた狭い廊下がつづいて、きたない階段をいくつも下りました。おしまいに行止りになりましたが、忘れ物のないことを見届けてあとを追ってきた親方が、かれの手にしていた三叉の鉾《ほこ》の柄でもって、床に嵌《は》まっていた鉄板を引き起しました。その円い孔の下にあった梯子を手さぐりに、一人ずつが影のように沈んでゆきました。真暗な所にくぐり戸があって、いやに湿っぽい夜気が流れこんできました。外は半ば朽ちた栈橋《さんばし》で、これとすれすれにどぶんどぶん寄せている真黒い河波の上には、緑色の安全燈を点したモーターボウトがつながれていました。

船の上には、黒い影が二つうずくまっていました。その者共は、一同が船に乗りはじめた時、追立てるようにして栈橋に現われた親方と何か云い交しましたが、これがカン高い、笛みたいな声で、いずこの国の言葉とも見当をつけさせないのでした。そして黒い影の一方が、"OK"と返事すると、ひっそりした空気に、発動機の音とスクルーの波音が起りました。ボウトがうごき出したとき、あや目も判らぬ桟橋の所に、ポッチリと紅い葉巻の火がとまっていました。つまり親方は、われわれ一同を二つの影に引渡したということになるのでしょう。それよりも、沈みそうにぎっしりと一同を満載したボウトが、河を下っていた時に、――それは、向う岸に取残されたもののように照明を受けていた塔からの反射で判ったのですが、私の隣には、今まで気づかなかったかおがありました。この人物もむろん黙りこくって、膝の上に両肘《りょうひじ》をついて、ひたいをおさえていました。そして鉛色のくまのついた瞼《まぶた》は、上向きの三日月形にとじられていましたが、かれがおし込んだように冠っているシルクハットの下には繃帯《ほうたい》が見えて、しかもそのあたりから夥しい血がにじみ出しているのでした。その次第をややおどろいていまさらに見つめながら、私は、これでいったい平気なのか知ら、どこかに見覚えのある人だが、自分の知っているだれかであるならばいよいよほうっておけないではないかと、自問自答していました。ボウトはそのうちに海上に出て、夜目にもしるい波がしらのすじを引いて、前に後に大きくゆれ出しました。私のネッカチーフがハタハタと翻《ひるがえ》り出しました。ふり返ると、ところどころに照明を受けた建物を取《とり》まぜた都会が、明暗の模様おもしろく、切紙細工のようにつらなっています。強い風――それも何かサイフォンの口から出たような、此の世ならぬ風がまともに吹きつけてきたとたん、私は、折からシルクハットを払い落された隣の紳士が、何人であったかに思い当って、叫びました。——

"Oh! Here you are!"

相手は、力なく開いた眼をこちらに向けましたが、かれも次の瞬間

"Bless me! Monsieur Taruho——"

と口ごもりながら立上ってきました。

ボウトは急廻転して、私は手を差し伸べようとした紳士の方へ、よろめき倒れかかりましたが、眼前にはふしぎな形をした駆逐艦《くちくかん》が横たわっているのでした。そしていましも解纜《かいらん》に迫ったらしい甲板からは、閃々《せんせん》と青い火光が立昇って、その前を忙しげに行き交う水兵らのからだは、何と！　どれもこれもレントゲンにあてられたように、肋骨を見せて透きとおっているではありませんか。——しかしこの時私は、ようやく酔からさめた私は、頭を先に舷側《げんそく》から飛び込んで、波止場の方へ向かって力の限りに、腕におぼえのクロールを切っていました。

電気の敵

その日、天は巻物を捲くごとく去りゆかん——黙示録

——地球全面にわたる気温の前代未聞の昇騰《しょうとう》ぶりについては、むろんさまざまな解釈があった。けれども人々は、事柄は学者らの小ざかしい見解とは全く性質を異にしたもの、云いかえると、原因について何事を考えようがムダである、判るとか判らないとか云う種類でない、ということをよく知っていた。手近な例が植物を見給え！

植物らは、身をかがめてやっとみとめられる黴《かび》のようなものでさえ、いまは普通の草になり、ふつうの草は一人前の樹木になり、樹木はまた南米の密林のように、天をしのいで亭々と繁茂するものに変ってしまった。この次第は、眼に見えぬふしぎな力に作用されたと云うよりは、むしろ今日まで何者かのためにより以上の成育を抑制されていたこれらの巨人族が、いまこそ繋縛《けいばく》を脱して、幾百千の手足をぬるぬると伸ばし、あらんかぎりの放恣《ほうし》な姿態を空間中に展開したように観取された。眼にとまるあらゆる植物が赤道直下のタコの木めく、——或《ある》いは海底

にゆらめくおばけ昆布を想わせる幻怪な容姿をそなえていた。そしてかの女らは堪えがたく蒸暑い大気の底でピリッとも梢《こずえ》をゆるがせず、いまにも青い火焔となって拡散してしまうのであるまいかという危惧《きぐ》を起させた。或る種の幻覚症状では、すべての事物が自然界にあるものの十倍乃至《ないし》二十倍に拡大されて現われると云うが、このたびは、ただ植物だけが途方とてつもない始末になってしまったのだから、われわれは何という麻睡薬を嚥《の》まされたと云うのであろう！　いまやわれわれが夢と称していた世界におけるごとき混乱が、われわれの客観界に発生している模様であった。われわれから最もへだたった天界においてもそれは同様であった。

大小無数の彗星《すいせい》が現われて、めちゃくちゃに走り廻ったことがあったが、以来、流星群の雨下がとみにいちじるしくなり、それにつれて円天井にはおもむろに根元的変動が起ってきた。そしていままでは、われわれが久しく打ち仰いできたものとは似ても似つかぬ怪異な有様になってしまった。その初め星座を壊してなだれ出した星々は天球のここかしこに、結晶格子を採ってしまった。すなわち、正四面体、正六面体、正十二面体、直円壔《ちょくえんとう》、或いは直円錐という単純な形体が、われわれから望見される空間中に配列されたのであるが、なかには硫酸コバルトの結晶のようなもの、塩化ニッケルに類似したもの、臭化カリウムめく形態のもの、このような幾箇が結合して恐ろしく奇態な、いかなる前衛幾何学者も考え及ばぬ空間格子も数多くまじっていた。望遠鏡でうかがう時、このような奇怪な星の群落は際限もなく拡がっていると報告されたが、われわれを今日までさんざんに退屈させて来ながら、世界もいよいよおしまい（？）になろうとするさいになって、こんな素晴らしい豆細工品評会が空間中に開催されようなんて、だれがいったい予想したことであろう？　ただこんな変動中にあって、従来通りに運行して、見たところ異常がないのは太陽と、月と、及び太陽系に属する遊星のみであった。これらとて、はたしてどこまで信用されたものか、と思っていたら今晩だ。だしぬけに月がやられた！

☆

先刻、部屋で本を開いていた私は、背の方に異様な暑さを覚えてひょいとその方を振り向いた。私は最初これが月であろうかと疑った。室内の灯を消してみると、それはまさしく真夜中の太陽であった。らんらんと燃えさかっている月はあたかも急速に蝕《むしば》まれているかのように、一端からパラパラと火花をこぼして虧《か》けていた。そして陰気な、沈んだ赤っちゃけた色に光ったそれらの破片は、そのまま真暗な空間に、東洋古代の呪文を想わせる唐草模様になってならんでいるのであった。さらにこんな化物めく月下に光っていた海であるが、水平線はいちじるしく間近に眺められた。そして異様に大きな、舞台面に仕組まれたもののような金波銀波が左右に行き交うていた。拵《こしら》え物のようだが、それは人為でない。魔物に憑《つ》かれてそうなっているのだと思わしめる、堪えがたい荒涼感をともなった、しかし魂を魅する鮮明と立体感とをかねそなえたものであった。私は、父が自分を呼んでいることに気づいて隣室へ出て行った。「電気の配線に故障が生じたようだからしらべてくれ」と父は云うのだった。電燈はそのとたんパーッと輝き充ちて、床上にあるどんな塵の細片をも照し出した。と見るとたちまち滅入るような薄暗い、赤っちゃけた光に変った。そしてこの時、先刻までこの部屋にあって父と話を交えていたはずの私の旧友の姿は、どこへ行ったのか見当らなかった。

月を見る少し前に、ずっと久しく逢わなかった友を、二人まで、私は奇妙な位置から迎えたのであった。

それは、消防隊の長梯子でもなければ届きようのない高窓のことである。午前一時近くのことであった。戸外のざわめきを耳にしながら、私は崖上に面した部屋にとじこもって或る連続函数の最大値について思考を凝らしていた。かたわら私は、大気は今夜、この刻限、勢いっぱいのところにきていると感ぜずにおられなかった。云いかえると、われわれには測り知られぬ何者かの浸潤にたいして飽和の極限に達したということである。実際、カン高い話声や叫びや、それだけの話ならば、この数カ月来、日に夜をついでぶっつづけであったから特に云うべきことでなかった。事実、どなったりわめいたりしているのでなければ、何人もこの名状することができない暑気の圧迫のまえに発狂するよりほかはなかったであろう。私が部屋にこもって、きわめて抽象的な題目の上に全精神を集注しようとつとめていたのも、たぶん同様な理由によってであろう。ところが今夜、私は、有象無象《うぞうむぞう》を問わず、そこいらには一様に熱に浮かされたような、それは今日まで感じられなかったへんに上ずった調子が含まれていることに気がついた。空気は刻々に怪しくよどんでゆき、あらゆる物象がそれらの輪廓に虹色をつけて、そのまま幻怪な切紙細工であったかのように遊離しかけていた。タコの樹めいて鬱々《うつうつ》と繁茂した木々は、ひとしく巨大なガラス箱中におさまっているもののように、梢の先をピリッともさせなかったが、しかしかの女らは、いまや自身にも判らぬ飽和状態に打ちおののいて、爆発を待つよりほかない状態におかれていると察しられた。無気味な、底知れぬ静寂が膨脹植物の上にあった。——こんな時パタン！　と、海に面した窓の戸がひとりでに開いた。窓は、近頃閉めても閉めなくても同じであった。暑さはどこも一様で、逃れるすべがなかったからだ。ただ私は屋外の騒々しさからなるべく離れたいために、窓々をとざしていた。ところがひとりでにいま開いた窓の外部に、恰《あたか》も額ぶちにはめられた肖像のように男の半身があったので、私はギョッ！　とした。やがて先方が古い学校友だちであることが判り、かれは窓ぶちをこえて室内に入ると共に、二人は手を握り合った。私には、あれ以来二十年になる今日、かれがいったいどこから自分がこの町に住まっていることを知ったのであろう？　と、それが不審であった。しかしこれら疑念は、かれのしわだらけの手や、しゃがれ声や、何か永いあいだ、暗い、じめじめした所に住んでいたことを思わせる、そしていかにも疲れ切ったと云うほかはない容子《ようす》や、同様にすり切れたカビ臭い着衣のことと合わせて、私は別にたずねてみなかった。かれもまたそのことには触れなかった。察するにかれはその後恵まれた月日を送らなかったのである。或いは牢獄へでもつながれていたのかも知れない。

かれは暫《しばら》くして思い出したように、私と対座した椅子から立ち上った。そして再び窓の外へ姿を消すと、こんどは隣の窓がパタン！　と開いた。そして井戸つるべの交代のように、やはり白衣をつけた男の半身が舞台のせり出しのように現われた。ギョッ！　としたが、これも私の旧知であった。人は眼前のことにのみ捉われる。それで私は、いま落ちたように窓の外へ消えた友人と同様な白いボロきれをつけた、やつれはてた旧知についても、こんな面会がありうべからざる話だとは思わなかったのである。何という晩であろうか、ぐらいは思いながら、「いまXが帰ったところだよ」と、きのう会った友にたいするかのように私は云いかけた。するとYはうなずいて、「うん、この下で出逢った。あの男も変ったナ。時に父君は御健在かね」と云った。父が隣室にいることを告げると、Yは、「じゃ先に挨拶してこよう。老人は大切にせんければならぬ。だっていつまでもというわけにはいかんからな」

——私は、電燈が明るくなったり暗くなったりしているので廊下へ出てみた。配電盤からおびただしい火花がふき出している。戸外に出てみると、配線のあっちこっちから同様な火花がほとばしっている。強い電流がきているとも考えられない。若《も》しもそうならフューズが熔けるはずだ。それに火花は見馴れたものでなかった。ジジジジ……という微《かす》かなひびきがして、何とも云えない、化学的のものか、それとも生物的のものか見当がつかぬ臭気が周囲の空気に拡がりかけていた。室内に取って返し、「自分の手に負えない。このまま火事が起らぬように用心しているよりほかはない」と父に告げてから、私は裏庭へ行って散歩用の自転車を引き出した。私は暑気のために電気系統に異変が生じたのだと考えた。それで自転車で電気配給所へ知らせるか、或いはついでに何らかの警告がきけるであろう、と思ったのである。熱い月光のしずくは、あたかも大粒の雨のようにそこいらに降りそそいでいた。自転車に跨ろうとした私の背後から、やにわに弾力に富んだ、いやにネバネバした熱っぽいものがまといついた。それは妹であった。かの女は丸裸であった。靴のほか何物も身につけていない。そしてわけの判らぬことを早口につぶやいて、あたかも情熱にかられた恋人の仕ぐさのように、腕を伸ばし、脚を巻きつけて、私にからみ、いどんでくるのであった。振り離そうとあがいたが、かの女は私にかじりついていっしょに揺れているばかりである。熱い月光の雨の下で、芝生の上の奇怪な兄妹の格闘はしばらくつづけられるより他はなかった。そのうち私には或る危険な感覚が身内に起ってきた。かの女のヌラヌラしたからだがあまり私の肌に密着して、それが劇《はげ》しく摩擦されるからだったろう。私はふと眼をそらして、ポーチに現われた父が両腕を組んだまま、こんな二人のもつれ合いを眺めていることに気がついた。私は妹を突き飛ばした。そしてかたえの自転車を引き起した。これはきっと今夜の気ちがいじみた空気のせいだ、と私は考えて月を仰いだ。月は相変らず火花をこぼし、光の梵字《ぼんじ》は新規に入れ代った星座のように、その周辺一帯にまき散らされていたが、月そのものは先刻より別に小さくなったようでもなかった。——妹ばかりでない。気がつくと父も真裸であった。ところが自転車のサドルにまたがった私は、自分の股の辺がへんなので注意すると、いつしか自分自身が衣服をかなぐり棄てていた。パンツすらつけていないでないか！　が、これはこれでよい。もはや恥ずかしがる必要はないと私は考えた。だれもかれもが裸であることが判っていた。それに建物の周囲から噴き出す火花は、妹と争っていたあいだに勢を加えていた。火花は繁茂した樹木にさえぎられながら、電気に関係があるあらゆる箇所から洩《も》れていることが判った。そして月光の青緑色のしずくは、それらの火花と交錯して光の綾を織りながら、かげろうのように四辺に躍っていた。

私がしかし、自転車のペダルをふむことができたのは数分間にすぎない。勃起を気にするどころの騒ぎでなかった。館を出るなり、そこにはもうもうと埃《ほこり》が立って、戦場のような性の修羅場であることを知った。奇妙なことに、こんなおびただしい群衆中に、ついゆうべまで見られた町の人々がいなかった。すべてが先刻の来訪者と同じ白衣をまとった連中であった。それらは殺到してきた奇異な移民群を思わせた。それにしても結局何を目的に、そしてどこから湧き出たのであろう？　と私は考えをめぐらしながら、ともかく行ける所まで行くつもりで、劇しい月光の矢面に立って、自転車を押しながら進んだ。

坂を登って、公園になっている広場まで出た。私はこの時初めて、事はすでにこの地方のみでないこと、また、星座や月や、水平線に関したことも、暑気の影響による錯覚とはわけが違うことをはっきりとさとった。まさかと思っていたが、それはいよいよ事実であった。悪夢のような月明はいつしか薄れて、この小高い所から見渡される海面は、云いようのない美しい明方に変じていた。まだそんな時刻でもなかったのに——と思うかたわら私はなにか知らホッとした気持だった。まず朝になれば落ついて対策も講じられると考えたからである。実際それはこの海岸にもめったにないことだと受取れる景色であった。私の頭には、この海についてうたわれている古い詩句が浮かんだ。それは、こんな匂うような薄紫色の朝ぼらけに、岬の岩蔭に碇泊《ていはく》しているムーア人の海賊船に向かって接近してゆくスペイン戦艦のことを詠んだものであった。私は、古代の詩人もきっとこんな珍しい夜明けに出会したものに相違ないと思ったが、それにしても余りに怪しい澄明が私の心に新たな不安をもたらした。はたして——それは何明方などでなかった。視よ！　海の水平線上、西南の空一面に、云い知れぬ妖麗な色に輝いた彩雲が層をなしてたなびいているでないか。それを反射して、静かな水面にこんな、朝あけであるかのような効果がひき起されているのであった。私が踵《きびす》を返して混雑のまんなかを家の方へいそいでいたあいだ、水平線上の彩雲は、オーロラみたいにパッパッと明滅した。そしてそれに面した家屋や、樹木や、無数の群衆のかおは、虹色に照し出されて躍り出すように見えた。ほとんどの男性はもみくちゃにされて投げ出されていたから、概《おおむ》ねは年齢さまざまの女性と児童であるかのように見受けられた。急に四辺が薄暗くなった。ふり返ると、水平線上には、何か途方もない巨きな亡霊じみたものが現われていた。最初見たところ、塹壕《ざんごう》のような所で首うなだれて向かい合っている、色青ざめた三人の兵士のように解釈された。それで私は、これはいつかの戦争の時の幻影が或る空間点に保存されて、それが天象の異変を媒介として再現したのでないか？　こんなことをちょっと思ってみたが、見る見るそれがうすらいで行くと、入れ代ってそこは、おどろくべき速さをもって縦横にみだれ飛ぶ、まぶしい千万無量の光の泡に充たされてきた。空間の奥から送り出されてくる光の粒子は、無尽蔵に増加して測り知るべからざる結果を招来しそうに観取された。火星軍の襲来？　いやいやそんな生易しいものでない。そんなたぐいを収容する時間及び空間を絶した、全然別箇の世界からやってくる何者かなのだ。

あらゆる高所には無数の蒼白な、というより髑髏《どくろ》さながらに枯渇した顔がひしめき揺れて、そこから喚声とも絶叫ともつかぬ叫びが上っている。それはごうごうという火花の音に入りまじった。火花は樹々の尖端から、人面の鼻先から耳元から、およそ眼にとまるかぎりのあらゆる物象の隙間や尖端から、――むろんこう云う私のからだにあるすべての突起をも取りふくめて――それらの輪廓をおおいかくさんばかりに噴出していた。名状すべからざる臭気は、いまは自分をここに窒息昏倒させるばかり濃く立増ってきた。が、いま身内に覚えられる、この異様な、われわれの裡《うち》に在る或者を一点にまで圧迫し、他の別な者をして無限に拡張しようとしているこの強烈な感情は、いったいどこからくるのであろう？　それはよく考えることができない。けれども同時に、それはすでにわれわれがよく承知していて、したがって年久しく待望していたところのものでもあった。この一遊星上に過ぎ去った人類の歴史は、実はこの瞬間にひき起された幻影にすぎなかったのでないか！　という気がして、私はただうっとりと放心の面持で、しかも全身火花の衣をまとって、刻々の変転を見守っている。先刻の窓からの訪問者、また四辺を埋める奇異な群衆がすでに久しい以前墓の下に去っていた人々であったことに思い当っていた私は、水平線上に増加しつつある襲来者は――なお時計の針が順調に進みつつあるものならば――その長短二本が上方に重ならぬうちに、すなわち午前十一時とおぼしき時刻にはここに到達するであろう、ということが明らかに判っていた。

奇妙な区廓に就いて

私は、この小さな都会の片すみに、すなわち私が週に一回の割合で歩く一隅に、或る奇妙な区廓があることを知っている。

というのも、先日まではそこは只ありふれた、私がいつも通っていたのと同一の場所でしかなかった。ところがつい先週の木曜日の午後のことであった。私がそこを通ってみると——

まずどんなふうな所かといえば、南方に海峡をひかえ、洪積土の崖下を帯状に細長く東西に伸びている町の、西寄りにあるので、山ノ手のカギ形に折れた所からそのまま一直線に海岸に向かって続いている道路なのだ。その全長は五百メートルを出まい。しかもその界隈には自転車が走り、田舎からきた野菜の荷車が行き過ぎ、子供らが遊んでおり、時にはどこかの裏庭から飛出したおんどりがトサカを振り立てて駆けずり廻ったりしている……そのように至極平凡な、地方小都会に見かける風景でしかない。で、その日とても同様であった。私自身にも何の変調もなかった。道路を下ってくると、その途中に、向かって左への横丁がある。この曲りかどまでやってきた時、周囲がなんだかいつものようでないことに、私は気がついた。

T字形に差しかかったとたん、左手から、やにわに、頭の上へぴょこん！ と、――黒ん坊だったか黒猫だったか、いっこうに見当のつかぬ真黒助が飛び出したものだ。

毛の生えた真黒い首は、とたんに、元どおりに引っこんだ。――つまり、左側の壁に、そんな仕掛があるわけだ。お化けは、ここにきた人間の重量によって、「ビックリ箱」式に飛び出して、通行人がその場所を行き過ぎると共に元へ戻る。――なあるほど！ 趣向だ、それにしても何の広告かな、と思いながら歩を進めようとしたが、この、以前たしかに菓子屋か喫茶店だったはずの、このかどの家が、その壁がいつしか写真館に改造されて、しっくいを叩きつけたざらざらな表面に表札がぶら下げられ、STUDIO とあることに、私は気がついた。ついでに内部を覗こうとした。でも、赤い灯を浴びた入口のカーテンに映っている鉢植の蘇鉄の影がなんとなくへんだったので、私はその奥を窺《うかが》うことだけは思いとどまった。

まだ午後二時ごろのはずなのに、写真屋の内部には赤ランプが点《とも》っていた。ハテなと首をかしげるほどもなく、頭上には馬蹄形の天井があって、ここが南北に続いたトンネルの内部になっていることが判った。いつのまにこんな工事をやってのけたのだろうと、私は真直に歩を進めた。写真館の反対の側はコンクリートの壁、つまりトンネルの壁面である。ところで、ステューディオに隣合わして、地下鉄の売店のような明るいアーチがならんでいる。けれども店々には入口がない。窓々の陳列品を買おうとしても、どこへ申し出たらいいのであろう。——でアーチは現物広告だけのものかな、と考えなおしながら近づいた。それらの窓にぎっしり詰っているのは、最初タバコか薬種か、化粧品かともうかがわれたが、そうでない。これはこれはと眼を見張るばかりに珍しい、どんな大人だって手を出したくなるに相違ない（何物がはいっているのか見当のつかぬ色刷のレッテルを貼った紙函に、その昔われわれは気を惹かれたものだ）——そんな奇異な、しかしよく見るといっこうにつまらない玩具類ばかりなのだ。すなわち、色紙だの、メンコだの、ビーズだの、花火だの、積木だの、その他の競技盤、デルタ、智慧較べ……私はひたいをガラスにくっつけた。しかも青い函入のセットが何事を目的としているものか、カード絵に何物が表現されているのか、いっこうに見当がつかない。——たしかに、アルファベットの木片だが、この五、六箇の綴りが、何語であるか、さっぱり判断されない。彩色画にしても、それが兵士なのか、象なのか、家屋なのか、立木なのか、花弁なのか、機械の部分品なのか、まるで……しかし只、そこに配列された木片文字の、恰《あたか》も赤ん坊のたわ言を想わせるシラブルが、私の気をそそった。こいつは面白い、あの男に知らせてやらなきゃ……と私は、へんちきりんなシラブルの二、三を脳裡におさめようと努めながら、けれども憶えられそうにないので、此処へはいつだってやってこられると自身に云いきかせながら、窓べを離れたが、すぐにまた立止った。

窓はみんなで七つばかしつらなっていたが、この一等はずれのアーチには、組立玩具やクレヨンのたぐいは出ていなかった。代りに、そこにはスクリーンが張られて、私が注意を向けた時、なにか彩色映画が投影されていた。おもちゃの汽関車が五、六輛の貨車をひっぱって、おそろしくぎくしゃくした山間のレールの上を、しゃにむに突き進みつつある所であった。これが本当の無茶苦茶であろう。そのレースは波動でない。前後左右のジグザグであったからだ。ここにはどんなボギー装置があるのだろうかと、相手の漫画であることを承知しながらも、私は考えたほどである。果して！　列車は脱線したのである。色鮮かな代赭の地肌の上に汽車は顚覆し、横倒しになって、ガラガラガラガラ……とおのおのの車輪を空転させた。その音響が私の耳に聞えた。びっくりした。さてはサウンド版だったのかと思ったが、それにしてもこれが映写されているものだとはとうてい受取れない。たしかに、実物の玩具の汽車が、この眼前でそんなにてんぷくしたのだ。実体幻燈だったかも知れぬ、と再び歩を進めながら私は思った。幕のあちら側でそんな玩具汽車を模型舞台の上に動かしていたらしい。

私が云いたかったのは以上に尽きる。何故なら、そのへんてこな場所を過ぎると、眼の前にはきたない掘割があって、そこに橋が懸かり、向う岸には、何の変哲もない家並が打ち続いているに相違なかったから。――が正直なところ、実は、その日は予想どおりでなかった。在るべきはずの橋がそこになかった。私は途方にくれた。そして石垣の下に繋《つな》いであるアルミ製のボットを眼にとめ、それに乗って向う岸へ渡って、歩を進めたが、ここに一つの事件が自分を待ちかまえていた。けれどもそんなことまで記す必要はない。で、ここにペンを執っただけの分で私が申し述べたいのは、こうである。こんなに、――このように、自分にお馴染の街さえ既にこんな始末であってみれば、近頃、あの、誰かの説くように、遠くの唐草模様がそのまま笑いであったり、水中へ落っこちた猫がとたんに粒っぽい白い円筒に化して沈んで行ったりすることも、そんなに遠い将来を俟《ま》つに及ばないかも知れぬ――と、これを貴女に告げたかったのだ。

如何《いか》にして星製薬は生れたか？

青い夕景のなかを走りつづけた馬車は、落葉のちりしいた並木道を行きつくして、そのつきあたりにある白い病院の門へはいった。云おうようもなくさびしい花やかな電燈が、玄関から奥へつづいた廊下にとりはえてならんでいたがふしぎにもここには何人の姿もなく、ひろい建物はひっそり閑としずまっている。只《ただ》、白い着物をきて唖《おし》のように物を云わない人がひとり出てきて、きれいな電燈のともったしかし相変らず人気のない廊下や階段をまがりくねったむこうにあった一つの部屋へ自分を案内した。寝床と小さい円テーブルの他見るべきものもないその部屋には又たった一つだけ西向きに一つの窓があいていたが、そこからも目につくのは只さびしい丘と林のつらなりばかり、かくべつ心を楽しませる何一つも見あたらない。ふしぎな気持でともかく自分はそこへ落ちつくことにしたが、さらにそれが輪をかけたことには、次の日になっても、又、その次の日になってもひろい病院中はひっそり閑とし、容体をしらべるドクターもこなければ、といって薬もはこばれない。只、はじめに出てきた白の服の物を云わない人が三度の食事をはこんでくるだけである。こんなことで病気がなおるのだろうかといぶかしんだ私は、それで退屈のあまりに長い廊下をあるき、さらに庭へ下り、垣をぬけてあるいてみた。が、やはりいずこにも人影なんか一つも見あたらない。おかしな気持で二三日さらに又五六日がすぎた或る夕、しょうことなしにベッドにこしかけて窓のそとを見ていた私は、ふとそのさびしい丘と林の上の空にキラめいている宵の明星に目をとめた。そして、いつもこんな夕べ、見るともなくここから見つめていたその清らかな星の光に、ドキンと胸をつかれたように思いあたったことは、ここは只こうしてこの星の光をながめることによってのみ病気をなおすところではなかったろうか！　という一事であった。果してそのとおりであった。次の朝、私はずっと快よくなっている自身を見出した。さらに二三日、私はすっかりよくなって首尾よく退院することができたからである。

といって、何もこれが星製薬のはじまりだというのでない。私は只、自分のそんな奇妙な経験から星さんはたぶんそんなようなところからあるいはそのうえきき薬をこしらえ出したのではなかろうかと思っただけのことなのである。ましてや何が広告なものか！　私はお金などは一文ももらっていない。天上の星はともかく、地上の星さんは元々私とは何の関係もないことは君も知っているとおりである。

塔標奇談（影絵フィルムのために）

なあるほど！　緋色《ひいろ》にもえた夕方の、湖のむこう岸にそびえている天を支えた巨人のような姿は、数年前新聞やショーウインドでおなじみの登録商標とそっくりだ。

「御存じないのが又不可思議じゃ」

と云って案内役のおじいさんが語り出した。

☆

塔じるしの染料、――これは申すまでもなかろうが、一段と光っていましたじゃ。会社はつまりその製造法の洩《も》れるのをおそれて、この山奥へもって行って建てたのが、あの代物という事であったのじゃ、塔のてっぺんからは鉄管を伝って目さめるばかりの青い水が落ちていたそうじゃから。それがつまりあんな罐《かん》につまっていた粉に製せられていたわけじゃが、ともかくとして注意すべきは鉄管を伝ってくるその青い水じゃ、それが下からは何の材料も供給せんし、又飛行船で運ぶとも見えんのに無尽蔵に落ちてくる。殊に晴れ渡った日であればあるだけ、遥かな頂上から機械の音が一そうにせわしくひびいて、はけ口からは又青藍のすきとおるようなやつが滝じゃ。

あらゆる者が会社へくりこんだが、塔の上へは同じ工場でも二三の技師と職工の他登ることを許されておらん。湖に靄《もや》の立ちこめているときにそのエレベータが上ってしまうと夕方までは下りてこん。下りてくると電流が絶たれるという仕組であったのじゃ。こっそり鉄骨をよじのぼった職工があったが、奴さん中途でどうしようも出来なくなり、明方のさむい空のなかで死にかかっていたのが発見されたじゃ。あの左の方にある山の上からメガネを向けた男もあるが、機械が最も活動しているお昼頃であったが、そこには大きなメガフォーンみたいなものが五六箇風車のようにまわっていたと申しますじゃ。

こんな事で年も暮れて雪の消えた丘に緑が見え出した頃じゃが、この町に滞在していた、それがしと名のる画学生がこのホテルのあたりを歩きながら、ふとあの山の方を見てへんな気に打たれた。

その雲きれ一つない青い空の一ところがぼーっとあせているのじゃ。神経のせいかとも考えなおしたが、これは錯覚ではなかったのじゃ。半月もたたぬうちにみんなにも見えるものになったじゃ。さあ大騒動が起ったじゃ。工場はただちに営業止めをくらって、罰金じゃ。まだタンクや倉庫にあった染料をひっかき集めて今度は塔の上からまわりの大空へかけて注ぎ反《かえ》したのじゃ。が、そんな事で染めなおせる道理はないのじゃ、明日のお昼にでも見さっしゃればわかるが、あの塔を中心に白い円形になっとるじゃが、これが元どおりになるには、えらい博士が験《しら》べたところによるとまだむこう六ケ年という年月を要すとのことじゃが、子供らのジャケツを編む毛糸をそめる粉もバカにはならんとわしはいつもお客さまに云いますじゃ。

☆

「赤い粉も」と私は云った「少しは出来たのだろうね、朝と夕方には。そこでもし夜に機械がうごいたならば紫もじゃ。」

「それはそれとして理屈じゃが、およそわしらが何べん考えても妙でならんのは」と案内役はパイプの柄でもって塔の方をもう一ぺん指しながらつけ加えた――

「雨があのあせているところから降ってくる事じゃて。」

Ⅳ　イノモケ鬼譚

荒譚《こうたん》

前がき

　日本のおばけは、いったいにじめじめしている。キツネ狸《たぬき》の類は愛嬌《あいきょう》があるが、これとて似たり寄ったりである、いや、日本に限らない。おばけ乃至《ないし》ゆうれいは全世界共通に型がきまっている。たまに面白いものがあるが、そこにくッつけられがちな余計な説明によって、本来の素朴性をいちじるしく害されている。不可思議とは、たとえば開かれてはならぬ扉がふと隙間《すきま》を見せたようもので、現世にあるわれわれには伺うべく許されていないものである。だから、あともさきもない、判のわからぬきれッぱしであってもよいわけだ。人々がすなおで教養があればあるほど、怪談はかくあらねばならぬ。……そういう怪異ならば、現今とてむかしと変りなく、われわれの日常身辺に発生しつつあるはずだ。ただわれわれはくだらぬ雑用に捉《とら》われている。むかしの人々のようにのんきでない。おばけを常に見逃している。その上、われわれには説明癖がある。合理的解釈を下してみたところで、われわれの自負と虚栄心をよけいに増長させるにかかわらず、そういう空しきわざが何らかの役に立っている、とわれわれは思いこみがちだ。おばけを説明したところで、困難のゴミを箒《ほうき》によって一歩向うへ掃《は》きのけたまでにすぎない。おばけとはその消ゆるところをもって特長とする。なら、このわれわれ自身がやはり一種のおばけである。われわれは暁に鶏が啼《な》いたとたんに消えやしない。しかし、百年もこのすがたのままいるわけでない。第一、いまから五十年前自分がどこにいたかを知っている者はきわめて数少ない。五十年まえの自分がどこで何をしており、五十年後どこで何をしているのか知っている者が若《も》しいたとすれば、それこそ正銘のおばけだ。どっちにしたってわれわれはおばけだ。「麦粉の中を麦落雁が通る」とのコトバがあるが、こちらはおばけがおばけを面白がっているのである。

第一話

「稲生《いなお》夜話」という記録がある。これは有名な物語だそうである。私は十五六年前、父がよそから借りうけてきた写本によって、初めて眼をとおした。

備後の稲生平太郎という少年サムライが、友人と百物語をしたあげく、近郊の比熊山の古塚という名うての魔所を、単身見とどけてくる。それから、かの家には夜ごと日ごと怪異がひんぴんとして発生する。

障子がやにわにパッと明るくなる。あけてみると、隣家の屋根の上にらんらんとしたタライのような大眼玉が一つ光っている。これはしかし珍らしくない。その眼玉のほうから何かがヌッとこちらへ伸びてきた。丸太に毛のはえたようなもの、つまり大仏様の指に似た代物なのである。座敷のたたみが持ち上る……それが部屋じゅうをおどり廻り、一ヶ所につみ上る。畳がまい上って、もうもうとほこりを上げて飛び廻るのは、稲生物語の特色である。このおばけは西洋好みである。節穴から下駄がはいってきて、座敷じゅうを歩き廻る。茶わんや香炉が人にささげられている位置でうごき廻る。手をふれると落ちたり、互いにぶッつかってこわれるが、すてておくと縦横無尽に飛びハネて、危いところで鴨居などをそれるのである。これは外国の手品師がやる「モルモット」と称される演技に似ている。

台所に大きな白袖がひろがっていて、袖から大きな摺子木《すりこぎ》が出て、このさきが毛むくじゃらの手首になっている……ここまではよいとして、その指の所から同じような小さな手が出てその先から手がはえて……つまりサボテンのおばけで、手から出た手の、そのまた手から出た手の先きがいずれもウヨウヨうごいている。行燈《あんどん》の火がほそくほそくなって、天井へ届きそうになる……屋根の上でトキの声が起る……二尺もある人間の足あとがあっちこっちに出る……台所に生首が現われるが、注意すべきはこれがさかさまなのだ、無数の人面が網目になって張りわたされる。それらの顔々は、いっせいによこになると眼をふさぎ、立ち直ると眼をあける。

こういうふかしぎが、日に夜をついで立増って行く。家来の関平は逃げ出してしまい、まだ幼少の弟勝弥は本家へあずけた。平太郎の住む家は大評判になって、おもては黒山となり、屋台店がならび、べんとう持ち、ひょうたん酒をさげた見物がおしかける。ために役所から係り員が、つまり今日のお巡りさんが出張して、整理にあたらねばならなかった。しかしあえて門内へはいってくる者はかぞえる数である。平太郎の友人、親戚、これらが仲介した鉄砲の名人、弓術の先生、和尚《おしょう》さん、まじない師、大力自慢、入れ代り立代りに、おばけの正体を突きとめようと苦心するが、いずれもさんざんにしてやられる。平太郎のみが、その名のごとく平気であった。

稲生物語のおもしろ味は、このように、他の怪異譚のようなまとまったすじがないことにある。相手の正体が、キツネ、たぬき、古猫、天狗、怨霊、その他の物の怪《け》、そのいずれとも見当をつけさせない。弓矢、鉄砲、陥《おと》しワナ、いずれもからきし無効である。薬師如来の懸物、狐除《きつねよ》けのお守札、蟇目の法なんかが効目のあるはずはない。あまつさえ、たとえば——

鉄砲打ちの名手、長倉氏がいろいろと手柄話をきかせる。よい所へきたから西郷寺へ約束の仏具を取りに行ってくれ、こう平太郎がたのむと、

「よろしい！　しかしその仏具の御利益でおばけが出なくなってしまうと、せっかくここまでやってきたかいがないから、何かこわい所を見せて下さい。その上で、わたしはお寺へ行こう」

と云うほどもなく、家鳴りがはじまる。

「アッ、これがそうかね」と長倉。

「これはほんの前芸だよ、いまにだんだんおもしろくなる……」

と平太郎が受け答えするまもなく、長倉氏の坐っている畳がムクリムクリと起き上りだした。でも、さすがは鉄砲打の名人、他の連中のようにヒャーッと云って逃げ出したりなどはしない。

「ウン、こいつは本物だ。よし、これからお寺へ用達しに行ってあげる」

ところで、この夜は十三夜のお月様が昼のように照っていた。——面倒くさいから一口に云ってしまうが、雲がやにわに現われて真のやみとなり、折から行き合った中村氏からちょうちんを借りる……結局、長倉さんはアッと云って悶絶し、ちょうちんを借してくれた当の中村氏は自宅にけろりとしていた。つまりこれもおばけの仕業だった。

さらに、陰山正太夫氏が兄貴の許から稀代の名刀を無断で持ち出し、おばけをやッつけようとしたところ、さんざんに馬鹿にされたあげく、大切な長刀はポキリとまんなかから折られてしまい、「無念、申しわけなし！」と正太夫氏は、自身のわき差を抜いて切腹、返す刀でのどを突いて、ブスリとうしろへ五寸ばかり……さすがの平太郎もあわててしまった……この次第がなんとおばけのいたずらで、正太夫さんは翌朝、訪問を受けた平太郎に向って、「名刀はいずれ近日中に持参するであろう」と云った。

茶わん、小鉢、煙草盆、行燈、これらがスーッ、スーッと飛びまわって、手を出すと落ちたり、互いにぶッつかって壊れるか、うっちゃっておくと、いまにも鴨居に当りそうになって通って行くし、行燈だって油一滴もこぼれないのである。夜とぎの連中が、平太郎を中心に話しこんでいると、同時にかれらの背中をトンと叩く者がある。でも、周囲にはたれもいない、と思いきや、台所から、大工さんの指金のような曲った細い手が出て、これが稲妻のように伸びたりちぢんだりしているのだった。次の部屋に、大きな網の目になって、いろんな顔が現われ、たてに長くなったり、よこに平らになって重り合ったり、離れたり、目まぐるしくうごいている……これはすでにお話した。私の気に入るのは、行水をした平太郎が庭に下りようとしたとき、向うの山の端から出たお盆の月があった。これはふしぎでも何でもないが、同じお月様が身近の木ノ間から、出てくるわ出てくるわ、いくつもいくつも、それらが輪ちがいの紋になって廻転した……という箇所で、この箇所なんかシュールレアリズムはだしである。それからまた、或《あ》る午後、メキメキと鳴りながら天井が下ってきた。友人はおしつぶされると思って庭先へすッ飛んでしまう。平太郎がそのままでいると、下ってきた天井はいっこうに手答えがなく、自身の頭も胸も天井の上へ抜け出してしまった。かたえの茶わんも、同じようにスーッと天井裏へ突きぬけて、天井うらの有様が、鼠の糞、クモの巣、煤《すす》ホコリありありとそこに見えている……

おばけの正体は相変らず不明である、入れ代り立代りに人々がしてやられる。かくて或る日、平太郎が行水をすませて庭に下りようとすると、踏石が氷のようにつめたい。それはクニャクニャとして軟かく、へんにねばってまるでモチを踏んづけたように、足を離すことができない。石のおもてはぼんやりと白く、まるで死人の腹の上にのったようだ。胴体ばかりが大きくて、手足がバカに小さい、かおのある見当でパチパチと豆のはねるような音がしている。よく注意すると、小さなかおの中で目がまばたいている音だった。縁がわに手をかけ、ウンと云ってやっと上ったが、足のうらがベタベタして歩きにくいことおびただしい。その夜、蚊帳《かや》にはいったものの、ほとんど明方まで例のパチパチという音で平太郎は悩まされた。しかし、かれとおばけの根くらべは終局に近づいていた。次の日、夕立が上ったと思ったら、障子がガラリとあいて、大きな手がヌッと伸びてきて平太郎をつかもうとした。ここぞとばかり抜きうちに切って落そうとすると、手はひッこんで障子はしまった。すかさずあけようとすると、

「まず待て！　それへ参る」

という尻上りの大きな声がきこえた。

背の高さ六七尺、鴨居の上まで首を出した、デップリ太った大男、花色のカタビラに、同じような裃《かみしも》をつけ、腰に大小を差した偉丈夫が、障子をあけてはいってきた。威容をつくろって床ノ間の前に坐ったところは、堂々たるものがある。平太郎はかまわず切ってかかると、相手はそのまま網にでも引かれるようにうしろの壁に吸いこまれて、しかも姿は影のように見えているのが、一咳して、笑いながら云いかけるには

「おんみの手に合うごとき余には非ず、まず刃物をおさめ、気を静めてきくがよかろう。おんみ、このあいだ比熊山の古塚を単身にて探険いたしたる次第、近頃殊勝のことに存ずるによって、しばらくここに滞在、おんみの胆玉《きもだま》のほどを試めそうとした。しかるに年少にかかわらず、奇特のことに見受けられた。おんみの度胸のほどは十分に見届け申した。思わざる滞留一ケ月！　余は安堵《あんど》いたしたり。これより河岸《かし》を変えて九州に赴《おもむ》かん。いまよりのちはこの家にふかしぎは起らず……」

「名をきかしてくれ」

平太郎は云った。

「余は山《サ》ン本五郎左衛門と申す。他に仲間あり、こは神《シ》ン野悪五郎なり。この二人がオーソリティなるぞ。山本に非ず、山ン本なりと心得おけ。今後おんみの家にきたる妖怪あらば、山ン本の名を告げよ。かれらかしこみおそれて即座に退却せん――さらば平太郎、健在なれ！」

くだんの花ヵタビラの大男は立ち上って、悠々と縁側へ出て行った。庭先にはりっぱなカゴと、槍、挟箱、なぎなた、長柄傘などをたずさえた大勢の家来が待っている。この大男がどうしてこんな小さなカゴの中に……と平太郎がいぶかしんでいる眼の前で、かれはこちらへ向って軽く会釈したと思ったら、たちまち折りたたまれるようにカゴの中におさまって、戸をしめてしまった。カゴはかつぎ上げられて進みかけた。なんと！　このとき、伴人一同の片足はまだ庭から離れないのに、他の片足は門外に出ているのだった。

オヤと思うまに行列は宙に浮き上って練って行く様子がまるで鳥羽絵のまわり燈籠のようであった。それも次第に遠のいて、あとには真黒なみそかのやみにきらめく星屑ばかり……

人々は話を平太郎からきかされて、山ン本氏とはいったい何者であろうかと評議した。さっぱり見当がつかない、大魔王とでも云うべきものだとするのほかはない。それにしても、せっかくの山ン本氏の滞在中に、なぜ神通力とか妙薬とかを教えてもらわなかったのか？　それは先方の退去のさいでもよかったのに……と残念がった。しかし平太郎がそのことを失念していたのだから仕方がない。平太郎はただ、山ン本氏の身元をもっときいておくべきであったと思った。何のためにかれが国めぐりをして人々をおどしているのかということをである。だから、平太郎は心の中でいまは懐かしの花ヵタビラの紳士に呼びかけるのだった――

山ン本さん、いっこうわけの判らぬ。男前の五郎左衛門の兄貴、あなたはいまどこで何をしているか知らないが、気が向いたら、またおいで。ごきげんよう。

第二話

これは私が経験者から直接にきいた。だから、この話を知っている者は他にない。一度、佐藤春夫先生の前に持ち出したことがあるだけである。先生は少なからず心をひかれた様子だったから、或る種のセンスの所有主にめずらしがられるはずである。わけの判からぬ点では先の山ン本氏の技術以上であり、相手の身元にいたっては全く何とも見当をつけさせない。

「柘榴《ざくろ》の家」という短篇が私にある。少年期を送った住いのうしろに、小流れをへだててあった家のことだが、この屋形のうら手の、倉のワラだらけの二階に、「灰屋のおッさん」なるこの話の語り手が独身で住っていた。年齢は五十四五だったといまになって回顧される。表がわの家はムシロの問屋だった。それでワラ灰ができる。この灰を売って、くだんの雅人は口すぎをしていた。

灰屋のおッさん、飲んで食うてホイ

ただこれだけの懸声《かけごえ》が、われら幼き者のあいだに伝えられていた。灰屋のオッさんは、その日その日に得ただけの金は飲んでくうて、ホイ！　そうしてきげん良くなって銭湯につかって、一時間、それとも二時間、ゆっくりとお湯の中に口の半分までも埋めて、わけのわからぬことをむにゃむにゃ口に出している。ひと頃、正式の湯ぶねに隣合わせにあったいわゆる「温泉」という、クスリをとかしたぬるま湯で、ここに永いあいだ上きげんに灰屋のおッさんは浸《つか》っているのだった。「灰屋のおッさん、何かお話をきかせておくれ」と申し込むと、「坊ん、それはおばけか、それともゆうれいか」とかれが問い直すのが常である。さて、おもむろに説きはじめるところがさっぱり要領を得ない。しかもいつはてるべくもない。へきえきして退いて、板ノ間でからだを拭いているときでも、おッさんの口上はつづいていた。なぜなら、かれはいつもさもぐあい良さそうに両眼を閉じている。だから、私がとっくに眼の前にいないことには気がつかないのだ。とりとめないが、かれが次から次へつづけるおばけ話には際限がなかった。いま、最も印象に残っている二三を紹介しようと思う。

ちなみに、この愛すべき、孤独なる灰屋のおッさんは、ムシロ問屋の倉庫から居を移して、横丁の空屋に住んでいるとき、二三日かれの姿が見えなかった。そうしてたぶん酔いつぶれたのであろう、その家の雪隠《せっちん》の壺にさかさまに首を突ッこんで事切れているのが発見された。主よ！　主を知らざるこの異教徒の、されど心潔かりし御魂を許したまえ。

灰屋のおッさんは、湯ぶねにあって眼をとじたまま、私にきかせた。特色はとぎれとぎれに、途絶えんとしてあとをつづけ、かくてはてしなき、一種飄いつのおもむきある口調と、そこに織り出される独特の雰囲気である。この最も重要なる点を写し得ぬことを、私はくれぐれも遺憾とする――

　それはなあ、坊ん、おッさんがまだごく若い頃のことじゃった。しょうばいはいまと同じ灰あきないで、六甲越えをして、有馬へ出ようとしていたときであった。

　ピカッ！　だしぬけにおまえ、頭の上が光ったのだ。おッさんはなぜとも知らずその場にひれ伏してしもうた。しばらくたって、おそるおそる眼を上げて、そッと光り物がしたほうへ向けた。ござらっしゃったよ！　ありゃ天狗様に相違ない。大きさはカラスくらいだ、それ、こんな恰好で（と云うが、かれは湯から首だけ出しているので私には皆目想像がつかない）ともかく、その烏くらいの、爪がある全身金いろのものが、高い松の梢《こずえ》にござらっしゃる。一目見てかおを伏せた。それからは只一途に六根清浄六根清浄六根清浄六根清浄六根清浄六根清浄……を唱えて、ものの十分間、いや半時間もすぎたじゃろうか、ふたたぶそーッとかおを上げたところ、もうそこにはござらっしゃらなかった。（これでおしまい）

　坊ん、ゆうれいと云えばおッさんにはこんなことがあった。

　やはり六甲ごえで有馬へ出ようとしていた。夜中すぎて、山を先方へトって歩いていた。月夜、……向うからそれがきたのだ。ゴーッと風を切ってな、おッさんは命から二番目の商売道具をそこへほうり出し、右手の藪《やぶ》の中へ身ひとつで飛びこんだ。――えらいもんだね、それがおまえ、（このようにかれの話は飛躍してれんらくがつかない。かれはぬる湯に口の半分まで浸してむにゃむにゃ云っているのだから）――さしたところが、坊んえらいもんや、その、わしが歩いていた所は野の一すじ径《みち》で、向うに村里が見えておったが、そのほうからあれがやってきた。ゴーッと唸《うな》りを立ててな。あわてるひまもないのじゃ。無我夢中に藪へ飛びこんだが、あとで先方はどうやら通りすぎたようなので、おそるおそる元の場所へ引返した。おまえ、先方はおッさんがいた所の、すぐさきから道をそれて左のほうへ抜けたらしい。田圃《たんぼ》に咲いているれんげの花がよ、（こう云って、おッさんは、やっと片手を湯から出して親指と人差指とで間隔を示した）ものの一寸ばかりきれいに切れているのよ。それが通って行った跡だね。さあて、幅は半間《まなか》はあったかな。ずっとひとすじに、れんげが切れているのよ。

灰屋さん、それは何なの、おばけかい？

と私はたずねた。

おばけよ。おばけもおばけも大おばけよ。

私はしかしふに落ちぬ。

ゆうれいだろう？

さよう、坊ん、ゆうれいだね。何しろ黒い形のかたまりよ。小屋くらいの大きさのものよ。それがおまえ、ひとすじ道をゴーッと唸りを立てて里のほうから、このおッさんめがけてやってきたのだ。これでわしはいろんな目に遭ってきたが、あんなに怖かったことは前後にないね。

——一度、おッさんの生れた村で、今夜こそ、どうしてもあれを封じなければならんとみんながいきをまいておった。(これも何のことだか判らない、灰屋のおッさんの話はだしぬけに何の前置もなしに始まるのが常であるからだ)

さあ、夕方になるにつれて大騒動よ。村は総出だ。坊ん、判るかね。あっちこっちにカガリ火が焚かれて、山々に大勢がくり出された。大したさわぎ……そこで、とうとうワナに落ちたのが夜中すぎ、さよう、いまで云うなら二時頃かな。ところでおまえ、いや坊んよ、夜は魔のものとはよう云うたものじゃ。(おッさんはそこで湯から手を出して、こんどは三インチほどの間隔を示した)ずッと、おまえ、これくらいの長さの真白な毛が、そやつの全身に生えとる。

キツネか? と私はたずねた。

いやいやと、かれは首をよこに振った。

ではタヌキ?

むにゃむにゃ首はよこにふられた。

オーカミかい?

ちがう! とおッさんは云った。

何しろ、おまえ、魔のものじゃ、わしがこれを云うわけはな、おまえ、これくらいの(おッさんは、こんどは両手を出して輪を作ってみせた)——これくらいの太さの丸たん棒で、五分のすきもないくらいの檻じゃ、それが用意してあった。そこへそやつを入れた。それから、名うての猟犬を、おまえ、二匹つけておいた。明がたになるとな、おまえ、魔のものじゃ、その檻の中から姿も影も消え去せておったワ……

第三話

灰屋のおッさんにきいた話はここに止めよう。鹿児島の大石兵六の狐退治がフィルムに取り入れられていた。私はさきの稲生平太郎の物語を、かの少年に可憐な許嫁《いいなずけ》の少女と、そしてひょうきんな、正直な、臆病な、かずかずの友人知己をあしらって、脚色したらどうであろう？　もっとも眼目のトリックには凝《こ》る必要がある。その折には及ばずながら、私乃至《ないし》江戸川乱歩氏が相談役になる。きっと西洋人をよろこばせ得る芸術的怪談映画が出来ると信ずる。しかし、いくら技術家や芸術家がいても、かんじんの点は金であるから、二三年後それよりのちの話かも知れない。ではみなさん、今夜のあなたの夢はいつもとは少うし違うはずだ。

グッドナイト！

懐しの七月　別名「余は山ン本五郎左衛門と名乗る」

云わば、昔の、木片と針金とゴム引き日本絹で作られた玩具のような飛行機は、着陸に際し――頭部を持ち上げて入射角を増大し、ふわりと土を擦るようにやるにせよ――原則的には地面すれすれに飛びながら、滑走車が土に触れるのを待って、初めてプロペラを止める。たとえ空中滑走で降りて来ても、惰性によって水平飛行をしながらおっかなびっくりに地肌に触れるという遣り方であった。だから、降りた途端に蜻蛉返りをして、プロペラや機脚を壊し、「着陸が無難に出来たならば一人前だ」など云われたものだ。其の後、この接線着陸が三点着陸に取って代った。外見は先の場合と別に変らないが、こちらは飛行機を地表近くに持ってきて、少しく仰向けに、即ち、前部二車輪と後方の橇を同一水平面に置くような姿勢で、垂直に落とすわけだ。それだけ構造が頑丈になったからで、大体その機体の背丈くらいの高度から落としても壊れない程度に造られている。この方法が発見されたお蔭で着陸はらくになり、艦上降着というような離れ技も可能になった。ところで先の接線着陸にせよ、後者の三点着陸にせよ、横光利一という作家は、飛行機（作品）を地面（芸術面）に添わせることが実に下手だ、と坂口安吾が指摘している。

機体と地表間のギャップをこなし得ないことが、当人には人生的苦悩になり、「急行列車は小駅を黙殺した」以来の、あの妙にしゃちほこばった題名及び文体が生れていると云うのである。この見方は、志賀文学の特長として本多秋五が注意している所。即ち「経験から生れた観念は必ず逆に経験世界に割り込んできて経験を分析し、次なる経験の経験仕方に作用するものだが、その経験と観念の相互反射が自乗的に発展して経験をも観念をも連続的に深め拡げて行く……そういう思考の幅の狭さ」に合わして、確かに先方の急所を衝いている。というよりも、このような致命傷の裏返しになったのが横光文学であるとも云える。ところで先のように敢て云う坂口自身が書いたものの何処でもよい、開いた途端に文学的香気が覚えられるか、と云うに決してそんなわけではない。概ねの坂口的見解の書生談議であることは当の横光を越えるものがあり、且つ作家として彼は骨なしだと云った処がある。「そんならお前はどうか」と開き直られるかも知れない。これに対しては、こちらは最初から地面に寝ているのだから飛行機の持って行き様がないと答えよう。若し僕が飛んでいるものならば、これは決して降りる必要のない飛行機なのだ。坂口に『風博士』という作があることは、僕は横光から教えられたのであるが、加えてこの作は牧野信一が誉めて作者宛に最初の手紙を認めたとあったから、機会があった時、僕は一読した。これは見せかけの浪漫派である。戦後の坂口の香具師的変貌の兆候が既に其処に見られる。それほど通俗的要素を歴々と露呈している。こんなものに感心したとすれば牧野も案外くだらない奴だ。思うに牧野的マゾヒズムが、この作に出てくる蛸博士に共感したからであろうか？——それよりむしろ、坂口が不遇時代に京都へやって来て帷子ノ辻か何処かの友人宅に寄食していた頃の話が、僕にはよっぽど面白い。退屈なものだから毎日のように嵐山劇場とかいう小屋へ出掛けたが、折から掛っていた一座と云ったら、芸らしい事の出来るのは十七八の娘只一人で、これが何回も何回も立現われる。終りに座長というのが紋付羽織袴で、扇子片手に悠々と紫の幕の前に立つ。勿論贋物であることは判っていたが、何しろ猫八とビラにあるから多少は期待しているのに、何もやらない。——こういう劇は中々観られるものでない、皆は満足したであろう、明日も誘い合わして又来てくれ、大儀であったと結んで、おしまい！　浅草奥山で、月代《さかやき》の伸びた浪人風の人物が申しわけばかりの見世物小屋を出している話がある。一つ目玉で一本脚の化物、見料は観ての帰りということであるからともかく幕の内部へはいってみると、破れた番傘が一本ひらいて置いている。呆気に取られたが何さま先方の腰の刀が気に懸るので、「これは御趣向で」とか何とか述べてお鳥目を置いて立去るが、嵐山劇場ではそんな文句も出ない。其儘すごすご帰る他はない。懲りている筈なのに、無聊は自分と同じだと見え、又出向くというわけで兎も角入りがある。「程近い愛宕山が雲を呼んで日に何回となく時雨がやってくる」と其処に書いてあったせいか、いまの恰幅のよい、ぎょろりと眼玉を光らせた座長について、僕には何か思い出すことがあった。愛宕山の天狗が神通力を失って零落し、何処かで攫ってきた娘の子を栖としてこのような劇団を組織している、と云うのではない。それもあるが、もっと違ったことである。そうだ、この一癖ある座長はあれだ、あの、山ン本氏の落ちぶれた身内ではあるまいか？

七月ついたちから六日迄

僕が単身、比熊山の古塚を探険したのは約一ヵ月前、詳しく云うと、寛延二年夏至前後のことである。其の日、夕方に約束したので、十時になると弟の勝弥を寝させ、家来権平に留守を云いつけて、僕は隣家に赴いた。打ち続く五月雨は今宵は少しも止まない。怪談の数も重なって夜半も過ぎた頃、権八とクジを引いたところが、僕に当った。それではと兼て用意の焼印を捺した木札に紐を付けたのを帯に結びつけ、簑笠を着て出立したのはちょうど丑みつ、即ち二時頃である。比熊山というのは、その頂上に千畳敷という平場があって、大樹が生い茂って樵夫も行かないような所だが、この片隅に「三次殿《ミヨシドノ》の塚」というのがある。三次若狭の古墳だと伝えられ、此の石にさわると物怪《モノノケ》がつくとあって、たれも近寄ろうとしない。此の辺りは白茅や鬼茅が茂って、山続きの奥は三四里ほども奥深い杉林になり、鳥獣の道も絶えている。僕は西江寺堤から大年大明神の前を横切り、てっぺんの平場へ分け登った。雨は降っているし、真暗がりである。でも真の闇という程でないし、僕は夜目には自信を持っている。やっと古塚を探り当て、焼印の札を結びつけて帰ってくると、山裾近くになって何か人声がする。立止って様子を窺っていると、麓から登って来てこちらへ声を掛けたのが、三ツ井権八である。お迎えにきたという。別に百物語の効験は現われそうにもない。互いに笑って別れたが、此処で僕らの事情をちょっと知らして置こう。

僕の父、稲生武左衛門は四十過ぎまで子供がなかったので、家中の中山源七の次男新八（この兄を源太夫と云う）を養子に迎えたところ、三四年経って、享保十九年に僕が生れた。そして僕が十二歳になった時、弟の勝弥が出来た。然し間もなく僕らの両親は亡くなったので、家督は新八が継いだ。ところが又四五年の後に新八がふらふら病いに罹り、当分実家で養生するという始末になった。そこで僕が五歳になる勝弥を養育し、権平を召使うて、稲生の家に住み続けることになった。この脇に穀物倉があって、在所から届けられる麦などを入れているから、人は「麦蔵屋敷」と呼んでいる。隣人の権八というのは、この三次郡布野村の生れで、丈高く角力好きで、十七歳から諸国を修行し、あとでは或る家中に召抱えられて三津井権八と名乗ったが、今は故郷に戻って、平田五左衛門という人の持家が明いているのを借りて、住んでいる。彼の角力は有名なもので、安芸の広島の「磯の上」「乱獅子」などという角力取が寒稽古に集った時も、三ッ井は先生株である。

あの夜の百物語の効能は一向ないまま日数は過ぎて、降り続く梅雨もいつしか水無月に移り、照りつづく暑気を忘れようと毎日夕方から川辺に出るようになった。ここに上《ノボ》り川と原川の二つの急流がある。前者は比熊山の麓を回り、五日市と十日市辺りで原川と一緒になって、落岩という所へきて吉田川と落合い、三川一帯の大河になる。石見の国の太田川の水源であって、洪水の時は川幅は見渡す限りにひろがるが、平常は小石及び白い砂原がひろびろと伸びて、納涼には比熊おろし、蛍も月もあって持ってこいである。七月ついたちの事だったが、僕と権八がこの河原に出ていると、晴渡った空が比熊山の方から俄かに墨を注いだように曇ってきて、白雨《ユウダチ》がやって来た。二人は走り帰って、僕は濡れた帷子を乾し、勝弥と共に蚊帳へはいった。雨は篠つくようで、雷がおびただしく鳴渡った。夜中過ぎだったろうか、次の間に寝ていた家来の権平が呻いているのに気付いて、呼起すと、いま物凄い大男が来ましたが、夢だったのか、どうも胸騒ぎして怖いから次の間に寝られないと云う。それは臆病のせいだ、気を鎮めて休めと叱って寝かせたが、また苦しげな唸きをあげた。呼び起し、叱りつけて休ませた。雨は車軸を流すようであったが、かれこれ二時を廻ったと思う頃、一吹きやってきた風に灯が消えた、と出抜けに障子が火のように明るくなった。火事だと飛び起きたが、障子はまた真暗になった。手をかけて引きあけようとしたが、釘づけされているように一寸も動かない。柱へ片足を掛け、両手に力をこめて引くと、その一枚が砕けて外れたが、何者かが僕の両肩と帯へ手をかけたように覚えられて、そのまま前へ引き出されそうになった。何糞と僕は足で敷居を踏み止め、左手で柱をしっかり捉え、右の手を伸ばして殴ろうと思うのに、三四間も向うから材木などに対するようにひっかけ引かれている気がしたから、右手でも鴨居をつかまえ、引き出されぬようにと闘っていると、明るくなったので、よく見ると、丸太のようなものに荒々しい毛が生えていて、こちらの両肩と帯へ掛ったのは多分その指であろうと思われたが、本体は何処にあるのかと思ううちに又暗闇になった。暫くして又明るくなったから、よくよく注意すると、この光の元が向うの練塀の屋根の上にあることが判った。相手は大きな一ッ眼玉だと見えたが、それがくわっと開く時は蟻の這うのも見えるくらい明るくなり、朝日のようで面が向けられない。その眼が閉じると真の闇となって、ひた引きに引き出そうとする。僕は「権平、刀を刀を」と呶鳴ったが、一向返事は無い。この上はと力をこめ、えい！　とばかり引くと、着ている袷の両肩が裂け、帯も切れてうしろ向きにひっくり返った。刀を取って対抗しようとするが、何しろ真暗がりで見当がつかない。そのうちに床の下が明るくなった。さては下へ廻ったかと討とうとしたが、床が低いからはいることができない。床越しに刺してやろうと座敷へ上ると、畳が一時に舞い上った。でも勝弥が寝ている一枚はそのままで、権平はとっくに正気を失っているらしかったが、それは彼が畳から転び落とされたので判った。散乱れた畳は座敷の隅へひとりでに積み上った。これは却って好都合だと僕は刀の切先を床板の隙間に刺通し、さし通したが、手応えはない。此の時、門の戸を頻りに叩く音がして、其処をあけてはいって来たのが権八だ。「先刻御家来を呼ばれ、刀を持来れと仰せられしを承ったから、驚き参ろうとすると、この門前で、小坊主が茶碗に水を入れて両手に捧げて通るのを見ましたが、擦れ違うなり総身が痺れて声も出ません。平蹲っているとやっと痺れが直ったのでまかり越したのです」と云うから、大体話をきかせ、先ず権平に冷たい水を呑ませた。三ツ井が云うのに、これじゃ今後も何か続くであろう、兼て申し約したのは此処ですから一緒に化物を退治しましょう。やがて暁になり雨も止んだから、一寝《やす》みして草臥を休めようと畳を敷直した。三ツ井も家へ帰り、僕も床にはいった。この夜は、近くの家々も夜通し襲われた様子である。

七月二日。権平は宵からの事を思い続け、夜の明けるのを待ちかねて震えているらしかった。寺々の鐘が聞え、朝鴉に正気がついて門前に出てぼんやりしていたが、やがて近所の門も開いた様子だから、かしこ此処へ前夜の一件を自分一人の話として、鬼の首でも取ったように喋り歩いたらしい。沙汰はひろまって親戚からも追々顔を出し、権八もやって来て、とりどりに評定した。何分幼少の勝弥のことが心配である。僕にも屋敷を明けて当分一族中へ一緒になってはどうだろうと相談した。僕は、変化《ヘンゲ》の正体も見届けないで此家を去るわけには行かない。で、取りあえず勝弥を叔父の川田茂左衛門方へ預けることにした。権平は暇をくれと云うので、「代理の都合をつけろ」と云いつけると、これは困ったと思ったのか、「昼の内はお勤めさせて頂きますが、夜中の儀は平らにお許し下さい」と願うので、当分の外泊を許可した。

さて昼間は変った事もないので、今夜はどんな事があるだろうと近くの友も五六人集まって宵の内を伽していたが、やがて雑談のたねも尽き、既に十二時近くになり何となく物凄くなってきた。途端、行燈の焔がぱちぱちと鳴って、だんだん伸びて天井に燃え付きそうになった。そら来た、と互いに顔を見合わせて、何とも声を出す者は無い。権八はむずむずしていたが、僕が落着いているので辛抱しているふうだった。そのうち畳の隅々が五寸三寸ばかりぱたりぱたりと上り出し、皆は愈々逃腰になったのに、持ち上りは次第に劇しくなってきたので、一人が用事があると云い出したのをきっかけに、いずれも同様なことを口に出し、さよならも告げずに姿を消してしまった。やがて畳の揚ることは止んだので、権八も家へ引き取った。僕は蚊帳の中で横になっていたが、なんだか身辺が生臭くなったと思うと、何処からともなく水が湧き出して、目へも鼻へもはいってくる。起上ってみると、部屋じゅうに水が満ちて浪を打つばかりになっている。でも構わずにいたら、潮の引くように消えてしまった。

三日の早朝、権平も宿から出勤し、親戚その他近所から見舞に来たから、僕は前夜の模様を詳しく語り、この程度だったら別に気遣って下さるに及ばないと云って、お客様を帰らせた。暮合いから権平は下宿し、近所の五六人が伽に顔を出し、宵の口は何彼と取りまぜて大咄となり、なんの畳の持ち上るくらいに驚くことがあろうか、前夜は臆病者揃いだったと評判し、酒など飲んでいたが、人々の刀がみんな見えなくなり、尋ねているうち奥の間の蚊帳の上に一緒にまとめて揚げられていたので、一同の顔色が変った。今度は、莨盆《たばこぼん》、机の類が躍り出し、またまた畳の角々がぱたりぱたり揚り出した。初めの大言があったせいか、みんな気味悪さをおし殺していた。十二時近くになると何処からともなくどろどろと鳴り出し、何事かと思ううちに、次第に家鳴が強くめきめきゆさりゆさりとなってきたから、これは大地震だ、帰らねばならんと云って一人が動いたのをきっかけに、皆々一度に逃げ出してしまった。僕は庭へ出て隣家に注意したが異状はない。我家も屋根など動いている様でなかった。只めきめきと騒がしいばかりなのだ。此家が潰れる程のことはなかろうと内へはいって、何事をも気にせずに休もうと行燈を提げて寝間へ行ったところ、あんどんが忽ち石塔に変化した。おやと見るうちその石塔の下から火が吹出して、ひろがり、石塔も燃えてしまうかと見えたが、矢張り元の行燈だったから、僕は思わず、これは鮮やかな手品だと独言して横になったが、すると何か天井で動くものがある。蚊帳越しに見据えると、何か青々したつるつるのものである。やがてずるずると下ってきたのを見ると、瓢箪が蔓を引いて幾つも幾つも下りてくるのだった。可笑しなことであるだけ此儘に捨て置いてもよい事だった。今度目を覚すと、全身汗だらけで、胸の上には何者かが載っているようなので、障子明りにすかしてみると、大きな女の首の、色は青白く、切口から長い血綿が出ているのが、気味の悪い眼付きで少し笑いながら、僕の胸に居るのだった。此の時だと思い、撥除けようとすると、首は蚊帳の隅に退いて、隙あらば飛びかかろうとする様子だ。捨置こうとすると、又胸の上へ飛んでくる。払いのけ、蹴り飛ばそうとすると蚊帳の外に居るが、別に蚊帳を出入している風でもない。こんなことを繰返し、草臥れてそのまま眠りかかると、また胸の上にやって来る。鳥の啼く頃にやっと消え失せたが、僕も太陽が昇り出すまで寝過した。

四日。この近辺は勿論、遠くまで知れ渡り、麦蔵屋敷に化物が出て、夜中の家鳴など取沙汰があったから、門前に見物人多く、あるいは生霊、あるいは死霊、狐狸の所為などと大評判である。殊に三夜に亘って打ち続いて誰某も夜伽に出掛けて家鳴など体験したとあったから、かしこへ寄っても、此処へ寄っても、此処へ集っても、只その噂ばかり。婦人子供は日が暮れると便所へ行くにも家内じゅうで行くとの話である。ましてこの近くの家々では、何れは我方にも物怪が来るかも知れんと怖わがっている。今日はまた朝から見物が引きも切らず、門前市をなす有様だ。さて日も暮れて、十時近くまでは門前に人の行ききが絶えなかったが、見舞客も追々に帰り、残留組も「今宵は静かだ、何事もないようだ」など云ううちに、この宅が大風の吹く様に鳴り出したから、暗さはくらし、各自が人のうしろへうしろへと退き、「もう家鳴も止んだようだ」と一人が座を立ったのに、あとを追うて次々に逃げ帰ってしまった。此の夜は水瓶の水が氷になり、又釜の蓋がどうしても開かぬようになり、火吹竹を吹いても風が出なかったりした。後刻には違い棚に置いた鼻紙が一枚ずつ散り上って、蝶の飛ぶ様に見えたが、これは散ったままであったから、夜が明けた時人々を驚ろかせた。五日になると噂は更に拡がり、夜に入ると五人七人と申合せて、合切袋、敷物などを運び、花見遊山のように門前に集った。然し門内へ入ってみると云う程の者は無い。只家鳴の音を聞いた丈だ。ところが六時頃に少し雨が降って見物も過半は帰ってしまった。兄の新八がやって来たので、宵のうち話をしていると、鴨居の上に小さい孔があったのに、其処を抜けて新八の下駄が飛び込んで来て、座敷中を歩き廻る様子がまるで人が履いているかのような運動振りだ。僕は、「とかく人が来るとこうして怪しい事が起るようですから、先ずお引取下さい」とすすめて、新八を帰したが、入れ代りに権八が顔を出し話していると、米三斗ほどの嵩のある石が走って来た。長い親指に似た足を周囲につけて這い廻る。蟹のような眼玉がついていて、睨みながら権八の方へ迫ってくるので、あわてて彼は刀を取ろうとしたが、僕はそれをおし止めた。夜が明けてから、件の石が、台所にあったので注意すると、これは近所の車留の石だった。三ツ井権八はあれから直ぐ帰り、今日もやってきたが、夜中は余り伺われない、と断わりを述べた。先夜以来微熱があって心地がすぐれないから、夜間は外出せずに養生したいと云うのだった。さて今夜も蝶々が沢山飛び出して、座敷一面とび廻ったが、これは前夜と違って、跡形もなく消えてしまった。これ以後、家鳴震動は毎夜のことになり、あとは昼夜をわかたず騒々しくなる……。

六日。門前の見物は数を増し、昨夕はアイスキャンデーを売っていたという程だから、役所では見物に出ないようにと、近郷にかけて、それぞれの村役人に触れさせたそうだ。又、新八の方へも、門前に立って不可ない由が申し伝えられたので、おひる十二時頃にその事を知らせに新八がやってきた。同道の者が一人いた。彼が村方役所からの達しを告げている折、羽風の様な音がして抜身の白刃が新八の帷子の右袖を少しばかり切って、背後の唐紙にぐさと立った。これには身の毛が逆立した。件の刃物を抜き取ってよく見ると、いつか家来に貸した脇差である。ところで鞘が無い。探してみたが見付からない。「トントコココニ」と云う声がした。それは桐の箱などを動かして擦れ合う音に似ていたが、正しくとんとここにと聞え、続いて三声四声、それが座敷に掛けた扁額の辺りなので、額をおろすとそのうしろからばたりと鞘が落ちた。新八と連れは匆々《そうそう》に帰って行ったが、以来、昼間も怪しい事が多くなり出した。家来の権平もこの三日間は病気だと云って昼間も顔を見せない。また代理も見付からない由を述べて暇を願ったから、仕方なく彼の自由に委すことにした。僕は夕飯を終り、湯を使って気持を恢復、一休みと思う折柄、堀場権右衛門と一緒に叔父川田茂左衛門が見えた。此の頃の様子を彼はたずね、今夜は話をしようと、こうしてとやかくするうち暮がかってきたから、夜食を出し、話していたが、何時もより静かであったところ、十時過ぎになって、台所の方に白い色の一抱えもある、丸くて大変柔らかそうなものがふわりふわりと動き出した。お客達は互いに頭を寄せて二度とその方を見ようとしない。僕は又何事が始まるのかと見ているうち、下駄が一足飛んで来て、襖をぶち抜いて外へ出た。両人がびっくりしているうちに、白いものは座敷の方へ帰って来て、叔父とお客が頭を寄せている所へふわりと落ちかかってぱらぱらと何か振りかかったから、ご両人はわっと云って飛びのいたが、暫くは物も云えずに居た。落ちたものはよく見ると、塩俵の古い奴で、ぱらぱらと零れたのは塩であった。ややあって両人は夢が初めて醒めたような顔をして、こそこそと帰って行った。僕は塩俵を庭へ投げて、夜伽《よとぎ》は却って邪魔だな、と呟やかずには居られない。

七夕よりお盆まで

七月七日の朝、棚機《たなばた》の礼を述べようと、兄新八、叔父川田茂左衛門、其の他二三軒を廻ると、誰もが訊ねる。未だ見ていない人に話して嘘だと受取られるのは口惜しいから、応待は程よい加減にして帰宅したが、質問が五月蠅《うるさ》いので外出は止すことにした。今日も暑気は凌《しの》ぎがたいまで照り増さる。ちょうど以前から出入して何かと小用をやってくれる女が、祝儀《しゅうぎ》を述べにやってきたが、近頃の事があるので早々に帰ろうとしたところ、盥《たらい》が一つ、ごろごろと転げてきたので、彼女はわっと云って門口へ逃げたのを、盥があとを追うたのでこけつまろびつ、逃げ帰ってしまった。夕方から掻き曇って白雨《ゆうだち》がきたが、夜になると晴渡り、星合の波も涼しく眺められた。今宵は人も来ず、伽人は結局足手纏《まと》いだと思いながら台所へ行こうとしたら、入口一杯に白い大袖がある。始まったな、と暫く見ていると、袖口から巨きな手が出てきたが、それは擂粉木《すりこぎ》のようで指の所が握り拳のように丸い、白けた手だ。ややあってこの手先からまた同様な擂粉木手が出て、又その先から、今度は初めて常人の手くらいのすりこ木手が沢山出て、それから仙人掌《シャボテン》のように、次第に小さい擂粉木手になって、数も知れずうじゃうじゃと動いている。エエイ！　と捕えようとすれば、形が無い。少し離れると数限りもなく湧き出している……そのうち夜半の鐘を聞いたので、余計な骨折をしたものだと呟きながら蚊帳にはいったところ、出抜けに、坊主の首で、眼は丸く光っているが串刺しになっている。いくつもいくつも田楽のように串を足にして飛び出してきて、殊に擂粉木手は折々寝ている顔へ冷々と触れて、しかもそれがいやに柔らかい。撥ねのけると消え、消えてはまた湧いてくる……漸く明方になり、たとえ顔にさわっても、又跳ね歩いても、それ丈の話だと思い定めて打っちゃって置いたが、首々も手も次第に消えてしまった。以後、相手にならぬが一等よいということを、僕は愈愈確かめた。

八日。前夜の怪物に大変くたびれて、一日じゅう居眠りを続けたが、時々畳が持ち揚るので碌々休息も出来ない。正午過ぎに近所の人々がやって来て、「今夜はひとつ一同で伽をしてみよう。どんな事があろうと大勢なら格別のこともないだろう。少しでも平太郎君を寝ませねばならん」こう相談をきめ、日の暮れを合図に集る約束をして一同は帰った。今日も白雨があったが、夜は晴渡った。十時過ぎ迄に六七人集まり、まあ休みたまえと僕を寝かせた。権八の顔も見えたから、連中は気強くなり、各自好きずきの話をして、夜半過ぎる頃、月も山の端に隠れてしまうと何となく物淋しく、風もそよそよ吹いて涼しすぎる夜なので、秋めいておのずから物哀れを覚えるのをしおに、畳が揚り出した。人々の坐っている畳の角々も少しずつ持ち上り始めたから、めいめいで抑えていたが、段々ひどくなって、それからはばたばたと揚っては落ち、あがっては落ち、折から灯も消えて、座敷中ほこりが立ち、黒けむりがあがって眼もあけておられぬ始末、僕も眠るどころの話でない。家内が無茶苦茶な煤払《すすはら》いの場と化したので、「こりゃ叶わん」と一人が駈け出す。あとに続いて我も我もと逃げ出し、権八ひとりが居残った。奥の方でなおばたついているので、行ってみると、畳がみんな紐で以て天井に括り上げられている。ともかく降そうと梯子《はしご》を持ってくるより早く、畳は一度にどさりと落ち、危く軀《からだ》をかわしたものの正直なところ、二人とも青くなった。漸く畳を敷直し、深呼吸をしているうちにどうやら静まった模様なので、権八は引上げ、僕は閨《ねや》にはいったところ、又何か物音がする。大きな錫杖がひとりでに現われて、居間をあっちこっち飛び歩いているのだった。

九日になった。今朝は起ると、納戸《なんど》の中から棕櫚箒《しゅろぼうき》が出て来て、座敷々々を叮寧に掃いて廻った。ハハン、ゆうべ煤払いをしたからだな、と僕はひとり笑いした。今日は時々家鳴がし、しかもいつもより劇《はげ》しかった。昨夜に懲りたかして今宵は一人も来ない。只権八が宵の口に顔を出したが、例の小坊主に出逢ってから熱の上り下りがあって、近頃は食事も平日通りに食べかねると云うので、僕は、「何分ともに用心専一。毎晩ここにきて下地の邪気を重ねては余計に悪いだろう。珍らしい事があったらお知らせする。毎夜こなくともいい。然るべき服薬もするように」と云い含めて、帰した。これから彼は毎夜は来ない。夜になって家鳴は弱く、間遠になったが、何処からか遥かに尺八の音が聞えたが、程なく裏の方から虚無僧《こむそう》が一人はいってきたと知るほどもなく、続々と同じ姿の虚無僧が出てきて、あとはそれぞれの姿勢を採った。居間一面の虚無僧になったところ、そのうちに僕が臥している周りにみんな寝転んでしまった。よい伽だ、と構わないでいたら、何事もなく、やがて順々に消え失せて、一人も居なくなり、夜半頃から近頃にない快眠を貪ることが出来た。

十日。先に述べたように、家鳴、畳などの揚ることとは毎日の話だから一々書きつけないが、これにも大変劇しい日と、でもない日とがある。昨日の夜半から今日一日は至って静かである。

上田治部右衛門という人がたずねてきたので、初めからのことを大体話し聞かせたところ、上田氏が云うのに、「これはきっと狐狸か、又は猫又の所為だと思うが、そうだとすれば罠を掛けてみたら、正体が判明する。幸い自分が心得ている罠の仕様があるから、明晩までにととのえて参上するであろう」こう約束して彼は帰って行った。ワナなどで退治出来るとは考えられぬが何事も慰みだ、と僕は思った。夜になって飯を済ませ、縁先で月を眺めていると、門口に人の音がした。兼て知合いの貞八という仁である。ところが次ノ間で彼と話を交わしているうちに、この貞八の頭が次第に大きくなってきて、忽ち二人に割れ、中から猿のような赤ん坊が三つ顕われた。これも例の手だったかとそのままにしていると、件の赤ん坊が僕の膝元へ這い寄ってきた途端、三ツが合わさって一ツの大童子になって、矢庭にこちらに向って摑みかかってきたから、憎っくき奴とつかまえようとすると、消え失せて跡方もない。こんなことだと思った。ひとりで可笑くなって寝床に入ったが其の後は何事もなく、家鳴畳の持上りもそんなに強くなかったから、そのままに眠入った。

十一日。上田治部右衛門は、はねわなだと云って、三年竹の性の良いのを用い、杭を丈夫に打ち、これにしっかり結びつけ、鼠の油揚を餌にして、この跳ね返り及び段々仕掛には伝授がある由を吹聴し、用意が調うと、暮れるのが間遠いとばかり仕掛けて置いて、帰って行った。十時は過ぎ、十二時近くになったが、今日は朝から折々家鳴があり、また畳などが揚ったばかりで、夜には格別の事もない。暁方、小便のついでにワナを見たが、何者もかかっていない。当前でしょうと思いながら又眠った。四辺が明るくなるなり起きてよく見たら、罠の餌が人間にも不可能なほどの手際で、罠と一緒に解き取られていた。たとえどんなに巧妙にやろうと餌に触れる限り竹の跳返らぬ道理はない仕掛だが、其処をどうやってのけたものか、釣り緒も見えない。鼠の油揚が軒場にぶら下っていたのはずっとあとで見付けたが、ワナに掛からぬことはともかく、紐まで解いたのが僕には不思議でならない。さて治部右衛門が来て、現場を見て呆れていたが、「何にせよこの鼠を取った上は、必ず年経た狐のわざと見えた。今宵は縁側に糠《ぬか》を撒き、其の他台所の板ノ間にも糠を敷き、足跡の有無を見てその上で罠の仕様がある」と云って帰って行った。今日は折々の家鳴も弱いままに暮方になった。再び治部右衛門がやってきて、所々へ糠を薄々と撒いた。昨夜と引きかえて、宵のうちから家鳴震動すさまじく、何処ともなく鯨波のように、大勢の声が聞こえたから、治部右衛門は「これは世人の云う天狗倒しであろう」怖くなったのか、いずれ明朝と云って、そうそうに帰って行った。夜中に別に変ったことはなかったが、鬨《とき》の声は今宵が初めてであるからなるほど天狗かも知れんと思われた。

十三日の東雲《シノノメ》の頃、門を叩く音が聞え、起きて出てみると、治部右衛門だ。「足跡はないか」と二人で撒いて置いた糠を見たところ、犬か狐かと云えるような足跡が大と小とあり、その中に、二尺ばかりもあるような人間の足跡がある。治部右衛門「何とも合点が行かぬが、きっと狐狸だろう。この様子では罠などに懸るとは思えぬ。野狐除けの祈禱に限る！　身共が西江寺へ頼んでみよう」と云って帰った。僕は、お寺の祈禱ぐらいで何になるかと思ったが、逆わないで人の奨めに一任した。治部右衛門はそれから西江寺へ赴き、祈禱を依頼したところ、和尚が云うのに、「稲生家の件は聞いている。お易いことだが二三日お待ち下され、ご存じの通りいまお盆なので、祈禱は勤めがたい。ついては当寺の薬師如来は到ってあらたかで、この薬師の前で香を焚く卓と香炉がまたいわれがあって奇特は云い尽せない。これと薬師の御影をお貸し申そう。で、これを平太郎殿の居間に掛け、香をたき、信心清浄にして拝みなさい。仏器だけにも疫神狐狸は甚だ恐れるという霊験があるから、この仏影の功力で物怪も消滅するであろう」とあったから、治部右衛門「それは忝《かたじけ》ない。では、晩方に取りに寄こしますから、何分共によろしくお願い致します」と約束し、直に僕の許へやって来て、右の訳を報告に及んだので、僕は「ご親切のほど有難う。それでは晩方取りにやることにします」と礼を述べると、「よくよく信心を致されよ」と云い残して、治部右衛門は帰って行った。

七月十三日暮方、治部右衛門方から、鉄砲打の長倉という人をお伽に寄こした。「長倉氏は若年から山野を家として、力は人を超え、猪鹿を取って世を渡ったが、自ら鉄砲に妙を得て、前々より私方へ出入し、貴殿へも同様であるが、これが何卒お伽に参りたいと云うから差し遣した」と添文にある。僕は、「よく来てくれました。実は今晩は西江寺へ薬師様の懸軸を借りに行かねばならぬ所、家来に暇をやり、誰も来ないのでどうしようかと思っていたところです。大儀ながら西江寺へ出かけて軸を借りて来て下さいませんか」と頼んでみると、「それはいと易いこと。ですが先ずお茶でも頂いてお話しているうち、若し、怪しい事がありましたら、其の時に借りに参ってもよろしいでありませんか。拙者はこれまで伽にもまいらず、未だ怪しいことというのを見ていないのですから、今晩からその仏影の功力で怪しい事が止みましたら、拙者としては残念至極です。いま暫く拙者の為に待ってやって下さい」と云うので、ではその様に致しましょうと、茶を煎じ、夜食を済ませ、四方山噺になった。僕も山猟には関心があるので、年を経た狼、手負猪を仕止めた話などいろいろ聴いているうち、十時過ぎになると、例の家鳴震動と共に畳がばたばた揚り出したので、長倉も、「初めて不思議が見られました。今迄人の云う所、大かた十に八九は嘘で、何ぞ少しばかりの事柄を仰山に申すのであろうと思っていましたが、さてさて不思議もあるものです。では西江寺さんへ——」とばかり出て行った。戸外は七月十三日夜の月が照って昼の様である。ところが途中で俄に曇り、真暗になって前後も弁えがたい。ちょうど中村源太夫という人が提灯《ちょうちん》をさげて向うからやって来て、「どちらへ」と声を掛けた。長倉も日頃出入している源太夫であったから、西江寺へ行く訳を話し只今急に曇ったので一層暗さを覚え難渋していますと答えると、源太夫「それがしは程近いゆえ提灯をお貸し申そう」長倉はこれは忝《かたじけな》しと提灯を借りて別れた。其処から少し行くと津田市郎左衛門という人の宅がある。角屋敷だったが、その傍の藪から、大きさが笠袋のような黒いものが飛び出した。長倉は可笑しいなと屋敷の角を曲ったが、途端いまのものが稲妻のように光って、赤熱した石のようなものと一緒に長倉の頭上へ落ちてきて、首へ巻付いた。わっと提灯を捨て両手で取除こうとしたが、捲きついて緊めたから、目も見えず、声も出ず、息が詰って倒れてしまった。此の時津田市郎左衛門は居間で涼んでいたが、表でわっという叫びがしたので、格子から覗くと、人が倒れている様子に、家来を出して先方に水を呑ませ、活を入れた。長倉氏が気を取戻すと、もはや雲晴れて昼のようなお月夜だ。源太夫に借りた提灯も其処には見当らない。すっかり怖気づいて、津田の家来に礼を述べて足を返し、僕の門口へは「今宵は夜が更けましたから、お寺へは明日参じます、訳は明朝お話しします」と云い捨てて家へ帰ってしまった。彼は翌日源太夫方へ顔を出して、前夜のおん提灯、実はかようかようの次第で失くしましたと告げると、「それは妙なお話ですね。前夜は少しも曇ったことはなく、我々は何処へも出ませんから、途中であなたに提灯をお借しするわけはない」

十四日。徒然の折ふし長倉が来て、今のようなことを聞かせ、さて仏影を取りに行こうと出掛けた。西江寺では、昨日待っていたがこない。お盆の急がしさに取紛れていた所へ、長倉がやってきて一部始終を語ったから、和尚は驚いた。「何分祈禱をいたし又、御札を差上げます。まずまずこの仏器と御影をお預け申すあいだ、信心もっぱらにとお伝え下さい。必ず奇特があります」と渡してくれた。長倉が和尚の伝言を述べて、「今宵もお邪魔させて貰う」と云うので、僕は、「伽人があるといろいろ怪しいことが多い。それに今はお盆で忙しいだろうから、わざわざ来て下さるに及ばない」こう云って彼を返した。それから暮近くお墓参りして、その足で新八方へ寄り、暗くなってから帰宅した。今宵は人も来ないだろうから早く休もうと、例の仏影を床ノ間に掛け、その前に仏器を置き、香炉を載せて拝んでから、縁側で月を眺めて涼んだ。かれこれ十時になったので蚊帳へはいろうとした処、仏壇の前の唐紙がさらさらと開いた……仏壇の戸も左右にひらき、同時に、畳の上に置いてあった卓が香炉をのせたまま三尺ばかし宙に浮上り、仏壇まで、三間ほどの距離を静々と行くのが、まるで人が運んでいるかのようだ。仏具が仏壇に収まると開いた戸が元の様に閉された。「こいつは世話いらずだ」と僕は呟いて蚊帳にはいった。仏影は動かないし、今夜は至って静かである。近来になく熟睡が出来た。

十五日。昼間こそ静かだったが、夕方からまたまた畳がばたつき始めた。今朝がたから小雨が降り、蒸々と暑さも強かったので、行水を早くつかい、暮行く空を眺め、例年ならば今日は近所寄合って中元をお祝いし、酒を出し、在所の辻踊りを見物しようと暮れるのを待ち兼ねているのに、今年はお化けのせいで外へも出ずに過ぎたものだな、とひとり言を云っている折柄、津田市郎左衛門、木金伴吾、内田源次の三人が打ち連れやって来て、「淋しいだろうと酒を持参した」と取出したから、僕はそれは忝しと、昼の瓜もみ、鯖膾《サバナマス》を出し、十時過ぎまで話したが、「今宵は我ら三人に任せて気遣いなしに寝まれよ」とすすめられたので、床ノ間の御影の前に仏器を備え、ではご免と、僕は蚊帳へはいった。さて三人の物語のうちに夜半になったが、伴吾が云うのに、「茶の煮花を入れ、眠気を払って差上げるであろう」土瓶の茶を入れ直し、話題も新らしくなった所、裏の方で大勢の声がして、エイエイと掛声して何か重いものを運んでくる様子である。そら始まったと思ううち、其の声が段々近くなって内庭に来て、台所へ廻るようだったが、どさりと落とした音のすさまじさ、同時に家鳴がめきめきと始まった。僕はこの響きに目が覚めて何事かと注意すると、台所の板ノ間に目にとまるものがある。「どなたか見てきてごらん」と云ったが、三人は返事もせず一所にかたまっている。「それがしが参ろう」と僕は紙燭を点けて台所へ行ってよく見ると、裏の物置小屋にあった香の物桶だ。これは先日茄子の漬物を積み置いたが、小屋には錠が懸って戸が開かれる筈はない。でもお茶の口取りになされよとの意だろうと解して、茄子の漬物を出したが、三人はどうしても口に入れようとしない、僕一人が茄子をつまみ、お茶を飲んで蚊帳へはいったところ、こんどは例の卓と香炉がひとりで浮き上って、蚊帳の周囲を舞い出したから、三人が僕の傍へ潜り込んできた。それから愈々仏器は舞ったが、いつのまにか卓と香炉は別々となり、香炉が蚊帳の内へはいってきて、少し傾くと、三人の頭上へ灰がばらばらと散りかかった。内田の首筋へ一層ふりかかったので、わっと云って俯きしなに胸の中がこみ上げたのか、黄水をがばと二人の上に吐きかけたが、両人はそれにも気付かず、只固くなって顔を伏せていた。僕は捨てて置かれず、起って蚊帳を外し掃除しようとするうち、卓も香炉も、また昨日の様にひらいた仏壇の戸の内部へ収まってしまった。僕は三人を引き起し、裏の釣瓶井戸へ連れて行って水を飲ませてから帰宅させ、序に畳の上を掃いて床に入ると、東雲《しののめ》の空になった。

十六日。藪入りなので、叔父川田茂左衛門方へ行くと、一族が集って居り、無事を祝し、酒飯も済んで、茂左衛門が僕に云うには、「先頃からお前の宅に怪事があって、各々夜伽に行かれたが逃げ帰る人も多い。其方が気丈で一人暮しているのに吾々は驚き入っている。然しながら万一過ちがあっては、お前は勿論、一族も見捨置いたなど云われたら甚だ以て立ちがたい。今日から親戚中の何処へでも逗留して暫く様子を窺うことにしたらどうだ」他の者も一様に「そのようにした方がよい」と勧める。僕が答えたのに、「成程、その件は最初から仰せられていましたが、さしての事はないであろうと思っていたところ、日々の怪事は今日迄も止みません。此上は根気づめですから、たとい半年でも一年でも、これだという事を見届けた上で、愈々人が住まえぬようになりましたならば、其の時は願い出て屋敷を引上げてもよいのです。只、今となって狐とも狸とも知らないで余所へ移っては臆病の名を取りますし、だから最初の意見通りに何処かへ避けたらよいのに片意地な奴もあったものだなど云われるのも口惜しい次第です。それはともかく、この屋敷へあとで他国人が昔噺のように思い込んで移り住んで、何事もなかった節は、我らの名の汚れることは辛抱するとして、第一、国の恥です。此処を思うと何分今回の儀は私の存念にお委せ下さりたい」こう述べると人々は、「そう思うならば是非も無い」と、茂左衛門と一緒に、その旨に任せた。僕が暇乞して帰る時、同じ座に居た出入の者の一人が、今宵は自分が参りますと同道して、暮合いの頃家に帰った。僕は少し酔払った様なので、縁に出て風を入れているうち眠気を催したので、件の若者は居間で風炉に火を起し、煮花に酔を醒まそうと思い折柄、天井がめきめきと鳴出した。仰ぐと何となく低くなってくるように感じられた。酔のせいかも知れぬと打ち捨てて置くうち、天井はいよいよ低くなって。彼も負けずに張合っていたが、いまにも落ちかかるようなので、わっと庭先へ飛び出した。僕は此の声に目を覚ましたが、天井が著しく下っている。然しそのままにして寝た。夜が明けるなり若者が、「自分こそ前夜稲生の化物に逢った」と触れ回ったから、もう家の門前は、日が暮れるなり通る人も無い。

十七日の昼頃、上田治部右衛門が、野狐除の札を持参、「これは西江寺へお頼みして置いたのが、今日祈禱が済んでお札を差越したのです」と云って、それを居間へ掛けて帰って行った。日中は折々の家鳴ばかりで、格別の変もなく、暮方から治部右衛門がやって来て、「宵のうち話しましょう。今宵はお札の功力で何事もないだろう」と共々に縁に出て、月待空を眺めながら語っていたところ、漸く山の端に出た月影に白々とおぼろに照し出された庭木の葉の中に、よく見分けのつかぬ樫の木があったが、その手前からも同じような月が現われた。それは見る見る増えて、次から次へ輪違いの様になって現われ、空から舞い出てくるようでもあった。治部右衛門が「あれは何だ」と云ううち、輪違いの月々は縁の前までくるくる廻りながら迫ってきた。本物の月が何かに反映しているのでないか、見据えるあいだにも、愈々くるくると目まぐるしく覆い被さってきたから、治部右衛門はそろそろ逃げ腰になり、「いま暫く話して行っては」と勧めたが、そのまま帰ろうとする処へ、台所の方からも輪違いがおし寄せ、中には小さい盥ほどの輪もまじって、互いに煙の様にくるくる廻っている。治部右衛門は嘗ての覚悟で、野狐の仕業だと思いながらよく見据えると、おのおのの輪の中に目鼻があって、いずれも人の顔である。見定めようとすると、くるくると入れ替って顔の上に他の顔が交わり、睨むのもあり笑うのもある。治部右衛門は対抗不可能になり、台所の方へ抜けられないまま、庭先へ出た途端、顔々が一度に笑ったような声が聞えたから、彼は門口へ飛び出してしまった。その有様を、僕も輪違い先生達と共に吹出しながら、寝床へ入ったが、顔々はどうなったか、それからは何事もなかった。

十八日の朝、治部右衛門がやって来て、「さてさて前夜は大変な事を見ました。あのお札にも恐れないとはどうも狐狸ではないようです」と評議している処へ、権八もゆうべの話を耳にして、「よくそんなに次から次へ狂言が差し替えられるものだ、これには勝てんわ」僕は、権八ほどの者がそんな気遅れを云うようでは負けるのも道理だ、と口に云おうとしたが、彼の身も気がかりなので、さりげなく権八に向って、「どうも顔色が悪いようだ。毎度云う事だが、徹底的に養生第一に置いて、当方へ見舞など来るに及ばない。もっともお隣りだからこちらの騒ぎを聞きつける度に心配するのに無理はないが、自分は平気だから、心置きなく余所へ逗留し、保養第一と気を引きしめ、元気を恢復して来るがよかろう」治部右衛門もそれがよいとすすめた。さて件の西江寺のお札を見ると、薄墨で何やら文字が書き添えてある。昨日は確かこんな妙な字はなかったので、早速この由をお寺へ知らせると、程なく和尚がやってきて吃驚した。「梵字を書き入れたとは、ちょっとやそっとの妖怪とは思われぬ」と舌を巻いて帰って行った。何を意味するか僕には判らぬが、多分落とし字か、書損じでもあったのであろう。さて今日は昼間も殊の外に荒れて、各道具が舞いあがり、あるいは茶碗類が台所から鳴りながら居間の方へ飛来し鴨居にぶッつかって微塵に打ち砕ける……と見るより先に、ついと鴨居を潜って、座敷の真中で落ちる。あるいは莨盆《たばこぼん》も飛び上って、他の小道具も動くことなど以来度々である。茶碗は飛んでいる時に手を当てると、落ちて砕ける。どんなに飛廻っても捨てて置くと、音ばかり鳴渡って壊れることは無い。行燈が舞っても、そのままにして置けば油一滴こぼれない。

十八日より廿六日まで

さて十八日の宵のうち、またまた出入の者三人が話しにやって来たが、十時過ぎると、先夜に懲りてか各自に尻込みして、話題も途絶えがちになった。折柄三人を背中に一度にはたと叩く者がある。台所から曲尺のような手が、数箇所もぎくぎく折れた稲妻形の手が伸びて来たり縮まったりしているのだった。三人はわっと云いさま駆出し、台所へは出られぬので、奥庭へ飛び降り、路次口を引きあけて逃げてしまった。僕は跡を片付けて寝床へはいったが、曲尺の様な手は相変らず座敷中をぎくしゃくと動いていたが、それも構わずに寝入った……今度目を覚ますと、先刻の手とは違って、天井一面に巨きな老婆の貌が現われ、やがて長い舌を出し蚊帳をつらぬいて、僕の胸より顔をねぶり廻しにくる。気味のわるさったらないが、これも相手にならぬことにしていると、夜も白らむ頃、老婆は消えて、鳥が渡ると夢が醒めたように覚えた。夜中の疲れでそのまま眠りに入ったが、十九日の午前十時頃、門を叩く者に目を覚まし、起き出ると、向井治郎左衛門という人である。「今日は外出して此処を通ると、日も高いのに門口が閉っていましたから、わざとお起し申したので、別に用事はありません。此の頃の事ですから気懸りになったままお起し致しました」「それは忝し、実は前夜はかようかようの次第で、思わず今まで寝過しました」お客は内へはいって、此間の様子を改めて詳しくたずね、

「いかさまこれは、治部右衛門殿の申さるる通り、狐狸の類いでしょう。然し罠の餌を取った程ですから、狐狸とは云いながら千年も経た曲者に相違ありません。十兵衛という部落の人が殊の他ワナの名人で、度々手柄をしたものです。明日でも彼を呼び寄せ、委細聞かせて、もう一度ワナを掛けてみましょう。今は拠《よんどころ》無き用事で余所へ参りますから明日参上いたします」と云い置いて帰って行った。僕は前夜の草臥《くたびれ》でまた眠入った。漸く一時近くに起きて飯を食べ、夜に入ると大かた老女の貌か曲り手が出るだろうが、今宵は隙を狙って手取りにしてやろうと、暮れるのを待った。日も落ち、十時になったが変った事はない。人も来ないが、閨《ねや》へも入らず待ちかまえた。夜中過ぎても何事も起らないから少し気抜けした折、天井が次第に下って来た。例の手かと見ていると、だんだん落ちかかって頭のてっぺんに触れたが、そのまま坐っていると、僕の頭部は天井を抜け出て、行燈もまた天井板を抜いて、天井の裏側が具《つぶ》さに見える。鼠の糞。蜘蛛の巣などおびただしく、あるいは古藁屑、煤塵で真黒である。天井は僕の膝の上まで落ちかかったが、ほって置いたら、暫くして次第にあがって、元の様になってしまった。僕の軀が突抜いたと思う箇所に別に孔《あな》も明いていなければ、行燈《あんどん》の抜け出た処に何の跡《あと》も無い。只、其処に、いつの間に出来たのか、大きな蜂の巣がくッ付いていたが、これが見るうちに嵩を拡げ、数個に増え、その内部から蟹の様に泡を吹き、黄色い水を吐いたが、知らぬ振りをしていると、蜂の巣も程なく消えて、元の天井になってしまった。実は今宵は裏に米搗臼のあったのが、宵の口からトントンとつく音がした。僕は思い付いて、くろごめを臼の中へ入れてから蚊帳にはいった。別に草臥もなく眠入ったが、翌朝臼を見たら、玄米は精白されず元の儘であった。

廿日、向井次郎左衛門が川田十兵衛を伴って、ワナの用意をさせた。十兵衛は六十ばかりの男である。若年から鉄砲は勿論ワナも上手であったが、この踏落しワナの事は、彼が先年大坂へ行き、革市場で或る猟師と逢ったところ、殊の外に大きな狸の皮が示された。十兵衛は元元猟好きなので「これは見事なものです。何分にも年を経た狸でしょうね」と云ったのに、猟師は大いに笑い、「おぬしにも似合わぬ鑑定だな。これは若狸だよ。狸にも種類があって、こんなに大きいのが常体の生れなんだ。此類は稀なものだ。また普通の狸の外に、よく人を化かすたぬきがある。これは中々の事では取られない。その狸は至って聡く、生れ立もこんなに大きくはない。人にも山犬にも取られないから、自然と劫を経て、あとではいろいろと自在を獲得し、人を悩すのである。其の狸の皮は至って厚く、毛は粗々して、毛並はよくない。この劫経た狸を取るにはふみ落としというワナでなければ駄目だ。我らの習った踏落としは多くの人の知らぬワナである」と云ったから、十兵衛は「その踏落としは初めて耳にした。どんな遣り方なんですか、お伝え下さるわけに行かんだろうか」と云うと、猟師「われわれは数年このワナを掛け、自然と骨を覚えたのだ。どんなさかしい狐狸とて俺の踏み落としを遁れることは稀だな。自分らの若い時、天満の社が夜中に三つの社に見えるという事があった。其の時俺は深更に及んで、こっそり其処へ行って踏落としを仕掛けたのに、大猫が懸った。尾の先は二ッに割れて、首から尾先まで四尺余ある猫だった。直に打ち殺して翌日近所の者に見せたから、いずれも大いに悦び、近年この猫が様々の怪をした。天満の沙汰も此の猫の所為《せい》だろうと申し合った。総体古猫は狐と馴合っていろいろに化けるとも云う。そのわけか取ることがむつかしい。然しながらこの踏落としには遁れる事はない」

十兵衛は其の時まで鉄砲猟だけで、ワナの事は不案内だったので、猟師に向って云うのに、「わたしの田舎では鉄砲ばかりで熊猪鹿の類を取って居ります。狐狸も多いようですが、筒先に感付いて姿を隠して、手に入りません。何分にもその踏落としの仕方を御伝授下さらないでしょうか」と達って頼んだから、猟師もそれならばと云って、ワナの仕掛及び掛場の見計いのことに到るまで詳しく教えてくれた。十兵衛はこれからワナの名人となり、その上、工夫も手に入って、踏落としに依って数多くの狐狸を取って世を渡ったが、そのうちでも或る時、鳳源寺というお寺で、大般若経がひとりでに舞い上る事が屢々で、人は怖がり、自ずと参詣も稀になった上、なお怪しい事があるのを十兵衛が耳にして、これはきっと狐狸のわざであろうと、其の寺の裏門の外に大きな森があるのを見立て、其処にワナを掛けたが案に違わず幾歳月経たとも知れぬ古狸が掛ったのを、鳳源寺には知らさず、打殺して帰ったところ、其の後は何の怪もなく、お寺も繁昌した。又、後に松尾藤助という人の所に怪しい事があった。藤助が居間で昼寝していたのを、召使いの者が用事があって行ってみると、二人の主人が寝ている。怖くなってそっと次の間へ逃げて、呼び起すと何事もなく常のように起きて来た。それから後、時々、奥にも藤助が居ると外にも藤助が居るという様なわけで、藤助自身も何か本性が乱れるように覚えたから、親戚らが寄って祈禱お札などやってみたが、一向に験しが無い。意見もまちまちである。十兵衛がこれを聞いて、例の天満の話を思い出し、ワナの事を申し出て掛けてみるとあの猟師の談に間違いなく、背中の毛など抜けて粗々して斑らな幾年経たと知れぬ古狸がかかった。それから藤助には何事もなく、家内の喜びも大かたでない。其の他に、一般狐狸を取る事にも妙を得て度々手柄を立てた。向井次郎左衛門は此の事をよく知っていたので今回彼を同道したのである。そこで十兵衛は、僕から篤《とく》と話を聴いて云うのに、「御屋敷の様子では大方古猫か古狸でしょう。狐はこんな事はしないもので、狐は古猫古狸をつかい、自身は脇で見物して居るのだと思われます。猫も又狐の力でいろいろ自在を得る事が面白いのか、我身の上をも忘れていろいろ怪しき事を為してついに化けの皮顕われて身を亡すと見えます。其の時は猫だけがワナに掛り、狐は脇で見物して笑う様に考えられます。世に狐ほど賢しい奴はありません。それ故ワナに掛っても大方は猫狸がかかるのでして。もっとも、跳ねワナで狐をつりますと、野狐は掛りますが、そいつはこのようなわざを致す狐ではなく、野狐でも年を経た狐は一向にかかりません。この御屋敷にも打続きいろいろの妖怪あり、これは様々の者が集って怪しき事を為すと考えられます。然しどのように集りましたところで、そのうちの一匹を獲りますと、残りはちりぢりになり、其処には棲まぬと見え、怪しき事は忽ち止むものです。この上に数が増えますと愈々むずかしくなりますから、只今から踏落としの支度をいたします」と云って、先方の通路の見当をつけてワナを仕掛け、「声を立てるのを合図に早速出てみて下さい」と約束をきめて、こうして夜になると十兵衛は客雪隠《せっちん》へはいって待っていた。次郎左衛門も宵のうちは話していたが、殊の外に静かなまま十時を廻ったので、彼は帰り、僕も寝んだ。さてひと眠りして目を覚し、かれこれ夜半過ぎかなと思ったが、何やら唸きが聞えるので、耳を澄ませると人の呻り声でそれが客雪隠の方角だったから、早速出向いてみると、便所の戸は散々に倒され、十兵衛が気絶している。先ず彼の顔に水を掛け、正気を呼戻させると、夢が覚めた面持で云うのは、「先刻ぞっとしましたから、来たなと透し見ますと、あの踏落としの方から巨きな手を出し、雪隠の戸諸共に自分を攌んで引出されましたので、声を出そうとしましたが声が出ません……あとはどうなったか一向に覚えがありません。これは大かた天狗か山の神でこそありましょう、さてさて恐ろしい目に逢いました」とてワナを其儘に、怖れ震えて帰って行った。

廿一日。起きてワナの所へ行くと、ちゃんと片脇に片付けてある。又、前夜破損したと見た僕は砕けた戸を片付けて、寝床へはいった。

雪隠の戸はどうもなっていない。よくよく験べたが、何処も少しも壊れていない。程なく向井次郎左衛門がやって来て、昨夜の様子はどうだったと訊ねるので、あったことを詳しく聞かせると、彼は肝を潰し、左様ならば仲々十兵衛の手にも叶うものでないとて、十兵衛を呼びにやったところ、先方は前夜帰ってから、摑まれた箇所の骨が痛んで立居出来ないとあって、他の者を寄越してワナを片付けて持ち帰った。十兵衛も其の後は病身ものになったそうだ。さて次郎左衛門もばつが悪くて帰ったが、此日は他に人も来ず夜には伽人も見えず、ずいぶん静かでもう寝ようかと思う折柄、居間の隅に鼠があけた孔のあったのが、その穴で何やら動くものがある。よくよく見ると、女の首だけが、しかも逆さになって四五寸ほど伸びて来るのだった。到って長い髪をくるくると円座の様に巻いて、その上に首ばかりを逆様に、切口と思う処は柘榴《ざくろ》の実のように外方へ赤く弾け出し、歯並は黒く染めているのをニコニコと笑わせながら飛んでくる……不気味さ此上なしだが、又珍らしいので、僕は少し居直って見ていると、また柱の根から同様の首が数々飛び出して、あなたこなた飛行を始めた。飛びしなには長い髪を尾のように曳いて、毛槍を揉むようにばらばらと音が聞え、笑い笑い飛んでくる。次第に膝の前へ近付くようになってきたので、持っていた扇で打とうとすると、飛びのいて鳥の様で、中々打てない。後からも前からも飛びかかってくるから、当方も立上って、追廻し、片隅へ追い詰めようとすると、何処かへ見えなくなる。また現われる……何時の間にか夜が明けてきたのにつれて、首々も柱の根元へ飛んで行って、消えてしまった。宵のうちと思う間にもう朝方だ。腹立ながら朝飯を掻き込む。

廿二日は昼寝に過ぎたが、夕方、陰山正太夫が来たから前夜の話を聞かせると、「拙者の兄方に、先祖より名剣なりとて持ち伝えた刀がある。この品によってたびたび狐つき、其の他、疫病、瘧なども落ちて奇特が多い。兄彦之助に御所望《しょもう》され、お取寄せになっては如何」こう云って、件の刀の効験の事共を数々語り聞かせて帰って行った。

僕はそれから枕を引寄せて、再び仮睡したが、黄昏《たそがれ》になって行水などしているうち、もう十時近くなったから、追付け昨夜の首が出るだろう、誰かくれば珍らしい観物なのにと思っている所へ、陰山正太夫が顔を出し、「昼間お噂をした兄秘蔵の刀を持参いたした」と云ったから、「これはおそれ入る。承わったおん刀は一応では拝見も出来ないだろうと思っていた所、わざわざ御持参下さったとは……」礼を述べ、先ずその刀を床の間に置いて、話をしていると、前夜どおりの女の首が台所から現われた。そら来た！　と正太夫は刀を函の中から取出し、膝元に置いたが、首々はいずれも真直に飛びかかってくるのを、正太夫は銘刀で薙《な》いだところ、見事に切れて真二ツになる。然しその首は二ツになりながら愈々正太夫目がけて飛びかかる。正太夫が又振り上げて切り付けると、さっと火花が散って、刀はぽきっと二つに折れた。白鞘の事だから柄木も抜けて散乱した。これはとよくよく見ると、首だと見ていたのは台所にあった石臼である。他の首々は残らずどっと笑いながら柱の元へ行ったと見ると、既に何の跡も無い。正太夫はあきれ果てたように折れた刀を取上げ、顔色を変えて言葉も出せない。僕「お気の毒千万なことになった。大切な御刀が壊れたのはまことに申すべき様もない」正太夫「実は片時も早くお貸し申したいと、兄へは知らさずに持参したが、このような仕儀に相なり、兄に対しとても此儘生きては居られない」取返しが付かないが何とも仕様がない、でも間違いが重なってはなお大変だと思い、僕は又云った。「それは御了簡違いです。つまりは当方の難儀を思召して一刻も早く、御舎兄に相談の間も遅しと件の御刀を御持参下されたのは、全く拙者への御親切からです。最も大切なおん道具ですが、粗相は是非もない事共……その段は明日貴宅へ参上して拙者の身に替えて御詫び申しますから、今宵は先ず先ずお引取下さるよう」と理を分けて云ったのに、正太夫は自分の脇差を抜くより早く、己れが腹へぐさと突込んだから、僕は仰天、「これは何と早やまったことと！　取りのぼせ乱心されたのですか」とうろたえたが、一言も応えもなく、直にそのまま脇差を喉へ突立て、うしろに切先が三寸ばかり出たから、忽ち息絶えてしまった。僕は途方に暮れ、おっつけ暁も近いから、夜明けては済まぬ事と先ず血の雫れた畳を納戸へ入れて、死骸に布団を掛けて思案してみたが、正太夫の切腹を人は本当にしないだろう。一筆の書留もなく、又切腹ほどの事柄ではないからだ。意趣口論で自分が殺したと疑われるのは口惜しい。又、側に居ながら切腹を止めることもしないで、遅れたなどと物笑いのたねになるのも残念だ。若し、上の御沙汰で召取られて如何様の責に逢うやも計りがたい。それでは第一、兄に対し済まない事だし、又、上の御苦労になるのも本意でない。正太夫は兄へ言訳なしと切腹したのに、自分は当局の迷惑、又兄の世話になり、恥を晒してのうのうとして居るなど人の口に掛るのは、無念至極である。誠に是非も無い。我も是迄の寿命であろう。いで切腹と書留をしたため、脇差に手をかけたが、またまた思い返し、いやいや切腹は只今に限らない、夜が明けたならば新八へ一応訳を話し、また思慮もあるだろう、其の上、此も彼も物怪による災難なのに、相手の正体を見届けないのは心残りである。何分にも夜が明けてからでも遅くないと思っているうち、東雲になり、鳥の声に夜は明け渡ったから、先ず納戸へ行って布団を取除けてみると、何も無い。折れた刀をたずねてみたが、これも見付からぬ。血の痕などは勿論ない。それなら夢かと思うに、畳二枚は納戸の中へ引き入れてある。さてはゆうべの正太夫は……と初めて気が付いた。自分も既に切腹しかけたかと書留を見ると、愈々夢でない。危い目に逢ったと思うと、これ迄の怪とは違って何となく気味悪く、先ずは悪夢が醒めたようであったが、未だ何事もはっきりせず、正太夫の物の云い方が耳に残って不気味である。

廿三日。僕は余りの不思議さに陰山正太夫方へ出向かないでは居られなかった。正太夫が云うのに、「昨日はお邪魔して何かとお話の趣き、さてさて不思議に思われますから、家内の者へも詳しく聞かせたところ、家内どもは、兼て承わっていた事ながら、なお細部の話を聴き、いよいよ恐れて前夜は手水に行くにも連れを求めるという騒ぎです」こう云う所を見ると、やって来たのは正太夫に相違ない。夜中の件も確かに正太夫だと覚えられるが、消え失せたのだから化物である。さて正太夫は続けて、「此頃は化物騒ぎで外出されないと承っていますのに、今朝の御出は兄方の刀の件ですか？」僕は話そうと思ったが、余りに込入った顚末だから疑いを起しては益なしと、「いや別にその儀でもありません」と挨拶して帰ってきた。四時前に、平野屋市右衛門というのが来たので、一緒に話していた。尤も此頃は刀脇差、其の他小刀庖丁の類が飛び荒れるから、小さな空櫃《ひつ》があったので、自分の大小其の他一切の刃物を入れ、蓋の締りをよくして置いたのに、客があれば大小ともにその櫃へ入れて貰うことにした。前夜は油断して大難気に及んだから、今日は昼のうちから一切刃物は右の櫃中におさめて置いた。程なく夜になり、松浦市太夫、陰山彦之助がやって来、又、忠六という出入の者も顔を出した。僕は「どなたも刀を櫃へお入れ下さい」と云った。市太夫は直に入れたが、彦之助は承知とは返事ばかり、少し話してから次の間に置いた刃を櫃に入れようと見ると、既に鞘ばかりになっている。これは剣呑千万とたずねたが、見当らない。此処彼処と求めあぐんで暫く煙草など喫んでいるうち、台所で凄まじく雷が落ちたように響き渡って、ごろりごろりと転げてくる。市右衛門は真青になって庭へ飛び下りた。外の人々も逃げ出したい様子だが、互いに恥合って駆け出すわけにゆかず、暫らく見合わしているうちに、台所をごろりごろり転び廻り、座敷の方へ転がってきたのを見据えると、大盥だ。僕がそれを湯殿へ運んだところ、再び台所に物音がして、今度は擂鉢《すりばち》とすりこ木がひとりでに飛び出して擂り廻り擂り廻り座敷中を歩き出した。僕は吹出して「これは珍らしく可笑しい所為です。然し今宵は何となく騒がしいようですから、またどんな事が起るか知れません」と云うと、忠六は怖気が付いたか、市太夫を勧めて同道で帰って行ったから、彦之助只一人、それも刀が見えないものだから是非なく跡に残り、刀をあっちこっちとたずねていた。僕も一緒になって尋ねたが、更に見えない。夜半過ぎになって、彦之助は、「刀もなしに朝方には帰れません。夜の明けぬうちに帰り、明朝出直して探すことにしたい」「それがよいでしょう」彦之助が中戸口をあけるなり、鴨居の上から彼の刀身が鼻の先へぶらりと下ったから、彼は其儘敷居へ竦《すく》んでしまった。僕は可笑しくて堪らなかったが、飛び降りて刀の中身を取って、鞘に収めて渡すと、彦之助は立上り、大小を差して戸口を出ようとした時、天井で大声の笑いがどっと起った。彦之助が仰天し、再びすくんでしまったのを引き起し、外へ出してあとの戸を締めたから、彼は一目散に走り去った。其の後は尚更小刀一本も櫃に納めて錠前を掛けるようにした。入用のつど出し入れは不自由だったが、他の錠付きの箇所からは様々のものが飛び出したが、件の小櫃に入れて置いた物だけは出てくるようなことはなかった。

廿四日の朝、再び平野屋市右衛門が来たから「前夜はどうして逃げ帰られましたか」と訊ねると、「何者かが台所へ落ちてどろどろ鳴出し、此方へ転んでくるので夢中に飛び出しました。帰る途中でやっと夢がさめた様に覚えましたが、あれからどうなりました。あの転んできたのは何物でしたか」「湯殿へ入れて置いた盥《たらい》でした」「わたしは又、物凄い大太鼓がころんでくると見て逃げ出したのです」笑い合っている処へ、三ツ井権八が顔を出し、芝甚左衛門もやって来て話を聞いて云うには、「南部治部太夫は鳴弦の伝を受けて、奇特あるよし聞いています。この仁を同道して鳴弦を頼み進ずべし」僕「それは有難いが、西江寺の祈禱も験《しる》しなく、そんな事で恐れる化物とは思えませんね」甚左衛門「そうでもありましょうが、鳴弦は不思議の奇特のある由、常々承っているのです。病人にもさまざまな薬を替えてみれば、合薬もあるものですよ」「そうまで仰せでしたら、とにかく宜しくお頼み致します」「では明晩同道することにしましょう」権八も傍から「なるほど鳴弦は奇特あるものと聞いています」ではそういうことに決めよう、と客は出て行った。此日も何事も無かった。夕方になって中村左衛門の家から使と云って、美しい女が顔を出し、餅菓子を差し出した。素晴らしい美女で、此辺では心当りがない。僕は大いに感に入ってぼんやり眺めていたが、ふと心づいて油断せず、一つ二つ話を交して帰るのを送って出ると、門を抜けるなりどっちへ行ったか見えない。あとで聞くと、中村家で餅菓子を入れた重箱が一つ消え失せたと云う。これが僕の許へ届けられたわけだ。そうこうするうち十時になったが、今夜は至って静かである。僕はこの程腹具合が悪く度々便所へ通ったが、近頃の流行で、当分の話らしいからそのままにしていた。さて客も来そうでないから、寝んだが、宵から二三度厠へ通い、ひと眠入りしてから目がさめ、また厠へ行ったところ、台所の方にとろとろと火の燃える音が聞えて、くわっと明るくなったから、火事になったら大変だと飛び出してみると、竈の内から火燃え出し、かまどの前の板敷の所から床下まで燃え出している。板敷を引上げ瓶の水をざぶとかけるより早く消えて、暗になった。又例の手か、それにしても周章《あわ》てたものだと灯を点けてみると、板敷は何事もなく、かまどの中へ水を打ち掛けたから灰が流れ出て、急に掃除も出来ず、下痢で不快の折柄、面倒臭く腹も立って其儘にして置いた。

廿五日。台所じゅうは灰になり、竈の内には水が溜っているので、掃除していると権八が来たので、夜中のことを話し、「あの火をほって置かなかったのが残念だ」と云うと、「いやいや此後ともそのようなことは我慢出来ぬことでありません。若し本当の火事の場合に捨て置いたならば後悔は百倍でしょうから」南部様が見えたら知らせてくれ、とつけ足して彼は引き退った。程なく入相近くになって、芝甚左衛門、南部治部太夫同道で弓矢を持参、夜になったら鳴弦を行なおうと、先ず弓矢を床の間に置き暫し休憩するうちに、権八も顔を出し、四方山《よもやま》の話になり、彼が云うのに「鳴弦で狐つきを落とした時は、狐の形が顕われるものでしょうか」治部太夫「形のあらわれることはありませんが、憑いた狐が落ちるばかりです。その落ちる時はその人が駈け出して倒れます。狐狸などはその近所に居る筈ですが、その座で形が現われることはないようです」

夜に入ったので、弓を取出し何彼と祓《はら》い潔め、拵えをした。甚左衛門は権八に向って、「表か裏へ何ぞ現われるかも知れぬ。おぬしは我が宅へ行き、居間に掛置いた枕槍を取って来て、表へ廻っておれ。それがしは裏の方へ心をつけて、若し何者であっても形が現われたならば目にもの見せんと思う。必ず抜かってはならんぞ」「畏《かしこ》まりました」と権八は甚左衛門宅へ急いだ。夜も初更を過ぎる頃、治部太夫は垢離《こり》を取り、床の弓を手にした様だったが、何かは知らず外の方から、長い物が鳴りながら飛来して、甚左衛門の鬢先を掠め、彼の弓矢を突っ切って其処へぐわらりと落ちた。治部太夫は驚いて弓を取落とした。甚左衛門は逃さじと飛びかかり、かの長いものを切ろうとしたが、よくよく見ると槍である。これはと云う処へ権八駈け来り、「仰せのように枕槍を取って来て表へ廻り、何であっても目にさえ見えるものなら突いてやろうと外を巡っていました所、屋根の上に大坊主のようなものが立っています。心得たと立寄ったところ、先方は屋根からひらりと飛下りました。所を透かさず表囲いの壁に突付けましたところ其の形は見えません。これはと抜き取ろうとしたら穂先に人が居て引くようですから、此処ぞと思い、力足を踏んで力を尽して引きましたが先方の力の凄まじさ、只一と引きに壁の中へ引取られてしまいました」と報告したので、人々も肝を消し、これは人力の及ぶ処でないと困じ果てた模様である。僕は「大方この様な事だと思っていました。ともかくこの物怪は捨て置いて先方の心のまま働かすのが良いようですから、鳴弦も先ず此辺で打ち捨て置かれなさい」と云うたから、人々もそれをしおに帰ろうとした時、天井裏でくつくつ笑うように聞えたから、早々に追い出されてしまった。権八も弓と槍を持って送って行った。其の後は静かで、僕が一と眠りして程なく夜が明けた。廿六日。僕が思い立って、早朝に墓参りした帰りしなに権八の許に立寄ると、先方も起出して前夜の話などしたが、とかく熱気も強くなったように覚えると云うから、何分注意してしっかり養生されたいと勧めて帰った。この権八は三ツ井と名乗って名高かったお相撲だったが、今回の怪異の気に打たれたのであろうか。僕の宅の家鳴震動するのが心に掛り、口惜しく思う度毎に熱が出てとうとう大病人となり、次第に熱気が漲って九月の初旬に亡くなった。未だ四十に足らぬ大男、力あくまで強かったが、邪気を受けながら当分の事だと押つけ、其儘にしたからであろうか、何とも気の毒千万なことであった。

廿六日よりみそか迄

僕は宿に帰り、程なく南部角之進、陰山正太夫が来て、どうですかと尋ねたから、前夜の話を語り、「何事があったとて驚く事なく、張合いさえしなければさほどの事はない」と云うと、正太夫は「いかにも只今までいずれにも変化退治という気持があったから、いろいろの事があって騒動すると思います。今宵は伽と思わず、只お話しにお邪魔します。夜伽、根性だめしなどとて参るから事件も引出すのです。今晩はいまの心得で参上いたすことにします」と云うと、角之進も、その通りだとて立帰った。格別の事はなく暮時になったから、かの両人、真木善六という者を伴って来て話したが、何事も無く静かである。廿六夜で月の出を拝む為にいず方も寝ない宵だから、何となく世間も賑々しく、三人も月の出るまで話し続けることにした。角之進宅に霜かづきという柿があって、霜月になると風味よろしき段階になる。九月十日迄も渋が抜けないので、霜かづきと名付けた。尤も霜月には霜が降った様に上皮が白くなるから味わいも甚だ佳い。この頃は却って渋が無く、味は良いとは云えないが随分と食べられている。八月中旬後は又渋に返る。角之進がこの柿を持参して、眠気覚しにしようと宵のうちに取出したから、これは珍らしい、後刻の楽しみにと器に入れて片脇に置いたのに、後夜過ぎてさあ賞翫しようと器を出してみると、いつの間にか種子ばかりになっている。宵から差向いに話していたのだから、何人も食った筈はない。これはお化殿が召上ったのであろう、為すこともなく話していた処、台所で又雷の落ちたような音がした。兼て聞いていたことだから、二人共、ここだと知らぬ顔をしていた。僕が手燭を持って行ってみると、搗臼である。この臼は先年大風の吹いた時、近所の大木が倒れたのを取って造った代物で、並の臼より余程大きい。これが物置部屋に入れてあったのをどうして出したのか、と皆々は驚いた。ところで、この狭い所に迷惑な話だな、と僕が洩すと、真木善六が立って来て裏の口をあけ、大臼をたてにして何の苦もなく差上げて、外へ投げ出した。兼て力持だとは聞いていたが、こんなわざを眼前に見て、先刻の音よりなお肝を消した。南部陰山の両人も、真木の勇気に力を得たか畳の揚ることなど見向きもせず、ゆるゆると話していたが、もう二時過ぎにもなった頃、天井がめきめきと鳴出し、種子ばかりになった柿が、又元通りの柿になって天井からぱらぱらと落ちて、四人が話している座を転び廻ったのを、僕が取って、刃物は面倒だと其儘押し割ったところ、中の種子は悉く色々な虫になって逃げ去るのを、当方は種には用なしとばかり食べた。善六も、「いかさま拙者も一つ食べて眠気を覚そう」と取って食ったが、これにも種子は蜘蛛又は油虫となって這い去った。残っていた柿はみんなの元の器の中へ転り入った。それから又、落とし噺《ばなし》、失敗談などで興を催すうち、寺々の鐘も鳴り、さあ時刻だとみんな月の出を拝みなどしているうち、東雲近いと皆々打ち連れて帰って行った。今迄はみな辟易して夜半にもならぬ先に逃げ帰ったのに、今宵は不思議にもさして驚かず晩まで語り明かしたのは、真木の力に気を取直したからであろう。僕も、よき伽で面白かったと跡を片付け、いま暫くと閨《ねや》に入った。

廿七日の十時頃起きて、善六が臼を投げ出した所を見ると、臼はなく、其処の土は臼なりに深く窪んでいた。物置へ行くと臼は元通りにあって、臼の角には土が付いている。それにしても、臼を元の場所へ戻し、又柿も返したとは律気な話だ。「鬼神に横道なし」とはこんな事を云うのであろうか？

　今日は終日変った事もなく、暮方、陰山金左衛門がやって来て、前夜の話を聞き、「善六の力は聞いていた以上だ。其の他の人々も真木の勇気に惹かれながらもよく終夜居られたことだ。何事があっても知らぬ顔でいたなら、物怪も張合いが抜け、又こちらも少々の不思議な手品を見るつもりで居れば、却って不思議もないだろう。今宵は拙者がお話相手を仕る」と云って、十時過ぎまで頑張った。僕は眠くて仕様がなくうとうとしていたのに、金左衛門がふと次の間を見ると、台所の方に何か煙のようにもやもや動くものがある。覚悟しているから素知らぬ顔をしていると、はや敷居に来たのをよく見つめると、人間の貌のようには見えているが、数多くの網の目の様な顔々で、竪菱に長いのがあれば、横菱に平らべったいものもあり、其等の顔がだんだん並び重なって、竪になり、横になり、甚だ目紛らわしく出て来たから、金左衛門は狼狽して僕を呼び起した。目をさましてみると、彼は真青になって奥の方へと這い込んだ。網顔をよく見据えると、何時かの輪違いより一層不気味なもので、縦になった時は口をひらき、横になった時は口を閉じ、その度毎にフーッとこちらへ息を吹き掛けるように受取れたから、陰山は堪りかねたか、例の櫃へ入れて置いた刀を取出し、抜き放って切払うが、手答えはない。煙を切るようなもので、一時にどっと笑われたのに驚き、庭へ飛び下り、「お暇を申す」と云いさま出て行ってしまった。僕はあとの戸を締めて、網顔と向い合ったが、子供遊びに朱欒《ザボン》を煎じ茶に入れて吹いたように、つまりシャボン玉のように、貌の上に貌が重なって竪菱横菱になって消えては現われ、部屋中残らず貌だらけ……前後左右どちらを向いても、もやもやとしてうるさいこと云うばかりでない。近寄って捉えてやろうとするが、空気を摑むのと更に変りは無い。僕は、「これでは又夜明かしさせられてしまう」と蚊帳にはいり、先方がいつ消えたとも知らず眠入ってしまったが、何やら物音で目を覚ますと、大きな物が歩いてくるのが見えた。蝦蟇だ。蚊帳の周囲を飛びあるき、そのうち中へはいってきた。気が付くと、その胴に組紐が結びついている。これは葛籠《くずかご》が化けたのだと気がついた。その紐をしっかり握って眠ってしまったが、夜が明けてみると、仰むけの腹の上につづらを載せていた。

廿八日。嘉日であるが、此頃の事があるので兄方へも行かないで、昼寝がちで過した。これという程怪しい事はなく、既に暮がかったので行水し、縁先に出て涼んでいた。日も暮れてから茶など煎じ、ゆっくり夜食を済ませ、かれこれ十時近くなったが、誰も来ない。蚊帳の内へ灯を入れて、通俗本を取出し読みかかったところ、ふと座敷を見ると、壁に人の影がありありと映り、見台を前に高らかに書物を読んでいる。何を読み上げているのかとよくよく耳を澄ませると、僕がいまし方取出した本を講じているのだった。これは面白い伽だと思ったものの、とかく得心が行きかねているうちに、消え失せた。夜半になったから眠ようと思い、便所へ行こうと蚊帳を出て、いつもは居間の便所へ行くが今宵はふと奥の縁へ出て、涼みかたがた路次へ下りよう、踏石の上に例の下駄がある筈と何心なく沓脱へ降り立ったところ、その冷たさは氷を履むようで、しかもいやに柔らかい。縁へ上ろうとすると、ねばりねばりして足が上げられない。鳥黐《とりもち》をふんづけたようだ。下を見ると何だかぼーっと白っぽいので、見据えると、人の腹の上にあがっていると見えて、軟らかでひんやりしている。死人の腹の上にあがっているようなので、なお身を屈めて注意すると、手足は至って短く、貌とおぼしい処で何かぱちぱちと小さい音がしているのでよく覗くと、目を動かし瞬きしている音であった。かっぽ虫が飛んでいるような音が絶間無しにぱちぱちと聞える。足の裏は粘ついて泥の中へ踏み込むようであるから、縁へ手をかけ、這うようにしてやっと縁側へ上ったが、足うらが板の表へにちゃにちゃくッついて歩きにくい。居間へ戻って足を見ると別に何もついていない。手燭を点じて踏石を査《しら》べてみると、其処には下駄が載っている丈だ。只ぱちぱちの音は依然として聞えている。足裏のねばるのも止んだので、これも捨置くがよいと思い、居間の厠へ行ったが何の変った事もない。蚊帳へはいったものの夜通しぱちぱちと鳴る音が耳に入って中々寝付かれなかったが、其の後は変った事はなく、鶏鳴に及んで漸くひと寝入りした。

廿九日。何事もなく、午飯も済ませた時に中村平左衛門が来て話しているうち、昨夜はどうだったかと尋ねたから、前夜の話を聞かせ、殊に踏石のことに及び、これまで不気味な事も数々あったが、足の裏がにちゃにちゃくっ付いたのには大いに困った。又、目のぱちぱちが耳について眠れなかったと告げると、平左衛門「それはどんな貌であったか」「闇の夜でしかと分らない。只目がぱちぱちと動いているように見えた」「先ずおおよそ誰に似ていたか」途端彼は背中を叩かれた。振返ると天井の隅に手だけがぶらりと下って、静々と天井へ引込んで行く所だったので、平左衛門はわっと云ったまま俯いて、二度と顔を上げない。僕が、気絶でもしたのかと引起すと、彼はやっと起き上り、御暇すると立ったのを見ると、元結がぱらりと解けた。その乱髪では帰れないだろうと云うのも聞容れずに、早々に出て行ってしまった。今迄、道具の飛ぶなどは度々あったが、昼間に怪しい形が現われたのは今日が初めてである。僕があとで居間の方を見ると、未だ四時頃なのに真暗になって、恰も真の闇夜の様だ。これはどんな事をするのだろうと見るうちに、又次第に明るくなり、又暗くなり、後にはこの反復の度が増して、目がくるめく程になったが段々と止まって元に戻った。この調子ならば昼夜の分ちなく色々の事があるだろう、いかさま天井に何者かが住んでいるのかと思われる。ずいぶん捨置いたら愈々正体をあらわしそうになった、よし油断するのを待って本意を達しよう。僕も少し楽しみになってきた。

其の日も程なく暮れて、もはや十時になったから、焜爐《こんろ》の中へ火を保って置いて寝ようと炭取を見ると、炭が無かった。裏の物置小屋から出そうと炭取を下げて裏へ行ってみると、物置の戸口一杯に老婆の貌が出て、入り様がない。又品を替えたな、構わずに進んだら例の通り消失せるだろうと近寄ったが、その貌はじっとしている。目鼻をぎろぎろさせて今に物を云うかと見える。炭取の火箸を取って貌に突き立ててみると、柔らかでぶつりと刺った。首は然し一向に退かない。何やらねばねばしてきた様だから、前夜の死人に懲りて、これも捨てて置いたがよしと火箸を両眼のあいだに突立て、縁側に上ってみると、座敷中何処もまるで糊を塗ったように真白になっている。云い様のない青臭さで、虚無僧がやって来た晩もちょっとこんな匂いが漲っていたが、同じお化けでもこれは幽霊臭さだ。ねばねば粘りつくので、前夜に懲りて寝床の設け様もなく、居間の柱に倚り懸ってうとうとしていたが、とかく今夜は家鳴も強く、天井裏では婦人の泣声など聞え、しかも大勢で、訳は判らぬが口々に物云うような声がきこえたから夜通し眠られず、殊更暑く、折々風は吹いて来たがいやに暖かい風で、まどろむことも出来ない。うとうととすると畳と一緒に持上って落とされるという始末で、暁まで騒がしかったが、漸く明方になったからやっと寝入って、十一時頃まで寝過した。漸く目が覚め、昨夜の婆の首はどうなったかと物置へ行ってみると、あの貌の目鼻の間へ刺して置いた火箸が、そのまま戸口の真中に、宙に糸で吊したように見えた。近付いてみると、何物へ立ててあるわけでなく、只宙にひッかかっている。こいつはと手を伸ばすと、落ちた。拾い上げたが火箸に何の変りもない。炭を出して来てお茶を入れ、今日は何が起るだろう、たとえどんな事があっても性根さえ見現わしたならば対策もあると思っていると、なんだか気持の悪い風が渡って来て、星の光の様なものが数々きらめき出し、そのあとは蛍の乱れ飛ぶように見えて、何となく哀れに物寂しく、心細く覚えたが、何のこれしきの事！

さてつくづく数えるのに、お化けは今月ついたちの晩に初めて出たが、もう一と月になって今日はみそかである。何時まで続けるつもりだろう、気の永い化物だな。こちらも気長くして、先方の油断を見て仕止めてやろうと心の中で計画を組んだ。折柄急に曇って来てひどい白雨、風も劇しくなって、裏の縁側へ横雨が吹きつけ障子が濡れたから、押入の戸を外して立かけて雨を防いだが、雨風につれて家鳴も強く起ってきたので、僕は又思った。いつまでお化けの守をさせられるのだろう、でもこの二三日の様子を見ると、昼も色々の形が出るのは先方も最早油断の体だから、正体さえ見届けたならば此方も行動開始したいが、刃物がなくては叶うまい。何分にも脇差は腰から放すまいと例の箱から取出し、腰に差し、食事の時も片手は脇差を離さぬようにした。終日人も来ず、日の暮から雨も止み、殊に晴渡った空になり、星々がはっきり出ていたから、縁側に戸などを取入れ、片付けているうち、はや十時と覚えられたので、板縁は乾いたであろうかと障子を明けてみると、未だじめじめしている。また障子をしめてはいったが、坐らない先にうしろの障子が再びぐわらりと開いた。大きな手が伸びてきて僕を摑えようとする。ここだ！　と抜き打ちに切り付けたところ、手はひっこんで障子をはたと締めた。あとを追おうとすると、「待たれよ、それへ参らん」という声がした。あとをはねるような大声である。これは面白いぞ、出てきた所を一と打ちと緊張して控えていると、暫くして障子がさらりとあいた。背の高さは鴨居を一尺も越すほどである。肩幅ひろく四角四面の様だが、また至極肥っているので軀の何処にも角張った所がないとも云える大男が、悠々と出て来た。つくづく見ると年の頃は四十ばかり、甚だ人品よく、花色の帷子に浅黄の裃を着け、腰に両刀を差して、静かに歩いて向う側に坐ったので、僕は立上りざま脇差引きぬいて切り払おうとしたら先方は坐ったまま、綱をつけてうしろから引くように壁の中へはいった。影の様に見えているのが笑いながら云うのに、「おんみ如きの手に合う余には非ず。云い聴かすべき事のありて来れるなり、刃物を納め、心を静められよ」

この具合じゃ仕止め難い、隙を狙うことにしようと僕は考え直し、先ず何を云うか聞いてみようと、脇差を鞘に収めて坐り直ると、先方はまた壁の内部から坐ったままで、うしろから押し出すように出て来た。

「さてさておんみ、若年ながら殊勝至極」と云うので、「其方は何者ぞ」と口に出すと「余は山ン本五郎左衛門と名乗る。やまもとに非ず、さんもとと発音いたす」僕「そは人間の名にあらずや。そちは人間にてはよも有らじ。狐なるか、狸なるか？」重ねて問いつめると、山ン本は笑を含んで、「余は狐狸の如き卑しき類いにあらず」「狐狸にあらずば天狗なるか。いずれにしても正体を現わし云え！」「余は日本にては山ン本五郎左衛門と名乗るぞ。如何にもおんみの云う如く人間には非ず、さりて天狗にもあらず。然らば何者なるか？　こはおんみの推量に委ねん。余の日本へ初めて渡りしは源平合戦の時なり。余がたぐい、日本にては神野悪五郎と云う者より外には無し。神野はシンノと発音す」答えながら、彼が何処か皮肉な妙な笑を混えて僕の方をじっと見ているうち、僕の四尺ばかり左手に切炬燵があって蓋をしたままになっていたが、このふたがひとりでに舞い上って、次ノ間へ行った。次に、炭櫃《すみびつ》の灰が続々と舞い立って、其処に茶釜を掛けたように丸くなったのがやがて人の頭のようになり、両方に角《つの》のようなものが出て来て、その間とじつ開きつ煙を吹出し、その角の様な、又鐶付きとも受取れる箇所は小さく丸くなり、恰も唐子の髪のようである。この二箇の丸いものから湯気が立ってぐつぐつ煮上り、煮え零れて畳の上へ流れ出たが、そのこぼれ湯がうじうじ動くので、よく見ると蚯蚓《みみず》だ。件《くだん》の釜様のものも実はみみずのかたまりで、たぎり零れてはうじうじと畳へ這い上ってくる。僕は、別に嫌いだという何物も無いが、どうした訳か蚯蚓だけには気も消えるほど気味悪く覚え、草道などでもみみずが這っていると、其処を通り抜けられない程だ。ところで、いま煮こぼれた蚯蚓が続々と此方へ這ってくるのだから、これには辟易、胸騒ぎが起って息が詰りそうになったが、よく考えてみるのに、此処に蚯蚓の居る道理はない。大丈夫だと気を取直したものの、何分大嫌いのものであるから大いに困った。次第々々に這ってきて膝の上、肩の周りまで上ってくるが、払いのけるのも不気味で、只気を失わぬのを取得に頑張っていたところ、やがて切炬燵の蓋が舞い戻って、元の場所に納まると、みみずも這い帰ったのか見えない。途端、からからと笑声が起った。扇子を使いながら山ヶ本が云うよう、「さてもおんみは気丈なるよ。なれどその気丈ゆえに今まで難儀をせしぞかし。おんみ当年、難に逢う月日を迎えたり。こは十六歳に限らず、大千世界総ての人々に有る事なり。その人を驚かし恐れさせて行くを我業とするなり。これ、わたくしの所為に非ず」と云っている時、ちょうど僕と向い合った壁面に、青く光った巨きな顔が現われて、蜻蛉の目玉のように飛び出した目で此方を睨み、薄れたり、濃くなったりしていた。山ヶ本五郎左衛門はあとを続けて、「余はおんみに比熊山にて行き合いたれど、追付けおんみが難に逢う月日を待って驚かさんと思い、その期日に驚かしたれど、恐れざるゆえ思わず逗留、却って当方の業の妨げとなれり。但し他より聞き求め来る者あれど、これはその難の来れる人に非らざれば、打ち棄て置く也。さりながら強いて求めて余に逢うは難を招く道理なり。これらは余が為す処に非ずして、自ら難を求むると云うべきなり。余はこれより九州に下り、島々へ渡る故、いま直ちに出立すれば、以後何の怪異もあるまじ。おんみの難も終りたれば神野悪五郎も来るまじ」

そう云いながら一挺の手槌を取出し、「さればこの槌をその許に譲るあいだ、若し怪事あらば北に向って、山ヶ本五郎左衛門来れと申してこの槌にて柱を強く叩くべし。余は速やかに来りておんみを助けん。さても長々の逗留忝なし」とお辞儀をしたから、僕も会釈を返した。此時僕の傍えに冠装束をつけた人物の、腰から上だけが浮んで、五郎左衛門の言葉に応えていたような覚えがある。これは多分産土神で、今迄は手の打ち様もなく、後れ馳せの仁儀だったのであろうか？　さて山ン本は、「余の帰るを見送り給え」と云って座を立ったから、僕もどんなにして立退くのだろうと、あとに従いて縁まで出ると、彼は庭へ下りて会釈をした。僕も応じて身を屈めたが、討とうという気持と内心で争っていた。ところで後者が勝ったとしても、大の手で押さえられたようになっていたから、動けない。脇差へ手を掛けようと思うが、その手が縁へ突き付けられたようで、其儘に押えられていたが、漸く眼に見えぬ手が緩んだように覚えたので起き上ってみると、室の内に駕と槍、長刀、挟箱、長柄傘、駕脇の侍徒士、その他小者に至るまで、大勢の供廻りが庭にみちみちて居並んでいた。駕などは普通のものだが、供廻りはみんな異形で、裃、袴、羽織などそれぞれの服装で奇怪の容貌不思議の風体で控えている。この駕にあの大男が乗れるのかと思っていたが、山ン本氏は片足を駕に掛けたと思うと、たたみ込むように何の苦もなく内部へはいってしまった。さて先供、その他行列は行進を開始したが、彼らの左の足は庭にありながら、右足は練塀の上にかかっている。宛《さなが》ら鳥羽絵のように、細長くなるのもあり、又、片身おろしの様に半分になって行くのもあって色々さまざま廻り燈籠の影法師のようになって空に上り、星影の中に暫くは黒々と見えていたが、雲に入ったと見えたのが、風の吹くような音と共に消え失せてしまった……。これこそ夢でないかと思われた。僕はぼんやり佇んでいたが、やがて、そのまま障子を明けて置き、敷居の溝に扇子を入れてしるしとし、部屋にはいって心を静めて蚊帳を吊り、寝具を伸べて寝んだが、直ぐ前後も知らず眠入ってしまった。明るくなるのを待って起きてみると、敷居の樋に入れて置いた扇子は其儘にある。庭先を注意すると、たてによこに隙間もないほど爪で掻いた跡がついている。内へはいって隅々を見廻していた処、前夜、五郎左衛門と対座した場所に、正しく槌があった。其の槌は凡そ六寸、柄の長さは一尺余、両の木口は削り切られ、殺《そ》いだまま付けてあり、中高で木質は不明。丸木の皮を取った儘で、黒く塗られている。柄は元の方が太く、先も太い——。

僕は槌を携えて、八月ついたちの早朝、兄の新八方へ赴き、前夜の事共を詳しく語ったところ、「物怪が立去った上に槌をくれたのは、お前の勇名が顕われるのみか、大いなる仕合せだ。大切に所持するがよい」と云った。其の後は家鳴震動は勿論、鼠の音もしない。七月の終りの日、お昼頃の嫌な風、それを云うのではない。あのあとで星の光の様なものがやがて蛍が乱れ飛ぶように見えて物の哀れを唆った……。あの心細さが、何か悲しい澄んだ気持に変って残っている。秋のせいだろうか？　然し、こんな何かが一段落ついたような、それともこれから新生活が始まるかのような気持は、僕は未だ何処にも覚えたことがない。みんなは、まじないでも妙薬でも訊ねたならばきっと教えてくれたであろう、それを聞いてさえ置けば人の益にも立つ筈であったと云う。然しあの際それに気付かなかったのだから、致し方がない。只、神野悪五郎の名と槌が残されたに過ぎぬことは、僕にも甚だ名残《なごり》惜しく思われる。でもその槌で以て柱を叩くには及ぶまい。あんな事は一度切りでよいでないか。山ヶ本五郎左衛門の顔を僕は生涯忘れることはないであろう。槌を打つ心算はないが、僕の心の奥では次のように呼びかけたい気持がある。山ヶ本さん、気が向いたら又おいで！

客　三次《みよし》とは何処なんだね。

主　地図をみると、広島県も島根県寄りの辺鄙だ。福山から汽車があるし、尾道からはバスが通っているらしい。先日、床屋で待っている時にグラフをあけたら、三次市の夜景が載っていた。なんでも鵜飼の濫觴《らんしょう》地で、尼子の残党の落人《おちうど》が河原に庵《いおり》を結び、手綱《たづな》をつけた一羽の鵜を使い、助手が松明を照らしていたのが、寛永九年、浅野因幡守が治めるに及んで、産業として取上げて、鵜飼舟を作り、技術向上を計った。この河の鮎は特に香気があって年々将軍家に献上されていた云々とあった。ところで、山ヶ本五郎左衛門氏が何故この土地を選んだのか？　これは現在この吾々が何故他の吾々でなかったかという問題になるね、見ていて御覧、将来の世界思想界は、ユダヤ一神教的天地創造説乃至文化的究極目的論と、東洋仏教の因縁説との争いに重点が置かれるから。そういう意味の歴史性及び吾々の宿命については、現在余りにほうり放しになっているからだ。ハイデッガーは実存主義の Existenz と区別して、Ek-sistenz という字を作っているが、近頃は Sien をペケじるしで消して、即ち×と重ね合わした Sien を以て、東洋的無を表わしているそうだ。

客　それは無意識界と関係があるのだろうか?

主　大いにあるね。一体にお化けなどは当方の主観のデフォルマションだという説がある。現実の非論理性を形象化したものだと云うのだが、僕はそう云うよりは、矢張り、折あって吾々の中へ侵入してくるが、今のところ吾々には処理のつかない力だと云いたいね。人間的主体はそれの創造者というよりは、むしろ被飜弄者である。平太郎及び彼を取巻く一群の人々は、ペケじるしのついた Sien、今のところ無意識界という名に総括される力動的実在の実見者、その効果の情緒的体験者だと云えようか。

客　君はユングみたいなことを云う。それはそうとして、山ン本氏は一体何者なのだね。天狗でないと自ら云うのだから、大唐の善界坊とも違う。ではバグダッドの紳士であろうか。

主　ひょっとして鞍馬の、六百五十万年前に金星から来たというサナートクメラの眷族かも知れない。僕はそういう天界だの雲煙漠々たるヒマラヤの絶壁を背景に使って、この稲生物怪録を天然色映画に作りたい。時日の経過はサムライ屋敷の縁側から眺める月の変相《フェーズ》で表わすようにする。雨の夜は軒頭の点滴と白い雨脚だが、その代り次に現われた月は一段肥えるか痩せるかしている。

客　それに七夕があるし、お盆もある。西洋人は喜ぶだろうよ。それにしてもフィルムにするなら、平太郎に可憐な許嫁の乙女を配する要があるね。

主　その点も考えたが、それじゃ少年に於ける可能性が著しく減殺されやしないか。一人住いであるからこそ、山ン本氏もやってきたのであろう。

客　それは賛成だ。なら、庭先から昇る複数の月輪も、行燈や坐っている人物を突きぬいて下ってくる天井も、稲妻形の手首も、網顔も、思い切ったシュールレアリスムで行くんだね。串刺し首やぱちぱち眼の沓脱石はミロの世界だが、おしまいの鳥羽絵式行列になるとイブ・タンギーの領分だ。特種撮影、それと「裸山の一夜」式の音楽効果が腕の振い所だ。

主　このめずらしい化物噺を見付けたのは、もう三十年以上の昔になる。僕の父が、明石の女子師範学校の先生の許から借りてくれたのだったが、それは写本だったのでよく読めなかった。其の後ラジオで解説があったらしいが、これは聴き逃した。十年ほど前に、早稲田の宿屋住いをしていた時、部屋の隅にお客が残して行ったらしい巌谷小波の童話集があって、これをあけてみたら「平太郎化物日記」というのがあった。お化博士の井上円了もこの記録を妖怪講義に取上げているらしいが、それも未だ読む機会がない。今回やっと見付けたテキストでは、終りに「羽州秋田藩平田内蔵助校正」とあって、備後地方の方言、たとえば大手

(練塀) 花香 (茶の煮花) やかまし (面倒臭い) など註が付いていた。かっぽ虫だけが不明だ。バッタのことかと思うが、甲虫の小さい奴ぱちぱち翅を鳴らせるのが居る。あいつかも知れない。——平太郎隣人の権八の家主、平田五左衛門と云うのが秋田の平田家と何か繋りがあるのでないかと思っている。そこで平田篤胤先生がこの話に熱心しているのが判る。彼は天狗に取られて滞留八年、無事に帰ってきたという十六歳の童子を摑まえて、いろいろ質問して paederasty の有無まで遠廻しに探って、「仙界異聞」を書いているが、平太郎ケースへの関心にもそれに似たものがあり、結局彼は少年達の後見、即ち日本の産土神の守護を強調したいらしい。

客　平太郎少年は其の後どうなったのかね。

主　彼は稲生武太夫というサムライになった、とあるだけだ。西江寺の護符の梵字は、お化けの手蹟だとあって見にくる人があったが、次第に薄らぎ、それでも二三年は形を止めていたがとうとう何も彼も一緒に煤けてしまった。記念の槌はいまも広島の国前寺にあるそうだ。それは三次の妙栄寺に納めてあった処、同寺は国前寺の末寺なので、享和二年六月八日、転任の和尚さんが国前寺へ持参したことに依る。——一体、愛の経験は、あとではそれがなくては堪えられなくなるという欠点を持っている。だから主人公たちは大抵身を持ち崩してしまう。若し稲生武太夫が至極平凡な生涯を送ったのなら、それは又それでよいではないか。

山ン本五郎左衛門只今退散仕る

七月ツイタチカラ六日迄

僕ガ比熊山ノ古塚ヲ探険シタノハ、約一ヶ月前、詳シク云ウト寛延二年夏至前後ノコトデアル。其日、夕方ニ隣家ノ権八ト約束シタノデ、十時ニナルト弟ノ勝弥ヲ寝カセ、家来権平ニ留守ヲ云イツケテ、僕ハ隣家ニ赴イタ。打続ク五月雨《さみだれ》ハ今宵モ少シモ止マナイ。怪談ノ数ガ重ツテ夜半ヲ過ギタ頃、権八ト籤《くじ》ヲ引イタ所ガ、僕ニ当ツタ。ソレデハト兼テ用意ノ焼印ヲ捺《お》シタ木札ニ紐《ひも》ヲ付ケタノヲ帯ニ結ビ付ケ、簑笠《みのかさ》ヲ着テ出立シタノガチヨウド丑満《うしみつ》、即チ二時頃デアル。比熊山ト云ウノハ、ソノ頂上ニ千畳敷トイウ平場ガアツテ、大樹ガ生イ茂ツテ樵夫《きこり》モ行カナイ所ダガ、コノ片隅ニ「三次殿《ミヨシドノ》ノ塚」ト云ウノガアル。三次若狭《わかさ》ノ古塚ダト伝エラレ此石ニサワルト物怪《もののけ》ガ憑《つ》クトアツテ、誰モ近寄ロウトシナイ。此ノ辺リハ白茅《しろがや》ヤ鬼茅ガ一帯ニ茂ツテ、山続キノ奥ハ、三、四里程モ深イ杉林ニナリ、鳥獣ノ道モ絶エテイル。僕ハ西江寺堤カラ大年大明神ノ前ヲ横切リ、テツペンノ平場へ分ケ登ツタ。雨ハ降ツテイルシ、真暗ガリデアル。デモ真ノ闇トイウ程デナイシ、且《か》ツ僕ハ夜目ニハ自信ヲ持ツテイル。ヤツト古塚ヲ探リ当テ、焼印ノ札ヲ結ビツケテ帰ツテクルト、山裾近クニナツテ何カ人声ガスル。立止ツテ様子ヲ窺《うかが》ツテイルト、麓《ふもと》カラ登ツテ来テコチラヘ声ヲ掛ケタノガ、三ツ井権八デアル。オ迎エニ来タト云ウ。別ニ百物語ノ効験ハ現ワレ相ニモナイ。互イニ笑ツテ別レタガ、此処《ここ》デ僕ラノ事情ヲチヨツト知ラシテ置コウ。

僕ノ父、稲生武左衛門ハ四十過ギマデ子供ガ無カツタノデ、家中ノ山中源七ノ次男新八（コノ兄ヲ源太夫ト云ウ）ヲ養子ニ迎エタ所、三、四年経ツテ、享保十九年ニ僕ガ生レタ。ソシテ僕ガ十二歳ニナツタ時、弟ノ勝弥ガ出来タ。然《しか》シ間モナク僕ラノ両親ハ亡クナツタノデ、家督ハ新八ガ継イダ。所ガ又四、五年ノ後ニ新八ガフラフラ病イニ罹《かか》リ、当分実家デ養生スルトイウ始末ニナツタ。ソコデ僕ガ五歳ニナル勝弥ヲ養育シ、権平ヲ召使ウテ、稲生ノ家ニ住ミ続ケルコトニナツタ。コノ脇ニ穀物倉ガアツテ、在所カラ届ケラレル麦ナドヲ入レテイルカラ、人ハ「麦蔵屋敷」ト呼ンデイル。隣家ノ権八トイウノハ、コノ三次郡布野村ノ生レデ、丈高ク相撲《すもう》好キデ、十七歳カラ諸国ヲ修行シ、後ニハ或家中ニ召抱エラレテ三津井権八ト名乗ツタガ、今ハ故郷ニ戻ツテ、平田五左衛門トイウ人ノ持家ガ空イテイルノヲ借リテ、住ンデイル。彼ノ相撲ハ有名ナモノデ、安芸《あき》広島ノ「磯ノ上」「乱獅子」ナドイウ相撲取リガ寒稽古ニ集ツタ時モ、三ツ井ハ先生株デアル。

アノ夜ノ百物語ノ効能ハ一向ナイママニ日数ハ過ギテ、降リ続ク梅雨モイツシカ水無月《みなづき》ニ移リ、照リ続ク暑気ヲ忘レヨウト毎日夕方カラ川辺ニ出ル様ニナツタ。ココニ上《のぼ》リ川ト原川ノ二ツノ急流ガアル。前者ハ比熊山ノ麓ヲ回リ、五日市ト、十日市辺リデ原川ト一緒ニナツテ、落岩トイウ所ヘ来テ吉田川ト落合イ、三川一帯ノ大河ニナル。石見《いわみ》ノ国ノ太田川ノ水源デアリ、洪水ノ時ハ川幅ハ見渡ス限リニ拡ガルガ、平常ハ小石及ビ白イ砂原ガ広々ト伸ビテ、納涼ニハ比熊颪《おろし》、蛍モ月モアツテ持ツテコイデアル。七月ツイタチノ事ダツタガ、僕ハ権八ト共ニコノ河原ニ出テ、僕ガ相撲ノ立合ノ手解キヲ受ケテイルト、晴渡ツタ空ガ比熊山ノ方カラ俄《にわか》ニ墨ヲ注イダ様ニ曇ツテキテ、白雨《ゆうだち》ガヤツテ来タ。二人ハ走リ帰ツテ、僕ハ濡レタ帷子《かたびら》ヲ乾シ、勝弥ト共ニ蚊帳《かや》ヘハイツタ。雨ハ篠《しの》ツクヨウデ、雷ガ夥《おびただ》シク鳴渡ツタ。夜中過ギダツタロウカ、次ノ間ニ寝テイタ家来ノ権平ガ呻《うめ》イテイルノニ気付イテ、呼起スト、イマ物凄イ大男ガ来マシタガ、夢ダツタノカ、ドウモ胸騒ギガシテ怖イカラ次ノ間ニ寝ラレナイト云ウ。ソレハ臆病ノセイダ、気ヲ鎮《しず》メテ休メト叱ツテ寝カセタガ、マタ苦シゲナ呻キヲアゲタ。呼ビ起シ、叱リツケテ休マセタ。雨ハ車軸ヲ流ス様デアツタガ、カレコレ二時ヲ廻ツタト思ウ頃、一吹キヤツテキタ風ニ灯ガ消エタ、ト出抜ケニ障子ガ火ノ様ニ明ルクナツタ。火事ダト飛ビ起キタガ、障子ハマタ真暗ニナツタ。手ヲカケテ引キ開ケヨウトシタガ、釘付サレテイル様ニ一寸モ動カナイ。柱へ片足ヲ掛ケ、両手ニ力ヲコメテ引クト、ソノ一枚ガ砕ケテ外レタガ、何者カガ僕ノ両肩ト帯ヘ手ヲカケタ様ニ覚エラレテ、ソノママ前へ引キ出サレソウニナツタ。何糞ト僕ハ足デ敷居ヲ踏ミ止メ、左手デ柱ヲシツカリ捉《とら》エ、右ノ手ヲ伸バシテ殴ロウト思ウノニ、三、四間モ向ウカラ材木ナドニ対スル様ニヒツカケテイル気ガシタカラ、右手デモ鴨居《かもい》ヲツカマエ、引キ出サレヌ様ニト闘ツテイルト、明ルクナツタノデ、ヨク見ルト、丸太ノ様ナモノニ荒々シイ毛ガ生エテイテ、コチラノ両肩ト帯ヘ掛ツタノハ多分ソノ指デアロウト思ワレタガ、本体ハ何処《どこ》ニアルノカト思ウウチニ又暗闇ニナツタ。暫《しばら》クシテ又明ルクナツタカラ、ヨクヨク注意スルト、コノ光ノ元ガ向ウノ練塀《ねりべい》ノ屋根ノ上ニアルコトガ判ツタ。相手ハ大キナ一ツ目玉ダト見エタガ、ソレガ、カツト開ク時ハ蟻《あり》ノ這《は》ウノモ見エルクライ明ルクナリ、朝日ノ様デ面ガ向ケラレナイ。ソノ眼ガ閉ジルト真ノ闇トナツテ、ヒタ引キニ引キ出ソウトスル。僕ハ「権平、刀ヲ刀ヲ」ト大声デ呶鳴《どな》ツタガ、一向返事ハ無イ。コノ上ハト力ヲコメ、エイ！トバカリ引クト、着テイル袷《あわせ》ノ両肩ガ裂ケ、帯モ切レテウシロ向キニヒツクリ返ツタ。刀ヲ取ツテ対抗ショウトスルガ、何シロ真暗ガリデ見当ガ付カナイ。ソノウチ床ノ下ガ明ルクナツタ。サテハ下へ廻ツタカト討トウトシタガ、床ガ低イカラハイルコトガ出来ナイ。床越シニ刺シテヤロウト座敷へ上ルト、畳ガ一時ニ舞イ上ツタ。デモ勝弥ガ寝テイル一枚ハソノママデ、権平ハトツクニ正気ヲ失ツテイルラシカツタガ、ソレハ彼ガ畳カラ転ビ落サレタノデ判ツタノデアル。散乱シタ畳ハ座敷ノ隅ヘヒトリデニ積ミ上ツタ。コレハ却《かえ》ツテ好都合ダト僕ハ刀ノ切先ヲ床板ノ隙間ニ刺通シ、サシ通シタガ、手応エハナイ。此時、門ノ戸ヲ頻《しき》リニ叩ク音ガシテ、其処《そこ》ヲアケテハイツテ来タノガ、権八ダ。「先刻御家来ヲ呼バレ、刀ヲ持来レト仰セラレシヲ承ツタカラ、驚キ参ジヨウトスルト、コノ門前デ、小坊主ガ茶碗ニ水ヲ入レテ両手ニ捧ゲテ通ルノヲ見マシタガ、擦《す》レ違ウナリ総身ガ痺《しび》レテ声モ出マセン。平蹲《ひらつくば》ツテイルトヤツト痺レガ直ツタノデ、マカリ越シタノデス」ト云ウカラ、大体話ヲ聞カセ、先ズ権平ニ冷タイ水ヲ呑マセタ。三ツ井ガ云ウノニ、コレジヤ今後モ何カ続クデアロウ、兼《かね》テ申シ約シタノハ此処デスカラ、一緒ニ化物ヲ退治シマショウ。ヤガテ暁ニナリ雨モ止ンダカラ、一寝《ひとやす》ミシテ草臥《くたびれ》ヲ休メヨウト畳ヲ敷キ直シタ。三ツ井ハ家ヘ帰リ、僕モ床ニハイツタ。コノ夜ハ、近クノ家々モ夜通シ襲ワレタ様子デアル。

七月二日。権平ハ宵カラノ事ヲ思イ続ケ、夜ノ明ケルノヲ待チカネテ震エテイルラシカツタ。寺々ノ鐘ガ聞エ、朝鴉《あさがらす》ニ正気ガ付イテ、彼ハ門前ニ出テボンヤリシテイタガ、ヤガテ近所ノ門モ開イタ様子ダカラ、カシコ此処ヘ前夜ノ一件ヲ自分一人ノ話トシテ、鬼ノ首デモ取ツタヨウニ喋《しゃべ》リ歩イタラシイ。沙汰ハ拡マツテ親戚カラモ追々顔ヲ出シ、権八モヤツテ来テ、トリドリニ評定シタ。何分幼少ノ勝弥ノコトガ心配デアル。僕ニモ屋敷ヲ明ケテ当分一族中ヘ一緒ニナツテハドウダロウト相談シタ。僕ハ、変化《ヘンゲ》ノ正体モ見届ケナイデ此家ヲ去ルワケニ行カナイ。

デ、取リアエズ勝弥ヲ叔父ノ川田茂左衛門方へ預ケルコトニシタ。権平ハ暇ヲクレト云ウノデ、「代理ノ都合ヲツケロ」ト云イツケルト、コレハ困ツタト思ツタノカ、「昼ノ内ハオ勤メサセテ頂キマスガ、夜中ノ儀ハ平ニオ許シ下サイ」ト願ウノデ、当分ノ外泊ヲ許可シタ。

サテ昼間ハ変ツタ事モナイノデ、今夜ハドンナ事ガアルダロウト、近クノ友モ五、六人集ツテ宵ノ内ヲ伽《とぎ》シテイタガ、ヤガテ雑談ノ種モ尽キ、既ニ十二時近クニナリ何トナク物凄クナツテキタ。途端、行灯《あんどん》ノ焔ガパチパチト鳴ツテ、ダンダン伸ビテ天井ニ燃付キソウニナツタ。ソラ来タ、ト互イニ顔ヲ見合ワセテ、何トモ声ヲ出ス者ハ無イ。権八ハムズムズシテイタガ、僕ガ落付イテイルノデ辛抱シテイル風ダツタ。ソノウチ畳ノ隅々ガ五寸三寸許《ばか》リパタリパタリト上リ出シ、皆ハ愈々《いよいよ》逃腰ニナツタノニ、持チ上リハ次第ニ劇《はげ》シクナツテ来タノデ、一人ガ用事ガアルト云イ出シタノヲキツカケニ、イズレモ同様ナコトヲ口ニ出シ、サヨナラモ告ゲズニ姿ヲ消シテシマツタ。ヤガテ畳ノ揚ルコトハ止ンダノデ、権八モ家へ引キ取ツタ。僕ハ蚊帳ノ中デ横ニナツテイタガ、ナンダカ身辺ガ生臭クナツタト思ウト、何処カラトモナク水ガ湧キ出シテ、目ヘモ鼻ヘモハイツテクル。起上ツテミルト、部屋ジユウニ水ガ満チテ浪ヲ打ツバカリニナツテイル。デモ構ワズニイタラ、潮ノ退《ひ》ク様ニ消エテシマツタ。

三日ノ早朝、権平モ宿カラ出勤シ、親戚ソノ他カラ見舞ニ来タカラ、僕ハ前夜ノ模様ヲ詳シク語リ、コノ程度ダツタラ別ニ気遣ツテ下サルニ及バナイト云ツテオ客様ヲ帰ラセタ。暮合イカラ権平ハ下宿シ、近所ノ五、六人ガ伽ニ顔ヲ出シ、宵ノ口ハ何彼ト取リマゼテ大咄《おおばなし》トナリ、ナンノ畳ガ持上ル位ニ驚クコトガアロウカ、前夜ハ臆病者揃イダッタト評判シ、酒ナド飲ンデイタガ、人々ノ刀ガミンナ見エナクナリ、尋ネテイルウチ奥ノ間ノ蚊帳ノ上ニ一緒ニマトメテ揚ゲラレテイタノデ、一同ノ顔色ガ変ッタ。今度ハ、莨盆《たばこぼん》、机ノ類ガ躍リ出シ、マタマタ畳ノ角々ガパタリパタリ揚リ出シタ。初ノ大言ガアッタセイカ、ミンナ気味悪サヲ圧《お》シ殺シテイタ。十二時近クニナルト何処カラトモナクドロドロト鳴リ出シ、何事カト思ウウチニ、次第ニ家鳴ガ強クメキメキユサリユサリトナッテ来タカラ、コレハ大地震ダ、帰ラネバナラント云ッテ一人ガ動イタノヲキッカケニ、皆々一度ニ逃ゲ出シテシマッタ。僕ハ庭へ出テ隣家ニ注意シタガ、異状ハナイ。我家モ屋根ナド動イテイル様デナカッタ。只メキメキト騒ガシイバカリナノダ。此家ガ潰《つぶ》レル程ノコトハナカロウト内へハイッテ、何事ヲモ気ニセズニ休モウト、行灯ヲ提《さ》ゲテ寝間へ行ッタトコロ、アンドンガ忽《たちま》チ石塔ニ変化シタ。オヤト見ルウチ、ソノ石塔ノ下カラ火ガ吹出シテ、拡ガリ、石塔モ燃エテシモウカト見エタガ、矢張リ元ノ行灯ダッタカラ、僕ハ思ワズ、コレハ鮮ヤカナ手品ダト独言シテ横ニナッタガ、スルト何カ天井デ動クモノガアル。蚊帳越シニ見据エルト、何カ青々シタツルツルノ物デアル。ヤガテズルズルト下ッテ来タノヲ見ルト、瓢箪《ひょうたん》ガ蔓《つる》ヲ引イテ幾ツモ幾ツモ下リテクルノダッタ。可笑《おか》シナコトデアルダケ此儘《このまま》ニ捨テ置イテモ良イ事ダッタ。今度目ヲ覚マスト、全身汗ダラケデ、胸ノ上ニハ何者カガ載ッテイルヨウナノデ、障子明リニ透シテミルト、大キナ女ノ首ノ、色ハ青白ク、切口カラ長イ血綿ガ出テイルノガ、気味ノ悪イ眼付デ少シ笑イナガラ、僕ノ胸ノ上ニ居ルノダッタ。此時ダト思イ、撥除《はねの》ケヨウトスルト、首ハ蚊帳ノ隅ニ退イテ、隙《すき》アラバ飛ビカカロウトスル様子ダ。捨置コウトスルト、又胸ノ上ヘ飛ンデクル。払イノケ、蹴《け》リ飛バソウトスルト蚊帳ノ外ニ居ルガ、別ニ蚊帳ヲ出入シテイル風デモナイ。コンナコトヲ繰返シ、草臥《くたび》レテソノママ眠リカケルト、又胸ノ上ニヤッテ来ル。烏ノ啼《な》ク頃ニヤット消エ失セタガ、僕モ太陽ガ昇リ出スマデ寝過《ねすご》シタ。

四日。コノ近辺ハ勿論、遠クマデ知レ渡リ、麦蔵屋敷ニ化物ガ出テ、夜中ノ家鳴ナド取沙汰ガアッタカラ、門前ニ見物人多ク、アルイハ生霊、アルイハ死霊、狐狸《こり》ノ所為《しょい》ナドト大評判デアル。殊ニ三夜ニ亘《わた》ッテ打チ続イテ、誰某《だれそれ》モ夜伽ニ出向イテ家鳴ナド体験シタトアッタカラ、カシコヘ寄ッテモ、此処ヘ寄ッテモ只ソノ噂《うわさ》バカリ。婦人子供ハ日ガ暮レルト便所ヘ行クニモ家内ジュウデ行クトノ話デアル。マシテコノ近クノ家々デハ、イズレハ我方ニモ物怪ガ来ルカモ知レント怖ワガッテイル。今日ハ又朝カラ見物ガ引キモ切ラズ、門前市ヲナス有様ダ。サテ日モ暮レテ、十時近ク迄ハ門前ニ人ノ行キキガ絶エナカッタガ、見舞客モ追々ニ帰リ、残留組モ「今宵ハ静カダ、何事モナイ様ダ」ナド云ウウチニ、コノ宅ガ大風ガ吹ク様ニ鳴リ出シタカラ、暗サハクラシ、各自ガウシロヘウシロヘト退キ、「モウ家鳴モ止ンダヨウダ」ト一人ガ座ヲ立ッタノニ、アトヲ追ウテ次第次第ニ逃ゲ帰ッテシマッタ。此夜ハ水瓶《みずがめ》ノ水ガ氷ニナリ、又釜ノ蓋ガドウシテモ開カヌ様ニナリ、火吹竹ヲ吹イテモ風ガ出ナカツタリシタ。後刻ニハ違イ棚ニ置イタ鼻紙ガ一枚ズツ散リ上ツテ、蝶ガ飛ブ様ニ見エタガ、コレハ、散ツタママデアツタカラ、夜ガ明ケタ時ニ人々ヲ驚カセタ。

五日ニナルト噂ハ更ニ拡ガリ、夜ニ入ルト五人七人ト申合セテ、合切袋《がっさい》、敷物ナドヲ運ビ、花見遊山ノ様ニ門前ニ集ツタ。然シ門内ヘ入ツテミルト云ウ程ノ者ハ無イ。只家鳴ノ音ヲ聞イタ丈《だけ》デアル。所ガ六時頃ニ少シ雨ガ降ツテ、見物モ過半ハ帰ツテシマツタ。兄ノ新八ガヤツテ来タノデ、宵ノウチ話ヲシテイルト、鴨居ノ上ニ小サナ孔《あな》ガアツタノニ、其処ヲ抜ケテ新八ノ下駄ガ飛ビ込ンデ来テ、座敷中ヲ歩キ廻ル様子ガ、マルデ人ガ履《は》イテイルカノ様ナ運動振リダ。僕ハ、「トカク人ガ来ルトコウシテ怪シイ事ガ起ル様デスカラ、先ズオ引取リ下サイ」ト勧メテ、新八ヲ帰シタガ、入レ代リニ権八ガ顔ヲ出シ話シテイルト、米三斗ホドノ嵩《かさ》ガアル石ガ、走ツテ来タ。長イ親指ニ似タ足ヲ周囲ニ付ケテ這《は》イ廻ル。蟹《かに》ノ様ナ眼玉ガツイテイテ、睨《にら》ミナガラ権八ノ方ヘ迫ツテクルノデ、慌《あわ》テテ彼ハ刀ヲ取ロウトシタガ、僕ハソレヲ押シ止メタ。夜ガ明ケテカラ、件《くだん》ノ石ガ台所ニアツタノデ注意スルト、コレハ近所ノ車留ノ石ダツタ。三ツ井権八ハアレカラ直グ帰リ、今日モヤツテキタガ、夜中ハ余リ伺ワレナイ、ト断リヲ述ベタ。先夜以来微熱ガアツテ心地ガスグレナイカラ、夜間ハ外出セズニ養生シタイト云ウノダツタ。サテ今夜モ蝶々ガ沢山飛ビ出シテ、座敷一面トビ廻ツタガ、コレハ前夜ト違ツテ跡方《あとかた》モナク消エテシマツタ。コレ以後、家鳴震動ハ毎夜ノコトニナリ、アトハ昼夜ヲワカタズ騒々シクナル。

……

六日。門前ノ見物ハ数ヲ増シ、昨夕ハ氷菓子《アイスキャンデー》ヲ売ツテイタト云ウ程ダカラ、役所デハ見物ニ出ナイ様ニト、近郷ニカケテソレゾレ村役人ニ触レサセタ相ダ。又、新八ノ方ヘモ、門前ニ立ツテハ不可《いけ》ナイ由ガ申シ伝エラレタノデ、オヒル十二時頃ニソノ事ヲ知ラセニ新八ガヤツテ来タ。同道ノ者ガ一人居タ。彼ガ村方役所カラノ達シヲ告ゲテイル折、羽風ノ様ナ音ガシテ抜身ノ白刃ガ新八ノ帷子ノ右袖ヲ少シ許リ切ツテ、背後ノ唐紙ニグサツト立ツタ。コレニハ身ノ毛ガ逆立ツタ。件《くだん》ノ刃物ヲ抜キ取ツテヨク見ルト、イツカ家来ニ貸シタ脇差デアル。トコロデ鞘《さや》ガ無イ。探シテミタガ見付カラナイ。「トントココニ」ト云ウ声ガシタ。ソレハ桐《きり》ノ箱ナドヲ動カシテ擦《こす》レ合ウ音ニ似テイタガ、正シク「トントココニ」ト聞エ、続イテ三声四声。ソレガ座敷ニ掛ケタ扁額ノ辺リナノデ、額ヲオロスト、ソノウシロカラバタリト鞘ガ落チタ。新八ト連レハ匆々《そうそう》ニ帰ツテ行ツタガ、以来、昼間モ怪シイ事ガ多クナリ出シタ。家来ノ権平モコノ三日間ハ病気ダト云ツテ昼モ顔ヲ見セナイ。マタ代理モ見付カラナイ由ヲ述ベテ暇ヲ願ツタカラ、仕方ナク彼ノ自由ニ委《まか》スコトニシタ。僕ハ夕飯ヲ終リ、湯ヲ使ツテ気持ヲ恢復、一休ミト思ウ折柄、堀場権右衛門ト一緒ニ叔父川田茂左衛門ガ見エタ。此頃ノ様子ヲ彼ハ尋ネ、今夜ハ話ヲシヨウト、コウシテトヤカクスルウチ暮ガカツテ来タカラ、夜食ヲ出シ、話シテイタガ、何時モヨリ静カダツタ所、十時過ギニナツテ、台所ノ方ニ白イ色ノ、一抱《ひとかか》エモアル、丸クテ大変柔ラカ相ナモノガフワリフワリト動キ出シタ。オ客達ハ互イニ頭ヲ寄セテ二度トソノ方ヲ見ヨウトシナイ。僕ハ又何事ガ始マルノカト見テイルウチ、下駄ガ一足飛ンデ来テ襖《ふすま》ヲブチ抜イテ、外へ出タ。両人ガビツクリシテイルウチ、白イモノハ座敷ノ方へ舞ツテ来テ、叔父トオ客ガ頭ヲ寄セテイル所へ、フワリト落チカカツテ、パラパラト何カ振リカカツタカラ、御両人ハワツト云ツテ飛ビ退イタガ、暫《しばら》クハ物モ云エズニ居タ。落チタモノハヨク見ルト、塩俵ノ古イ奴デ、パラパラト零《こぼ》レタノハ塩デアツタ。ヤヤアツテ両人ハ夢ガ初メテ醒メタ様ナ顔ヲシテ、コソコソト帰ツテ行ツタ。僕ハ塩俵ヲ庭へ投ゲテ、夜伽ノ衆ハ却《かえ》ツテ邪魔ダナ、ト呟《つぶ》ヤカズニ居ラレナイ。

七夕ヨリオ盆マデ

七月七日ノ朝、棚機《たなばた》ノ礼ヲ述ベヨウト、兄新八、叔父川田茂左衛門、其他二、三軒ヲ廻ルト、誰モガ訊《たず》ネル。未ダ見テイナイ人ニ話シテ嘘ダト受取ラレルノハ口惜シイカラ、応待ハ程良イ加減ニシテ帰宅シタガ、質問ガ五月蠅《うるさ》イノデ外出ハ止スコトニシタ。今日モ暑気ハ凌《しの》ギガタイマデ照リ増《まさ》ル。チヨウド以前カラ出入シテ何カト小用ヲヤツテクレル女ガ、祝儀ヲ述ベニヤツテ来タガ、近頃ノ事ガアルノデ早々ニ帰ロウトシタ所、盥《たらい》ガ一ツ、ゴロゴロト転ゲテ来タノデ、彼女ハワツト云ツテ門口マデ逃ゲタノヲ、盥ガアトヲ追ウタノデ、コケツ転《まろ》ビツ逃ゲ帰ツテシマツタ。夕方カラ掻《か》キ曇ツテ白雨ガ来タガ、夜ニナルト晴渡リ、星合ノ波モ涼シク眺メラレタ。今宵ハ人モ来ズ、伽人ハ結局手足纏《まと》イダト思イナガラ台所へ行コウトシタラ、入口一杯ニ白イ大袖ガアル。始マツタナト暫《しばら》ク見テイルト、袖口カラ巨《おお》キナ手ガ出テ来タガ、ソレハ擂粉木《すりこぎ》ノ様デ指ノ所ガ握リ拳ノ様ニ丸イ、白ケタ手ダ。ヤヤアツテコノ手先カラ又同様ナ擂粉木手ガ出テ、又ソノ先カラ、今度ハ初メテ常人ノ手クライノ擂粉木手ガ沢山出テ、ソレカラ仙人掌《シャボテン》ノ様ニ、次第ニ小サイ擂粉木手ニナツテ、数モ知レズウジヤウジヤト動イテイル。エエイ！ ト捕エヨウトスルト、形ガ無イ。少シ離レルト数限リモナク湧キ出シテイル……ソノウチ夜半ノ鐘ヲ聞イタノデ、余計ナ骨折ヲシタモノダト呟キナガラ蚊帳《かや》ニハイツタ所、出シ抜ケニ、坊主ノ首デ、眼ハ丸ク光ツテイルガ串刺シニナツテイル……ソレガイクツモイクツモ田楽ノヨウニ、串ヲ足ニシテ飛ビ出シテ来テ、殊ニ擂粉木ハ折々寝テイル顔へ冷々ト触レテ、シカモソレガイヤニ柔ラカイ。撥《は》ネノケルト消エ、消エテハマタ湧イテクル……漸《ようや》ク明方ニナリ、タトエ顔ニサワツテモ、又跳ネ歩イテモ、ソレ丈ノ話ダト思イ定メテ打ツチヤツテ置イタガ、首々モ手モ次第ニ消エテシマツタ。以後相手ニナラヌガ一等良イト云ウコトヲ、僕ハ愈々《いよいよ》確メタ。

八日。夜前ノ怪物ニ大変クタビレテ、一日ジユウ居眠リヲ続ケタガ、時々畳ガ持チ揚ルノデ碌々《ろくろく》休息モ出来ナイ。正午過ギニ近所ノ人々ガヤツテ来テ、「今夜ハヒトツ一同デ伽ヲシテミヨウ。ドンナ事ガアロウト大勢ナラバ格別ノ事モナイダロウ。少シデモ平太郎君ヲ寝《やす》マセネバナラン」コウ相談ヲ決メ、日ノ暮レヲ合図ニ集ル約束ヲシテ、一同ハ帰ッタ。今日モ白雨ガアッタガ夜ハ晴渡ッタ。十時過ギ迄ニ六、七人集リ、マア休ミ給《たま》エト僕ヲ寝カセタ。権八ノ顔モ見エタカラ連中ハ気強クナリ、各自好キ好キノ話ヲシテ、夜半過ギル頃、月モ山ノ端ニ隠レテシマウト何トナク物淋シク、風モソヨソヨ吹イテ涼シ過ギル夜ナノデ、秋メイテオノズカラ物哀レヲ覚エルノヲシオニ、畳ガ揚リ出シタ。人々ノ坐ッテイル畳ノ角々モ少シズツ持上リ始メタカラ、メイメイデ抑エテイタガ、段々ヒドクナッテ、ソレカラハパタパタト揚ッテハ落チ、アガッテハ落チ、折カラ灯モ消エテ、座敷中ホコリガ立チ、黒ケムリガ上ッテ眼モアケテ居ラレヌ始末、僕モ眠ルドコロノ話デナイ。家内ガ無茶苦茶ナ煤払《すすはら》イ場ト化シタノデ、「コリヤ叶ワン」ト一人ガ駈ケ出ス。アトニ続イテ我モ我モト逃ゲ出シ、権八ヒトリガ居残ッタ。奥ノ方デナオバタツイテ居ルノデ、行ツテミルト、畳ガミンナ紐《ひも》デ以テ天井ニ括《くく》リ上ゲラレテイル。トモカク降ソウト梯子《はしご》ヲ持ッテクルヨリ早ク畳ハ一度ニドサリト落チ、危ク軀ヲ躱《かわ》シタモノノ、正直ナ所、二人トモ青クナッタ。漸《よう》ク畳ヲ敷キ直シ、深呼吸シテイルウチニドウヤラ静マッタ模様ナノデ、権八ハ引上ゲ、僕ハ閨《ねや》ニハイッタ所、又何カ物音ガスル。大キナ錫杖《しやくじよう》ガヒトリデニ現ワレテ、居間ヲアッチコッチ飛ビ歩イテイルノダッタ。

九日ニナッタ。今朝ハ起ルト、納戸ノ中カラ棕櫚箒《しゆろぼうき》ガ出テ来テ、座敷座敷ヲ叮寧ニ掃イテ廻ツタ。ハハン、ユウベ煤払イヲシタカラダナ、ト僕ハ独リ笑イヲシタ。今日ハ時々家鳴ガシ、シカモ何時モヨリ劇シカツタ。昨夜ニ懲リタカシテ今宵ハ一人モ来ナイ。只権八ガ宵ノ口ニ顔ヲ出シタガ、例ノ小坊主ニ出逢ツテカラ熱ノ上リ下リガアツテ、近頃ハ食事モ平日通リ食ベカネルト云ウノデ、僕ハ、「何分トモ用心専一。毎晩ココニキテ下地ノ邪気ヲ重ネテハ余計ニ悪イダロウ。珍ラシイ事ガアツタラオ知セスル。毎夜来ナクトモ良イ。然ルベキ服薬モスルヨウニ」ト云イ含メテ、帰シタ。コレカラ彼ハ毎夜ハ来ナイ。夜ニナツテ家鳴ハ弱ク、間遠ニナツタガ、何処カラカ遥カニ尺八ノ音ガ聞エタガ、程ナク裏ノ方カラ虚無僧ガ一人ハイツテ来タト知ル程モナク、続々ト同ジ姿ノ虚無僧ガ出テ来テ、アトハソレゾレノ姿勢ヲ採ツタ居間一面ノ虚無僧ニナツタ所、ソノウチニ僕ガ臥《ふ》シテイル周リニミンナ寝転ンデシマツタ。良イ伽ダ、ト構ワナイデイタラ、何事モナク、ヤガテ順々ニ消エ失セテ、一人モ居ナクナリ、夜半頃カラ近頃ニナイ快眠ヲ貪《むさぼ》ルコトガ出来タ。

十日。前ニ述ベタ様ニ、家鳴、畳ナドノ揚ルコトハ毎日ノ話ダカラ一々書キ付ケナイガ、コレニモ大変劇シイ日ト、ソウデモナイ日トガアル。昨日ノ夜半カラ今日一日ハ至ツテ静カデアル。上田治部右衛門ト云ウ人ガ訪ネテ来タノデ、初メカラノコトヲ大体話シ聞カセタ所、上田氏ガ云ウノニ、「コレハキツト狐狸《こり》カ、又ハ猫又ノ所為ダト思ウガ、ソウダトスレバ罠《わな》ヲ掛ケテミタラ正体ガ判明スル。幸イ自分ガ心得テイル罠ノ仕様ガアルカラ、明晩マデニ調《ととの》エテ参上スルデアロウ」コウ約束シテ彼ハ帰ツテ行ツタ。罠ナドデ退治出来ルトハ考エラレヌガ何事モ慰ミダ、ト僕ハ思ツタ。夜ニナツテ飯ヲ済マセ、縁先デ月ヲ眺メテイルト、門口ニ人ノ音ガシタ。兼テ知合イノ貞八ト云ウ仁デアル。所ガ次ノ間デ彼ト話ヲ交ワシテイルウチニ、コノ貞八ノ頭ガ次第ニ大キクナツテ、忽《たちま》チ二ツニ割レ、中カラ猿ノ様ナ赤ン坊ガ三ツ顕ワレタ。コレモ例ノ手ダツタカト其儘《そのまま》ニシテイルト、件ノ赤ン坊ガ僕ノ膝元ヘ這《は》イ寄ツテキタ途端、三ツガ合ワサツテ一ツノ大童子ニ成ツテ、矢庭《やにわ》ニコチラニ向ツテ摑《つか》ミカカツテ来タカラ、憎《に》ツクキ奴ト捉エヨウトスルト、消失セテ跡方モ無イ。コンナ事ダロウト思ツタ。独リデ可笑《おか》シクナツテ寝床ニ入ツタガ、其後ハ何事モナク、家鳴畳ノ持上リモソンナニ強クナカツタカラ、ソノママ眠入ツタ。

十一日。上田治部右衛門ハ、ハヽヽ、ハネワナダト云ツテ、三年竹ノ性ノ良イノヲ用イ、杭《くい》ヲ丈夫ニ打チ、コレニシツカリ結ビ付ケ、鼠ノ油揚ヲ餌ニシテ、コノ跳ネ返リト段々仕掛ハ伝授デアル由ヲ吹聴シ、用意ガ調ウト、暮レルノガ間遠イトバカリ仕掛ケテ置イテ、帰ツテ行ツタ。十時ハ過ギ、十二時近クニナツタガ、今日ハ朝カラ折々家鳴ガアリ、又畳ナドガ揚ツタ許《ばか》リデ、夜ニハ格別ノ事モナイ。暁方、小便ノ序《ついで》ニ罠ヲ見タガ、何者モカカツテイナイ。当前デシヨウト思イナガラ又眠ツタ。四辺ガ明ルクナリ起キテヨク見タラ、罠ノ餌ガ人間ニモ不可能ナ程ノ手際デ、罠ト一緒ニ解キ取ラレテイタ。例エドンナニ巧妙ニヤロウト餌ニ触レル限リ竹ガ跳返ラヌ道理ハ無イ仕掛ダガ、其処ヲドウヤツテノケタモノカ、釣リ緒モ見エナイ。鼠ノ油揚ガ軒場《のきば》ニブラ下ツテイタノハズツトアトデ見付ケタガ、罠ニカカラヌ点ハ兎《と》モ角《かく》トシテ、紐マデ解イタノガ僕ニハ不思議デナラナイ。サテ治部右衛門ガ来テ、現場ヲ見テ呆《あき》レテイタガ、「何ニセヨ、コノ鼠ヲ取ツタ上ハ必ズ年経タ狐ノワザト見タ。今宵ハ縁側ニ糠《ぬか》ヲ撒キ、其他台所ノ板ノ間ニモ糠ヲ敷キ、足跡ノ有無ヲ見テ其上デ罠ノ仕様ガアル」ト云ツテ帰ツテ行ツタ。今日ハ折々ノ家鳴モ弱イママニ暮方ニナツタ。再ビ治部右衛門ガヤツテ来テ、所々ヘ糠ヲ薄々ト撒イタ。昨夜ト引換エテ、宵ノウチカラ家鳴震動スサマジク、何処トナク鯨波《トキ》ノ様ニ、大勢ノ声ガ聞エタカラ、治部右衛門ハ「コレハ世人ノ云ウ天狗倒シデアロウ」怖クナツタノカ、イズレ明朝ト云ツテ、怱々《そうそう》ニ帰ツテ行ツタ。夜中ニ別ニ変ツタ事ハナカツタガ、鬨《とき》ノ声ハ今宵ガ初メテデアルカラ、ナルホド天狗カモ知レント思ワレタ。

十三日ノ東雲《しののめ》ノ頃、門ヲ叩ク音ガ聞エ、起キテミルト治部右衛門ダ。「足跡ハナイカ」ト二人デ撒イテ置イタ糠ヲ見タ所、犬カ狐カト云エル様ナ足跡ガ大ト小トアリ、ソノ中ニ、二尺許リモアル様ナ人間ノ足跡ガアル。治部右衛門ハ、「何トモ合点ガ行カヌガ、キツネト狸ダロウ。コノ様子デハ罠ナドニ懸ルトハ思エナイ。野狐除《よ》ケノ祈禱ニ限ル！　身共ガ西江寺ヘ頼ンデミヨウ」ト云ツテ帰ツタ。僕ハ、オ寺ノ祈禱クライデ何ニナルカト思ツタガ、逆ワナイデ人ノ奨《すす》メニ一任シタ。治部右衛門ハソレカラ西江寺ヘ赴キ、祈禱ヲ依頼シタ所、和尚ガ云ウノニ、

「稲生家ノ件ハ聞イテイル。オ易イコトダガ二、三日オ待チ下サレ。ゴ存ジノ通リ今オ盆ナノデ、祈禱ハ勤メガタイ。ツイテハ当寺ノ薬師如来ハ到ツテアラタカデ、コノ薬師ノ前デ香ヲ焚ク卓ト香炉ガ又イワレガアツテ、奇特ハ云イ尽セナイ。コレト薬師ノ御影モオ貸シ申ソウ。デ、コレヲ平太郎殿ノ居間ニ掛ケ、香ヲ焚キ、信心清浄ニシテ拝ミナサイ。仏器ダケニモ疫神狐狸ハ甚《はなは》ダ恐レルト云ウ霊験ガアルカラ、コノ仏影ノ功力デ物怪《もののけ》モ消滅スルデアロウ」トアツタカラ、治部右衛門ハ「ソレハ忝《かたじけ》ナイ。デハ、晩方ニ取リニ寄コシマスカラ、何分共ニ宜《よろ》シクオ願イ致シマス」ト約束シ、直ニ僕ノ許ヘヤツテ来テ、右ノ訳ヲ報告ニ及ンダノデ、僕ハ「御親切ノホド有難ウ。ソレデハ晩方取リニヤルコトニシマス」ト礼ヲ述ベルト、「ヨクヨク信心ヲ致サレヨ」ト云イ残シテ、治部右衛門ハ帰ツテ行ツタ。

ソノ晩方、治部右衛門カラ、鉄砲打ノ長倉トイウ人ヲオ伽ニ寄コシタ。「長倉氏ハ若年カラ山野ヲ家トシテ、力ハ人ヲ超エ、猿鹿ヲ取ツテ世ヲ渡ツタガ、自ラ鉄砲ニ妙ヲ得テ、前々ヨリ私方ヘ出入シ、貴殿ヘモ同様デアルガ、コレガ何卒《なにとぞ》オ伽ニ参リタイト云ウカラ差シ遣シタ」ト添文ニアル。僕ハ、「ヨク来テクレマシタ。実ハ今晩ハ西江寺ヘ薬師様ノ懸軸ヲ借リニ行カネバナラヌ所、家来ニ暇ヲヤリ、誰モ来ナイノデドウシヨウカト思ツテイタ所デス。大儀ナガラ西江寺ヘ出掛ケテ軸ヲ借リテ来テ下サイマセンカ」ト頼ンデミルト、「ソレハイト易イコト。デスガ先ズオ茶デモ頂イテオ話シテイルウチ、若シ怪シイ事ガアリマシタラ、其時ニ借リニ参ツテモヨロシイデハアリマセンカ。拙者ハコレマデ伽ニ参ラズ、未ダ怪シイ事ト云ウノヲ見テイナイノデスカラ、今晩カラソノ仏影ノ功力デ怪シイ事ガ止ミマシタナラバ、拙者トシテハ残念至極デス。今暫《しばら》ク拙者ノ為ニ待ツテヤツテ下サイ」ト云ウノデ、デハソノ様ニシマシヨウト、茶ヲ煎ジ、夜食ヲ済マセ、四方山《よもやまばなし》噺ニナツタ。僕モ山猟ニハ関心ガアルノデ、年ヲ経タ狼ヤ手負猪ヲ仕止メタ話ナド色々聴イテイルウチ、十時過ギニナルト、例ノ家鳴震動ト共ニ畳ガバタバタ揚リ出シタノデ、長倉モ、「初メテ不思議ガ見ラレマシタ。今迄人ノ云ウ所、大方十ニ八、九ハ嘘デ、何ゾ少シ許リノ事柄ヲ仰山ニ申スノデアロウト思ツテイマシタガ、サテサテ不思議モアルモノデス。デハ西江寺サンヘ——」ト許リ出テ行ツタ。戸外ハ七月十三夜ノ月ガ照ツテ昼ノ様デアル。所ガ途中デ俄《にわか》ニ曇リ、真暗ニナツテ前後モ弁エガタイ。チヨウド中村源太夫ト云ウ人ガ提灯ヲ下ゲテ向ウカラヤツテ来テ、「ドチラヘ」ト声ヲ掛ケタ。長倉モ日頃出入シテイル源太夫デアツタカラ、西江寺ヘ行ク旨ヲ話シ、只今急ニ曇ツタノデ一層暗サヲ覚エ難渋シテイマスト答エルト、源太夫「ソレガシハ程近イ故、提灯ヲオ貸シ申ソウ」長倉ハコレハ忝《かたじけな》シト提灯ヲ借リテ別レタ。其処カラ少シ行クト津田市郎左衛門ト云ウ人ノ宅ガアル。角屋敷ダツタガ、ソノ傍ノ藪中カラ笠袋ノ様ナ黒イモノガ飛ビ出シタ。長倉ハ可笑シナ事モアルモノダト屋敷ノ角ヲ曲ツタガ、途端今ノモノガ稲妻ノ様ニ光ツテ、赤熱シタ石ノ様ナモノト一緒ニ長倉ノ頭上ヘ落チテ来テ、首ヘ巻付イタカラ、目モ見エズ、声モ出ズ、息ガ詰ツテ倒レテシマツタ。此時津田市郎左衛門ハ居間デ涼ンデイタガ、表デワット云ウ叫ビガシタノデ、格子カラ覗《のぞ》クト、人ガ倒レテイル様子ニ、家来ヲ出シテ先方ニ水ヲ呑マセ、活ヲ入レタ。長倉氏ガ気ヲ取戻スト、モハヤ雲晴レテ昼ノ様ナ月夜ダ。源太夫ニ借リタ提灯モ其処ニ見当ラナイ。スツカリ怖気付イテ、津田ノ家来ニ礼ヲ述ベテ足ヲ返シ、僕ノ門口ヘハ「今宵ハ夜ガ更ケマシタカラ、オ寺ヘハ明日参ジマス。訳ハ明朝オ話シマス」ト云イ捨テテ家ヘ帰ツテシマツタ。彼ハ翌日源太夫ヘ顔ヲ出シテ、夜前ノ御提灯、実ハカヨウカヨウノ次第デ失クシマシタト告ゲルト、「ソレハ妙ナオ話デスネ。夜前ハ少シモ曇ツタコトハ無ク、身共ハ何処ヘモ出マセンカラ、途中デ貴殿ニ提灯ヲオ貸シスルワケハナイ」

十四日。徒然《つれづれ》ノ折ニ長倉ガヤツテ来テ、今ノ様ナ次第ヲ聞カセ、サテ仏影ヲ取リニ行コウト出掛ケタ。西江寺デハ昨日待ツテイタガ、コナイ。オ盆ノ忙ガシサニ取紛《とりまぎ》レテイタ所へ、長倉ガヤツテ来テ一部始終ヲ語ツタカラ、和尚ハ驚イタ。「何分祈禱ヲ致シ、又御札ヲ差上ゲマス。先ズ先ズコノ仏器ト御影ヲオ預ケ申スアイダ、信心専《もつぱ》ラニトオ伝エ下サイ。必ズ奇特ガアリマス」ト渡シテクレタ。長倉ガ和尚ノ伝言ヲ述ベテ、「今宵モオ邪魔サセテ貰ウ」ト云ウノデ、僕ハ、「伽人ガアルト色々怪シイ事ガ多イ。ソレニ今ハオ盆デ忙シイダロウカラ、ワザワザ来テ下サルニ及バナイ」コウ云ツテ彼ヲ返シタ。ソレカラ暮近クオ墓参リシテ、ソノ足デ新八方ヘ寄リ、暗クナツテカラ帰宅シタ。今宵ハ人モ来ナイダロウカラ早ク休モウト、例ノ仏影ヲ床ノ間ニ掛ケ、ソノ前ニ仏器ヲ置キ、香炉ヲ載セテ拝ンデカラ、縁側デ月ヲ眺メテ涼ンダ。カレコレ十時ニナツタノデ蚊帳《かや》ヘハイロウトシタ所、仏壇ノ前ノ唐紙ガサラサラト開イタ……仏壇ノ戸モ左右ニ披《ひら》キ、同時ニ、畳ノ上ニ置イテアツタ卓ガ香炉ヲ載セタママ三尺許リ宙ニ浮上リ、仏壇マデ三間ホドノ距離ヲ静々ト行クノガ、マルデ人ガ運ンデイルカノ様ダ。仏具ガ仏壇ノ中ニ収マルト、開イタ戸ガ元ノ様ニ閉《とざ》サレタ。「コイツハ世話イラズダ」ト僕ハ呟《つぶや》イテ、蚊帳ニハイツタ。仏影ハ動カナイシ、今夜ハ至ツテ静カデアル。近来ニナク熟睡ガ出来タ。

十五日。昼間コソ静カダツタガ、夕方カラ又々畳ガバタツキ始メタ。今朝方カラ小雨ガ降リ、蒸々《むしむし》ト暑サモ強カツタノデ、行水ヲ早ク使イ、暮行ク空ヲ眺メ、例年ナフバ今日ハ近所寄合ツテ中元ヲオ祝イシ、酒ヲ出シ、在所ノ辻踊リヲ見物シヨウト暮レルノヲ待チ兼ネテイルノニ、今年ハオ化《ばけ》ノセイデ外ヘモ出ズニ過ギタモノダナ、ト独リ言ヲ云ツテイル折柄、津田市郎左衛門、木金伴吾、内田源次ノ三人ガ打チ連レヤツテ来テ、「淋シイダロウト酒ヲ持参シタ」ト取出シタカラ、僕ハソレハ忝《かたじけな》シト、昼ノ瓜揉《うりもみ》ト鯖膾《さばなます》ヲ出シ、十時過ギマデ話シタガ、「今宵ハ我ラ三人ニ任セテ気遣イナシニ寝マレヨ」ト勧メラレタノデ、床ノ間ノ御影ノ前ニ仏器ヲ供エ、デハ御免ト僕ハ蚊帳ヘハイツタ。

サテ三人ノ物語ノウチニ夜半ニナツタガ、伴吾ガ云ウノニ、「茶ノ煮花《にえばな》ヲ入レ、眠気ヲ払ツテ差上ゲルデアロウ」土瓶ノ茶ヲ入レ直シ、話題モ新ラシクナツタ所、裏ノ方デ大勢ノ声ガシテ、エイエイト懸声シテ何カ重イモノヲ運ンデクル様子デアル。ソラ始マッタト思ウウチ、其声ガ段々近クナッテ内庭ニ来テ、台所ヘ廻ル様ダッタガ、ドサリト落シタ音ノ凄《すさ》マジサ、同時ニ家鳴ガメキメキト始マッタ。僕ハコノ響キニ目ガ覚メテ何事カト注意スルト、台所ノ板ノ間ニ目ニ止ルモノガアル。「ドナタカ見テ来テゴラン」ト云ッタガ、三人ハ返事モセズニ一所ニ固マッテイル。「ソレガシガ参ロウ」ト僕ハ紙燭《しそく》ヲ点《つ》ケテ台所ヘ行ッテヨク見ルト、裏ノ物置小屋ニ在ッタ香ノ物桶ダ。コレハ先日茄子《なす》ノ漬物ヲ積ミ置イタガ、小屋ニハ錠ガ懸ッテ戸ガ開カレル筈ハナイ。デモオ茶ノ口取リニナサレヨトノ意ダロウト解シテ、茄子ノ漬物ヲ出シタガ、三人ハドウシテモロニ入レヨウトシナイ。僕一人ガ茄子ヲ撮《つま》ミ、オ茶ヲ飲ンデ蚊帳ヘハイッタ所、今度ハ例ノ卓ト香炉ガ独リデ浮キ上ッテ、蚊帳ノ周囲ヲ舞イ出シタカラ、三人ガ僕ノ傍ヘ潜リ込ンデ来タ。ソレカラ愈々《いよいよ》仏器ハ舞ッタガ、何時ノ間ニカ卓ト香炉ハ別々トナリ、香炉ガ蚊帳ノ内ヘハイッテ来テ、少シ傾クト、三人ノ頭上ヘ灰ガバラバラト散リカカッタ。内田ノ首筋ヘ一層振リカカッタノデ、ワット云ッテ俯向《うつむ》キシナニ胸ノ中ガコミ上ゲタノカ、黄水ヲガバト二人ノ上ニ吐キカケタガ、両人ハソレニモ気付カズ、只固クナッテ顔ヲ伏セテイタ。僕ハ捨テテ置カレズ、起ッテ蚊帳ヲ外シ掃除ショウトスルウチ、卓モ香炉モ、再ビ昨日ノ様ニ開イタ仏壇ノ内部ヘ収マッテシマッタ。僕ハ三人ヲ引起シ、裏ノ釣瓶《つるべ》井戸ヘ連レテ行ッテ水ヲ飲マセテカラ帰宅サセ、序《ついで》ニ畳ノ上ヲ掃イテ床ニ入ルルト、東雲《しののめ》ノ空ニナッタ。

十六日。藪入ナノデ叔父川田茂左衛門方へ行クト、一族ガ集ツテ居テ、無事ヲ祝シ、酒飯モ済ンデ、茂左衛門ガ僕ニ云ウニハ、「先頃カラオ前ノ宅ニ怪事ガアッテ、各々夜伽ニ行カレタガ逃ゲ帰ル人モ多イ。其方ガ気丈デ一人暮シテイルノニ吾々ハ驚キ入ッテイル。然シ乍《なが》ラ万一過《あやま》チガアッテハ、オ前ハ勿論、一族モ見捨置イタナド云ワレタラ甚ダ以《もっ》テ立チガタイ。今日カラ親戚中ノ何処ヘデモ逗留シテ暫ク様子ヲ窺《うかが》ウコトニシタラドウダ」他ノ者同様ニ、「ソノ様ニシタ方ガヨイ」ト勧メル。僕ガ答エタノニ、「成程、ソノ件ハ最初カラ仰セラレテイマシタガ、サシテノ事ハ無イデアロウト思ッテイタ所、日々ノ怪事ハ今日迄モ止ミマセン。此上ハ根競ベデスカラ、タトイ半年デモ一年デモ、コレダト云ウ事ヲ見届ケタ上デ、愈々人ガ住マエヌ様ニナリマシタナラバ、其時ハ願イ出テ屋敷ヲ引上ゲテモヨイノデス。只、今トナッテ狐トモ狸トモ知ラナイデ余所へ移ッテハ臆病ノ名ヲ取リマスシ、ダカラ最初ノ意見通リニ何処カへ避ケタラヨイノニ片意地ナ奴モアッタモノダ、ナド云ワレルノモ口惜シイ次第デス。ソレハ兎《と》モ角《かく》、コノ屋敷ニアトデ他国人ガ昔噺ノ様ニ思イ込ンデ移リ住ンデ、何事モ無カッタ節ハ、我ラノ名ノ汚レルコトハ辛抱スルトシテモ、第一、国ノ恥デス。此処ヲ思ウト何分今回ノ儀ハ私ノ存念ニオ委《まか》セ下サリタイ」コウ述ベルト人々ハ、「ソウ思ウナラバ是非モ無イ」ト、茂左衛門ト一緒ニ、ソノ旨ニ任ジタ。僕ガ暇乞《いとまごい》シテ帰ル時、同ジ座ニ居タ出入ノ者ノ一人ガ、今宵ハ自分ガ参リマスト同道シテ、暮合ノ頃家ニ帰ッタ。僕ハ少シ酔払ッタ様ナノデ、縁ニ出テ風ヲ入レテイルウチ眠気ヲ催シタノデ、件ノ若者ハ居間デ風炉ニ火ヲ起シ、煮花デ酔ヲ醒マソウト思ウ折柄、天井ガメキメキト鳴出シタ。仰グト何トナク低クナッテ来ル様ニ感ジラレタ。酔ノセイカモ知レヌト打捨テテ置クウチ、天井ハ愈々低クナッテ来ル。彼モ負ケズニ張合ッテイタガ、今ニモ落チカカル様ナノデ、ワット庭先へ飛ビ出シタ。僕ハ此声ニ目ヲ覚マシタガ、天井ガ著シク下ッテイル。然シソノ儘ニシテ寝タ。夜ガ明ケルナリ若者ガ、「自分コソ夜前、稲生ノ化物ニ逢ッタ」ト触レ廻ッタカラ、モウ家ノ門前ハ、日ガ暮レルナリ通ル人モ無イ。

十七日ノ昼頃、上田治部右衛門ガ野狐除ノ札ヲ持参。「コレハ西江寺へオ頼ミシテ置イタノガ今日祈禱ガ済ンデオ札ヲ差越シタノデス」ト云ッテ、ソレヲ居間ニ懸ケテ帰ッテ行ッタ。日中ハ折々ノ家鳴許リデ、格別ノ変モ無ク、暮方カラ治部右衛門ガヤッテ来テ、「宵ノウチ話シマショウ。今宵ハオ札ノ功力デ何事モナイダロウ」ト共々ニ縁ニ出テ、月待空ヲ眺メ乍ラ語ッテイタ所、漸《ようや》ク山ノ端ニ出タ月影ニ白々ト朧《おぼろ》ニ照シ出サレタ庭木ノ葉ノ中ニ、ヨク見分ケノ付カヌ樫《かし》ノ木ガアッタガ、ソノ樫ノ手前カラモ同ジ様ナ月ガ現ワレタ。ソレハ見ル見ル増エテ、次カラ次へ輪違イノ様ニナッテ現ワレ、空カラ舞イ出テ来ルヨウデモアッタ。治部右衛門ガ「アレハ何ダ」ト云ウウチ、輪違イノ月々ハ縁ノ前マデクルクル廻リ乍ラ迫ッテ来タ。本物ノ月ガ何カニ反映シテイルノデナイカト見据エルアイダニモ、愈々クルクルト目マグルシク覆イ被サッテ来タカラ、治部右衛門ハソロソロ逃ゲ腰ニナリ、「今暫ク話シテ行ッテハ」ト勧メタガ、ソノママ帰ロウトスル所へ、台所ノ方カラモ輪違イガ押シ寄セ、中ニハ小型ノ盥程《たらい》ノ輪モマジツテ、互イニ煙ノ様ニクルクル廻ツテイル。治部右衛門ハ兼テノ覚悟デ、野狐ノ仕業ダト思イ乍ラヨク見据エルト、オノオノノ輪ノ中ニ目鼻ガアツテ、何レモ人ノ顔デアル。見定メヨウトスルト、クルクルト入レ替ツテ顔ノ上ニ他ノ顔ガ交ワリ、睨《にら》ムノモアリ笑ウノモアル。治部右衛門ハ対抗不可能ニナリ、台所ノ方へ抜ケラレナイ儘《まま》、庭先ニ出タ途端、顔々ガ一度ニ笑ツタ様ナ声ガ聞エタカラ、彼ハ門口へ飛ビ出シテシマツタ。ソノ有様ヲ僕モ輪違イ先生達ト共ニ吹出シ乍ラ、寝床へ入ツタガ、顔々ハドウナツタノカ、ソレカラハ何事モナカツタ。

十八日ノ朝、治部右衛門ガヤツテ来テ、「扨々《さてさて》夜前ハ大変ナ物ヲ見マシタ。アノオ札ニモ恐レナイトハドウモ狐狸デハナイ様デス」ト評議シテイル所へ、権八モ顔ヲ出シユウベノ話ヲ耳ニシテ、「ヨクソンナニ次カラ次へ狂言ガ差シ替エラレルモノダ。コレニハ勝テンワイ」僕ハ、権八ホドノ者ガソンナ気後《きおく》レヲ云ウ様デハ負ケルノモ道理ダ、トロニ出ソウトシタガ、彼ノ身モ気懸リナノデ、サリゲナク権八ニ向ツテ、「ドウモ顔色ガ悪イ様ダ。毎度云ウ事ダガ、徹底的ニ養生第一ニ置イテ、当方へ見舞ナドニ来ルニ及バナイ。尤《もっと》モオ隣リダカラ此方ノ騒ギヲ聞キ付ケル度《たび》ニ心配ニナルノモ無理ハナイガ、自分ハ平気ダカラ、心置キナク余所ニ逗留シ、保養第一ト気ヲ引緊《ひきし》メ、元気ヲ恢復シテカラ来ルガヨカロウ」治部右衛門モソレガ良イト勧メタ。

サテ件ノ西江寺ノオ札ヲ見ルト、薄墨デ何ヤラ文字ガ書キ添エテアル。昨日ハ確カコンナ妙ナ字ハ無カツタノデ、早速コノ由ヲオ寺ヘ知ラセルト、程ナク和尚ガヤツテ来テ、吃驚《びつくり》シタ。「梵字《ぼんじ》ヲ書キ入レタトハ、チヨツトヤソツトノ妖怪トハ思ワレヌ」ト舌ヲ巻イテ帰ツテ行ツタ。何ヲ意味スルノカ僕ニハ判ラヌガ、多分オ札ニ落シ字カ書損ジデモアツタノデアロウ。サテ今日ハ昼間モ殊ノ外ニ荒レテ、各道具ガ舞イ上リ、或ハ茶碗類ガ台所カラ鳴リ乍ラ居間ノ方ヘ飛来シ、鴨居《かもい》ニブツカツテ微塵《みじん》ニ打チ砕ケル……ト見ルヨリ先ニ、ツイート鴨居ヲ潜ツテ、座敷ノ真中デ落チル。或ハ莨盆《たばこぼん》モ飛ビ上ツテ、他ノ小道具類モ動クコトナド、以来度々デアル。茶碗ハ飛ンデイル時ニ手ヲ当テルト、落チテ砕ケル。ドンナニ飛ビ廻ツテモ、捨テテ置クト音許リガ鳴渡ツテ、壊レルコトハ無イ。行灯ガ舞ツテモ其儘ニシテ置ケバ油一滴零レナイ。

十八日ヨリ二十六日マデ

扨《さて》十八日ノ宵ノ内、又々出入ノ者三人ガ話ニヤツテ来タガ、十時過ギルト、先夜ニ懲リテカ各自ニ後込《しりご》ミシテ、話題モ途絶エ勝ニナツタ。折柄、三人ノ背中ヲ一度ニハタト叩ク者ガアル。台所カラ曲尺《かねじやく》ノ様ナ手ガ、ツマリ数ヶ所モギクギク折レタ稲妻型ノ手ガ伸テ来タリ、縮マツタリシテイルノダツタ。三人ハワツト云イサマ駆出シ、台所ヘハ出ラレヌノデ、奥庭ヘ飛ビ降リ、路次口ヲ引キ開ケテ逃ゲテシマツタ。僕ハ跡ヲ片付ケテ寝床ニハイツタガ、曲尺ノ様ナ手ハ相変ラズ座敷ヲギクシヤクト動イテイタガ、ソレモ構ワズニ寝入ツタ……今度目ヲ覚マスト、先刻ノ手トハ違ツテ、天井一面ニ巨キナ老婆ノ貌《かお》ガ現ワレ、ヤガテ長イ舌ヲ出シ、蚊帳《かや》ヲ貫イテ僕ノ胸カラ顔ヲ舐《ねぶ》リニ来ル。気味ノ悪サツタラナイガ、コレモ相手ニナラヌコトニシテイルト、夜モ白ム頃、老婆ハ消エテ、烏ガ渡ルト夢ガ醒メタ様ニ覚エタ。夜中ノ疲レデソノママ眠リニ入ツタガ、十九日ノ午前十時頃、門ヲ叩ク音ニ目ヲ覚シ、起キ出ルト、向井治郎左衛門ト云ウ人デアル。「今日ハ外出シテ此処ヲ通ルト、日モ高イノニ門口ガ閉ツテイマシタカラ、ワザトオ起シ申シタノデ別ニ用事ハアリマセン。此頃ノ事デスカラ気懸リニナツタママオ起シ致シマシタ」「ソレハ忝シ。実ハ夜前ハカヨウカヨウノ次第デ、思ワズ今マデ寝過シマシタ」オ客ハ内ヘハイツテ、此間ノ様子ヲ改メテ詳シク訊ネ、「如何サマコレハ、治部右衛門殿ノ中サル通リ狐狸ノ類イデショウ。然シ罠《わな》ノ餌ヲ取ツタ手デスカラ、狐狸トハ云イ乍《なが》ラ千年モ経タ曲者《くせもの》ニ相違アリマセン。十兵衛ト云ウ部落ノ人ガ殊ノ他罠ノ名人デ、度々手柄フシタモノデス。明日ニデモ彼ヲ呼ビ寄セ、委細聞カセテ、モウ一度罠ヲ掛ケテミマショウ。今日ハ拠《よんどころ》無イ用事デ余所へ参リマスカラ、明日参上致シマス」ト云イ置イテ帰ツテ行ツタ。僕ハ夜前ノ草臥《くたびれ》デ又眠入ツタ。漸ク一時近クニ起キテ飯ヲ食べ、夜ニ入ルト大カタ老女ノ貌カ曲リ手ガ出ルダロウガ、今宵ハ隙ヲ覗ツテ手捕リニシテヤロウト、暮レルノヲ待ツタ。日モ落チ、十時ニナツタガ変ツタ事ハナイ。人モ来ナイガ、閨《ねや》ヘモ入ラズ待チ構エタ。夜中過ギテモ何事モ起ラナイカラ少シ気抜ケシタ折、天井ガ次第ニ下ツテ来タ。例ノ手カト見テイルト、段々落チカカツテ頭ノテツペンニ触レタガ、ソノママ坐ツテイルト、僕ノ頭部ハ天井ヲ抜ケ出テ、行灯モ又天井板ヲ抜イテ、天井ノ裏側ガ具《つぶ》サニ見エル。鼠ノ糞、蜘蛛《くも》ノ巣ナド夥《おびただ》シク、或ハ古イ藁屑《わらくず》デ真黒デアル。天井ハ僕ノ膝上マデ落チカカツタガ、放ツテ置イタラ、暫クシテ次第ニ上ツテ、元ノ様ニナツテシマツタ。僕ノ軀ガ突抜イタト思ウ箇所ニ別ニ孔モ明イテイナケレバ、行灯ノ抜ケ出タ処ニ何ノ趾モ無イ。只其処ニ、何時ノ間ニ出来タノカ、大キナ蜂ノ巣ガクツ付イテイタガ、コレガ見ルウチニ嵩《かさ》ヲ拡ゲ、数箇ニ増エ、ソノ内部カラ蟹ノ様ニ泡ヲ吹キ、黄色イ水ヲ吐イタガ、知ラヌ振ヲシテイルト、蜂ノ巣モ程ナク消エテ、元ノ天井ニナツテシマツタ。実ハ今宵ハ、裏ニ米搗臼《こめつきうす》ガアツタノガ、宵ノ口カラトントント搗ク音ガシタ。僕ハ思付イテ、黒米ヲ臼ノ中ヘ入レテカラ蚊帳ニハイツタ。別ニ草臥モナク眠入ツタガ、翌朝臼ヲ見タラ、玄米ハ精白サレズ元ノ儘《まま》デアツタ。

二十日。向井治郎左衛門ガ川田十兵衛ヲ伴ツテ来テ、罠ノ用意ヲサセタ。十兵衛ハ六十許リノ男デアル。若年カラ鉄砲ハ勿論罠モ上手デアツタガ、コノ踏落シ罠ノ事ハ、彼ガ先年大阪ヘ行キ、革市場デ或ル猟師ト逢ツタ所、殊ノ他ニ大キナ狸ノ皮ヲ示サレタ。十兵衛ハ元々猟好キナノデ、「コレハ見事ナモノデス。何分ニモ年ヲ経タ狸デショウネ」ト云ツタノニ、猟師ハ大イニ笑イ、「オヌシニモ似合ワヌ鑑定ダナ。コレハ若狸ダヨ。狸ニモ種類ガアツテ、コンナニ大キイノガ常体ノ生レナンダ。此類ハ稀ナモノダ。又普通ノ外ニ、ヨク人ヲ化カス狸ガアル。

コレハ仲々ノ事デナイト取ラレナイ。ソノ狸ハ至ツテ聡《さと》ク、生レ立モコンナニ大キクハナイ。人ニモ山犬ニモ取ラレナイカラ、自然ト劫《こう》ヲ経テ、アトデハ色々ト自在ヲ獲得シ、人ヲ悩マスノデアル。其狸ノ皮ハ至ツテ厚ク、毛ハ粗々トシテ、毛並ハ良クナイ。コノ劫経タ狸ヲ取ルニハフミ落シト云ウ罠デナケレバ駄目ダ。我ラノ習ツタ踏落シハ多クノ人ノ知ラヌ罠デアル」ト云ツタカラ、十兵衛ハ、「ソレハ初耳デス。ドンナ遣リ方ナンデスカ、オ伝エ下サルワケニ行カンダロウカ」ト云ウト、猟師「我ラハ数年コノ罠ヲ掛ケ、自然ト骨《こつ》ヲ覚エタノダ。ドンナサカシイ狐狸トテモ俺ノ踏落シヲ遁《のが》レルコトハ稀ダナ。自分ラノ若イ時、天満ノ社《やしろ》ガ夜中ニ、三ツノ社ニ見エルト云ウ事ガアツタ。其時俺ハ深更ニ及ンデ、コツソリ其処ヘ行ツテ踏落シヲ仕掛ケタノニ大猫ガ懸ツタ。尾ノ先ハ二ツニ割レテ、首カラ尾先マデ四尺余モアル猫ダツタ。直ニ打チ殺シテ翌日近所ノ者ニ見セタカラ、何レモ大イニ悦《よろこ》ビ、近年コノ猫ガ様々ノ怪ヲシタ。天満ノ沙汰モ此ノ所為ダロウト申シ合ツタ。総体古狸ハ狐ト馴合《なれあ》ツテ色々ニ化ルトモ云ウ。ソノワケカ取ルコトガ六ツカシイ。然シ乍ラコノ踏落シニハ遁レル事ハ無イ」

十兵衛ハ其時マデ鉄砲猟ダケデ、罠ノ事ハ不案内ダツタノデ、猟師ニ向ツテ云ウノニ、「ワタシノ田舎デハ鉄砲許リデ熊猪鹿ノ類ヲ取ツテ居リマス。狐狸モ多イ様デスガ、筒先ニ感付イテ姿ヲ隠シテ、手ニ入リマセン。何分ニモソノ踏落シノ仕方ヲ御伝授下サラナイデショウカ」ト達《た》ツテ頼ンダカラ、猟師モソレナラバト云ツテ、罠ノ仕掛及ビ掛場ノ見計イノコトニ至ルマデ、詳シク教エテクレタ。十兵衛ハコレカラ罠ノ名人トナリ、ソノ上、工夫モ手ニ入ツテ、踏落シニ依ツテ数多クノ狐狸ヲ取ツテ世ヲ渡ツタガ、ソノウチデモ或時、鳳源寺ト云ウオ寺デ、大般若経ガ独リデニ舞上ル事ガ屢々《しばしば》デ、人ハ怖ガリ、自ズト参詣モ稀ニナツタ上、ナオ怪シイ事ガアルノヲ十兵衛ガ耳ニシテ、コレハキツト狐狸ノ業《ごう》デアロウト、其寺ノ裏門ノ外ニ大キナ森ガアルノヲ見立テ、其処ニ罠ヲ掛ケタガ案ニ違ワズ幾歳月経タトモ知レヌ古狸ガ掛ツタノヲ、鳳源寺ニハ知ラサズ打殺シテ帰ツタ所、其後ハ何ノ怪モナク、オ寺モ繁昌シタ。又、後ニ松尾藤助ト云ウ人ノ所ニ径シイ事ガアツタ。藤助ガ居間デ昼寝シテイタノヲ、召使イノ者ガ用事ガアツテ行ツテミルト、二人ノ主人ガ寝テイル。怖クナツテソツト次ノ間ヘ逃ゲテ、改メテ呼ビ起スト何事モナク常ノ様ニ起キテ来タ。ソレカラ後、時々、奥ニモ藤助ガ居ルト外ニモ藤助ガ居ルト云ウワケデ、藤助自身モ何カ本性ガ乱レル様ニ覚エタカラ、親戚ラガ寄ツテ祈禱オ札ナドヤツテミタガ、一向ニ験《しるし》シガ無イ。意見モマチマチデアル。十兵衛ガコレヲ聞イテ例ノ天満ノ話ヲ思イ出シ、罠ノ事ヲ申シ出テ掛ケテミルト、アノ猟師ノ談ニ間違イナク、背中ノ毛ナド抜ケテ粗々シテ斑《まだ》ラナ、幾年経タトモ知レヌ古狸ガ懸ツタ。ソレカラ藤助ニハ何事モナク、家内ノ喜ビモ大カタデナイ。其他ニ、一般狐狸ヲ取ル事ニモ妙ヲ得テ度々手柄ヲ立テタ。向井治郎左衛門ハ此事ヲヨク知ツテイタノデ、今回彼ヲ同道シタノデアル。

ソコデ十兵衛ハ、僕カラ篤《とく》ト話ヲ聴イテ後ニ云ウノニ、「御屋敷ノ様子デハ大方古猫カ古狸デショウ。狐ハコンナ事ヲシナイモノデ、狐ハ古狸古猫ヲ遣イ、自身ハ脇デ見物シテ居ルノダト思ワレマス。猫モ又、狐ノ力デ色々自在ヲ得ル事ガ面白イノカ、我身ノ上ヲモ忘レテ色々怪シキ事ヲ為シテ遂ニ化ノ皮ガ顕ワレテ、身ヲ亡スト見エマス。其時ハ猫ダケガ罠ニ懸リ、狐ハ脇デ見物シテ笑ウ様ニ考エラレマス。世ニ狐ホド賢《さか》シイ奴ハアリマセン。ソレ故、罠ニ懸ッテモ大方ハ猫狸ガ懸ルノデシテ。尤《もっと》モ跳罠デ狐ヲ釣リマスト野狐ハ懸リマスガ、ソイツハコノ様ナ業ヲ致ス狐デハナク、又、同ジ野狐デモ劫《こう》ヲ経タ狐ハ一向ニカカリマセン。コノ御屋敷ニモ打続キ色々ノ妖怪アリ、コレハ様々ノ者ガ集ッテ怪シキ事ヲ為スト考エラレマス。然シ、ドノ様ニ集リマシタ所デ、ソノ中ノ一匹ヲ獲《と》リマスト、残リハチリヂリニナリ、同ジ処ニハ棲マヌト見エ、怪シキ事ハ忽《たちま》チ止ムモノデス。コノ上ニ数ガ増エマスト、愈々《いよいよ》六ツカシクナリマスカラ、只今カラ踏落シノ支度ヲ致シマス」ト云ッテ、先方ノ通路ノ見当ヲツケテ罠ヲ仕掛ケ、「声ヲ立テルノヲ合図ニ早速出テミテ下サイ」ト約束ヲ決メテ、コウシテ夜ニナルト十兵衛ハ客雪隠ヘハイッテ、待ッテイタ。治郎左衛門モ宵ノウチハ話シテイタガ、殊ノ外ニ静カナママ十時ヲ廻ッタノデ、彼ハ帰リ、僕モ寝《やす》ンダ。サテヒト眠リシテ目ヲ覚シ、カレコレ夜半過ギカナト思ッタガ、何ヤラ呻《うめ》キガ聞エルノデ、耳ヲ澄マセルト人ノ唸リ声デ、ソレガ客雪隠ノ方角ダッタカラ、早速出向イテミルト、便所ノ戸ハ散々ニ倒サレ、十兵衛ガ気絶シテイル。先ズ彼ノ顔ニ水ヲ掛ケ、正気ヲ呼戻サセルト、夢ガ覚メタ面持デ云ウニハ、「先刻ゾツトシマシタカラ、来タナト透シ見マスト、アノ踏落ノ方カラ巨キナ手ヲ出シ雪隠ノ戸諸共ニ自分ヲ摑《つか》ンデ引出サレマシタノデ、声ヲ出ソウトシマシタガ、声ガ出マセン……アトハドウナツタノカ一向ニ覚エガアリマセン。コレハ大カタ天狗カ山ノ神デコソアリマショウ。サテサテ恐ロシイ目ニ逢イマシタ」トテ罠ヲ其儘《そのまま》ニ、怖ジ震エテ帰ツテ行ツタ。僕ハ砕ケタ戸ヲ片付ケテ、寝床ヘハイツタ。

二十一日。起キテ罠ノ所ヘ行クト、チヤント片脇ニ片付ケテアル。又、夜前バラバラニ破損シタト見タ雪隠ノ戸ハドウモナツテイナイ。ヨクヨク験ベタガ、何処モ少シモ壊レテイナイ。程ナク向井治郎左衛門ガヤツテ来テ、昨夜ノ様子ハドウダツタト訊ネルノデ、アツタ事ヲ詳シク聞カセルト、彼ハ肝ヲ潰シ左様ナラバ仲々十兵衛ノ罠ニモ叶ウモノデナイトテ、十兵衛ヲ呼ビニヤツタ所、先方ハ夜前帰ツテカラ、摑マレタ箇所ノ骨ガ痛ンデ立居出来ナイトアツテ、他ノ者ヲ寄越シテ罠ヲ片付ケテ持チ帰ツタ。十兵衛モ其後ハ病身モノニ成ツタ相ダ。サテ治郎左衛門モバツガ悪クテ帰ツタガ、此日ハ他ニ人モ来ズ夜ニハ伽人モ見エズ、随分静カナノデモウ寝ヨウカト思ウ折柄、居間ノ隅ニ鼠ガアケタ孔ガアツタノガ、ソノ穴デ何ヤラ動クモノガアル。ヨクヨク見ルト、女ノ首ダケガ、シカモ逆様ニナツテ四、五寸ホド伸ビテ来ルノダツタ。到ツテ長イ髪ヲクルクルト円座ノ様ニ巻イテ、ソノ上ニ首許リヲ逆サニ、切ロト思ウ所ハ柘榴《ざくろ》ノ実ノ様ニ外方ヘ赤ク弾《はじ》ケ出シ、歯並ハ黒ク染メテイルノヲ、ニコニコト笑ワセ乍ラ飛ンデ来ル……不気味サ此上ナシダガ、又珍ラシイノデ僕ハ少シ居直ツテ見テイルト、又柱ノ根カラ同様ノ首ガ数々飛ビ出シテ、アナタコナタ飛行ヲ始メタ。飛ビシナニハ長イ髪ヲ尾ノ様ニ曳《ひ》イテ、毛槍ヲ揉ム様ニバラバラト音ガ聞エ、笑イ笑イ飛ンデ来ル。次第ニ膝ノ前へ近付クヨウニナツテ来タノデ、持ツテイタ扇子デ打トウトスルト、飛ビ退イテ、鳥ノ様デ仲々打テナイ。後カラモ前カラモ飛ビカカツテ来ルカラ、当方モ立上ツテ、追廻シ、片隅へ追イ詰メヨウトスルト、何処カへ見エナクナル。又現ワレル……何時ノ間ニカ夜ガ明ケテ来タノニツレテ、首々モ柱ノ根元へ飛ンデ行ツテ、消エテシマツタ。宵ノウチト思ウ間ニモウ朝ダ。腹立ナガラ朝飯ヲ掻《か》キ込ム。

二十二日ハ昼寝ニ過ギタガ、夕方、陰山正太夫ガ来タカラ前夜ノ話ヲ聞カセルト、「拙者ノ兄方ニ、先祖ヨリ名剣ナリトテ持チ伝エタ刀ガアル。コノ品ニ依ツテ度々、狐憑キ、其他、疫病、瘧《おこり》ナドモ落チテ奇特ガ多イ。兄彦之助ニ御所望サレ、オ取寄セニナツテハ如何」コウ云ツテ、件ノ刀ノ効験ノ事共ヲ語リ聞セテ、帰ツテ行ツタ。

僕ハソレカラ枕ヲ引寄セテ再ビ仮睡シタガ、黄昏《たそがれ》ニナツテ行水ナドシテイルウチ、モウ十時近クナツタカラ、追付《おつつ》ケ昨夜ノ首ガ出ルダロウ、誰カ来レバ珍ラシイ観物ナノニト思ツテイル所へ、陰山正太夫ガ顔ヲ出シ、「昼間オ噂ヲシタ兄秘蔵ノ刀ヲ持参致シタ」ト云ツタカラ、「コレハ恐レ入ル。承ワツタオン刀ハ一応デハ拝見モ出来ナイダロウト思ツテイタ所、ワザワザ御持参下サッタトハ……」礼ヲ述ベ、先ズソノ刀ヲ床ノ間ニ置イテ、話ヲシテイルト、前夜通リノ女ノ首ガ台所カラ現ワレタ。ソラ来タ！　ト正太夫ハ刀ヲ函ノ中カラ取出シ、膝元ニ置イタガ、首々ハ何レモ真直ニ飛ビカカッテ来ルノヲ、正太夫ハ銘刀デ薙《な》イダ所、見事ニ切レテ真二ツニナッタ。然シソノ首ハ二ツニナリ乍ラ愈々正太夫目ガケテ飛ビカカル。正太夫ガ又振リ上ゲテ切リ付ケルト、サット火花ガ散ッテ、刀ハボッキト二ツニ折レタ。白鞘《しらさや》ノ事ダカラ柄木モ抜ケテ散乱シタ。コレハトヨクヨク見ルト、首ダト見テイタノハ台所ニアッタ石臼デアル。他ノ首々ハ残ラズドット笑イ乍ラ柱ノ元ヘ行ッタト見ルト、既ニ何ノ跡モ無イ。正太夫ハ呆レ果テタ様ニ折レタ刀ヲ取上ゲ、顔色ヲ変エテ言葉モ出セナイ。僕「オ気ノ毒千万ナ事ニナッタ。大切ナ御刀ガ壊レタノハマコトニ申スベキ様モナイ」正太夫「実ハ片時モ早クオ貸シ申シタイト、兄ニハ知ラサズニ持参シタガ、コノ様ナ仕儀ニ相成リ、兄ニ対シテモ此儘《このまま》ニ生キテハ居ラレナイ」取返シガ付カナイガ何トモ仕様ガナイ。デモ間違イガ重ッテハナオ大変ダト思イ、僕ハ又云ッタ。「ソレハ御了簡違イデス。ツマリハ当方ノ難気《なんぎ》ヲ思召シテ一刻モ早ク、御舎兄ニ相談ノ間モ遅シト件ノ御刀ヲ御持参下サレタノハ、全ク拙者ヘノ御親切カラデス。最モ大切ナ御道具デスガ、粗相ハ是非モナイ事共……ソノ段ハ明日貴宅ヘ参上シテ拙者ノ身ニ替エテ御詫ビ申シマスカラ、今宵ハ先ズ先ズオ引取下サル様」ト理ヲ分ケテ云ッタノニ、正太夫ハ自分ノ脇差ヲ抜クヨリ早ク、己レガ腹ヘグサト突込ンダカラ、僕ハ仰天、「コレハ何ト早マッタコト！

取リノボセ乱心サレタノデスカ」トウロタエタガ、一言ノ応エモナク、直ニソノママ脇差ヲ喉《のど》ヘ突立テ、ウシロニ切先ガ三寸許リ出タカラ、忽チ息絶エテシマッタ。僕ハ途方ニ暮レ、追付ケ暁モ近イカラ、夜ガ明ケテハ済マヌ事ト先ズ血ノ零《こぼ》レタ畳ヲ納戸ヘ入レテ、死骸ニ布団ヲ掛ケテ思案シテミタガ、正太夫ノ切腹ヲ人ハ本当ニシナイダロウ。一筆ノ書置モナク、又切腹ホドノ事柄デハナイカラダ。意趣口論デ自分ガ殺シタト疑ワレルノハ口惜シイ。又、側ニ居ナガラ切腹ヲ止メル事モシナイデ、遅レタナドト物笑イノ種ニナルノモ残念ダ。上ノ御沙汰デ召取ラレテ如何様ノ責ニ逢ウヤモ計リガタイ。ソレデハ第一、兄ニ対シテ済マナイ事ダシ、又、上ノ御苦労ニナルノモ本意デナイ。正太夫ハ兄ヘ言訳ナシト切腹シタノニ、自分ハ当局ノ迷惑、又兄ノ世話ニナリ、恥ヲ晒《さら》シテノウノウトシテ居ルナド、人ノ口ニ掛ルノハ無念至極デアル。誠ニ是非モ無イ。我モ是迄ノ寿命デアロウ。イデ切腹ト書置ヲシタタメ、脇差ニ手ヲカケタガ、又々思イ返シ、イヤイヤ切腹ハ只今ニ限ラナイ。夜ガ明ケタナラバ新八ニ一応訳ヲ話シ、又思慮モアルダロウ。其上、此モ彼モ物怪ニ拠ル災難ナノニ、相手ノ正体ヲ見届ケナイノハ心残リデアル。何分ニモ夜ガ明ケテカラデモ遅クハナイト思ッテイルウチ、東雲ニナリ、烏ノ声ニ夜ハ明ケ渡ッタカラ、先ズ納戸ヘ行ッテ布団ヲ取除ケテミルト、何モ無イ。折レタ刀ヲ尋ネテミタガ、コレモ見付カラヌ。血ノ痕《あと》ナドハ勿論無イ。ソレナラ夢カト思ウニ、畳二枚ハ納戸ノ中ヘ引キ入レテアル。サテハユウベノ正太夫ハ……ト初メテ気ガ付イタ。自分モ既ニ切腹シカケタカト書置ヲ見ルト、愈々夢デハナイ。危イ目ニ逢ツタト思ウト、此迄ノ怪トハ違ツテ何トナク気味悪ク、先ズハ悪夢ガ醒メタ様デアツタガ、未ダ何事モハツキリセズ、正太夫ノ物ノ云イ方ガ耳ニ残ツテ不気味デアル。

二十三日。僕ハ余リノ不思議サニ陰山正太夫方へ出向カナイデハ居ラレナイ。正太夫ガ云ウノニ、「昨日ハオ邪魔シテ何カトオ話ノ趣キ、サテサテ不思議ニ思ワレマスカラ、家内ノ者ヘモ詳シク聞カセタ所、家内ドモハ、兼テ承ワツテイタ事ナガラ、ナオ細部ノ話ヲ聞キ、愈々恐レテ夜前ハ手水《ちょうず》ニ行クニモ連レヲ求メルト云ウ騒ギデス」コウ云ウ所ヲ見ルト、ヤツテ来タノハ正太夫ニ相違ナイ。夜中ノ件モ確カニ正太夫ダト覚エラレルガ、消エ失セタノダカラ化物デアル。サテ正太夫ハ続ケテ、「此頃ハ化物騒ギデ外出サレナイト承ツテイマスノニ、今朝ノ御出ハ兄方ノ刀ノ件デスカ?」僕ハ話ソウト思ツタガ、余リニ込入ツタ顛末ダカラ疑イヲ起シテハ益ナシト、「イヤ別ニソノ儀デモアリマセン」ト挨拶シテ帰ツテ来タ。四時前ニ、平野屋市右衛門ト云ウノガ来タノデ、一緒ニ話シテイタ。尤《もつと》モ此頃ハ刀脇差、其他小刀庖丁ノ類ガ飛ビ荒レルカラ、小サナ空櫃《からびつ》ガアツタノデ、自分ノ大小其他ノ刃物ヲ入レ、蓋《ふた》ノ締リヲヨクシテ置イタ上ニ、客ガアレバ大小共ニソノ櫃ヘ入レテ貰ウ事ニシタ。夜前ハ油断シテ大難気ニ及ンダカラ、今日ハ昼ノウチカラ一切刃物ハ右ノ櫃中ニ収メテ置イタ。程ナク夜ニナリ、松浦市太夫、陰山彦之助ガ来タ。又、忠六ト云ウ出入ノ者モ顔ヲ出シタ。僕ハ「ドナタモ刀ヲ櫃ヘオ入レ下サイ」ト云ツタ。市太夫ハ直ニ入レタガ、彦之助ハ承知トハ返事許リ、少シ話シテカラ次ノ間ニ置イタカラ刀ヲ櫃ニ入レヨウト見ルト、既ニ鞘《さや》バカリニナツテイル。コレハ剣呑至極ト探《たず》ネタガ、見当ラナイ。此処彼処ト求メ倦《あぐ》ンデ暫ク煙草ナド喫ンデイルウチ、台所デ凄マジク雷ガ落チタ様ニ響キ渡ツテ、ゴロリゴロリ転ゲテ来ル。市右衛門ハ真青ニナツテ庭ヘ飛ビ下リタ。外ノ人々モ逃ゲ出シタイ様子ダガ互イニ恥合ツテ駆ケ出スワケニ行カズ、暫ク見合ワシテイルウチニ、台所ヲゴロリゴロリ転ビ廻リ、座敷ノ方ヘ転ガツテ来タノヲ見据エルト、大盥ダ。僕ガソレヲ湯殿ヘ運ンダ所、再ビ台所ニ物音ガシテ、今度ハ擂鉢《すりばち》ト摺粉木《すりこぎ》ガ独リデニ飛ビ出シテ摺リ廻リ摺リ廻リ座敷中ヲ歩キ出シタ。僕ハ吹出シテ、「コレハ珍ラシク可笑シイ所為デス。然シ今宵ハ何トナク騒ガシイ様デスカラ、又ドンナ事ガ起ルカモ知レマセン」ト云ウト、忠六ハ怖気《おじけ》付イタカ、市太夫ヲ勧メテ同道デ帰ツテ行ツタカラ、彦之助只一人、ソレモ刀ガ見エナイモノダカラ是非ナク後ニ残リ、刀ヲアツチコツチト探シテイタ。僕モ一緒ニナツテ尋ネタガ、更ニ見エナイ。彦之助ハ、「刀モナシニ朝方ニハ帰レマセン。夜ノ明ケヌウチニ帰リ、明朝出直シテ探スコトニシタイ」「ソレガヨイデシヨウ」彦之助ガ中戸口ヲアケルナリ、鴨居《かもい》ノ上カラ彼ノ刀身ガ鼻ノ先ヘブラリト下ツタカラ、彼ハ其儘敷居ヘ竦《すく》ンデシマツタ。僕ハ可笑シクテ堪ラナカツタガ、飛ビ降リテ刀ノ中身ヲ取ツテ、鞘ニ収メテ渡スト、彦之助ハ立上リ、大小ヲ差シテ戸口ヲ出ヨウトシタ時、天井デ大声ノ笑イガドツト起ツタ。彦之助ハ仰天シ、再ビ竦ンデシマツタノヲ引キ起シ、外へ出シテアトノ戸ヲ締メタカラ、彼ハ一目散ニ走リ去ツタ。其後ハ尚更小刀一本モ櫃ニ納メテ錠前ヲ掛ケル様ニシタ。入用ノツド出シ入レハ不自由ダツタガ、他ニ錠付キノ箇所カラハ様々ノモノガ飛ビ出シタガ、件ノ小櫃ニ入レテ置イタ物ダケハ出テ来ル様ナ事ハナカツタ。

二十四日ノ朝、再ビ平野屋市右衛門ガ来タカラ、「夜前ハドウシテ逃ゲ帰ラレマシタカ」ト訊ネルト、「何者カガ台所へ落チテドロドロト鳴出シ、此方へ転ンデ来ルノデ夢中ニ飛ビ出シマシタ。帰ル途中デヤツト夢ガ醒メタ様ニ覚エマシタガ、アレカラドウナリマシタ。アノ転ンデ来タノハ何物デシタカ」「湯殿へ入レテ置イタ盥デシタ」「ワタシハ又、物凄イ大太鼓ガ転ガツテクルト見テ逃ゲ出シタノデス」笑イ合ツテイル所へ、三ツ井権八ガ顔ヲ出シ、芝甚左衛門モヤツテ来テ話ヲ聞イテ云ウニハ、「南部治部太夫ハ鳴弦ノ伝ヲ受ケテ、奇特アル由聞イテイマス。コノ仁ヲ同道シテ鳴弦ヲ頼ミ進ズベシ」僕「ソレハ有難イガ、西江寺ノ祈禱モ験シナク、ソンナ事デ恐レル化物トハ思エマセンネ」甚左衛門「ソウデモアリマショウガ、鳴弦ハ不思議ノ奇特ノアル由、常々承ツテイルノデス。病人ニモ様々薬ヲ替エテミレバ、合薬モアルモノデスヨ」「ソウマデ仰セデシタラ、トニカク宜シクオ頼ミ致シマス」「デハ明晩同道スル事ニシマショウ」権八モ傍カラ「ナルホド鳴弦ハ奇特アルモノト聞イテイマス」ソウ云ウ事ニ決メヨウ、ト客ハ出テ行ツタ。此日ハ何事モ無カツタ。夕方ニナツテ中村左衛門ノ家カラノ使ダト云ツテ、美シイ女ガ顔ヲ出シ、餅菓子ヲ差シ出シタ。素晴ラシイ美女デ、此辺デハ心当リガナイ。僕ハ大イニ感ニ入ツテボンヤリ眺メテイタガ、フト心付イテ油断セズ、一ツ二ツ話ヲ交ワシテ帰ルノヲ送ツテ出ルト、門ヲ抜ケルナリドチラヘ行ツタノカ、見エナイ。アトデ聞クト、中村家デ餅菓子ヲ入レタ重箱ガ一ツ消エ失セタト云ウ。コノ品ガ僕ノ許ヘ届ケラレタワケダ。ソウコウスルウチ十時ニナツタガ、今夜ハ至ツテ静カデアル。僕ハコノ程腹工合ガ悪ク度々便所ヘ通ツタガ、近頃ノ流行デ当分ノ話ラシイカラ其儘ニシテイタ。サテ客モ来ソウデナイカラ寝タガ、宵カラ二、三度厠《かわや》ヘ通イ、一ト眠入リシテ目ガ覚メ、又厠ヘ行ツタ所、台所ノ方ニトロトロト火ノ燃エル音ガ聞エテ、クワツト明ルクナツタカラ、火事ニナツタラ大変ダト飛ビ出シテミルト、竈《かまど》ノ内カラ火ガ燃エ出シ、カマドノ前ノ板敷ノ所カラ床下マデ燃エ出シテイル。板敷ヲ引上ゲ瓶ノ水ヲザブト掛ケルヨリ早ク消エテ、暗闇ニナツタ。又例ノ手カ、ソレニシテモ周章《あわ》テタモノダト灯ヲ点ケテ見ルト、板敷ハ何事モナク、カマドノ中ヘ水ヲ打チ掛ケタカラ灰ガ流レ出テ、急ニ掃除モ出来ズ、下痢デ不快ノ折柄、面倒臭ク腹モ立ツテ其儘ニシテ置イタ。

二十五日。台所ジユウハ灰ニナリ、竈ノ内ニハ水ガ溜ツテイルノデ、掃除シテイルト権八ガ来タ。夜中ノ事ヲ話シ、「アノ火ヲ放ツテ置カナカツタノガ残念ダ」ト云ウト、「イヤイヤ今後トモソノ様ナコトハ我慢出来ル事デアリマセン。モシ本当ノ火事ノ場合ニ捨テ置イタナラバ後悔ハ百倍デシヨウカラ」南部様ガ見エタラ知ラセテクレ、ト附足シテ彼ハ引キ退《さが》ツタ。程ナク入相近クナッテ、芝甚左衛門、南部治部太夫同道デ弓矢ヲ持参、夜ニナッタラ鳴弦ヲ行オウト、先ズ弓矢ヲ床ノ間ニ置キ暫シ休憩スルウチニ、権八モ顔ヲ出シ、四方山ノ話ニナリ、彼ガ云ウノニ「鳴弦デ狐憑キヲ落シタ時ハ、狐ノ形ガ顕ワレルモノデショウカ」治部太夫「形ノ現ワレル事ハアリマセン。憑イタ狐ガ落チルバカリデス。ソノ落チル時ハ当人ガ駆ケ出シテ倒レマス。狐狸ナドハソノ近所ニ居ル筈デスガ、ソノ座デ形ガ現ワレル事ハナイヨウデス」

夜ニ入ッタノデ、弓ヲ取出シ何彼ト祓《はら》イ潔《きよ》メ、拵《こしら》エヲシタ。甚左衛門ハ権八ニ向ッテ、「表カ裏カヘ何ゾ現ワレルカモ知レヌ。オヌシハ我ガ宅ヘ行キ、居間ニ懸置イタ枕槍ヲ取ッテ来テ、表ヘ廻ッテオレ。ソレガシハ裏ノ方ヘ心ヲツケ、モシ何者デアッテモ形ガ現ワレタナラバ目ニ物見セント思ウ。必ズ抜カッテハナランゾ」「畏《かしこま》リマシタ」ト権八ハ甚左衛門宅ヘ急イダ。夜モ初更ヲ過ギル頃、治部太夫ハ垢離《こり》ヲ取リ、床ノ弓ヲ手ニシタ様ダッタガ、何カハ知ラズ外ノ方カラ長イ物ガ鳴リ乍ラ飛来シテ、甚左衛門ノ鬢先《びんさき》ヲ掠メ、彼ノ弓弦ヲ突切ッテ其処ヘガラリト落チタ。治部太大ハ驚イテ弓ヲ取落シタ。甚左衛門ハ逃サジト飛ビ懸リ、カノ長イ物ヲ切ロウトシタガ、ヨクヨク見ルト槍デアル。コレハト云ウ所ヘ権八ガ駈ケ来リ、「仰セノ様ニ枕槍ヲ取ッテ来テ表ヘ廻リ、何デアッテモ目ニサエ見エル物ナラバ突イテヤロウト外ヲ巡ッテイマシタ所、屋根ノ上ニ大坊主ノ様ナモノガ立ッテイマス。心得タト立寄ッタ所、先方ハ屋根カラヒラリト飛下リマシタ。所ヲ透サズ表囲イノ壁ニ突付ケマシタ所、其形ハ見エマセン。コレハト抜キ取ロウトシタラ穂先ニ人ガ居テ引ク様デスカラ、此処ゾト思イ、力足ヲ踏ンデ力ヲ尽シテ引キマシタガ、先方ノ力ノ凄《すさま》ジサ、只一ト引キニ壁ノ中ヘ引キ取ラレテシマイマシタ」ト報告シタノデ、人々モ肝ヲ消シ、コレハ人力ノ及ブ所デナイト困《こう》ジ果テタ有様デアル。僕ハ、「大方コノ様ナ事ダト思ツテイマシタ。兎《と》モ角《かく》コノ物怪ハ捨テ置イテ先方ノ心ノママ働カスノガ良イ様デスカラ、鳴弦モ先ズ此辺デ打チ捨テ置カレナサイ」ト云ウタカラ、人々モソレヲシオニ帰ロウトシタ時、天井裏デクツクツ笑ウ様ニ聞エタカラ、早々ニ追イ出サレテシマツタ。権八モ弓ト槍ヲ持ツテ送ツテ行ツタ。其後ハ静カデ、僕ガ一ト眠リシテ程ナク夜ガ明ケタ。二十六日。僕ガ思イ立ツテ早朝ニ墓参シタ帰リシナニ、権八ノ許ニ立寄ルト、先方モ起キ出テ夜前ノ話ナドシタガ、トカク熱気モ強クナツタ様ニ覚エルト云ウカラ、何分注意シテシツカリ養生サレタイト勧メテ帰ツタ。コノ権八ハ三ツ井ト名乗ツテ名高カツタオ相撲ダガ、今回ノ怪異ノ気ニ打タレタノデアロウカ。僕ノ宅ノ家鳴震動スルノガ心ニ懸リ、口惜シク思ウ度毎ニ熱ガ出テトウトウ大病人トナリ、次第ニ熱気ガ漲《みなぎ》ツテ九月ノ初旬ニ亡クナツタ。未ダ四十ニ足ラヌ大男、力アクマデ強カツタガ、邪気ヲ受ケ乍ラ当分ノ事ダト押シ付ケ、其儘ニシタカラデアロウカ。何トモ気ノ毒千万ナ事デアツタ。

二十六日ヨリミソカ迄

僕ハ宿ニ帰リ、程ナク南部角之進、陰山正太夫ガ来テ、ドウデスカト尋ネタカラ、夜前ノ話ヲ語リ、「何事ガアッタトテ驚ク事ナク、張合イサエシナケレバ左程ノ事ハナイ」ト云ウト、正太夫ハ「如何ニモ只今マデ何レニモ変化《へんげ》退治ト云ウ気持ガアッタカラ、色々ノ事ガアッテ騒動スルト思イマス。今宵ハ伽ト思ワズ只オ話シニ御邪魔シマス。夜伽、根性ダメシナドトテ参ルカラ事件モ引出スノデス。今晩ハ今ノ心得デ参上致スデショウ」ト云ウト、角之進モ其通リダトテ立帰ッタ。格別ノ事ハナク暮時ニナッタカラ、カノ両人、真木善六ト云ウ者ヲ伴ッテ来テ話シタガ、何事モ無ク静カデアル。二十六夜デ月ノ出ヲ拝ム為ニ何方モ寝ナイ宵ダカラ、何トナク世間モ賑々シク、三人モ月ガ出ルマデ話シ続ケル事ニシタ。角之進宅ニ霜カズキト云ウ柿ガアッテ、霜月ニナルト風味ヨロシキ段階ニナル。九月十日迄モ渋ガ抜ケナイノデ、霜カズキト名付ケル。尤モ霜月ニハ霜ガ降ッタ様ニ上皮ガ白クナルカラ味ワイモ甚ダ佳《よ》イ。此頃ハ却《かえ》ッテ渋ガ無ク、味ハ良イトハ云エナイガ随分ト食ベラレテイル。八月中旬後ハ又渋ニ返ル。角之進ガコノ柿ヲ持参シテ、眠気醒シニショウト宵ノウチニ取出シタカラ、コレハ珍ラシイ、後刻ノ楽シミニト器ニ入レテ片脇ニ置イタノヲ、後夜過ギテ、サア賞翫《しょうがん》ショウト器ヲ出シテミルト、何時ノ間ニカ種子バカリニナッテイル。宵カラ差向イデ話シテイタノダカラ、何人モ食ッタ筈ハナイ。コレハオ化殿ガ召上ツタノデアロウ。為ス事モナク話シテイタ所、台所デ又雷ノ落チタ様ナ音ガシタ。兼テ聞イテイタコトダカラ、二人共、ココダト知ラヌ顔ヲシテイタ。僕ガ手燭《てしょく》ヲ持ツテ行ツテミルト、搗臼デアル。コノ臼ハ先年大風ノ吹イタ時、近所ノ大木ガ倒レタノヲ取ツテ造ツタ代物デ、並ノ臼ヨリ余程大キイ。コレガ物置部屋ニ入レテアツタノヲドウシテ出シタノカ、ト皆々ハ驚イタ。所デ、コノ狭イ場所ニ迷惑ナ話ダナト僕ガ洩《もら》スト、真木善六ガ立ツテ来テ裏ノ口ヲ開ケ、大臼ヲ縦ニシテ何ノ苦モナク差上ゲテ、外ヘ投ゲ出シタ。兼テ力持ダトハ聞イテイタガ、コンナ業ヲ眼前ニ見テ、先刻ノ音ヨリナオ肝ヲ消シタ。南部、陰山ノ両人モ真木ノ勇気ニ力ヲ得タカ、畳ノ揚ルコトナド見向キモセズ、ユルユル話シテイタガ、モウ二時過ギニモナツタ頃、天井ガメキメキト鳴出シ、種子許リニナツタ柿ガ、又元通リノ柿ニナツテ天井カラパラパラト落チテ、四人ガ話シテイル座ヲ転ビ廻ツタノヲ、僕ガ取ツテ、刃物ハ面倒ダト其儘押シ割ツタ所、中ノ種ハ悉《ことごと》ク色々ナ虫ニナツテ逃ゲ去ルノヲ、当方ハ種子ニハ用無シトバカリ食ベタ。善六モ、「イカサマ拙者《せつしや》モ一ツ食ベテ眠気ヲ醒《さま》ソウ」ト取ツテ食ツタガ、コレニモ種子ハ蜘蛛又ハ油虫トナツテ這イ去ツタ。残ツテイタ柿ハミンナ元ノ器ノ中ヘ転リ入ツタ。ソレカラ又、落《おと》シ噺《ばなし》失敗談ナドデ興ヲ催スウチ、寺々ノ鐘モ鳴リ、サア時刻ダトミンナ月ノ出ヲ拝ミナドシテイルウチ、東雲近イト皆々打連レテ帰ツテ行ツタ。今迄ハミナ辟《へき》易《えき》シテ夜半ニモナラヌ先ニ逃ゲ帰ツタノニ、今宵ハ不思議ニモサシテ驚カズ暁マデ語リ明シタノハ、真木ノ力ニ気ヲ取直シタカラデアロウ。僕モ良キ伽デ面白カツタト跡ヲ片付ケ、今暫クト閨《ねや》ニ入ツタ。

二十七日ノ十時頃ニ起キテ、善六ガ臼ヲ投ゲダシタ所ヲ見ルト、臼ハ無ク、其処ノ土ハ臼形《うすなり》ニ深ク窪ンデイタ。物置ヘ行クト臼ハ元通リニアツテ、臼ノ角ニハ土ガ着イテイル。ソレニシテモ臼ヲ元ノ場所ヘ戻シ、又柿モ返シタトハ律気ナ話ダ。「鬼神ニ横道ナシ」トハコンナ事ヲ云ウノデアロウカ?

今日ハ終日変ツタ事モナク、暮方、蔭山金左衛門ガヤツテ来テ、前夜ノ話ヲ聴キ、「善六ノ力ハ聞イテイタ以上ダ。其他ノ人々モ、真木ノ勇気ニ惹カレ乍ラモヨク終夜居ラレタコトダ。何事ガアツテモ知ラヌ顔デ居タナラ、物怪モ張合イガ抜ケ、又コチラモ少々ノ不思議ナ手品ヲ見ル心算《つもり》デ居レバ、却ツテ不思議モ無イダロウ。今宵ハ拙者ガオ話相手ヲ仕《つかまつ》ル」ト云ツテ、十時過ギマデ頑張ツタ。僕ハ眠クテ仕様ガナク、ウトウトシテ居タノニ、金左衛門ガフト次ノ間ヲ見ルト、台所ノ方ニ何カ煙ノ様ニモヤモヤ動クモノガアル。覚悟シテイルカラ素知ラヌ顔ヲシテイルト、ハヤ敷居ニ来タノヲヨク見詰メルト、人間ノ貌《かお》ノ様ニ見エテハイルガ、数多クノ網ノ目ノ様ナ顔々デ、竪菱《たてびし》ニ長イノガアレバ、横菱ニ平ラベツタイノモアリ、其等ノ顔ガダンダン並ビ重ツテ、縦ニナリ、横ニナリ、甚ダ目紛《まぎ》ラワシク出テ来タカラ、金左衛門ハ狼狽シテ僕ヲ呼ビ起シタ。目ヲ醒マシテミルト、彼ハ真青ニナツテ奥ノ方ヘト這イ込ンダ。網顔ヲヨク見据エルト、何時カノ輪違イヨリモ一層無気味ナモノデ、縦ニナッタ時ハ口ヲ開キ、横ニナッタ時ハ口ヲ閉ジ、ソノ度毎ニフーッット此方へ息ヲ吹キ掛ケル様ニ受取レタカラ、蔭山ハ堪リ兼テカ、例ノ櫃ヘ入レテ置イタ刀ヲ取出シ、抜キ放ッテ切払ウガ、手応エハ無イ。煙ヲ切ル様ナモノデ、一時ニドット笑ワレタノニ驚キ、庭へ飛ビ下リ、「オ暇《いとま》ヲ申ス」ト云イサマ出テ行ッテシマッタ。僕ハアトノ戸ヲ締メテ、網顔ト向イ合ッタガ、子供遊ビニ朱欒《ザボン》ヲ煎ジ茶ニ入レテ吹イタ様ニ、ツマリ石鹼玉ノ様ニ、貌ノ上ニ貌ガ重ッテ竪菱横菱ニナッテ消エテハ現ワレ、部屋中残ラズ貌ダラケ……前後左右ドチラヲ向イテモ、モヤモヤトシテ五月蠅《うるさ》イコト云ウバカリデナイ。近寄ッテ捉エテヤロウトスルガ、空気ヲ摑ムノト更ニ変リハ無イ。僕ハ、「コレデハ又夜明シサセラレテシマウ」ト蚊帳ニハイリ、先方ガイツ消エタトモ知ラズ眠入ッテシマッタガ、何ヤラ物音デ目ヲ覚スト、巨キナ物ガ歩イテ来ルノガ見エタ。蝦蟇《がま》ダ。蚊帳ノ周囲ヲ飛ビ歩キ、ソノウチ中ヘハイッテ来タ。気ガ付クト、ソノ胴ニ組紐ガ結ビ付イテイル。コレハ葛籠《くずかご》ガ化ケタノダト気ガツイタ。ソノ紐ヲシッカリ握ッテ眠ッテシマッタガ、夜ガ明ケテミルト、仰向ケノ腹ノ上ニツヾラヲ載セテイタ。

二十八日。嘉日デアルガ、此頃ノ事ガアルノデ兄方ヘモ行カナイデ、昼寝ガチニ過シタ。コレト云ウ程ノ怪シイ事ハナク、既ニ暮ガカッタノデ行水シ、縁先ニ出テ涼ンデ居タ。日モ暮レテカラ茶ナド煎ジ、ユックリ夜食ヲ済マセ、彼此《かれこれ》十時近クナッタガ、誰モ来ナイ。蚊帳ノ中へ灯ヲ入レテ、通俗本ヲ取出シ読ミカカツタ所、フト座敷ヲ見ルト、壁ニ人ノ影ガアリアリト映リ、見台《けんだい》ヲ前ニ高ラカニ書物ヲ読ンデ居ル。何ヲ読上ゲテイルノカトヨクヨク耳ヲ澄マセルト、僕ガ今シ方取出シタ本ヲ講ジテ居ルノダツタ。コレハ面白イ伽ダト思ツタモノノ、トカク得心ガ行キ兼テイルウチニ、消エ失セタ。夜半ニナツタカラ眠ロウト思イ、便所へ行コウト蚊帳ヲ出テ、何時モハ居間ノ便所へ行クガ今宵ハフト奥ノ縁ニ出テ、涼ミ方々路吹へ下リテミヨウ、踏石ノ上ニハ例ノ下駄ガアル筈ト、何心ナク沓脱《くつぬぎ》へ降リ立ツタ所、ソノ冷タサハ氷ヲ履《ふ》ム様デ、然モイヤニ柔ラカイ。縁へ上ロウトスルト、ネバリネバリシテ足ガ上ゲラレナイ。鳥黐《とりもち》ヲ踏ン付ケタ様ダ。下ヲ見ルト何ダカボーツト白ツポイノデ、見据エルト、人ノ腹ノ上ニアガツテイルト見エテ、軟カデ冷ンヤリシテイル。死人ノ腹ノ上ニアガツテイル様ナノデ、ナオ身ヲ屈《かが》メテ注意スルト、手足ハ至ツテ短ク、貌トオボシイ処デ何カパチパチト小サイ音ガシテイルノヲヨク覗クト、目ヲ動カシ瞬キシテイル音デアツタ。カツポ虫ガ飛ンデイル様ナ音ガ絶間無シニパチパチト聞エル。足ノ裏ハ粘付イテ泥ノ中へ踏ミ込ム様デアルカラ、縁へ手ヲ掛ケ、這ウ様ニシテヤツト縁側へ上ツタガ、足裏ガ板ノ表面ヘニチヤニチヤクツ付イテ歩キ難イ。居間へ戻ツテ足ヲ見ルト別段ニ何モ付イテイナイ。手燭ヲ点ジテ踏石ヲ査《しら》ベテミルト、其処ニハ下駄ガ載ツテイル丈ダ。只パチパチノ音ハ依然トシテ聞エテイル。足裏ノ粘バルノモ止ンダノデ、コレモ捨置クガヨイト思イ、居間ノ厠へ行ツタガ何ノ変ツタ事モナイ。蚊帳へハイツタモノノ、夜通シパチパチト鳴ル音ガ耳ニ入ツテ仲々寝付カレナカツタガ、其後ハ変ツタ事ハ無ク鶏鳴ニ及ンデ漸ク一ト寝入リシタ。

二十九日。何事モ無ク、昼飯モ済マセタ時ニ中村平左衛門ガ来テ話シテイルウチ、昨夜ハドウダツタカト尋ネタカラ、前夜ノ話ヲ聞カセ、殊ニ踏石ノ事ニ及ビ、コレマデ不気味ナ事モ数々アツタガ、足ノ裏ガニチヤニチヤクツ付イタノニハ大イニ困ツタ。又、目ノパチパチガ耳ニツイテ眠レナカツタト告ゲルト、平左衛門「ソレハドンナ貌デアツタカ」「闇ノ夜デ確《しか》ト分ラナイ。只目ガパチパチト動イテイル様ニ見エタ」「先ズ凡《およ》ソ誰ニ似テイタカ」途端彼ハ背中ヲ叩カレタ。振返ルト天井ノ隅ニ手ダケガブラリト下ツテ、静々ト天井ヘ引込ンデ行ク所ダツタノデ、平左衛門ハワツト云ツタママ俯向イテ、二度ト顔ヲ上ゲナイ。僕ガ、気絶デモシタノカト引起スト、彼ハヤツト起上リ、「御暇《おいとま》スル」ト立ツタノヲ見ルト同時ニ、元結ガバラリト解ケタ。「ソノ乱髪デハ帰レナイダロウ」ト云ウノモ聞キ容《い》レズニ、早々ニ出テ行ツテシマツタ。今迄道具ノ飛ブナドハ度々アツタガ、昼間ニ怪シイ形ガ現ワレタノハ今日ガ初メデアル。コレハド僕ガアトデ居間ノ方ヲ見ルト、未ダ四時頃ナノニ真暗ニナツテ恰モ真ノ闇夜ノ様ダ。コレハドンナ事ヲスルノダロウト見ルウチニ、又次第ニ明ルクナリ、又暗クナリ、後ニハコノ反復ガ度ヲ増シテ目ガ眩《くる》メク程ニナツタガ、段々ト止マツテ元ニ戻ツタ。コノ調子ナラバ昼夜ノ分チナク色々ノ事ガアルダロウ、イカサマ天井ニ何者カガ棲《す》ンデ居ルノカト思ワレル。随分捨テ置イタガ愈々正体ヲ現ワシ相ニナッタ。ヨシ、油断スルノヲ待ッテ本意ヲ達シヨウ。僕モ少シ楽シミニナッテ来タ。

其日モ程ナク暮レテ最早十時ニナッタカラ、焜炉《こんろ》ノ中へ火ヲ保ッテ置イテ寝《やす》モウト炭取ヲ見ルト、炭ガ無カッタ。裏ノ物置小屋カラ出ソウト炭取ヲ下ゲテ裏へ行ッテミルト、物置ノ戸口一杯ニ老婆ノ貌ガ出テ、入リ様ガナイ。又品ヲ替エタナ、構ワズニ進ンダラ例ノ通リ消エ失セルダロウト近寄ッタガ、ソノ貌ハジッットシテ居ル。目鼻ヲギョロギョロサセテ今ニモ物ヲ云ウカト見エル。炭取ノ火箸ヲ取ッテ貌ニ突キ立テテミルト、柔ラカデ、ブッリト刺ッタ。首ハ然シ一向ニ退カナイ。何ヤラ粘々シテ来タ様ダカラ、前夜ノ死人ニ懲リテ、コレモ捨テ置イタガヨシト火箸ヲ両眼ノ間ニ突立テ、縁側ニ上ッテミルト、座敷中何処モマルデ糊ヲ塗ッタ様ニ真白ニナッテイル。云イ様ノナイ青臭サデ、虚無僧ガヤッテ来タ晩モチヨットコンナ匂イガ漲ッテイタガ、同ジオ化デモコレハ幽霊臭サダ。ネバネバ粘リ付クノデ、前夜ニ懲《こ》リテ寝床ノ設ケ様モナク、居間ノ柱ニ倚リ懸ッテウトウトシテイタガ、トカク今夜ハ家鳴モ強ク、天井裏デハ婦人ノ泣声ナド聞エ、シカモ大勢デ訳ハ判ラヌガ口々ニ物云ウ様ナ声ガ聞エタカラ、夜通シ眠ラレズ、殊更暑ク、折々風ハ吹イテ来タガイヤニ暖カイ風デ、マドロムコトモ出来ナイ。ウトウトトスルト畳ト一緒ニ持上ッテ落サレルト云ウ始末デ、暁マデ騒ガシカッタガ、漸ク明方ニ静カニナッタカラヤット寝入ッテ、十一時頃マデ寝過シタ。

漸《ようや》ク目ガ覚メ、昨夜ノ婆ノ首ハドウナツタカト物置ヘ行ツテミルト、アノ貌ノ目鼻ノ間ヘ刺シテ置イタ火箸ガソノママ戸ロノ真中ニ、宙ニ糸デ吊《つる》シタ様ニ見エタ。近付イテミルト、何物ニ向ツテ立テテアルワケデナク、只宙ニ引ツカカツテイル。コイツハト手ヲ伸バスト、落チタ。拾イ上ゲタガ火箸ニ何ノ変リモ無イ。炭ヲ出シテ茶ヲ入レ、今日ハ何カ起ルダロウ。タトエドンナ事ガアツテモ、性根サエ見現ワシタナラバ対策モアルト思ツテイルト、何ダカ気持悪イ風ガ渡ツテ来テ、星ノ光ノ様ナモノガ数々燦《きら》メキ出シ、ソノ跡ハ蛍ノ乱レ飛ブ様ニ見エテ、何トナク哀レニ物寂シク心細ク覚エタガ、何ノ是式ノ事！

扨《さて》ツクヅク数エルノニ、オ化ハ今月ツイタチノ晩ニ初メテ出タガ、モウ一ト月ニナツテ、今日ハミソカデアル。何時マデ続ケル心算デアロウ。気ノ永イ化物ダナ。此方モ気長クシテ、先方ノ油断ヲ見テ仕止メテヤロウト心ノ中デ計画ヲ組ンダ。折カラ急ニ曇ツテ来テ酷イ白雨、風モ劇シクナツテ、裏ノ縁側ヘ横雨ガ吹キ付ケ障子ガ濡レタカラ、押入ノ戸ヲ外シテ立テカケテ雨ヲ防イダガ、雨風ニツレテ家鳴モ強ク起ツテ来タノデ、僕ハ又思ツタ。何時マデオ化ノ守ヲサセラレルノダロウ。デモコノ二、三日ノ様子ヲ見ルト、昼モ色々ノ形ガ出ルノハ先方モ最早油断ノ体ダカラ、正体サエ見届ケタナラバ此方モ行動ヲ開始シタイガ、刃物ガナクテハ叶ウマイ。何分ニモ脇差ハ腰カラ放スマイト例ノ箱カラ取出シ、腰ニ差シ、食事ノ時モ片手ハ脇差ヲ離サヌ様ニシタ。終日人モ来ズ、日ノ暮カラ雨モ止ミ、殊ニ晴渡ツタ空ニナリ星々ガハツキリ出テイタカラ、縁側ニ戸ナドヲ取リ入レ、片付ケテイルウチ早十時ト覚エラレタノデ、板縁ハ乾イタデアロウカト障子ヲ開ケテミルト、未ダジメジメシテイル。又障子ヲ閉メテハイツタガ、坐ラナイウチニ背後ノ障子ガ再ビガラリト明イタ。大キナ手ガ伸ビテ来テ僕ヲ摑エヨウトスル。此処ダ！　ト抜打ニ切リ付ケタ所、手ハ引ツ込ンデ障子ヲハタト締メタ。アトヲ追オウトスルト、「待タレヨ。ソレヘ参ラン」ト云ウ声ガシタ。語尾ヲ跳《は》ネル様ナ大声デアル。コレハ面白イゾ、出テ来タ所ヲ一ト打ト緊張シテ控エテイルト、暫クシテ障子ガサラリト明イタ。背ノ高サハ鴨居ヲ一尺モ越ス程デアル。肩幅広ク四角四面ノ様ダガ、又至極太ツテイルノデ軀ノ何処ニモ角張ツタ所ガナイトモ云エル様ナ大男ガ、悠々ト出テ来タ。ツクヅク見ルト年ノ頃ハ四十許リ、甚ダ人品良ク、花色ノ帷子《かたびら》ニ浅葱《あさぎ》ノ裃《かみしも》ヲ着ケ、腰ニ両刀ヲ差シテ、静カニ歩イテ向ウ側ニ坐ツタノデ、僕ハ立上リザマ脇差引キ抜イテ切払オウトシタラ、先方ハ坐ツタ儘《まま》、綱ヲ付ケテウシロカラ引ク様ニ壁ノ中ヘハイツタ。影ノ様ニ見エテイルノガ笑イ乍《なが》ラ云ウノニ、「御身如キノ手ニ合ウ余ニハ非ズ。云イ聴カスベキ事ノアリテ来レルナリ。刃物ヲ納メ、心ヲ静メラレヨ」

コノ具合ジヤ仕止メ難イ。隙《すき》ヲ狙ウコトニシヨウト僕ハ考エ直シ、先ズ何ヲ云ウカ聞イテミヨウト、脇差ヲ鞘《さや》ニ収メテ坐リ直スト、先方ハ又壁ノ内部カラ坐ツタ儘デ、ウシロカラ押シ出ス様ニ出テ来タ。

「扨々《さてさて》御身、若年乍ラ殊勝至極」ト云ウノデ、「其方ハ何者ゾ」ト口ニ出スト、「余ハ山ン本五郎左衛門ト名乗ル。ヤマモトニ非ズ。サンモトト発音致ス」僕「ソハ人間ノ名ニアラズヤ。ソチハ人間ニテハヨモ有ラジ。狐ナルカ、狸ナルカ?」重ネテ問イ詰メルト、山ン本ハ笑ヲ含ンデ、「余ハ狐狸ノ如キ卑シキ類《たぐい》ニ非ズ」「狐狸ニアラズバ天狗ナルカ。何レニシテモ正体ヲ現ワシ云エ!」「余ハ日本ニテハ山ン本五郎左衛門ト名乗ルゾ。如何ニモ御身ノ云ウ如ク人間ニハ非ズ。サリトテ天狗ニモ非ズ。然ラバ何者ナルカ? コハ御身ノ推量ニ委《ゆだ》ネン。余ノ日本ヘ初メテ渡リシハ源平合戦ノ砌《みぎり》ナリキ。余ガ類イ、日本ニテハ神野悪五郎ト云ウ者ヨリ外ニハ無シ。神野ハシンノト発音致ス」答エ乍ラ、先方ガ何処カ皮肉ナ笑ヲ湛《たた》エテ此方ヲジツト見テイルウチ、僕ノ四尺許リ左手ニ切炬燵《きりごたつ》ガアツテ蓋《ふた》ヲシタ儘ニナツテイタガ、コノ蓋ガ独リデニ舞イ上ツテ、次ノ間ヘ行ツタ。次ニ炭櫃ノ炭ガ続々ト舞イ立ツテ、其処ニ茶釜ヲ懸ケタ様ニ丸クナツタノガ、ヤガテ人ノ頭ノ様ニナリ、両方ニ角《ツノ》ノ様ナモノガ出テ来テ、ソノアイダ閉ジツ開キツ煙ヲ吹出シ、ソノ角ノ様ナ、又、鐶《かん》付ケトモ受取レル箇所ハ小サク丸クナリ、恰《あたか》モ唐子ノ髪ノ様デアル。コノ二箇ノ丸イ物カラ湯気ガ立ツテグツグツ煮上リ、煮エ零《こぼ》レテ畳ノ上ヘ流レ出タガ、ソノ零レ湯ガウジウジ動クノデ、ヨク見ルト蚯蚓《みみず》ダ。件ノ釜様ノ物モ実ハミミズノ固リデ、滾《たぎ》リ零レテハウジウジト畳ヘ這イ上ツテ来ル。僕ハ、別ニ嫌イダト云ウ何物モナイガ、ドウシタ訳カ、蚯蚓ダケハ気モ消エルホド気味悪ク覚エ、草道ナドデモミミズガ這ツテイルト、其処ヲ通リ抜ケラレナイ程ダ。所デ、今煮零レタ蚯蚓ガ続々ト此方ヘ這ツテ来ルノダカラ、コレニハ辟易、胸騒ギガ起ツテ息ガ詰リ相ニナツタガ、ヨク考エテミルノニ、此所ニ蚯蚓ノ居ル道理ハ無イ。大丈夫ダト気ヲ取直シタモノノ、何分大嫌イノモノデアルカラ大イニ困ツタ。次第次第ニ這ツテ来テ膝ノ上、肩ノ周リマデ上ツテ来ルガ、払イ除ケルノモ不気味デ、只気ヲ失ワヌノヲ取得ニ頑張ツテイタ所、ヤガテ切炬燵ノ蓋ガ舞イ戻ツテ元ノ場所ニ納マルト、ミミズモ這イ帰ツタノカ見エナイ。途端カラカラト笑声ガ起ツタ。扇子ヲ使イ乍ラ山ン本ガ云ウ様、「サテモ御身ハ気丈ナルヨ。ナレドソノ気丈ユエニ今マデ難気ヲセシゾカシ。御身当年、難ニ逢ウ時期ヲ迎エタリ。コハ十六歳ニ限ラズ、大千世界総テノ人々ノ上ニ有ル事ナリ。ソノ人ヲ驚カシ恐レサセテ行クヲ我業トスルナリ。コレ、ワタクシノ所為ニ非ズ」ト云ツテイル時ニ、チヨウド僕ト向イ合ツタ壁面ニ、青ク光ツタ巨キナ顔ガ現ワレテ、蜻蛉《とんぼ》ノ目玉ノ様ニ飛ビ出シタ目デ此方ヲ睨《にら》ミ、薄レタリ濃クナツタリシテイタ。山ン本五郎左衛門ハアトヲ続ケテ、「余ハ御身ニ比熊山ニテ行キ合イタレド、追付ケ御身ガ難ニ逢ウ時節ヲ待ツテ驚カサント思イ、ソノ期日ニ驚カセタレド、恐レザル故、思ワズ長逗留、却《かえ》ツテ当方ノ業ノ妨ゲトナレリ。但シ他ヨリ聞キ求メ来ル者アレド、コハソノ難ノ来レル人ニ非ザレバ打チ棄テ置ク也。サリ乍ラ強イテ求メテ余ニ逢ウハ難ヲ招ク道理ナリ。コレラハ余ガ為ス所ニ非ズシテ、自ラ難ヲ求ムト云ウベキナリ。余ハコレヨリ九州ニ下リ、島々ヘ渡ル故、今直チニ出立スレバ、以後何ノ怪異モアルマジ。御身ノ難モ既ニ終リタレバ、神野悪五郎モ来ルマジ」

ソウ云イ乍ラ一挺《ちょう》ノ手槌《てづち》ヲ取出シ、「サレバコノ槌ヲ其許ニ譲ルアイダ、若《も》シ怪事アラバ北ニ向イテ、山ン本五郎左衛門来レト申シテ、コノ槌ニテ柱ヲ強ク叩クベシ。余ハ速ヤカニ来リテ御身ヲ助ケン。サテモ思ワザル永逗留ノ段、平ラニ忝ケナシ」トオ辞儀ヲシタカラ、僕モ会釈ヲ返シタ。此時僕ノ傍ヘ冠《かんむり》装束《しょうぞく》ヲ付ケタ人物ノ、腰カラ上ダケガ浮ンデ、五郎左衛門ノ言葉ニ応エテイタ様ナ覚エガアル。コレハ多分産土神デ、今迄ハ手ノ打チ様モナク、後《おく》レ馳《ば》セノ仁義ダッタノデアロウカ？　サテ山ン本ハ、「余ノ帰ルノヲ見送リ給エ」ト云ッテ座ヲ立ッタカラ、僕モドンナニシテ立退クノダロウト、アトニ従イテ縁マデ出ルト、彼ハ庭ヘ下リテ再ビ会釈シタ。僕モ応ジテ身ヲ屈メタガ、討トウト云ウ気持ト内心デ争ッテイタ。所デ後者ガ勝ツタトシテモ、大ノ手デ押エラレタ様ニナッテイタカラ、動ケナイ。脇差ヘ手ヲ掛ケヨウト思ウガ、ソノ手ガ縁ヘ突キ付ケラレタ様デ、其儘ニ押エラレテイタガ、漸ク目ニ見エヌ手ガ緩《ゆる》ンダ様ニ覚エタノデ起キ上ッテミルト、室ノ内ニ駕《かご》ト槍、長刀、挟箱《はさみばこ》、長柄傘《ながえがさ》、駕脇《かごわき》ノ侍徒士《かち》、ソノ他小者ニ至ルマデ、大勢ノ供廻リガ庭ニ満々《みちみち》テ居並ンデイタ。駕ナドハ普通ノ物ダガ、供廻リハミンナ異形デ、裃、袴ナド夫々《それぞれ》ノ服装デ、奇怪ノ容貌不思議ノ風体デ控エテイル。コノ駕ニアノ大男ガ乗レルノカト思ッテイタガ、山ン本氏ハ片足ヲ駕ニ掛ケタト思ウト、畳ミ込ム様ニ何ノ苦モナク内部ヘハイッテシマッタ。サテ先供、ソノ他行列ハ行進ヲ開始シタガ、彼ラノ左ノ足ハ庭ニアリ乍ラ、右足ハ練塀上ニ懸ツテイル。宛《さなが》ラ鳥羽絵ノ様ニ、細長クナルノモアリ、又、片身下シノ様ニ半分ニナツテ行クノモアツテ、色々サマザマ廻リ灯籠ノ影法師ノ様ニナツテ空ニ上リ、星影ノ中ニ暫クハ黒々ト見エテイタガ、雲ニ入ツタト見エタノガ、風ノ吹ク様ナ音ト共ニ消エ失セテシマツタ。

コレコソ夢デナイカト思ワレタ。僕ハボンヤリ佇《たたず》ンデイタガ、ヤガテソノママ障子ヲ明ケテ置キ、敷居ノ溝ニ扇子ヲ入レテ印《シルシ》トシ、部屋ニハイツテ心ヲ静メテ蚊帳ヲ吊リ、寝具ヲ伸ベテ寝ンダガ、直グ前後モ知ラズ眠入ツテシマツタ。明クナルノヲ待ツテ起キテミルト、敷居ノ樋ニ入レテ置イタ扇子ハ其儘ニアル。庭先ニ注意スルト、縦ニ横ニ隙間モナイホド爪デ掻イタ跡ガ付イテイル。内ヘハイツテ隅々ヲ見廻シテ居タ所、前夜五郎左衛門ト対座シタ場所ニ、正シク槌ガアツタ。其槌ハ凡《およ》ソ六寸、柄ノ長サハ一尺余、両ノ木口ハ削リ切ラレ、殺《そ》イダママ付ケテアリ、中高デ木質ハ不明。丸木ノ皮ヲ取ツタ儘デ、黒ク塗ラレテイル。柄ハ元ノ方ガ太ク、先モ太イ。

僕ハ槌ヲ携《たずさ》エテ、八月ツイタチノ早朝、兄ノ新八方ヘ赴《おもむ》キ、前夜ノ事共ヲ詳シク語ツタ所、「物怪ガ立去ツタ上ニ槌ヲ呉レタノハ、オ前ノ勇名ガ顕ワレルノミカ、大イナル仕合セダ。大切ニ所持スルノガ良イ」ト云ツタ。其後ハ家鳴震動ハ勿論、鼠ノ音モシナイ。七月ノ終リノ日、オ昼頃ノ嫌ナ風ヲ云ウノデナイ。アノアトデ星ノ光ノ様ナモノガヤガテ蛍ガ乱レ飛ブ様ニ見エテ物哀レヲ唆《そそ》ツタ……アノ心細サガ、今デハ何カ悲シイ澄ンダ気持ニ変ツテイル。秋ノセイダロウカ？　然シ、コンナ何事カガ一段落付イタ様ナ、ソレトモコレカラ新生活ガ始マルカノ様ナ気持ハ、僕ハ今迄何処ニモ覚エタコトガ無イ。ミンナハ、オ呪《まじない》デモ妙薬デモ尋ネタナラバキツト教エテクレタデアロウ、ソレヲ聞イテサエ置ケバ人ノ益ニモ立ツ筈デアツタト云ウ。然シアノ際ハ其ニ気付カナカツタノダカラ致シ方ガ無イ。只神野悪五郎ノ名ト槌トガ残サレタニ過ギヌ事ハ、僕ニモ甚ダ名残惜シク思ワレル。デモソノ槌デ柱ヲ叩クニハ及ブマイ。アンナ事ハ一度切リデヨイデナイカ。山ン本五郎左衛門ノ顔ヲ僕ハ生涯忘レルコトハナイデアロウ。殊ニ「只今退散仕ル」ノ尻上リノ一言ハ、何時何時《いついつ》迄モ忘レハシナイ。槌ヲ打ツ心算ハナイガ、僕ノ心ノ奥ニハ次ノ様ニ呼ビ掛ケタイ気持ガアル。山ン本サン、気ガ向イタラ又オ出デ！

☆

客　三次《ミヨシ》とは何処なんだね。

主　地図を見ると、広島県も島根県寄りの所にある。西城川、馬洗川、可愛川《エノカワ》が合流して、江《ゴウ》ノ川となって日本海に向っている。この合流点が巴《ともえ》なので、「巴峡」とも云い、巴は三次市のマークになっている。山も広く空も広く、未だ観光のゴミが立っていないらしい。夏はバカに大陸的な気候になるとか。松江へはバスで五時間、広島までは三時間半。僕がなつかしの七月をフィルム化するとすれば、まず三次から裏日本を抜ける道を紹介するね。峠を越す度《たび》に谷が豁《ひら》けて、それが又幾つも分れて更に奥へ入り込んで果もない処を見せる。山々に繁茂した木々と入れ代って、早朝の山嶺から眺めた一面の霧の海、山々の頂だけが覗いている。次に丘陵の間の美しい池々、古墳群、その発掘現場……アグファー調のセピアか紫を使う。何千噸《トン》の材木の山が、八十本つかみのフォークリフトで貨車へ積み込まれている所、アベマキが輪切にされて、コルク板に変り、それが小円に打抜かれ、王冠となり、この王冠の山に世界じゅうの珍らしい栓抜きがぶつかって乱舞となり、ここに初めて、タイトルが現われる。

——三次——浅野家支藩五万石城下——寛延二年——打ち続くさみだれの頃。

客　映画にするのならば、女気が必要だろう。平太郎に可憐な許婚《いいなずけ》の少女を配するか何かして……。

主　許婚があるような平凡少年の所へ、何で山ン本五郎左衛門がやって来るものか？

客　少年に於ける可能性が減殺されるというわけだね。そうと決ったら、思い切ったシュールレアリズムで行くくさ。

主　一つの純粋変化、絶対運動を狙って、観衆一同を「卍」の中に引き入れてしまう。ハローウィンにそなえて西洋人にも見せたいと思う。それも主として英国と独逸《ドイツ》で喜ばれるようなものに仕上げたい。僕がこの化物噺《ばけものばなし》を知ったのは四十年も前で、僕の父が、明石の女子師範学校の先生の許から借りてきてくれたのだったが、それは何かホコラの見取図がついた写本で、僕にはくずし字がまるで読めなかった。其後ラジオで解説があったが、聴き逃した。二十年ほど前に、戸塚の宿屋住いをしていた頃、隣室の床ノ間に、お客の子供が残して行ったらしい巌谷小波の童話集があって、これを披《ひら》いてみたら「平太郎化物日記」というのがあった。井上円了博士も、妖怪講義の中でこれを取上げていると云うが、未だ読む機会がない。今日やっと見付けたテキストでは、「羽州秋田藩平田内蔵助校正」とあって、備後地方の方言、例えば大手（練塀）花香（茶ノ煮花）やかましい（面倒臭い）など註が付いていた。只かいっぽ虫だけが不明だ。甲虫の小さい奴でぱちぱち翅を鳴らせるのがいる。あれのことかも知れない。数年前、神戸の旧友本多季麿君からの来信に、明治十三年七月十九日、山ッ本が日本上空を通過した云々とあったので、問い合わして次のような回答を得た。

——山本五良左ヱ門、神野長連らが日本本土上空を通過したのがはっきりと見えた云々は、明治末に活字になった「異郷備忘録」が出典で、著者は、宮内省の掌典長で、星学研究所の所員であった宮地水位。この人には、川典とかいう朝鮮の仙人から常にその種の報告が来るのだそうである。同仙人は神武帝に逢ったことがあるとか、少彦名《すくなびこな》になって土佐へやって来たこともあるとか。

——山本五良左ヱ門百合の相棒は、神野悪五郎月影で、これは前の神野長連の兄弟か親戚らしい。他に焔野与左ェ門とか飯綱智羅天とか云うのがいる。又、山ン本とか白鷺城の天主閣で宮本武蔵を悩ました小坂部姫とか、会津猪苗代の亀姫とかが、岡山県和気郡クマ山の奥で会合すると云う話が伝わっている。

客　平太郎少年は其後どうなったのかね。

主　彼は稲生武太夫と云うサムライになったとあるだけだ。

西江寺の護符の梵字は、お化けの手蹟だとあって見にくる人もあったが次第に薄らぎ、それでも二、三年は形をとめていたが、とうとう何も彼も一緒に煤《すす》けてしまった。記念の槌は今も広島の国前寺にあるそうだ。それは三次の妙栄寺に納めてあった所、同寺は国前寺の末寺なので、享和二年六月八日、転任の和尚さんが国前寺へ持参したことに依《よ》っている。

一体、愛の経験は、あとではそれがなくては堪えられなくなるという欠点を持っている。だから主人公たちは大抵身を持ち崩してしまう。若し稲生武太夫が至極平穏な生涯を送ったのだったら、それは又それでよいでないか。

稲生家＝化物コンクール　――A CHRISTMAS STORY――

寛延二年七月一日から三十日にかけて、浅野家支藩三次《みよし》五万石の城下、稲生平太郎という少年サムライの住いに夜毎に怪異が起った。この事件はフィクションではないらしく、平田篤胤《あったね》、明治では井上円了博士が取上げているそうだが、私はそれら文献をまだ読んでいない。ここでは動くオブジェとしてのお化けの一群を、紹介するにとどめる。

平太郎少年は、父母すでになく、幼弟の勝弥と共に、家来を一人置いて住んでいた。

☆

（1st）

夕方、隣家の三ッ井権八と河原に出て涼んでいると、比熊山の上方が墨を流したように曇ってきて、イナズマが閃《ひらめ》き、物凄い夕立になった。雨は止みそうにない。二時を廻った頃、灯が風に消えて、障子が火のように明るくなった。飛び起きると再び真暗になった。障子を引きあけようとしたが一寸も動かない。柱へ片足をかけて両手で引くと、桟《さん》が砕けて飛び散ったばかり。何者かが自分の両肩と帯を摑《つか》んで引出そうとしているようだ。両手で柱と鴨居をつかまえて頑張っていると、丸太に似て、荒々しい毛の生えたものが、指先でこちらをつかまえている様子だ。又、暗くなり暫《しばら》くして明るくなったので注意すると、向うの練塀《ねりべい》の上に巨《おお》きな一つ目が光っている。「権平、刀だ刀だ」と連呼したが、返事はない。エイ！ と身を引くと、袷《あわせ》の両肩が裂け、帯も切れてうしろへひっくり返った。刀を取ったが真暗がりで見当がつかない。床下が明るくなった。床越しに刀を刺し込もうとすると、辺りの畳が一時に舞い上った。しかし弟が寝ている一枚は元のままだ。権平が気絶していることが判った。畳の上から転び落ちたらしい。散らばった畳は座敷の隅へひとりでに積み重った。隣家の権八がはいってきて、「先刻刀を刀をと仰せられたのが耳に入りましたので、参じようとすると、門前で小坊主が茶碗に水を入れて捧げながら通るのを見ました。それと擦れ違うなり総身が痺れて声も出ません。蹲《つくば》っていると直ったので、まかり越したのです」

権平に水を飲ませ、ひと休みして畳を敷き直した。近所も夜通し襲われた様子である。

(*2nd*)

権平は近所の門が開くなり、前夜の件を自慢話にして触れ廻ったので、親戚が顔を出し、権八もやってきた。弟は叔父さんの家へ預けることにした。自分（平太郎のこと）は、化物の正体を見届けぬうちは退却するわけに行かないと云って、ねばることにした。権平が「昼間はお勤め致しますが、夜の儀はどうも」と云うので、外泊を許すことにした。

昼間は変ったことはなかったが、近所の友五、六人と共に伽《とぎ》をしていると、十二時近くなって、行燈《あんどん》の焰《ほのお》がパチパチ鳴って、だんだん伸びて天井に届きそうになった。畳の隅々が五寸、三寸と揚り出して次第に劇しくなってきたので、客の一人が「用事を忘れていた」と云い出したのをきっかけに、みんなが帰ってしまった。畳の揚るのが止んだので、権八は引取り、自分は蚊帳《かや》へはいって横になったが、身の周りが何だか生臭くなってきたと思うと、何処《どこ》からか水が湧き出し目にも鼻にもはいってくる。部屋じゅうに水が満ちてゆらりゆらり揺れるばかりになったが、構わないでいると、消えてしまった。

（3rd）

近所の五、六人と宵の口から酒など飲んでいた所、刀がみんな消えてしまった。それが奥の間の蚊帳の上にひとまとめにして揚げられていたので、一同の顔色が変った。莨盆《たばこぼん》、小机類が踊り出し、畳の角々がバタバタ揚り出した。十二時近くなって、何処からかドロドロと鳴り出し、家鳴りがメキメキユサユサと鳴ってきたので、一人が立ち上ったのをしおにみんなが逃げ出してしまった。庭に下りると隣家は別に揺れていない。我家が潰れることはなかろうと、行燈を提げて寝間へはいったとたん、行燈が石塔に変化した。その下から火が噴き出して拡がり、石塔も燃えてしまいそうだったが、やがて元通りになった。横になるなり天井から青いツルツルした物が降りてきた。ヒョウタンが蔓《つる》を引いて沢山下ってきたのである。そのまま寝ることにしたが、こんど目を覚すと、全身汗でびっしょりで、何者かが胸の上に載っている。障子の明りに透してみると、巨きな女の首で、色は青く、切口から長い血綿がはみ出しているのが、笑いながら胸の上に居るのだった。払い除けようとすると蚊帳の隅まで逃げ、隙があれば飛びかかろうとしている。捨てておこうとすると又、胸の上に飛んでくる。蹴《け》り飛ばそうとすると蚊帳の外に居るが、別に蚊帳を出入りしているようでもない。鴉《からす》が鳴く頃になって、やっと消え失せた。

(4th)

もう遠方まで評判になって、門前には見物人が多い。婦人子供は日が暮れると、トイレへ行くにも家内じゅうで行くとのことである。十時近くまで表は人の行きぎが絶えなかったが、見舞客も追々に帰り、残留組が「今夜は何事もないようだ」と云ううちに、家が大風が吹くように鳴り出した。一人が「どうやら家鳴も止んだようだ」と座を立ったのに、みんなあとを追うて帰ってしまった。そのあとで、水瓶《みずがめ》の水が凍って、釜《かま》の蓋《ふた》が開かぬようになり、火吹竹を吹いても風が出ぬようになった。違棚に置いてあった鼻紙が一枚ずつ散り上って、蝶が飛ぶように見えた。それが畳の上に落ちていたので、夜が明けた時人々は驚いた。

（5th）

夜になると、五人、七人と申し合わせて、合切袋や敷物持参で家鳴の音を聞くために、門前に集っていたが、六時頃雨が降ったので、大半は帰ってしまった。兄の新八が顔を出した所、彼の下駄が鴨居の上の小さな孔を抜けて飛んできて、座敷じゅうを歩き廻った。「とかく客があるとこんな事が起きるようですから、お引取り下さい」と勧めて、兄を帰した。入れ代りにやってきた権八と話していると、米三斗ほどの嵩《かさ》がある石が走ってきて、蟹のような眼玉を剝《む》いて睨《にら》みながら権八に向ってくるので、彼が刀を取ろうとしたのを、当方はとどめた。明るくなって、昨夜の石が台所にあったので、よく見ると近所の車留の石だった。権八がやってきて、「先夜来微熱があって心持がすぐれないから、夜分は養生したい旨」を伝えた。今夜も蝶が沢山飛び廻った。家鳴震動はもう普通のことになった。

（兄の新八というのは、養子である。平太郎の父は四十過ぎまで子供がなかったので、家中の中山源八の次男新八を家に入れた。三、四年経って平太郎が生れ、彼が十二歳になった時に弟の勝弥が誕生。間もなく両親は亡くなり、家督の新八はフラフラ病に罹《かか》って、実家で養生していたのである）

（6th）

昨夜は門前で氷菓子《アイスケーキ》を売っていた程だから、近郷にかけて、「見物に行かないように」との触れが出たそうである。十二時頃、新八が役人同道でやってきたので、話していた所、羽風のような音と共に、抜身の白刃が新八のカタビラの袖の端を切って、背後の唐紙にグサッと立った。抜き取ってみるといつか家来に貸した脇差だったが、鞘《さや》が無い。探していると、「トントココニ」と云う声がした。桐の箱などを動かして擦《す》れ合う音に似ているが、正しく「トントココニ」と三声、四声。扁額の辺りなので額を下すと、パタリと鞘が落ちた。権平はこの三日間、病気だと云って顔を見せない。代理も見付からぬと云うので、仕方なく暇をくれた。湯を使って一休みしていると、堀場権右衛門及び叔父川田茂左衛門が見えた。話していた所、台所の方で白い、一抱えもある、丸くて柔らかそうな物がフワリフワリ動き出した。下駄が一足飛んできて、襖《ふすま》をぶち抜いて外へ出た。白い物がこちらへ舞ってきて何かバラバラとふりかかったので、両人はワッと云って飛び退いたが、落ちたのは塩俵の古い奴であった。

(7th)

棚機《たなばた》の礼に兄新八、川田茂左衛門その他を廻ると、誰もがうるさく訊《たず》ねる。外出は止そうと思った。暑い。以前から出入りしている女がやってきて、祝儀も早々に帰ろうとすると、盥《たらい》が一つゴロゴロと転んできた。彼女はワッと門口まで逃げ、盥が追っかけたので、こけつ転《まろ》びつ逃げ去った。夕方に白雨がきたが、夜になると晴れ上り星逢いの天ノ河の浪も涼しく眺められた。台所へ行こうとしたら、入口一杯に白い大袖がある。袖口から巨きな手が出てきたが、スリコ木のようで、指の所が握り拳《こぶし》のように太い、白茶けた手だ。その手先から同様なスリコギ手が出て、又その先から初めて常人の手くらいのスリコギ手が沢山出て、仙人掌《シャボテン》のように次第に小さなスリコギ手になって、数も知れずにウジャウジャと動いている。エエイ！　と捕えようとすると、形が無い。少し離れると数限りもなく湧き出している。そのうち夜半の鐘が聞えたので蚊帳へはいった所、坊主の首で、眼が丸く光っているのが串刺しになっている。それがいくつもいくつも田楽のように、串を足にして飛び出してきた。特にスリコギ手が折々寝ている顔に冷っと触れて、それがいやに柔らかい。撥《は》ねのけると消え、消えては又湧いてくる。やっと明方になり、首々も手も順々に消えてしまった。

(8th)

時々畳が持ち上るので碌々《ろくろく》休憩もできない。白雨。しかし夜は晴れ渡った。十時過ぎに六、七人集って、「まあ寝《やす》みたまえ」と云うので蚊帳の中へはいった。好き好きの話をして夜半過ぎた頃、月が山の端に隠れてしまうと何となく物淋しく、秋めいて自から物の哀れを覚えるのをしおに、畳が揚り出した。めいめいで抑えていたが次第にひどくなり、バタバタ揚っては落ちて、灯も消えてホコリが立ち、眼も開けておられぬ。家じゅうが無茶苦茶な煤《すす》払い場と化したので、こりゃ叶わんと一人が逃げ出すと、我も我もとあとを追うて、権八だけになった。奥の方でまたパタパタいう音がするので、行ってみると、畳がみんな紐《ひも》で天井に括《くく》り上げられている。梯子《はしご》を持ってくるより早く畳が一度にドサリと落ちたので、二人は青くなった。深呼吸してから閨《ねや》にはいった所、また物音がする。大きな錫杖《しゃくじょう》が居間をあっちこっち飛び歩いているのだった。

(9th)

朝のうち、納戸の中から棕櫚箒《しゅろぼうき》が出てきて、座敷を叮寧《ていねい》に掃いて廻った。家鳴は常よりも劇しい。権八が宵の口に顔を出し、「小坊主に出逢ってから熱の上り下りがあって、食事もすまない」と云うので、「毎晩来なくともよい。用心専一、クスリも嚥《の》むように」と云い含《こ》めて帰した。夜になって家鳴は間遠になったが、何処からか遥かに尺八の音が聞えて、程なく虚無僧《そう》が一人はいってきた。すると次々と現われ、それぞれの姿勢を採った居間一面の虚無僧になった所、やがて自分が寝ている周りにみんなが寝転んでしまった。やがて順々に消えて、一人も居なくなり、夜中頃から近頃になくよく眠った。

(もう何十年も前に私は、夢の中で誰だか判らない和服姿の女の人と連れ立って、淋しい堀端道を歩いていたことがある。片側の家並にある縦に細長い、古びた二階屋を指して、「ここですよ、此処《ここ》でしたね」と口に出すと、連れは微かに頷《うなず》いた。「あの頃はお互いに苦労しましたね。とどのつまりが心中でした」の意が今のコトバに含まれていたのである。この夢を客に話してみると、「それは歌舞伎の世界ですね」と合槌《あいづち》を打った。平太郎物語の虚無僧の件を澁澤龍彦君に聞かせると、彼は大へん興がった。澁澤ばりのものが確かにあるようだ。徒然草第百十五段に宿河原におけるぼろぼろたちの果し合いが紹介されているが、虚無僧というものは何か怪しげで、幽霊臭い。彼らが浄土へ行くか、地獄へ堕ちるかは実に一管の尺八の音色に懸《かか》っている。竹の内部は赤い漆塗《うるし》りだが、中には鉛を巻き込んでいる者も居ると云う。鳴滝の妙光寺は以前普化宗の道場だったので、此処にある梵論字の墓には、花の代りにビロード苔が敷き詰められていて、水を撒《ま》いていつも湿らせておくのが供養になっているのだそうである。それは日光でなく、月光を吸わせるのが目的のように私には考えられる。平太郎の居間へ大勢の虚無僧がやってきたのは七月九日の夜だから、半片の赤い月が山の端に落ちかかっていた刻限のことであろう。私の昔の夢の堀端道にも、柳の梢に細い月が懸っていたような気がする）

（*10th*）

上田治部右衛門という人がきて、「これは狐狸か、猫又の所為だと思うが、ひとつ罠《わな》を仕掛けてみましょう」と云って、帰って行った。縁先で月を眺めていると、知合いの貞八がやってきたので、話を交わしていると、貞八の頭が膨《ふく》れ上ってきて二つに割れ、中から猿のような赤ん坊が三つ顕われた。それが膝元へ這い寄ってきたとたん、三つが合わさって一つの大童子となって摑みかかってきた。捉《とら》えようとすると跡方もない。

上田治部右衛門がハネワナを持参。鼠《ねずみ》の油揚を餌《えさ》にして仕掛けてから、帰って行った。時々家鳴、畳が揚った。明方、小便の序《つい》でに罠を見たが、何物もかかっていない。

（11th）

明るくなってからよく査《しら》べたら、餌が抜き取られている。どんなに巧妙にやろうと餌に触れた限り、竹が跳ね返らぬ道理はないのだが、そこをどうやってのけたのか、釣り紐も見えない。鼠の油揚が軒端にぶら下っていたのは、ずっとあとで判ったが、ともかくどうして紐まで解いたのか？　治部右衛門は呆れていたが、「何にせよ、これは年経た狐だと見た。足跡を査べ、その上に罠の仕様を考えてみよう」と云って、いったん帰り、再びやってきて、縁側と台所の板の間に糠《ぬか》を撒いた。宵のうちは家鳴震動凄まじく、何処ともなく鯨波《とき》のように大勢の声がしたので、彼は「これは天狗倒しだ」と云って、早々に引き上げて行った。

（12th）

東雲《しののめ》に治部右衛門が門を叩いた。二人で糠を査べた所、犬か狐かと云えるような足跡が大小とあり、その中に一尺ばかりもある人間の足跡がまじっている。「この様子では罠などに懸るとは思えない。野狐除けの祈禱《きとう》に限る！　身共が西江寺へ頼んでみよう」と云って出向いた。彼の依頼を聞いて和尚は、「お易い御用だが、ちょうど今はお盆で、祈禱の儀は勤めがたい。

（13th）

ついては当寺の薬師如来は到って灼《あらた》かで、この像の前で香を焚《た》く卓と香炉にも謂《いわれ》があって、奇特は云い尽せない。この二品と薬師の御影をお貸し申そう。これを平太郎殿の居間に掛け、信心清浄にして拝みなさい」といったので、「それでは晩方に取りに寄こします」と約束して、その足で稲生家に立寄った。

晩方、治部右衛門から長倉というのをよこした。添文に、「長倉氏は若年から山野を家とし、力は人を超え、猿鹿を取ってきた鉄砲の名人である。これが是非お伽に参りたいと云うので、差し遣わした」とある。「よく来て下さいました。実は今晩、西江寺へ薬師様の掛軸を取りに行かねばならぬのですが、家来に暇をやったので困っていた所です。大儀ながら軸を借りてきて下さいませんか」「それはいと易いこと。ですがまずお茶でも頂いてお話ししているうち何事かが起りましたらその時にお寺へ参ってもよいではありませんか。拙者はまだ怪しい事と云うのを見ないのですから、その仏影の功力で事が止みましたら、拙者としては残念至極です。今暫《しば》く待ってやって下さい」

ではその様にと茶を淹《い》れ、夜食を終え、年経た狼や手負猪を仕止めた話など聴いているうちに、十時過ぎになって、家鳴震動と共に畳がバタバタと揚り出した。

「今まで人の云う所、十に七、八は嘘で、仰山に申すのであろうと思っていましたが、さてさて不思議もあるものです。それでは西江寺さんへ」とばかり出て行った。

戸外は七月十三夜の昼のようなお月夜。ところが途中で俄《にわ》かに曇って真暗になり、前後も弁じがたい。中村源太夫という人が提燈《ちょうちん》を下げて向うからやってきて「どちらへ?」これこれだと云うと、「それがしは程近い故、提燈をお貸し申そう」忝《かたじけ》なしとそれを借りて、少し行くと、津田市郎左衛門の宅がある。角屋敷だったが、その傍の藪《やぶ》の中からいきなり笠袋のような黒い物が飛び出し、稲妻のように光って、赤熱した石のようなものと一緒に長倉の頭へ落ちてきて、首に巻き付いた。津田市郎左衛門は居間で涼んでいた折柄、表でワッという叫び声がした。格子から覗くと人が倒れている様子なので、家来を出して水を呑ませ、活を入れた。長倉が気を取り戻すと、すでに雲晴れて昼のような月夜。源太夫に借りた筈の提燈が見えない。彼は津田の家来に礼を述べて足を返し、稲生家の門から、「夜も更けましたので、お寺へは明日参ります。わけは明朝お話いたします」と云い捨てて帰って行った。彼は翌日源太夫へ顔を出し、夜前のおん提燈の儀、実はかようかようの次第で失いましたと告げると、「それは妙なお話、夜前は少しも曇ったことはなく、身共も何処へも出ません」

(*14th*)

長倉がやってきて今の話を聞かせてから、お寺へ出向いた。西江寺ではお盆の忙しさに取紛れていた所へ長倉がきて、一部始終を語ったから、和尚は驚いた。「何分祈禱を致し、御札を差上げます。仏器と御影をお預け申す間、信心専《もっぱ》らにとお伝え下さい」と云って品々を渡してくれた。長倉がその由を告げ、「今宵もお邪魔させて貰う」と云うのを断わって、暮近く墓参の序でに新八方へ寄り、暗くなってから帰宅した。早く寝もうと、仏影を床の間に懸け、その前に仏器を置き、香炉を載せて手を合わせてから、縁側で月を眺めて涼んだ。十時になったので蚊帳へ入ろうとすると、仏壇の前の唐紙がサラサラと開いた。仏壇の戸も左右にひらき、同時に卓が香炉を載せたまま三尺ばかり宙に浮き上り、仏壇まで三間ほどの距離を行くのが、まるで人が運んでいるかのようだ。仏具が仏壇の中へ収まると、戸が元のように閉された。

（*15th*）

夕方から畳がバタつき始めた。朝来、小雨が降り蒸々《むしむし》と暑さも強かったので、行水を早く使った。例年ならば中元のお祝いをし、辻踊りを待ち兼ねている所だが……と思っていると、津田市郎左衛門、木金伴吾、内田源次が打ち揃ってやってきて、「淋しいだろうと酒を持参した」と取出した。それは忝なしと、昼の瓜揉《うりも》みと鯖膾《さばなます》を出して、十時過ぎまで話したが、「今宵は我ら三人にお任せあれ」と勧めるので、蚊帳へはいった。

夜半になって伴吾は、「茶の煮花《にえばな》を入れ、眠気を払って進ぜよう」と土瓶《どびん》の茶を入れ直し、話題も新しくなった時、裏の方で大勢のエイエイという掛声がして、何か重い物を運んでくる様子だ。その声が内庭から台所へ廻って、ドサリと大きな音を立てた。平太郎は目を覚して何事かと注意すると、台所の板の間に目に止る物がある。こちらも目が覚めて、「どなたか見てきてごらん」と云ったが、三人は一ヶ所に固まったままなので、紙燭《しそく》を点《つ》けて行ってみると、物置小屋にあった漬物桶である。小屋には錠が懸っている筈だ。でもお茶の口取になされよの意だろうと、先日漬けた茄子《なす》を取出したが、誰も口に入れようとしない。自分ひとり茄子をつまみ、お茶を飲んでから蚊帳へ入ると、こんどは小卓と香炉が浮き上って蚊帳の周りを舞い出したので、三人が潜り込んできた。いつのまにか卓と香炉は別々になり、香炉が蚊帳の中へはいってきて、傾くと灰がバラバラと三人の上に散りかかった。内田がワッと云って俯向《うつむ》いた時、胸の中がこみ上げたのか、黄水をガバッと二人の上に吐きかけた。自分が起きて蚊帳を外して掃除しようとするうち、卓も香炉も仏壇の内部へ収まってしまった。三人を釣瓶《つるべ》井戸まで連れて行って、水を飲ませてから帰宅させた。

(*16th*)

藪入。叔父川田茂左衛門方へ行くと、酒飯が済んで彼が云うのに、「万一の過ちがあって、一族も見捨てておいたなどと云われたら立ちがたい。今日から親戚中の何処かに逗留して、暫く様子を見ては」と勧める。「今となって狐とも狸とも知らないで余所へ移っては、臆病の名を取ります」と云って頑張った。同席の志願者一人を連れて、暮方に帰り、縁側で風を入れているうちに眠くなった。件《くだん》の若者が風炉で火を起し煮花で酔を醒まそうと思う折柄、天井がメキメキ鳴って、低くなってきた。天井がいよいよ低くなってきたので、客はワッと云って庭先へ飛び降りた。その声で目が覚め、天井が著しく低くなっているのを見た。そのままにして寝たが、夜が明けると若者が、「自分こそ夜前稲生の化物に逢った」と触れ廻ったので、もう門前は日が暮れると通る人もない。

（17th）

昼頃、上田治部右衛門が野狐除けの札を持参。「西江寺へ依頼しておいたのが、今日祈禱が済んで、お札を差越したのです」と云って、それを居間に懸けて帰って行った。暮方再び顔を出して、「今宵はお札の功力で何事もないだろう」と共に縁に出て、月待空を眺めて語っていた折柄、漸《ようや》く山の端に出た月影に白々とおぼろに照し出された庭木の葉の中に、よく見分けのつかぬ樫《かし》があったが、その手前からも同じような月が現われた。その数が見る見る増して、次から次へ輪違いのようになって現われ、空から舞い出るようでもあった。治部右衛門が「あれは何だ」と云ううち、輪違いの月は縁の前までクルクル廻りながら迫ってきた。いよいよクルクル目まぐるしく覆い被さってきたから、客はそろそろ逃げ腰になり、「今暫く話して行かれては」と勧めたが、そのまま帰ろうとする所へ、台所の方からも輪違いが押し寄せ、中には小型の盥くらいの輪もまじって、互いに煙のようにクルクル廻っている。治部右衛門が野狐の仕業だと思いながらよく見据えると、おのおの輪の中に目鼻があって、見定めようとすると、クルクル入れ替って顔の上に顔が交わり、睨《にら》むもの、笑うもの、治部右衛門は台所へは抜けられないまま、庭先に出たとたん、顔々が一度に笑ったような声がしたので、彼は門口から飛び出してしまった。その有様に、輪違い先生たちと共に吹き出しながら、寝床に入ったが、それからは何事も無かった。

(*18th*)

朝、治部右衛門がやってきて、「あのお札にも恐れないとは、どうも狐狸ではありませんね」と評議していた所へ、権八が顔を出した。「よく次から次へと狂言が差し替えられるものだ。これには勝てんわい」と云ったので、そんな気後れを云うようでは負けるのも道理だと云おうとしたが、さりげなく、「どうも顔色が悪いようだ。毎度云うことだが、徹底的な養生が第一だ。元気を恢復してから来てくれればよい。自分は平気だから」

さて西江寺のお札を見ると、薄墨で何やら書き添えてある。昨夜は確かこんな字は無かった。お寺へ報せると早速和尚がやってきて、「梵字を書き入れたとは、ちょっとやそっとの妖怪でない」と舌を巻いて、帰って行った。何を意味する字かは知らないが、きっとお札に落し字か書き損じがあったのであろう。きょうは昼間から各道具が舞い上り、茶碗類が台所から鳴りながら飛来して、鴨居にぶつかって微塵《みじん》に砕ける！　と見るより先に、ツイーと鴨居を潜って座敷の真中で落ちる。飛んでいる時に手を当てると、落ちて砕ける。捨てて置くと音ばかり鳴り渡って壊れることはない。行燈が舞ってもそのままにしておくと、油一滴零《こぼ》れない。

宵の口から三人の客があったが、十時過ぎになって話題が途絶えがちになると、三人の背中をハタと叩く者がある。台所から、数ヶ所もギクシャクに折れた稲妻形の手が伸びてきたり、縮まったりしているのだった。客たちはワッと云って奥庭へ飛び降り、路次口を引きあけて逃げてしまった。寝床に入っても曲尺のような手は座敷をギクシャクと動いている……その次に目を覚すと、天井一面に巨きな老婆の貌《かお》が現われ、長い舌を出し、蚊帳を貫いて胸から顔を舐《ねぶ》りにくる。相手にしないでいると、夜も白む頃老婆は消えた。

（*19th*）

朝十時頃、門を叩《たた》く音に起き出ると、向井治郎左衛門というのが、「いや、なに、日も高いのに門口が閉っていましたから、お起し申したのです。何しろ此頃のことですからね」「それは忝なし。実は夜前はかようかようの次第で……」

お客は内に通って様子を詳しく訊ね、「なるほど、治部右衛門の申さるる通り狐狸の類でしょうが、罠の餌を取った程ですから、千年も経た曲者に相違ありません。ついては十兵衛という部落の人を御紹介しましょう。彼は罠の名人なのです。今日は拠無《よんどころな》い用事で余所へ参りますから、明日改めて参上いたします」

再び眠り、一時近くに起きて飯を済ませ暮れを待った。十時になったが変った事はない。夜中過ぎても何事も起らないので、少し気抜けした折、天井が次第に下ってきた。だんだん落ちかかって頭のてっぺんに触れたが、そのまま坐っていると、自分の頭部は天井を抜け出て、行燈もまた天井板を抜いて、天井の裏側が具《つぶさ》に見える。鼠の糞、蜘蛛《くも》の巣など夥《おびただ》しく、古藁屑《わらくず》で真黒である。天井は膝上まで落ちかかったが、ほって置くと、次第に上って元のようになってしまった。自分の体が突き抜いたと思う箇所に別段孔もあいていなければ、行燈が抜け出た所にも何の跡もない。只そこにいつのまに出来たのか、大きな蜂の巣がくっ付いていたが、これが見るうちに嵩を拡げ、数箇に増え、その内部から蟹のように泡を吹き、黄色の水を吐いたが、知らぬ振りをしていると、蜂の巣は消えて元の天井になってしまった。実は裏に米搗臼《こめつきうす》があったのが、宵の口からトントンと搗《つ》く音がした。思い付いて黒米を臼の中へ入れてから、蚊帳にはいった。翌朝臼を見たら、玄米は精白されず元のままであった。

（*20th*）

向井治郎左衛門が川田十兵衛を伴ってきて、罠の用意をさせた。十兵衛は六十ばかりの男で、若年から鉄砲打ちであるが、踏落し罠は、彼が先年大阪へ行き、革市場である猟師と逢った所、殊の他に大きな狸の皮を見せられた。「これは見事なものです。何分にも年を経た狸でしょうね」猟師は大いに笑って、「おぬしにも似合わぬ鑑定だな。これは若狸だよ。狸にも種類があって、こんなに大きいのが常態なんだ。この類は稀である。その他に人を化かす理がある。これはなかなかの事でないと取れない。その狸は至って聡《さと》く、生れ立もこんなに大きくはない。

人にも山犬にも取られないから、自然と劫《こう》を経て、あとでは色々と自在を獲得し、人を悩ますのだ。其奴の皮は至って厚く、毛は粗々として、毛並は良くない。これを取るには特別の罠でなければダメだ。我らが習った踏落しは多くの人の知らぬ罠である」「それは初耳です。どんなやり方なんですか。お伝え下さるわけに参らぬでしょうか」「我らは数年この罠を掛け、自然とコツを覚えたのだ。どんな賢《さか》しい狐狸でも俺の踏落しを遁れることは稀だな。自分らの若い時、天満の社が夜中に三つの社に見えるという事があった。俺は深更にこっそり其処へ行って踏落しを仕掛けたのに、大狸が懸った。尾の先は二つに割れて、首から尾先まで四尺余もある狸だった。直ちに打ち殺して翌日近所の者に見せた所、大いに悦び、近年この狸が怪をした、天満の沙汰もこれの所為だろうと申し合った。総体に古狸は狐と馴合って色々に化けると云う。そのせいか取ることが六つかしい。然しながらこの踏落しには遁れる事はないな」「わたしの田舎では鉄砲ばかりで熊猿鹿を取っております。狐狸も多いようですが、筒先に感付いて姿を隠し、手に入りません。自分にもその踏落しを御伝授下さらないでしょうか」

こんないきさつで、十兵衛は罠の名人になり、工夫も手に入って、数多くの狐狸を取って世を渡ってきたが、ある時、鳳源寺というお寺で、大般若経がひとりでに舞い上ることがしばしばで、人々は怖がり、自ずと参詣も稀になった上に、なお怪しい事があるのを十兵衛が耳にして、そこに罠を掛けた所、幾年月経たとも知れぬ狸が懸ったのを、お寺には知らさずに打ち殺して帰った。その後は何の怪もなく、お寺も繁昌した。又、あとに松尾藤助という人の所に怪しい事があった。藤助が居間で昼寝していたのを、召使いの者が呼びに行くと、ふたりの主人が寝ている。怖くなって次の間に逃げて呼ぶと、常のように起きてきた。その後、時々奥にも藤助が居ると外にも藤助が居るというわけで、藤助自身も何か本性が乱れるように覚えたから、親戚らが祈禱やお札などやってみたが一向に験《ため》しがない。十兵衛がこれを聞いて例の天満の話を思い出し、罠の事を申し出て掛けてみると、背中の毛など抜けて粗々した斑《まだら》な古狸が懸った。藤助には其の後何事もなく、家内の喜びも大方でない。その他に、一般狐狸を取る事にも妙を得て、度々手柄を立てた。

十兵衛が、話を聴いて、云うのに——

「御屋敷の様子では大方古猫か古狸でしょう。狐はこんな事はしないもので、狐は古狸古猫を遣い、自分は脇で見物して居るのだと思われます。猫も、狐の力で自在を得ることが面白いのか、我が身の上をも忘れて色々怪しき事を為して、ついに化けの皮が顕われて身を亡すものと思えます。その時は猫だけが罠に懸り、狐は脇で見物して笑うように考えられます。世に狐ほど賢しい奴はありません。それ故、罠には大抵猫狸が懸るのでして。尤《もっと》も跳罠で狐を釣りますと、野狐は懸ります。其奴はしかしこの様な業を致す狐ではなく、又、同じ野狐でも劫を経た狐は一向に懸りません。この御屋敷には打続き色々の妖怪あり、これは様々の者が集まって怪しき事を為すのだと考えられます。しかしどの様に集まりました所で、その中の一匹を獲りますと、残りはちりぢりになり、怪しき事も忽《たちま》ち止むものです。この上に数が増えますと、いよいよ六つかしくなりますから、只今から踏落しの支度を致します」

と云って、先方の通路の見当を付けて、罠を仕掛けた。「声を立てるのを合図に出てみて下さい」と約束をきめ、十兵衛は客雪隠へはいった。治郎左衛門は十時過ぎに帰り、それからひと眠りして目を覚まし、かれこれ夜半過ぎと思ったが、何やら呻《うめ》き声がする。耳を澄ませると客雪隠の方だったので、出向いてみると、便所の戸は散々に倒され、十兵衛が気絶している。まず彼の顔に水を掛けて正気を呼び戻させると、夢から覚めた面持で云うには、「先刻ゾッとしましたから、来たなと透し見ますと、あの踏落しの方から巨きな手が出て、雪隠諸共に自分を摑んで引き出しました。声を出そうとしましたが、出ません……あとはどうなったのか……。これは大方、天狗か山の神でしょう。さてさて恐ろしい目に逢いました」とて罠をそのままに、震えながら帰って行った。

(21st)

罠はちゃんと取付けられている。破損したと見た雪隠の戸はどうもなっていない。程なく向井治郎左衛門がやってきたので、コレコレだと云うと、彼は肝を潰し、十兵衛の罠にも叶《かな》うものでないとて、先方を呼びにやった所、摑まれた箇所の骨が痛んで立居できないとあって、他の者をよこして罠を片付けて持ち帰った。彼は其の後は病身ものになったそうである。治郎左衛門もバツが悪くて帰って行ったが、夜になっても伽人は見えず、静かなのでもう寝ようかという折柄、居間の隅に鼠の孔があったのが、その穴で何やら動いている。よくよく見ると女の首が、逆様になって四、五寸ほど伸びてくるのだった。到って長い髪をクルクルと円座のように巻いて、その上に首ばかりを逆さに、切口とおぼしい箇所は柘榴《ざくろ》の実のように外方へ赤く弾け出し、歯並は黒く染めているのを、ニタニタと笑わせながら飛んでくる……これは珍しいので居直って見ていると、柱の根から同様の首が数々飛び出して、あなたこなたに飛行を始めた。長い髪を尾のように曳《ひ》いて、毛槍を揉《も》むようにバラバラと音が聞え、笑い笑い飛んで来る。膝の前に近付くようになったので、持っていた扇子で打とうとすると飛び退いて、鳥のようでなかなか打てない。後からも前からも飛びかかってくるから、こちらも立上って追い廻し、片隅へ追い詰めようとすると、何処かへ見えなくなる。又現われる……いつのまにか夜が明けてきたのにつれて、首々も柱の根元へ飛んで行って、消えてしまった。

(22nd)

夕方、陰山正太夫が来た。「拙者の兄方に名剣として先祖より持ち伝えた刀がある。この品に拠って度々、狐憑《つ》き、疫病、瘧《おこり》等が落ちて奇特が多い。兄彦之助に御所望なされ、おん取寄せになっては如何」と云って、帰って行った。

再び仮睡、行水などしているうちに、十時近く再び正太夫がやってきた。「兄秘蔵の刀を持参致した」「おん刀は一応では拝見もできないだろうと思っていました所、わざわざ御持参下されたとは」

まず刀を床の間に置いて話をしていると、またしても女の首が現われた。そら来た！　とばかり正太夫は刀を函の中から取り出した。首が真直に飛びかかってくるのを名刀で薙ぐと、真二つになった。しかし二つになりながらも、いよいよ正太夫めがけて飛び掛る。振り上げて切り付けると、火花が散って名刀はポッキと二つに折れた。白鞘《しらさや》だから柄木も抜けて散乱した。よくよく見ると、首だと思っていたのは台所にあった石臼である。他の首々はドッと笑いながら柱の根元へ行ったと思ったら、すでに跡形もない。正太夫は折れた刀を取上げ、顔色を変えている。「実は片時も早くお貸し申したいと、兄には知らさずに持参したが、この様な仕儀に相成ってはこのまま生きては居られない」「それは御了簡違い。つまりは当方の難儀を思召して、御舎兄に相談の間も遅しと御持参されたのは、御親切からです。粗相は是非もない事実、その段は明日貴宅へ参上し、拙者の身に替えて御詫び申しますから、今宵はまずまずお引取下さるよう」

云いも終らせず正太夫が、自分の脇差を抜くより早く己れの腹へグサッと突っ込んだから、仰天した。「これは乱心致されしか」と狼狽《うろた》えたが、答えはなく、そのまま脇差を喉《のど》に突立て、その先がうしろへ三寸ばかり出た。こちらは途方に暮れ、夜が明けては済まぬ事と、まず血の零《こぼ》れた畳を納戸へ入れ、遺骸《いがい》に布団を掛けた。この切腹を人は本当にすまい。書置もなく、それに切腹ほどの事柄でないからだ。意趣口論で自分が殺したと疑われるのは口惜しい。側に居ながら止めることもしなかったなど、物笑いのタネになるのも残念である。召捕られるやも計りがたい。それは兄に対して済まない事だし、上の御苦労になるのも本意でない。客人は兄へ申し訳なしと切腹したのに、自分は恥を晒《さら》してノウノウとして居るなど云われるのも、無念至極である。我もこれ迄の寿命であろう、いで切腹と書置をしたため、脇差に手をかけたが、又思い返し、いや切腹は只今に限らない。夜が明けたなら新八に訳を話し、又、思慮も湧くであろう。その上、あれもこれも物怪に拠る災難なのに、相手の正体を見届けないのは心残りである。早くも東雲になり、鴉《からす》の声に明るくなったから、取りあえず納戸へ行って布団を取除けてみると、何も無い。折れた刀も見付からない。血の痕《あと》もない。しかも畳二枚は納戸の中へ引き入れてある。さては……と初めて気が付いた。それにしても正太夫の物の云い方が耳に残っていて、気味が悪い。

(23rd)

陰山方へ出向かずにおられなかった。正太夫「きのうはお邪魔して何かとお話の趣き、さてさて不思議に思われますから家内の者にも聞かせた所、兼て承っていた事ながら、なお細部の模様を訊ね、夜前は手水《ちょうず》に行くのにも連れを求めるという騒ぎです」

してみると、昼間やってきたのは正太夫に間違いない。夜中の件も確かに正太夫だと覚えられるが、消え失せたのだから化物である。正太夫は云った。「化物騒ぎで外出されないと承っていますのに、今朝のお出では刀の件ですか」話そうかと思ったが、余り込み入った顚末《てんまつ》なので、「いや別にその儀でもありません」と挨拶して帰ってきた。

夕方近くに平野屋市右衛門が来た。近頃は自分の大小、その他の刃物を空櫃《からびつ》の中へ入れて締《しま》りをよくし、客の脇差もそこへ入れて貰うことにしていた。きょうは昼の中から一切の刃物を箱に収めて置いた。暗くなって、松浦市太夫、陰山彦之助が座に加わった。忠八という出入りの者も顔を出した。「どなたも刀をこの櫃の中へお入れ下さい」と云うと、市太夫はそのようにしたが、彦之助は「承知」と返事ばかり。少し話してから彼が次の間に置いた刀を櫃に入れようとすると、もう鞘ばかりだ。中身を探したが、見当らない。探しあぐんで莨《たばこ》など喫《す》っているうち、台所でカミナリが落ちたような音して、ゴロゴロ転がってくる物がある。市右衛門は真青になって庭へ飛び下りた。他の者は互いに恥合って、駆け出すわけに行かないでいる所へ、台所から座敷の方へ転がってきた物を見据えると、大盥だ。それを湯殿へ運ぶと再び台所に物音がして、こんどは擂鉢《すりばち》と摺粉木《すりこぎ》がひとりでに飛び出し、摺り廻り摺り廻り座敷中を歩き出した。「この様子では、今宵はどんな事が起るか知れませんよ」と云うと、忠八は、市太夫を急き立てて同道で帰って行った。あとに残った彦之助と一緒に刀を尋ねたが、更に見付からない。「刀も無しに朝方には帰れません。夜の明けぬうちにお暇《いとま》して、明朝出直すことにしたい」「それがよいでしょう」彦之助が中戸を開けるなり、鴨居の上から彼の刀身が鼻の先へブラリと下ったから、彼はその場に竦《すく》んでしまった。自分は飛び降りて中身を取り、鞘に収めて渡すと、彦之助は立上って、人小を差して戸口を出ようとした時、天井で大勢の笑いがドッと起った。彦之助が再びへたばってしまったのを引起し、外へ出してあとの戸を締めたから、彼は一目散に走り去った。其の後は小刀一本も櫃に入れて錠前を掛けることにした。他の錠付き箇所からは様々の物が飛び出したが、小櫃に入れた品だけは出てくるようなことはなかった。

(24th)

朝、平野屋市右衛門がきたから、「夜前はどうして逃げ帰られたのか」と訊ねると、「帰る途中でやっと夢が醒めたように覚えましたが、あれからどうなりました。転んできたのは何でしたか」「湯殿に入れてあった盥です」「わたしはまた物凄い大太鼓が転んでくると思ったのです」そこへ三ッ井権八が顔を出し、芝甚左衛門もやってきて話を聞いて云うには、「南部治部太夫は鳴弦の伝を受けて、奇特ある由聞いています。この仁を同道して頼んでみましょう」「西江寺の祈禱は験しなく、そんな事で恐れる化物とは思えません」「鳴弦は不思議の奇特がある由、常に承っているのです。病人にも薬を替えてみれば……ということもあります」「ではともかく宜《よろ》しくお頼み致します」

何事も無かったところ、夕方に中村左衛門の家からの使いだと云って、素晴らしい美女が顔を出し、餅菓子を差し出した。この辺では心当りのない女性だ。大いに感に入ってぼんやりしていたが、ふと気が付いて油断をせず、一つ二つ話を交して送って出ると、もう姿がない。あとで聞くと、中村家では餅菓子を入れた重箱が消え失せたと云う。そうこうするうち十時になった。この数日腹をこわして度々便所へ通ったが、近頃の流行で当分の話らしいからそのままにしていた。宵から二、三度厠《かわや》へ通い、ひと眠りして目が覚めて、また厠へ行った所、台所の方にトロトロと火の燃える音が聞えて、カッと明るくなった。飛び出してみると、竈《かまど》の内から焔が出て、前の板敷から床下まで燃え出している。板を引上げ、瓶の水を掛けるより早く消えて、闇になった。灯を点けてみると、板敷は何事もない。竈の中へ水をぶっかけたから灰が流れて、急に掃除も出来ず、下痢で不快、面倒臭くなってそのままにして置いた。

（*25th*）

台所を掃除していると、権八がやってきた。「あの火をほっておかなかったのは残念だ」「いやいや今後ともその様なことは我慢できるものでありません。もし本当の火事になった場合に捨てて置いたならば、後悔は百倍になります。南部様がお見えになりましたら、知らせて下さるよう」

入相近くなって、芝甚左衛門、南部治部太夫同道で、弓矢を持参。それを床の間に置いて休憩中に、権八も顔を出して、「鳴弦で狐憑きを落した時は、狐の形が顕われるものでしょうか」治部太夫「形の現われる事はありません。憑いた狐が落ちるばかりです。その落ちた時は当人が駆け出して倒れます。狐狸は近所に居る筈ですが、その場に形が現われることはないようです」

夜になって弓を取出し、何彼と祓《はら》い潔めて拵《こしら》えをした。甚左衛門は権八に向い、「表か裏へ何ぞ現われるかも知れん。おぬしは我が宅へ行き、居間に懸けてある枕槍を取ってきて表へ廻っておれ。それがしは裏の方を見張る。必ず抜かってはならんぞ」「畏りました」と権八は出て行った。初更を過ぎた頃、治部太夫は垢離《こり》を取り、床の弓を手にしたようだったが、外の方から長い物が鳴りながら飛来して、甚左衛門の鬢《びん》を掠《かす》め、弓弦を突切ってガラリと落ちた。よく見ると槍である。そこへ権八が駆け来て、「仰せの様に枕槍を取ってきて表へ廻っていました所、屋根の上に大坊主のような者が立っています。心得たと立寄った所、先方はひらりと飛び下りました。所をすかさず表囲いの壁に突付けましたが、形は見えません。これはと抜き取ろうとしますと、穂先に人が居て引く様ですから、力足を踏んで引きましたが、先方の力の凄《すさ》まじさ。只一と引きに壁の中へ引取られてしまいました」平太郎「大方こんなことだと思っていました。この物怪は捨て置いて、先方の心のまま働かすのが良いようですから、鳴弦もこの辺で打ち捨て置かれ下さい」人々がそれをしおに帰ろうとした時、天井裏でクックッ笑うように聞えたから、早々に追い出されてしまった。権八も弓と槍を持って送って行った。翌二十六日の早朝、墓参の帰りに権八の許に立寄ると、「とかく熱気も強くなったように覚えます」と云うので、「しっかり養生されたし」と勧めて帰った。権八は三ッ井と名乗る名高いお相撲であったが、稲生家の家鳴震動が心に懸り、口惜しく思う度毎に熱が出てとうとう大病人になり、九月初旬に亡くなった。未だ四十に足らぬ大男。力はどこまでも強かったが、邪気を受けながら当分の事だと抑え付けて、そのままにしたからであろうか。気の毒千万な事であった。

（26th）

権八宅から帰ると、南部角之進、陰山正太夫が来た。前の話を語り、「張合いさえしなければ左程の事はない」と云うと、正太夫「只今までは変化退治という気持があったから、色々と騒動すると思われます。今宵は伽と思わず只お話にお邪魔致します」角之進もその通りだと云って立帰った。

暮方に両人が真木善六と云うのを伴ってやってきた。二十六夜で月の出を拝むためにどの家でも寝ない宵だから、何となく世間も賑わしい。角之進宅に霜カズキという柿があって、霜月には風味よろしき段階となる。九月十月までも渋が抜けないので、霜カズキと名付ける。尤《もっと》も霜月には霜が降ったように上皮が白くなるから、味も甚だ佳い。近頃は却《かえ》って渋が無いので上味だとは云えないが、ずいぶん食べられている。八月中旬後は再び渋に返る。この柿を持参して、眠気ざましにしようと宵のうちに取出した。後刻の楽しみに器に入れて、後夜過ぎてさあ食べようと器を出してみると、タネばかりになっている。これはお化け殿が召上ったのだろうと話をしていたら、台所でカミナリが落ちたような音がした。二人の客はここだとばかり知らぬ顔をしている。手燭を持って行ってみると、搗臼である。先年の大風で近所の大木が倒れたのを取って造った代物で、並の臼より余程大きい。これが物置きに入れてあったのだ。この狭い場所に迷惑な話だなと口に出すと、真木善六が立ってきて裏口を開け、大臼を縦に差上げて、外へ投げ出した。この力業を眼前に見て、先刻の音よりなお肝を消した。南部、陰山の両人も真木の勇気に勢付いたのか、畳の揚ることなど見向きもしないで話していたが、二時過ぎになった頃、天井がメキメキと鳴出し、タネばかりになった柿の実が、元通りの柿になってバラバラと落ち、座を転び廻ったのを取って、そのまま押し割ると、内部のタネは悉くいろんな虫になって逃げ去るのを、こちらはタネには用事は無いとばかり食べた。善六も一つ取って口にしたが、これもタネは蜘蛛または油虫となって這い去った。寺々の鐘が鳴り、みんなで月の出を拝みなどしているうち、東雲近いと皆々打連れて帰って行った。

（27th）

十時頃に起きて、善六が臼を投げ出した所を見ると、臼は無く、土だけが臼なりに深く窪んでいた。物置を見ると臼は元通りにあって、臼のカドには土が着いている。暮方、蔭山金左衛門がやってきて、「何事があっても知らぬ顔で居たならば、物怪の方も張合いが抜けるわけだな。今宵は拙者お話相手を仕る」と云って、十時過ぎまで頑張った。自分は眠くてうとうとしていたのに、金左衛門がふと次の間を見ると、台所の方に何か煙のようにモヤモヤ動くものがある。素知らぬ顔をしていると、敷居まで来たのでよく見詰めると、人間の貌《かお》のように見えていたが、数多くの網の目に似た顔々で、竪菱《たてびし》があれば横菱があり、それらが並び重なって、縦になり、横になり、甚だ紛《まぎら》わしく出てきたから、金左衛門は狼狽して自分を呼び起した。目を醒ましてみると、彼は真青になって奥の方へ這い込んだ。網顔は見据えると、いつかの輪違いより一そう不気味なもので、縦になった時は口を開き、横になった時は口を閉じ、その度毎にフーッと息を吹きかけるように受取られたから、蔭山は櫃から刀を取出し、抜き放って切払うが、一向に手応えがない。煙を切るようなもので、その上、一時にドッと笑われたのに驚き、庭へ飛び下りて「お暇申す」と云うなり、出て行ってしまった。自分は戸を締めて網顔と向い合ったが、子供の遊びの朱欒《ザボン》を煎じ茶を入れて吹いたように、即ちシャボン玉のように、貌の上に貌が重なって竪菱横菱になり、消えては現われ、部屋じゅう貌だらけ……前後左右どちらを向いてもモヤモヤとして、うるさいったらない。捉え様にも空気を摑むのと更に変りは無い。これでは又夜明しさせられてしまうと蚊帳に入り、寝入ってしまった。何やら物音で目を覚ますと、巨きな物が歩いてきた。蝦蟇《がま》だ。蚊帳の周囲を飛び歩き、そのうち中へはいってきたので気が付くと、胴に紐がついている。ハハン、葛籠《つづら》が化けたのだな。その紐をしっかり握って眠ってしまったが、夜が明けてみると、仰向けの腹の上に葛籠を載せていた。

(*28th*)

嘉日《かじつ》だが、昼寝がちに過した。暮がかってきたので行水。縁先で涼んだ。十時近くになったが誰もこない。蚊帳の中へ灯を入れて通俗本を読みかけて、ふと座敷を見ると、壁に人影が映って、見台を前に高らかに書物を読んでいる。よくよく耳を澄ませると、今し方取り出した本を講じているのだった。やがて消え失せたので眠ろうと思い、蚊帳を出た。いつもは居間の便所へ行くのだが、今夜は奥の縁に出て、涼み方々路次へ出ようと沓脱《くつぬぎ》へ足を下すと、その冷たさは氷を履《ふ》むようで、しかもいやに柔かい。縁へ上ろうとするとねばりねばりして足が上げられない。トリモチを踏ん付けた様だ。下を見ると何だかボーッと白っぽいので見据えると、人の腹の上にあがっていると見えて、軟かで冷んやりしている。死人の腹の上にあがっている様なので、身を屈めて注意すると、手足は至って短く、貌とおぼしい処で何かパチパチと小さな音がしているのをよく窺うと、目を動かして瞬きしている音であった。カッポ虫が飛んでいるような音が絶間なしにパチパチ聞える。足の裏は粘付いて泥の中へ踏み込む様であるから、縁に手を掛け、這うようにしてやっと縁側へ上ったが、足裏が板の表面にニチャニチャくっ付いて歩きがたい。居間へ戻って足を見ると、何も付いていてない。手燭を点じて踏石を査《しら》べてみると、其処には下駄が載っているだけだ。只パチパチは依然として聞えている。足裏の粘りも止んだので、居間の厠へ行ったが何の変ったことも無い。夜通しパチパチが耳に入って寝付かれなかったが、鶏鳴になって漸《ようや》く一と眠入りした。

（*29th*）

昼飯を済ませた時に、中村平左衛門がやってきた。彼「それはどんな貌だったか」「闇の夜で確《しか》と分らない。只目がパチパチと動いているように見えた」「まず誰に似ていたか」とたん彼は背中を叩かれた。振返ると天井の隅に手だけがぶらりと下って、静々と天井へ引き込んで行く所だったので、平左衛門はワッと云ったまま顔を伏せてしまった。引起すとやっと起き上り、「お暇する」と云った時、元結がパラリと解けた。「その乱髪では帰れないだろう」と云うのも聞き容れずに、出て行ってしまった。昼間に怪しい形が現われたのは今日が初めてである。居間の方へ行ってみると、未だ四時頃なのに真の闇夜のようだ。次第に明るくなり、再び暗くなり、あとではこの反復が度を増して目が眩《くら》めく程になったが、だんだんと止って元に戻った。いかさま天井裏に何者かが棲んでいるらしい。

程なく暮れて十時になったから、焜炉の中に火を保って寝ようと炭取を見ると、炭がなかった。炭取を下げて裏へ行ってみると、物置の戸口一杯に老婆の貌が出て、入り様がない。近寄ったが、その貌はじっとしている。目鼻をギョロギョロさせて今にも物を云うかと見える。炭取の火箸を取って貌に突き立ててみると、柔らかで、ブツリと刺《さ》った。貌は一向に退かない。何やら粘々《ねばねば》してきたようだから、これも捨て置いた方がよいと、火箸を両眼の間に突立てて縁側に上ってみると、座敷中どこもまるで糊《のり》を塗ったように真白になっている。云い様のない青臭さで、虚無僧がおしかけてきた晩もちょっとこんな匂いが漲《みなぎ》っていたが、同じお化けでもこれは幽霊臭さだ。ネバネバ粘り付くので、寝床の設け様もない。居間の柱に倚り懸ってウトウトしていたが、家鳴も強く、天井裏では婦人の泣声など聞え、しかも大勢で訳は判らぬが、口々に物云うような声が聞えたから、夜通し眠られず、殊更に暑く、折々風は吹いてきたがいやに暖かい風で、まどろむことも出来ない。ウトウトすると、畳と一緒に持ち上って落されるという始末であったが、漸く明方に静かになったからやっと眠入って、十一時頃まで寝過した。

ゆうべの婆の首はどうなったかと物置へ行ってみると、目鼻の間へ刺して置いた火箸がそのまま、戸口のまんなかに、宙に糸で吊したように見えた。何かに向って立ててあるわけでなく、只宙に引っ懸っている。こいつはと手を伸ばすと、落ちた。拾い上げたが火箸に何の変りもない。炭を出して茶を入れ、きょうは何事が起るか知ら？　どんな事があっても性根さえ見顕わしたならば対策もあると思っていると、何だか気持の悪い風が渡ってきて、星の光の様なものが数々燦《きら》めき出し、その跡は蛍の乱れ飛ぶ様に見えて、なんとなく哀れに物寂しく心細く覚えたが、何の是式の事！

（西洋戸棚の扉一杯に巨きな貌が現われるメリエス氏のフルムを、私はよく憶えている。又、部屋じゅうのぬるぬるについても、夢の中で心当りがある。Bちゃんというのは、私の自伝的作品群の所々に出てくる年長者のことだが、これがお尻倶楽部《クラブ》を組織していた。私は一度入会を奨められたが、先方の云っていることがよく判らないので、確答しないでいた所、そのままになっていたが、私の友人、小学上級生の数人がこの倶楽部に加盟していると思われるふしがあった。それらは本町筋のBの近所の者たちであった。彼の家は呉服屋だったが、往来に面して明り取りの小さい格子窓が付いた二階へ、私は夢の中で登ろうとしていた。所がその急な薄暗い階段がぬるぬるべたべたで、足が辷《すべ》ってよく上れないのだった。Bの姿は見えなかったが、どうやらこの古い建物じゅうが、そのネトネトした、淡黄色のゼリーで一杯になっているように受取られた。そのクリーム様のものは何の匂いもしていない。それにも拘《かかわ》らず、ウンコに関係があると思われるのだった。やはり夢の中で、運動会の来賓席のような天幕が張ってあって、その内部でボンネットをかむった婦人や、シルクハットの紳士らが卓に侍って頻《しき》りに、何か食べている。白い皿の上に載っているのは、カシワ屋の硝子《ガラス》越しに見入るような、ちぢこまったお尻の孔が一端に付いた短い円筒、つまりニワトリの直腸のきれはしに似たものであった。しかしもっと太い、ぐにゃぐにゃした灰青色の肉片である。彼らは実は河童族で、今しも競争で

人間の直腸をたべていることが、判ったのである）

（*30th*）

お化けが出始めてからもう一と月になった。いつまで続ける心算《つもり》か、気の長い化物だな。当方も気長くして仕止めてやろうと思う。急に曇ってきて白雨。裏の縁側に横風が吹き込んで障子が濡れたので、押入の戸を立てかけた。この数日、昼間も色々の形が出るのは、先方も油断の体だから、正体さえ見届けたなら此方も行動を開始したい。何分にも脇差は腰から外すまいと、箱から出して、食事の時間も離さぬようにした。日の暮から雨も止み、星々がハッキリ出たので、戸などを取入れているうち早十時。障子をあけると未だジメジメしている。障子を閉めて部屋へはいったが、坐らぬ先に背後の障子がガラリと明いた。巨きな手が伸びてきた。此処だ！　と抜打に切り付けると、手はひっ込んで障子をハタと閉めた。あとを追おうとすると、「待たれよ、それへ参らん」語尾を跳ねるような大声がした。これは面白いぞ、出てきた所を一と打と控えていると、暫くして障子がサラリと明いた。背の丈は鴨居を一尺も越す程である。肩幅広く四角四面のようだが至極太っているので、体のどこにも角張った所がないとも云えるような大男が、悠々と出てきた。齢《とし》の比《ころ》は四十許《ばか》り。甚だ人品良く、花色の帷子《かたびら》に浅葱《あさぎ》の裃《かみしも》を着け、腰に両刀を差して、静かに歩いて向う側に坐ったので、立上りざま脇差を引抜いて切払おうとしたら、先方は坐ったまま、綱を付けてうしろから引かれたように壁の中へはいった。

影のように見えているのが、笑いながら云うのに、「御身如きの手に合う余には非ず。云い聴かすべき事のありて来れるなり。刃物を納め、心を静められよ」

この模様じゃ隙を狙うの他はないと考え直し、脇差を鞘に収めて坐り直すと、先方は壁の中から坐ったままで、うしろから押し出すように出てきた。

「さてさて御身、若年ながら殊勝至極」「そちは何者ぞ」「余は山ン本五郎左衛門と名乗る。ヤマモトに非ず、サンモトと発音致す」「そは人間の名にあらずや。そちは人間にてはよも有らじ。狐なるか？　狸なるか？」「余は狐狸の如き卑しき類に非ず」「狐狸にあらずば天狗なるか。正体を現わし云え！」「余は日本にては山ン本五郎左衛門と名乗るぞ。いかにも御身の云う如く人間には非ず。さりとて天狗にも非ず。然らば何者なるか？　こは御身の推量に委ねん。余の日本へ初めて渡りしは源平合戦の砌《みぎり》なりき。余が類、日本にては神野悪五郎と云う者より他には無し。神野はシンノと発音致す」

先方がどこか皮肉な笑を湛《たた》えてじっとこちらを見ているうち、四尺ばかり左手に切炬燵《きりごたつ》があって蓋をしたままになっていたが、この蓋がひとりでに舞い上って、次の間へ行った。次に炭櫃の炭が続々と舞い立って、そこに茶釜を懸けたように丸くなったのが、やがて人の頭のようになり、両方にツノのようなものが出来て、そのあいだ閉じつ開きつ煙を吹出し、そのツノのような、又環付けとも受取れる箇所は小さく丸くなり、恰も唐子の髪のようである。この二箇の丸い物から湯気が立ってグツグツ煮上り、煮え零れて畳の上へ流れ出たが、その零れ湯がウジウジ動くので、よく見るとミミズだ。釜様の物は実はミミズの固まりで、瀧《たぎ》り零れてはウジャウジャと畳へ這い上ってくる。こちらには別に嫌いだという何物もないが、只ミミズだけは気も消えるほど気味悪く覚え、草径などでもミミズが這っていると、通り抜けられない。所で、いま煮零れたミミズが続々と此方へ這ってくるのだから、これには辟易《へきえき》、胸騒ぎが起って息が詰まりそうになったが、考えてみると此処にミミズが居る道理はない。大丈夫だと気を取り直したものの、大いに困った。だんだん這ってきて、膝の上、肩の周りまで上ってくるが、只気を失わぬのを取得に頑張っていた所、やがて切炬燵の蓋が舞い上ってきて元の場所に納まると、ミミズも這い帰ったのか見えない。カラカラと笑声が起った。扇子を使いながら山ン本が、「さても御身は気丈なるよ。なれどその気丈故に今まで難をせしぞかし。御身当年、難に逢う時期を迎えたり。こは十六歳に限らず、大千世界総ての人々の上に有る事なり。その人を驚かし恐れさせて行くを我業とするなり。これワタクシの所為に非ず」と云っている時に、ちょうど向い合った壁面に青く光った巨きな顔が現われて、蜻蛉《とんぼ》の目玉のように飛び出した目でこちらを睨《にら》み、薄れたり濃くなったりしていた。山ン本五郎左衛門はあとを続けて、「余は御身に比熊山にて行き合いたれど、追付け御身が難に逢う時節を待って驚かさんと思い、その期日に驚かせたれど、恐れざる故、思わず逗留、却って当方の業の妨げとなれり。但し他より聞き求め来る者あれど、こはその難の来れる人に非ざれば打ち棄て置く也。さりながら強いて求めて余に逢うは難を招く道理なり。これらは余が為す所に非ずして、自ら難を求むと云うべきなり。余はこれより九州に下り島々に渡る故、今直ちに出立すれば、以後何の怪異もあるまじ。御身の難も既に終りたれば神野悪五郎も来るまじ」

そう云いながら一挺《ちょう》の手槌を取り出し、「さればこの槌を其所許《そこもと》に譲るあいだ、もし怪事あらば北に向って、山ン本五郎左衛門来れと申して、この槌にて柱を強く叩くべし。余は速かに来りて御身を助けん。さても思わざる永逗留の段、平に忝《かたじけ》なし」とお辞儀をしたから、こちらも会釈を返した。この時、傍らに冠装束を付けた人物の、腰から上だけが浮んで、五郎左衛門のコトバに応えていた。これはたぶん産土神《うぶすながみ》で、今までは手の打ち様もなく、遅れ馳《ば》せの仁義だったのであろうか。山ン本が、「余の帰るのを見送られよ」と云って立上ったから、あとに従《つ》いて縁まで出ると、彼は庭へ下りて再び会釈した。当方も身を屈めたが、討とうという気持と内心で争っていた。ところで後者が勝ったにしても、大の手で押えられたようになっていたから、動けない。脇差へ手を掛けようと思うが、その手が縁へ突き付けられたようで、そのまま抑えられていたが、やっと目に見えぬ手が緩《ゆる》んだように覚えたので起上ってみると、室の内に駕籠《かご》と槍、長刀、挟箱、長柄傘、駕籠脇の侍徒士、その他小者に至るまで、大勢の供廻りが庭に満ちている。駕籠は普通の代物だが、供廻りはみんな異形で、裃、袴などそれぞれの服装で、奇怪の容貌、不思議の風体で控えている。あの駕籠にこの大男が乗れるのかと思っていたが、山ン本氏は片足を駕籠に掛けたと思うと、たたみ込むように何の苦もなく、内部へはいってしまった。さて先供、その他の行列は行進を開始したが、彼らの左足は庭にありながら、右足は練塀の上に懸《かか》っている。宛《さなが》ら鳥羽絵のように、細長くなるのもあり、又、片見おろしのように半分になって行くのもあって、色々さまざま廻り燈籠の影法師のようになって空へ上り、星影の中に暫くは黒々と見えていたが、雲に入ったと見えたのが、風の吹くような音と共に消え失せてしまった。

☆

比熊山云々とは、七月一日から約一ヶ月前、寛延二年の夏至前後の夜半、平太郎が隣家の三ッ井権八と百物語をして、クジが中《あた》ったので単身、比熊山の頂上、千畳敷という平場へ出掛けたことを指している。

そこは大樹が生い茂って、樵夫《きこり》も行かない処であるが、片隅に「三次殿の塚」というのが在って、三次若狭の古塚だと伝えられ、その石に触れると物怪が憑《つ》くとあって何人も近寄らない。平太郎は雨降りの暗夜を冒して、西江寺堤から大年大明神の前を横切り、てっぺんの平場へ攀《よじ》登った。やっと古塚を探し当て、焼印の札を結び付けて帰ってくると、山裾で権八の出迎えに会い、百物語の効験は現われそうでないと互いに笑って、別れたのだった。

西江寺の護符の梵字は、お化けの手蹟だとあって、見学者があったが、数年間、形をとどめていたが、ついに何も彼もいっしょに煤《すす》けてしまった。記念の槌は三次の妙栄寺に納めてあった所、享和二年六月八日に和尚の転任があって、広島の国前寺へ携えられた。そのまま保存されていた筈だが、広島爆撃でどうなったことか？　平太郎少年は其の後稲生武太夫を名乗り、至極平穏な生涯を送った。さて山ン本五郎左衛門とは何者であろうか。十九世紀後半期にカルカッタに居住、ヴィンセント＝スミス、ジョン＝オーマン其他の東方研究家や旅行者の記載にもうかがわれる *Hassan Khan*。この妖術師がしばしば呼び出していたという梵天の眷属《けんぞく》 *Djinn* に似た存在であろうという他はないのである。

本書は、『稲垣足穂全集』（筑摩書房）、『稲生家＝化物コンクール』（人間と歴史社）を底本とした。

本文表記は原則、新漢字・新仮名づかいを採用した。

一部、今日の視点からみるとふさわしくない語句・表現が用いられているが、作品の時代的背景と文学的価値に鑑み、そのまま掲載することとした。

収録作品初出一覧

Ⅰ　化物屋敷譚

友人の実見譚　「中央公論」大正十二年五月
怪談　「前線」昭和六年十二月
黒猫と女の子　「婦人公論」大正十五年四月
我が棲いはヘリュージョンの野の片ほとり厭わしきカルニアの運河に沿うた地下墓地だ　「新青年」昭和二年十月（「瓶詰奇談」として発表）
我が見る魔もの　「芸術生活」昭和四十七年一月
お化けに近づく人　「文芸汎論」昭和七年八月（「お化に近付く人」として発表）
北極光　「新潮」昭和四年十月（「おうろら・ぼりありす」として発表）
地獄車　「現代」大正十五年六月
白衣の少女　「現代」昭和二年四月

Ⅱ　愛蘭に往こう！

黄漠奇聞　「中央公論」大正十二年二月
リビアの月夜　「文藝春秋」大正十五年十二月（「サハラの月」として発表）

夜の好きな王の話　「文芸時代」昭和二年一月
夏至近く　「羅針」昭和十年六月（「仙境」として発表）
バブルクンドの砂の嵐　「週刊読売」昭和四十八年二月十日
『ダンセイニ幻想小説集』推薦文　『ダンセイニ幻想小説集』昭和四十七年六月　創土社

Ⅲ　幻想市街図

出発　「新青年」昭和五年七月
電気の敵　「新青年」昭和七年八月
奇妙な区廓に就いて　「文学」昭和五年三月（「奇妙な区劃についての奇妙な話」として発表）
如何にして星製薬は生れたか？　「祖国と自由」大正十四年八月
塔標奇談　「文芸レビュー」昭和四年八月

Ⅳ　イノモケ鬼譚

荒譚　「新芸トップ」昭和二十四年二月
懐しの七月　「作家」一九五六年十二月
山ン本五郎左衛門只今退散仕る　「新芸トップ」昭和二十四年二月（「荒譚」と題された作品の第一話、第二話のうち「第一話」として発表）
稲生家＝化物コンクール　「海」昭和四十七年一月

編者解説

その若き日、飛行家と未来派絵画に憧れ、典型的な「モボ」（モダン・ボーイの略称）として、当時の婦女子連および佐藤春夫や芥川龍之介といった文豪たちをも虜《とりこ》にし、一転重度のアル中患者となり果て、戦後、復活して後は、三島由紀夫や澁澤龍彦や山尾悠子らによる高らかな賞讃を浴びる……。

いわば一代の「二十世紀少年」ともいうべき、稲垣足穂の事績や文業を、手っ取り早く一覧するのであれば、本書と同じく平凡社の「コロナ・ブックス」から出ている『稲垣足穂の世界タルホスコープ』（二〇〇七）に就くに如くはない。

そこでは実に四十二名に及ぶタルホ・マニアたちが、それぞれに偏愛するオブジェと共に、己のタルホ体験を語り下ろしていて壮観である。かく申す私も、その四十二名の一人として「物の怪」と題する一章を担当している。それより数年前に上梓した『稲生《いのう》モノノケ大全』という、分厚いこと、まさにモノノケめいた大冊のありがたき御縁であろうと思っている。

本書の巻末にまとめて収めた「稲生の物怪」とは、今の広島県は三次《みよし》市に江戸中期から伝存する、特異な妖怪譚の記録「稲生物怪録」を意味する。同時代、国学者の平田篤胤一門の熱心な探求作業によって、もっぱら人口に膾炙《かいしや》することになったこの「古物語」に、タルホは異様なまでの関心を寄せ、一九五六年発表の「懐しの七月」から、一九七二年発表の「稲生家＝化物コンクール」まで、都合三度に及ぶ大幅な改変／書き換え作業をおこなっているのだった。

今では地元・三次市に立派な「湯本豪一記念　日本妖怪博物館（三次もののけミュージアム）」という施設も建造されて、湯本氏秘蔵の妖怪グッズで埋め尽くされた展示室は、いつも変わらず、愛すべき「おばけずき」たちの熱気に満ち溢れている。

さて、江戸も半ばを過ぎた寛延二年（一七四九）七月、備後三次藩士の子息で十六歳になる稲生平太郎（後に「武太夫《ぶだゆう》」と改名し、講談などでは、こちらの名前で有名である）が暮らす、通称「麦蔵屋敷」に、夜な夜な妖怪変化の類が出没し、近隣の住民たちを恐怖に震え上がらせた。平太郎が仲の良い隣人・相撲取の権八を相手に、近くにそびえる「比熊山」の山頂付近で百物語に興じたことが、妖怪たちの禁忌に触れて怒らせたせい……とも云われるが、真相はよく分からない。

とはいえ当の平太郎少年は平気のへいざの平太郎――畳は舞うわ石臼は転がるわ謎の虚無僧たちは勝手に居座るわ刀剣は乱舞するわ……物怪たちのポルターガイスト的な跳梁《ちょうりょう》ぶりを、怖れるどころか呑気に愉しむふうであったという。しまいには、根負《こんま》けした妖怪軍団の総大将・山ン本《さんもと》五郎左衛門が威風堂々の物腰で満を持して登場、少年の勇気を褒め称え、「魔王の木槌」なる祓邪《ふつじゃ》の神宝を授与すると、百鬼夜行を率いて、払暁の虚空へと消えていった……。

「山ン本さん、気が向いたら又おいで！」

「懐しの七月」の末尾は、「足穂文学の中心主題を暗示するきわめて大切なカタストロフによって、みごとに自家薬籠中のものになっている」（『日本の文学34　解説』より／平凡社ライブラリー『幻想小説とは何か　三島由紀夫怪異小品集』所収）と、かつて三島由紀夫が絶賛した、平太郎のこの台詞で締めくくられている（これが、タルホが下敷きにした巖谷小波「平太郎化物日記」の「ああ、山ン本五郎左衛門さん、ひまがあったらまた遊びにおいで！　さようなら。」という結びの言葉からの引用であることは、すでに高橋康雄氏の解説「動くオブジェと平太郎少年と山ン本氏と」などで指摘されているとおりなのだが……）。

なお、タルホには稲生怪異譚再話の初作というべき妖しき小品「荒譚」もあることを申し添えておこう。春夫との歪んだ師弟愛憎（？）をしのばせる話柄である。

思いのほか「稲生怪異譚」の説明に紙幅を費やしてしまったけれども、本書は、ともすれば「A感覚」（＝少年愛の美学）やら「宇宙的郷愁」（＝天文学、宇宙論）やらで、もっぱら語られてきた稲垣足穂のユニーク極まる文学世界を、「怪異譚」という新たな切り口で展望しようとする、まことに酔狂な試みである。

巻末に「稲生」関連の作品／ヴァリアントをまとめたことは、すでに述べたが、巻頭の第一章「化物屋敷譚」には、「稲生」以外のタルホ怪異譚の精華を結集している。

冒頭の「友人の実見譚」は、関東大震災の直前、雑誌「中央公論」（一九二三年五月号）に掲載された「当世百物語」中の一篇。同じ特集に寄稿している当時の足穂の師匠・佐藤春夫は、その「首くくりの部屋」（後に「怪談」と改称／平凡社ライブラリー『たそがれの人間　佐藤春夫怪異小品集』所収）と題する原稿の中で、自作「化物屋敷」（所収同上）の舞台となった渋谷・道玄坂上の三層楼の幽霊屋敷について、「その家のことは稲垣が書くそうだからこれ以上は書かないが」と記しているのだが、タルホ自身は何故かその話題は避けて（文中でも「長すぎる内容だから」と、わざわざ断っているが）、あえて本篇を寄稿したのだった。

タルホ版の「化物屋敷」というべき力作「黒猫と女の子」が世に出るのは、それから三年後の一九二六年、「婦人公論」四月号においてであった。

両篇の間にはさまった小品「怪談」は、タルホのデビュー作にして出世作となった「一千一秒物語」系列のショートショートと怪談文芸系列との珍しいミッシングリンクというべき、レア作品。ポオの影響色濃い「我が棲いはヘリュージョンの……」に続く「我が見る魔もの」は、副題にも明らかなように、タルホ独自の「お化け哲学」を綴った一文である。

これに続く「お化けに近づく人」と「北極光」の二篇は、タルホと親交深かった夭折の詩人「沙良峰夫《さらみねお》（一九〇一～二八）」に捧げた鎮魂曲の趣がある。なお文中の「Jという作者」は詩人・小説家の城昌幸、同じく「W氏」は小説家・編集者で、列車事故により夭折した渡辺温《おん》を指す。

「地獄車」と「白衣の少女」は、いかにもハイカラな当世風のお化け奇譚。

第二章「愛蘭に往こう！」には、タルホにとって文学的眷恋《けんれん》の地であるアイルランドに取材した作品群の中から、とりわけ幻想味の濃いものを選りすぐってみた。実名で何度も登場するダンセイニ卿は、アイルランド幻想文学の大立者である。

初期タルホの代表作というべき純然たるファンタジー「黄漠奇聞」は、宇月原晴明氏が近作『かがやく月の宮』（二〇一三）の中で「竹取物語」との絡みで言及していたことを想起される方も多いのではないか。これに続く「リビアの月夜」や「夜の好きな王の話」が、まぎれもなく「竹取物語」同様、「月に憑かれた王様の物語」であることに想到したとき、その絢爛たる錯綜ぶりには驚かざるを得ない。

「バブルクンドの砂の嵐」は、ダンセイニ卿の創作物である夢幻都市「バブルクンド」をちゃっかり本歌取りしたタルホらしい趣の作品、創土社の伝説の叢書〈ブックス・メタモルファス〉中の一冊『ダンセイニ幻想小説集』に寄せた晩年の推薦文も、御参考までに収録しておいた。

第三章「幻想市街図」には、タルホお得意の非在の都会……神戸のハイカラな街並みを二重映しにしたと思しき「ここではない、どこか」への哀切な憧憬がにじむ諸篇の中から「出発」や「電気の敵」に代表されるような一読、何がなんだかよく分からない（！）どこへ連れて行かれるのかも五里霧中な趣の作品を集めてみた。

こうした一見すると無国籍風の、それでいて妙に読み手の心に言い知れぬ不安を掻き立てる体《てい》の作品もまた、タルホという史上稀有なる作家の持ち味であろう。

ここでもう一度、戦後日本におけるタルホ再評価の最大の功労者というべき、三島由紀夫による渾身の評言を、最後に引用しておこう。

「宇宙論と台密と能をつき合わせ、ダリ風の広大な青い秋空と、夜叉の群のように飛行機が舞い群がる月夜をつき合わせ、天狗と化した男性の絶対孤独と、永遠の美少年の昼のまどろみの唇をつき合わせ、立体派と百鬼夜行絵巻を、数学とエロスを、この世のもっとも永遠なものともっともはかないものとをつき合わせれば、そこに稲垣文学という絶妙のカクテルが出現する。日本近代文学の稀有なる孤高の星、粉々に砕けて光りを放つ天才、何ともかとも言いようのないもの、制御すべからざる電流として、ここに稲垣氏の文学を持つわれわれは倖せである。」

（三島由紀夫「稲垣足穂頌」より）

二〇二四年五月

東 雅夫

[著者]

稲垣足穂（いながき・たるほ）

1900年、大阪市生まれ。関西学院卒業後、佐藤春夫に師事。上京し1923年に『一千一秒物語』を出版。雑誌「ゲエ・ギムギガム・プルルル・ギムゲム」「文藝時代」「虚無思想」の同人となり、江戸川乱歩と交流を深める。一時文壇から遠ざかるが、戦後は精力的に作品を発表、三島由紀夫から高く評価される。『少年愛の美学』で第1回日本文学大賞を受賞。1977年没。

[編者]

東雅夫（ひがし・まさお）

1958年、神奈川県横須賀市生まれ。早稲田大学文学部卒業。アンソロジスト、文芸評論家。1982年から「幻想文学」、2004年から「幽」の編集長を歴任。著書に『遠野物語と怪談の時代』（角川選書、第64回日本推理作家協会賞受賞）、『百物語の怪談史』（角川ソフィア文庫）など、編纂書に『文豪怪談ライバルズ！』（ちくま文庫）、『文豪てのひら怪談』（ポプラ文庫）ほかがある。 また近年は『怪談えほん』シリーズ（岩崎書店）、『絵本 化鳥』（国書刊行会、中川学＝画）など、児童書の企画監修も手がけ、ますます活躍の場を広げている。

平凡社ライブラリー 971

我《わ》が見《み》る魔《ま》もの　稲垣《いながき》足穂《たるほ》怪異《かいい》小品《しようひん》集《しゆう》

発行日…………2024年7月5日　初版第1刷

著者……………稲垣足穂
編者……………東雅夫
発行者…………下中順平
発行所…………株式会社平凡社
〒101-0051　東京都千代田区神田神保町3-29
電話　(03)3230-6573［営業］
ホームページ　https://www.heibonsha.co.jp/

印刷・製本……藤原印刷株式会社
DTP…………平凡社制作
装幀……………中垣信夫

ISBN978-4-582-76971-5

落丁・乱丁本のお取り替えは小社読者サービス係まで
直接お送りください（送料は小社で負担いたします）。

【お問い合わせ】
本書の内容に関するお問い合わせは
弊社お問い合わせフォームをご利用ください。
https://www.heibonsha.co.jp/contact/